D1098340

La main dans le sac

Sarah Harvey

La main dans le sac

traduit de l'américain
par Julie Guinard

Titre original : FLY-FISHING
Headline Book Publishing,
a division of the Hodder Headline Group

Cette édition de *La main dans le sac*
est publiée par les Éditions de la Seine
avec l'aimable autorisation des Éditions J'ai lu.

© Sarah Harvey, 2000
© Éditions J'ai lu, 2000, pour la traduction française.

1

Si les hommes et les femmes ont été faits pour vivre ensemble, alors pourquoi diable sommes-nous si incompatibles ? D'accord, nos corps s'emboîtent de façon particulièrement agréable, mais question émotions... C'est comme à l'école, quand on mélange des produits chimiques en cours de physique. Prenez deux petites fioles anonymes parfaitement inoffensives, mélangez-les... et bang ! Une vraie catastrophe nucléaire.

Mais les femmes sont ainsi faites qu'elles ne peuvent justement pas se passer de ce qui est mauvais pour elles. Le sexe opposé se place en haut de la liste de nos plaisirs favoris, juste avant le chocolat, l'alcool et les vêtements hors de prix.

Chaque être humain veut rencontrer sa moitié, la merveilleuse créature qui comblera soudain sa vie jusqu'alors incomplète. La notion d'engagement n'est pas aussi démodée que le prétendent les sociologues. Sinon, pourquoi serions-nous si nombreux à rechercher désespérément l'âme sœur ? Et pas seulement à la rechercher, mais à faire sa connaissance, à s'accoupler avec elle, à l'épouser, puis à vieillir ensemble, la main dans la main.

Je me revois encore en train d'ouvrir la lettre m'annonçant le mariage de ma meilleure amie. Si ma mémoire est bonne, il s'agissait de l'enveloppe numéro soixante-dix-neuf. Depuis que j'avais quitté l'Angleterre, deux ans plus tôt, Nix m'écrivait une fois par semaine. Elle avait pris l'habitude de numéroter ses lettres, afin que je sache dans quel ordre les ouvrir lorsqu'elles m'auraient enfin retrouvée, après nous avoir pistés, mon sac à dos et moi, à travers la Thaïlande et l'Australie.

Chère Naomi, devine quoi ? Je vais me marier !

Les quatre mots fatidiques. De gros caractères qui débordaient presque de la feuille de format A4.

Quatre mots chargés d'un tel poids de rêves et d'espoirs qu'ils avaient pratiquement vogué jusqu'à moi à travers l'océan sur une vague de bonheur extatique. Nicky aurait pu économiser ses timbres et faire voler ces mots-là sur un baiser aérien.

Malheureusement, cette radieuse bulle de béatitude devait être prématurément crevée par un monstre sans cœur.

Tom Waits qui vibre dans mes tympans.

Kevin Costner qui danse en face de moi, provisoirement débarrassé des loups et – détail encore plus délicieux – de la plus grande partie de ses vêtements, ses fesses musclées à peine recouvertes d'un morceau de cuir qui me paraît fort peu résistant au vent.

Un grand verre de Coca dans ma main droite.

Le dernier roman de Jilly Cooper et une tablette géante du meilleur chocolat Cadbury sur le petit plateau en plastique blanc devant moi.

Un très charmant jeune homme assis au bord de l'allée de droite, qui louche sur mes longues jambes bronzées avec une insistance flatteuse.

Qui a dit que les vols long-courriers étaient un enfer ? À mes yeux, c'est le paradis, ou presque. Mes activités préférées sont réunies dans cet avion : musique, cinéma, hommes, lecture et chocolat, le tout dans une parfaite unité de temps, d'action et de lieu.

Avec un soupir satisfait, je casse quatre nouveaux carrés de ma tablette de chocolat et les engloutis goulûment.

Je me tortille sur mon siège pour trouver une position à peu près confortable. Deux possibilités s'offrent à moi : garder les genoux sous le menton ou incliner mon fauteuil, aux dépens du pauvre passager assis derrière moi. En fait, une seule chose manque à mon bonheur : un bon canapé douillet, ainsi qu'une couette bien moelleuse et ma meilleure amie Nicky pour me tenir compagnie.

La belle Nix, ma grande copine devant l'Éternel depuis quinze ans, partenaire d'un bon nombre de délits dans notre jeune temps, l'une des rares personnes que j'ai eu du mal à quitter quand je suis partie à l'autre bout du monde, m'attend maintenant à je ne sais combien de mètres au-dessous de moi... Si j'en crois ma montre, je vais la revoir dans exactement vingt minutes, à quelques formalités de douane près.

En réalité, je n'ai vraiment pas à me plaindre de mon moyen de transport actuel : comparé à certains des endroits où j'ai séjourné ces derniers temps, cet avion, c'est le *Hilton*.

Certes, je n'entrerais peut-être pas au *Hilton* habillée d'un short en jean effrangé et complètement délavé par le soleil, de baskets éculées et d'un bout de tissu décoloré grand comme un mouchoir de poche en guise de débardeur.

Quand j'ai gravi la passerelle d'accès, l'hôtesse m'a lancé un regard si dédaigneux que je m'étonne même qu'on m'ait laissée monter dans l'avion. Mais même Caroline de Monaco paraîtrait un peu défraîchie, après vingt mois passés à crapahuter en Thaïlande, en Nouvelle-Zélande et en Australie avec un sac à dos rempli du plus strict minimum vital.

Je ne dois pas être si affreuse à voir, pourtant. De l'autre côté de l'allée, l'homme au profil sexy et aux jambes encore plus sexy continue à me dévisager.

Nous apprécions mutuellement nos gambettes.

Je lui jette un petit coup d'œil en coin.

Il est nettement plus culotté que moi : dès qu'il surprend mon regard, j'ai droit à un clin d'œil appuyé. De face, son visage est encore mieux que de profil. Viril, bronzé, avec l'ombre d'une barbe de fin de journée qui lui donne un air voyou et macho on ne peut plus séduisant.

Je me demande comment il s'appelle.

À mon avis, il doit avoir un prénom à l'image de son physique. Quelque chose de bref et de percutant, comme Sam, par exemple. Non, trop ambigu. Rex ? Et pourquoi pas Médor, pendant que j'y suis ? Adam ? Oui. Adam, ça lui va bien. Adam, le premier homme. Enfin, ce ne serait pas exactement le premier, en ce qui me concerne... quoique j'aie réussi à sillonner l'Orient sans avoir de contacts torrides avec aucun membre du sexe opposé. Je ne suis pas vraiment du genre à coucher avec un homme pour une nuit. Or, quand on voyage, une relation durable n'est pas franchement envisageable. Cela dit, je ne tiens pas spécialement à une relation durable...

En tout cas, je n'ai rien contre le flirt.

Je réduis le volume sonore de mon Walkman et je tourne les yeux vers Jambes Sexy, prête à disputer le deuxième set de ping-pong oculaire.

Malheureusement, quelqu'un a interposé sa svelte silhouette et sa pluie acide personnelle entre nous. L'intruse bat frénétiquement des cils en direction de Jambes Sexy. Je constate avec irritation que l'hôtesse de l'air ravissante et immaculée, celle-là même qui a regardé mes guenilles de travers au moment de l'embarquement, sourit avec coquetterie à *mon* beau ténébreux. Elle est en train de lui servir une coupe de champagne, en se penchant beaucoup plus que cette activité ne l'exige.

Si on était au cinéma, c'est à moi qu'elle servirait du champagne, offert par lui avec ses compliments, son admiration éternelle et son numéro de téléphone personnel. Au lieu de cela, il est rivé à ses yeux bleu cobalt et lui sourit stupidement, comme si chacune des molécules de son corps musclé venait de tomber en pâmoison.

Je ne suis plus qu'un souvenir, un fantasme qui aura duré cinq minutes, un ancien flirt. Et on dit que les femmes sont volages !

Il y a déjà longtemps, Nicky et moi avons élaboré une théorie : le chien est bel et bien le meilleur ami de l'homme. Du point de vue émotionnel, ils fonctionnent exactement de la même façon. En gros, le chien mène la vie dont rêve l'homme. Il mange, dort et, surtout, il fornique sans discernement et sans se sentir obligé de mettre un préservatif, de rester dormir ou de vous téléphoner après. Pas besoin d'endurer l'assommant rituel de vous inviter à dîner ou à boire un verre, de trouver des endroits romantiques et coûteux et de faire semblant de s'intéresser sincèrement à l'intérieur de votre tête avant de s'attaquer enfin aux choses sérieuses. Je suis sûre que si les hommes pouvaient impunément vous coller dans leur niche sans autre forme de procès, ils n'hésiteraient pas une seconde.

Nicky et moi avons notre propre échelle de valeur pour juger la gent masculine. C'est un peu comme une règle à calcul, et la plupart des hommes que nous rencontrons dégringolent lamentablement très en dessous du seuil de tolérance. Mon inconstant voisin vient de passer de la case « potentiel objet d'amour » à « rebut du genre humain » – ce qui ne représente pas, loin s'en faut, le dernier niveau de notre échelle.

Attention, j'aime bien les hommes. Beaucoup d'entre eux, pour être précise. Mais je déteste ce qu'ils deviennent parfois quand :

a) ils ont beaucoup bu et sortent avec leurs copains,

b) ils vous croient tellement subjuguée par leur charme, leur esprit et leur beauté qu'ils considèrent que tout effort supplémentaire de leur part visant à vous faire plaisir est une perte d'énergie, énergie qu'ils dépensent beaucoup plus agréablement à écluser des bières et à draguer d'autres femmes pour se convaincre qu'ils plaisent toujours.

Sachant tout cela, ma meilleure copine Nicky, une femme pourtant saine, sensée et totalement lucide, a décidé de courir le risque ultime. De se jeter dans le précipice émotionnel de la vie. De se soumettre à l'esclavage affectif des chaussettes sales contre la promesse d'un compte joint et de rapports sexuels réguliers.

Elle se marie.

Je me répète mentalement ces trois mots, histoire de voir si je peux m'y habituer.

Nicky se marie.

Non. Désolée, mais je n'y arrive pas. Vous comprenez, elle avait juré ses grands dieux qu'elle ne se marierait jamais. Et voilà que, dans un mois à peine, elle endossera la sacrificielle robe meringuée et se laissera donner à un homme par un autre.

Impossible de refroidir l'enthousiasme de Nicky. Pour couronner le tout, elle a réussi à me convaincre de revêtir une longue robe couleur abricot et de la suivre sur le chemin de l'autel. J'ai même écourté mon voyage pour pouvoir faire partie de la fête et seconder Nix pendant le sprint final précédant le grand jour, dans le rôle officiel de Vieille Copine Témoin. C'est la seule raison qui m'a poussée à quitter au bout de quatre petites semaines mon Australie décontractée et ensoleillée, dernière étape de mon périple. Cela, et aussi le fait que j'étais pratiquement fauchée.

J'avais le choix entre revendre mon billet de retour pour rester encore un peu, puis travailler jusqu'à ce que je puisse me payer un nouveau billet, ou rentrer assumer mon rôle dans le taffetas et les froufrous. Ces deux arguments chocs – une solide amitié et un maigre pécule – l'emportèrent. Je dis adieu au soleil, à la paresse et aux paysages spectaculaires et sautai dans le premier avion en partance pour Londres.

Le pilote annonce que nous amorçons la descente. Tandis que l'avion s'incline, je me penche pour contempler les lumières de la ville. Un frisson d'excitation parcourt ma colonne vertébrale. À moi la civilisation ! Me voilà de retour dans la bonne vieille réalité matérialiste du monde moderne, où l'on vend du chocolat dans de merveilleuses petites machines et où les toilettes publiques sont sensiblement plus hygiéniques qu'un trou dans le sol.

Au cours de ces deux ans, j'ai vécu dans des endroits incroyables, époustouflants, mais Londres sera toujours ma maison. Aujourd'hui, ma ville natale me paraît d'autant plus accueillante que je sais que je n'aurai pas à traîner partout mon sac à dos pour trouver une chambre dans mes prix (soit dix dollars australiens et un yuan chinois) et que si j'éprouve soudain un besoin impérieux de Mars, d'une pizza ou d'une boîte de Tampax, le salut est au coin de la rue.

Je descends de l'avion, les jambes flageolantes d'être restées dans la même position pendant plus de vingt-quatre heures. La première chose qui me frappe, c'est que ma tenue est bien peu adaptée à un printemps anglais plutôt maussade.

Mes poils se hérissent. Ce crachin n'a rien à voir avec le climat de Bangkok, où une courte averse vous donne l'impression que vous venez de prendre une douche dans une cascade chaude. Par miracle, je franchis le contrôle des passeports sans problème. Je récupère mon sac à dos et mon vieux sac marin sur le tapis roulant puis, me frayant un chemin parmi les autres passagers, je me rue dans le hall en cherchant le visage familier parmi la foule de parents et amis qui se tordent le cou.

C'est toujours gênant de se retrouver au milieu de tous ces gens qui vous dévisagent, des chauffeurs de taxi qui agitent leurs panneaux, des familles excitées qui attendent un parent dont elles sont séparées depuis longtemps. Brusquement, vous êtes le point de mire de dizaines de regards pleins d'espoir. Le joueur de football ressent-il la même chose, quand il sort de son tunnel et émerge sur le terrain ?

Mon voisin aux jambes sexy passe à côté de moi, son chariot chargé de bagages en cuir coûteux, d'un ordinateur portable recouvert d'une housse en toile noire et de sacs duty free débordant d'alcool, de cigarettes et de parfum. Trente secondes plus tard, il se fait renverser par une superbe blonde en tailleur ultra-chic, avec des jambes qui montent jusqu'à ses cils de tarentule.

— Tristan, mon chéri, tu m'as atrocement manqué !

Tristan ? Je manque m'étrangler. Décidément, j'ai faux sur toute la ligne, avec ce dragueur infidèle.

— Et moi, je t'ai manqué ? roucoule-t-elle, ses longs cils voletant comme les ailes d'un papillon énervé.

— Je n'ai pas cessé de penser à toi, ronronne-t-il.

Menteur ! L'affreux Tristan descend aussitôt à la case « repoussant rat d'égout » sur mon échelle personnelle, une case au-dessus de « vermisseau putride » et deux cases au-dessus de « rejeton puant du diable ».

Bizarrement, la plupart des hommes que j'ai rencontrés à l'étranger ont obtenu les deux mêmes classements, à savoir « possède tout juste assez de neurones pour s'intéresser au sport, aux drogues douces et aux alcools forts » et « se montre aussi délicat avec le sexe faible qu'un bouc en pleine saison des amours ». Je n'ai pas dû fréquenter les bons endroits.

Je regarde à travers Nicky pendant une minute avant que ses gesticulations, ses bonds et ses appels stridents ne s'impriment enfin sur mon cerveau embrumé par le décalage horaire.

— Naomi ! Naomi ! Te voilà enfin ! Tu es magnifique ! Mon Dieu, c'est toi, c'est vraiment toi, je ne peux pas le croire ! crie-t-elle.

Elle se précipite vers moi et me serre dans ses bras.

Je respire l'odeur familière de Nicky – un mélange

de shampooing à la noix de coco, de lessive et de *Trésor* de Lancôme. Après une longue étreinte, elle me libère enfin et m'examine des pieds à la tête, les yeux brillant d'excitation et de joie.

— Tu es toute mince et toute bronzée ! Et tes cheveux, ils ont poussé d'au moins trente centimètres ! Tu es superbe, absolument superbe !

Je contemple celle que je crois être Nicky, la bouche figée en un rictus choqué qui n'a pas grand-chose d'un sourire. J'aimerais lui retourner ses compliments, mais comment le faire sans mentir ? On ne ment pas à sa meilleure amie, si ?

Si.

— Toi aussi.

Je desserre les dents, histoire de produire un sourire digne de ce nom.

Nicky fait la grimace.

— Tu parles ! répond-elle. Je suis hideuse, et tu le sais aussi bien que moi.

Nix a toujours été incroyablement jolie. Elle a de fabuleux yeux vert clair, un beau visage ovale et un adorable petit nez pointu qui, selon elle, lui donne l'air d'un lutin, mais que tout le monde trouve absolument craquant.

En général, elle est coiffée au carré, et ses cheveux blonds sont parfaitement soignés. Aujourd'hui, ils sont hirsutes et secs comme les poils d'un chameau qui aurait passé huit jours dans le désert sans croiser l'ombre d'une oasis. Pire, on dirait que Nicky s'est chargée elle-même de la coupe.

Elle a un gros bouton rouge sur le menton. Vous savez, le genre de bouton tellement énorme qu'on s'attend à le voir clignoter, malgré les six couches de fond de teint correcteur qui le camoufle.

Et elle a dû prendre six kilos depuis mon départ.

Devant les courbes nouvelles de son corps autrefois svelte, j'ai du mal à rester imperturbable. Pour être honnête, c'est tout le contraire. Je garde stupidement la bouche entrouverte, incapable d'émettre une suite de sons cohérente.

— Boulimie compensatoire, explique-t-elle avec un sourire ironique. C'est marrant, hein ? À force de manger comme un cochon, on finit par ressembler à un cochon. En fait, je devrais plutôt ressembler à un gâteau au chocolat...

Elle hausse les épaules avec un petit rire.

— Bon, on ne va pas papoter ici toute la journée, tu dois être crevée. Rentrons à la maison. Enfin, chez moi, plus exactement, mais tu y seras chez toi aussi longtemps que ça te chante. À moins que tu ne préfères retourner chez ta mère, ce qui m'étonnerait, vu que tu ne lui as pas donné de nouvelles depuis cinq mois... Il faut que tu me racontes tout, absolument tout, dans les moindres détails...

Elle s'interrompt, le regard soudain très triste.

— Oh, Naomi, je suis tellement contente de te revoir ! Tu ne peux pas savoir comme tu m'as manqué.

— Toi aussi, ma belle, dis-je.

De la boulimie compensatoire ? Pour compenser quoi ? Les tensions prénuptiales, peut-être ? Sans cesser de babiller, Nicky prend mon sac marin et glisse son bras sous le mien pour m'emmener vers le parking. Un vrai moulin à paroles. Elle se cramponne à moi comme si elle avait peur que je m'échappe, mais je la sens étrangement distante.

Que se passe-t-il ? Je n'y comprends rien. Pourtant, durant ces deux ans, Nicky et moi sommes restées en contact permanent : lettres, coups de téléphone, assez de cartes postales pour entamer une petite collection.

Il y a quelque chose qui cloche, c'est clair.

Au deuxième sous-sol du parking, nous nous arrêtons devant une MG verte rutilante. Incrédule, je demande :

— C'est à toi ? Qu'est devenu Arnold ?

Arnold est – ou était, je le crains – une Austin Allegro délabrée, plus caractérielle qu'une actrice hollywoodienne. Mais Nicky adorait son vieux tacot.

— Il est dans un garage, pas loin de mon appartement, répond-elle. Je ne supportais pas l'idée de m'en séparer, mais il ne collait pas très bien avec ma nouvelle image. Cela dit, moi non plus, maintenant, hein?

La voilà qui recommence avec son petit rire pathétique.

À présent, je me fais vraiment du souci. Ce n'est pas la Nicky que je connais et que j'aime, la fille gaie, lumineuse et drôle qu'est Nicola Louise Chase depuis vingt-cinq ans.

Et, malgré son bavardage incessant, elle n'a pas mentionné son mariage une seule fois. Compte tenu de nos communications de ces derniers mois, où il n'était question que de la noce imminente, cela me paraît extrêmement bizarre.

Nicky appuie sur la télécommande de son porte-clés, un petit bip retentit et les portières se déverrouillent automatiquement. Elle m'aide à ranger mes bagages dans le coffre, tout en évitant soigneusement de croiser mon regard, puis nous montons toutes les deux dans la voiture.

Je décide de me jeter à l'eau. Tandis qu'elle tourne la clé de contact, je lance d'un ton léger :

— Alors, tu me conduis directement chez la couturière pour me faire essayer ma robe pleine de falbalas?

Je réalise que j'ai visé juste en voyant le visage de Nicky se décomposer instantanément.

— Nicky, qu'est-ce qui ne va pas?

— Rien... Oh, si, tout!

Elle laisse enfin couler ses larmes et s'effondre en sanglotant sur le volant en cuir.

— Rien ne va plus, Naomi. C'est sans espoir.

Elle se redresse et cherche à tâtons son sac derrière elle. Lentement, je tourne la clé de contact pour couper le moteur.

Visiblement, ce ne sont pas les premières larmes que

verse Nicky aujourd'hui. Son mouchoir blanc est déjà taché de mascara marron foncé et de rouge à lèvres.

— Oh, Naomi, je ne sais plus quoi faire ! Je ne peux en parler à personne. J'ai bien essayé d'en toucher un mot à ma mère, mais elle m'a dit que j'étais complètement folle de me mettre des idées pareilles dans la tête. Et toi, tu étais si loin... Et puis, je ne voulais pas t'inquiéter pour rien...

Elle me prend la main et la broie. La sienne est froide, ses ongles rongés et abîmés. Je la serre fort et demande gentiment :

— Que se passe-t-il, Nicky ?

Elle relève la tête et me regarde, ses yeux immenses noyés de chagrin.

— C'est Richard... Il a quelqu'un d'autre.

Richard. Le fiancé. L'homme idéal, d'après les lettres de Nicky. Monsieur Trop-Beau-Pour-Etre-Vrai.

— Quoi ? Tu en es sûre ?

— Oui... Non... Oh, je ne sais pas, sanglote-t-elle en replongeant dans son mouchoir. Je ne suis plus sûre de rien.

Elle se tourne à nouveau vers moi, larmes et mascara ruisselant sur ses joues.

— Il a dû se passer quelque chose pour que tu doutes de lui. A-t-il dit quelque chose ? A-t-il changé ?

Elle se mouche bruyamment dans le carré de tissu trempé et hoche la tête.

— Oui, presque du jour au lendemain. Tout à coup, il est devenu très évasif. Il s'est mis à annuler nos rendez-vous, à sortir sans explication, à aller boire un pot avec « des copains », à travailler tard au bureau sans répondre au téléphone quand j'appelle. Enfin, je me trompe peut-être, mais il ne faisait jamais ça, avant. Je ne sais pas quoi penser, Naomi. J'espère vraiment que ce n'est rien d'autre que le stress d'avant le mariage, comme le dit ma mère...

— Ne t'inquiète pas, Nix.

Je resserre mes mains autour des siennes.

— Ta mère a sûrement raison. Selon les statistiques, le mariage est l'une des principales causes de stress, juste avant les déménagements, les divorces et la mort. Celle des autres, je veux dire. Quoique... En ce qui te concerne, je crois que la mort de Richard soulagerait ton stress. Je suis prête à l'assassiner pour toi, si ça peut te détendre...

Je suis récompensée par l'ombre d'un sourire.

— Tout va s'arranger, ma belle. Je te le promets.

Nicky se penche vers moi et appuie sa joue humide contre la mienne.

— Merci, Naomi. Tu n'imagines pas à quel point je suis contente que tu sois revenue.

Je la serre dans mes bras avec affection, tous mes instincts protecteurs surgissant comme ceux d'une maman ours qui a vu rôder des chasseurs auprès de son petit. Nicky est peut-être heureuse que je sois revenue, mais je peux vous garantir une chose : si Richard est vraiment en train de l'emmener sur le chemin semé des ronces de la trahison au lieu de lui faire remonter l'allée centrale de l'église dans une bulle de bonheur parfumée, il va regretter que je ne sois pas sur un autre continent. Car si je découvre qu'il trompe une personne qui est sans doute la plus adorable, la plus gentille de toute l'Angleterre, je ne me contenterai pas de l'assassiner. Je le tuerai en le laissant mourir à petit feu, avec des tortures si raffinées qu'Hannibal Lecter lui-même n'aurait pas osé les imaginer.

2

Depuis deux mois, Nicky habite à Limehouse, le quartier des docks. Son nouvel appartement fait partie d'un gigantesque entrepôt réhabilité et aménagé sur trois niveaux avec piliers d'origine, immenses baies vitrées et murs en pierre. Le grand luxe. Tout cela dans un quartier branché mais pas trop, juste ce qu'il faut pour rester encore vaguement abordable.

L'appartement de Nicky est au deuxième étage. Une volée de marches en pierre plutôt raides y conduit, mais nous préférons emprunter l'ascenseur flambant neuf. Mes baskets et mon sac à dos déposent de petits tas de sable sur le sol impeccablement ciré.

Malgré son désarroi, Nicky pousse la porte d'entrée de son appartement avec un petit mouvement théâtral de fierté légitime.

Je découvre un appartement à tomber par terre, qui correspond, je suppose, à la nouvelle image de Nicky. Je pénètre dans un grand vestibule. À droite, une porte donne sur une penderie aux dimensions faramineuses. Trois marches descendent vers la pièce principale, un immense séjour avec parquet et murs en brique. En face de moi, un mur presque entièrement vitré s'ouvre sur une sorte de petite terrasse, avec quelques plantes vertes dans de gros pots en terre cuite, une table et des chaises en bois ajouré, une chaise longue assortie et même un barbecue.

En fait, il y a presque plus de mobilier dehors qu'à l'intérieur, mais le peu d'éléments qui meublent le salon témoigne de beaucoup de goût.

Nicky a toujours été le genre de personne à privilégier la qualité plutôt que la quantité. Si l'on nous envoyait toutes les deux faire des courses avec cent livres en poche, elle rapporterait un pantalon qui lui irait merveilleusement bien pendant au moins cinq ans, alors que moi, j'aurais des sacs pleins de vêtements qui tiendraient pendant deux lavages avant de se délaver, de s'effilocher et de se déformer jusqu'à adopter la consistance d'une vieille serpillière.

Au milieu de la pièce, je reconnais un grand tapis turc dérobé à la salle à manger de ses parents, sur lequel sont disposés à angle droit deux confortables canapés ivoire. Une table basse, visiblement sortie de l'imagination d'un designer réputé, trône entre les deux.

La bibliothèque, un de ces éléments très mode en hêtre et Plexiglas ondulé, abrite deux ou trois objets d'art soigneusement choisis, une chaîne hi-fi luxueuse et une petite télévision.

C'est le genre d'appartement que l'on présenterait en couverture de *Vogue* comme la résidence londonienne de quelque jeune starlette promise à un radieux avenir. Classe de A à Z. Heureusement que je n'ai pas rapporté à Nicky ce gigantesque kangourou en peluche ! Pourtant, si la sculpture ethnique représentant la fertilité que je lui ai préférée convient beaucoup mieux à la décoration de ce palace, elle ne me semble pas vraiment appropriée pour l'instant.

Enfin, ne soyons pas si négatifs.

Nicky a certainement raison. Elle est sans doute juste un peu sur les nerfs à cause du mariage. Elle panique à l'idée qu'elle commet peut-être une erreur en épousant Richard. En réalité, le fait que son fiancé voie quelqu'un d'autre lui donnerait l'excuse idéale pour changer d'avis juste avant la date limite.

En mon for intérieur, je crois que Nicky est comme moi, c'est-à-dire pas encore prête à adopter les signes extérieurs de l'âge adulte : un mariage masochiste, la maternité et un crédit immobilier écrasant. D'ailleurs, en parlant de crédit... Je promène autour de moi un regard incrédule.

— Nix, je sais que tu gagnes bien ta vie, mais comment as-tu pu t'offrir un paradis pareil ?

— Je n'ai pas pu, avoue-t-elle. On m'a beaucoup aidée, et je rembourse un crédit immobilier assez lourd. L'acompte est en quelque sorte un énorme cadeau de mariage de papa et maman. Ils étaient si heureux de se débarrasser de moi que je n'ai pas eu de mal à les convaincre. Et puis, ils adorent tous les deux Richard. C'est le fils dont ils ont toujours rêvé :

docile, aimable, qui prend des douches régulièrement, qui travaille...

— Si je comprends bien, Toby est toujours aussi casse-pieds ?

Le petit frère de Nicky est odieux.

— Pire. Un vrai bon à rien, il n'a pas changé.

Dans le couloir qui conduit à la cuisine, je vois trois portes. Nicky ouvre la première sur la droite.

— Voici ta chambre, annonce-t-elle en posant mon sac marin par terre.

Je reste bouche bée devant le lit gigantesque. Une immense fenêtre à tabatière le surplombe. Nicky suit mon regard et sourit.

— J'ai pensé que ça t'aiderait à apaiser ta bougeotte, déclare-t-elle. Avec les étoiles au-dessus de ta tête, tu pourrais être n'importe où. Ta salle de bains est là, ajoute-t-elle en montrant ce que j'avais pris pour la porte d'un placard.

Je suis ahurie.

— Tu veux dire que j'ai ma salle de bains particulière ?

Elle pouffe. Pour la première fois depuis que je l'ai retrouvée, son rire sonne à peu près juste.

— Bien sûr. Tu te souviens comment on s'en sert, j'espère ?

J'ouvre la porte et je découvre ce qui est probablement la plus immaculée des salles de bains que j'aie vues en plus de dix-huit mois. Elle n'est pas très grande, mais intelligemment divisée en deux. La baignoire est dissimulée derrière une cloison, la douche nichée à côté de la porte, et les toilettes et le lavabo trouvent leur place dans le reste de l'espace. Tout est virginal et chromé.

— Nicky, cet appartement est incroyable ! Quel cadeau de mariage ! Moi qui croyais qu'on vous offrait des draps, des services à thé et cinq grille-pain identiques...

En tout cas, si je me mariais, c'est ce que je recevrais

à coup sûr. Ma mère, elle, me donnerait de l'argent. Elle me donne toujours de l'argent. De l'argent à Noël et aux anniversaires. Pas de carte de vœux, non, juste une enveloppe en papier kraft avec un chèque à l'intérieur. D'un montant relativement correct, en général, mais rien qui puisse me permettre d'acquérir un appartement. Quant à mon père éternellement en vadrouille... Avec un peu de chance, j'aurais droit à une carte postale venant d'un endroit exotique et lointain, qui arriverait au moins quinze jours après avoir été postée.

— Si tu ne te maries pas, tu dois le rendre?

Pourquoi mon humour est-il toujours aussi peu subtil? Je retire mes pieds du plat dans lequel je les ai mis et je suis Nicky dans le salon, où une bouteille de vin et deux verres nous attendent sur la table basse.

— Si je ne me marie pas, je ne rends rien.

— Excellente idée. Adieu le bonhomme, bon débarras, et merci pour les cadeaux.

— Pourquoi aurais-je un appartement vide en plus d'une existence vide?

Nicky s'effondre sur le canapé. Sa lèvre inférieure tremble comme celle d'un colley écossais terrifié.

— Je conserverai cet appartement avec ou sans Richard. Tant pis si je dois m'éreinter au boulot.

— On n'en est pas là, ma belle.

Je m'assois à côté d'elle et lui tapote gentiment la main.

— Je suis sûre que tout va bien se passer. De toute façon, il faut absolument que tu gardes cet appartement. Je n'ai aucune envie d'aller vivre chez ma mère, même si elle veut bien de moi.

— On se retrouvera peut-être toutes les deux sur le pas de sa porte, à la supplier de nous héberger pour la nuit, réplique Nicky avec un petit rire pas très gai.

— Ça, c'est le tout dernier recours. Personnellement, je préfère encore dormir sous les ponts.

— Ah, oui ? Je sais que tu as traîné dans les rues à une époque, mais je nous vois mal habiter dans un vieux carton sur les quais.

— Au moins, ce serait un carton chic.

Dans un coin de la pièce s'entassent des cadeaux déballés, qui proviennent tous de magasins prestigieux. Apparemment, les parents des fiancés ont déjà fait leurs courses.

— On n'est pas censé ouvrir ses cadeaux après le mariage ?

Nicky hausse les épaules et esquisse un sourire.

— Tu me connais.

Elle a toujours été de ces enfants qui s'arrangent pour trouver leurs cadeaux avant le matin de Noël, même si cela signifie qu'ils n'auront pas une seule surprise le 25 décembre.

— Et puis, ça me permet de préparer mes cartes de remerciement, continue-t-elle. Comme ça, je pourrai profiter tranquillement du voyage de noces.

Elle pâlit.

— Enfin, si voyage de noces il y a.

— Euh... si Richard se désiste, je peux prendre sa place ?

Bravo, Naomi, encore une belle gaffe ! Heureusement, Nicky éclate de rire. J'étouffe un soupir de soulagement.

— Tu n'en as pas marre des vacances ? demande-t-elle.

— Seigneur, on dirait ma mère ! Je te rappelle que ce n'étaient pas des vacances, mais une expérience d'enrichissement personnel.

Sur la bibliothèque, diverses photographies encadrées me contemplent. Plusieurs nous représentent, Nicky et moi, à différentes étapes de notre vie : remises de diplômes, fêtes, vacances à dos de poney au pays de Galles quand nous avions douze ans. Sur un autre cliché, je reconnais son petit frère Toby en polo de rugby vert. Il se penche vers l'objectif, ses cheveux bruns et bouclés pleins de boue, une chope de bière à la main. Puis vient un portrait de ses parents, très stricts, posant à côté de l'imposante cheminée en pierres de taille de leur maison, dans le Kent. Enfin, en vedette sur l'étagère centrale de la bibliothèque, je remarque la photographie d'un jeune homme blond allongé dans un transat, au bord d'une piscine bleu pâle scintillant sous un ciel sans nuages. Des lunettes de soleil cachent ses yeux, mais sa mâchoire est carrée et ses lèvres minces dessinent ce que je perçois comme un sourire assez arrogant.

— C'est Richard ?

Nicky hoche la tête.

— Oui.

— Beau mec.

— Oui, c'est un beau mec, approuve-t-elle.

Lentement, j'ajoute :

— Si on aime ce genre.

— J'étais sûre que tu dirais ça, déclare Nicky avec un petit sourire. Il est trop parfait à ton goût, hein ? Il lui manque ce petit côté fruste qui te fait toujours craquer.

— À t'entendre, on croirait que je suis attirée par des maçons couverts de poussière de ciment, avec un QI inférieur aux doigts d'une main !

— Ne t'inquiète pas, je sais que tu es un peu plus difficile que ça. Un tout petit peu.

— Merci, Nix. De quand date cette photo ?

— À peine un an. C'était au début de l'été dernier, deux mois après notre rencontre. Nous étions en week-end à la campagne chez des amis, à Henley.

— Mmm... on fréquente des coins huppés, à ce que je vois. Moi, j'ai autant de chances de passer un week-end là-bas que d'être invitée à une soirée privée à Buckingham Palace.

— Imbécile, répond-elle avec affection.

J'extrais du canapé mes fesses fatiguées par le voyage et vais prendre le cliché sur l'étagère pour l'examiner de plus près.

Je suis sûrement influencée par la déprime et les kilos en trop de Nicky, mais ce type ne me revient pas. Il me paraît hautain et beaucoup trop sûr de lui.

Avant aujourd'hui, je ne l'avais vu que sur une photo floue, tordue tant de fois par tant de facteurs qu'il était difficile de se faire une idée. Jusqu'à présent, Richard n'avait été que ce blond avec un gros pli au milieu du visage, qui tenait la main d'une Nicky coiffée d'un grand chapeau.

Je crois que je le préfère avec le pli en travers de la figure. Cela lui donnait l'air moins suffisant. Le téléphone sonne soudain, interrompant mes réflexions. Nicky bondit sur le combiné comme un oiseau affamé sur une miette de pain.

— Allô ?

Sa voix s'adoucit.

— Oh, salut, toi...

D'après son intonation séductrice et la façon dont ses épaules se détendent instantanément, je devine que l'interlocuteur est Richard.

Cependant, une minute plus tard, sa voix se casse et s'enroue, annonçant de nouvelles larmes.

— Oh, non... Tu es obligé d'y aller ?

Les muscles de ses épaules se nouent comme un bretzel.

— D'accord, si c'est aussi important que tu le dis...

Elle marque une pause. De toute évidence, elle s'efforce de ne pas éclater en sanglots.

— Je t'aime, murmure-t-elle enfin.

Même moi, j'ai entendu la douce tonalité signifiant que Richard a déjà raccroché.

Elle lève vers moi des yeux cernés et brillants de larmes.

— Il devait passer ce soir, mais il a annulé.

Elle pousse un long soupir et secoue la tête, comme pour essayer de dissiper la lourde vague de tristesse qui vient de s'abattre sur elle.

— C'est la deuxième fois cette semaine. Il dit qu'il

doit emmener des clients dîner… La discussion se prolonge, tu sais ce que c'est, je suis vraiment désolé, Nicola, imite-t-elle.

Les mots se brisent contre la boule de déception qui grossit au fond de sa gorge, premier signe du syndrome « je viens d'avaler un bonbon tout rond et il est coincé » qui vous frappe quand un fardeau devient trop lourd à porter.

Elle enfouit son visage dans ses mains, incapable de retenir les grosses larmes qui jaillissent entre ses doigts.

— Ça me rend complètement folle. Il faut que je sache, Naomi. Même si la vérité est terrible, elle ne peut pas être pire que cette incertitude.

— Eh bien, nous allons tâcher de découvrir la vérité, dis-je fermement, en lui versant un grand verre de vin blanc frais.

— Comment ?

— Richard a-t-il déjà vu une photo de moi ?

Nicky écarte les doigts, laissant apparaître deux yeux stupéfaits.

— Oui, mais ça m'étonnerait qu'il te reconnaisse maintenant, répond-elle, l'air parfaitement ahuri.

— Tant mieux. As-tu des vêtements chauds à me prêter ?

— Bien sûr, mais…

— Rien de chic, juste quelque chose de plus confortable que les trois shorts et les deux maillots de bain qui constituent ma garde-robe.

Je lui administre une gorgée de vin pour des raisons purement médicinales, puis je la tire du canapé et l'emmène dans sa chambre. Là, après avoir fouillé parmi des robes et des tailleurs aussi coûteux qu'élégants, nous réussissons à trouver un tee-shirt, un pull et un jean.

— Tu n'as qu'à les garder, ils ne me vont plus depuis plusieurs kilos, plaisante-t-elle sans conviction.

Un peu dépitée, elle me regarde me glisser sans effort dans son jean taille 38 relégué aux oubliettes.

— Je devrais peut-être partir quelque temps à l'étranger, moi aussi, remarque-t-elle.

— Oui, c'est étonnant ce que la pauvreté et la famine peuvent faire pour la silhouette.

Ses yeux pleins de larmes s'écarquillent.

— C'était si dur que ça ?

— Dur, mais génial.

— Alors, pourquoi es-tu revenue ?

— À ton avis, espèce de vieille bique ? dis-je en l'embrassant. Bien. Maintenant, il me faudrait les clés de ta voiture.

J'éclate de rire devant l'expression horrifiée de Nicky.

— Pas la nouvelle, grosse bête. Même moi, je ne me la prêterais pas ! Je voulais parler d'Arnold. Il est toujours en règle, ce vieux tacot ?

— Je crois. J'ai deux mois de PV en retard, mais il doit bien pouvoir rouler encore quelques kilomètres avant de tomber en pièces détachées...

— Parfait. Donne-moi les clés de cette merveille et l'adresse de Richard.

— Mais pourquoi ? s'inquiète-t-elle. Naomi, qu'est-ce que tu comptes faire ?

— Pour l'instant, je n'en sais rien, mais j'ai la ferme intention de le découvrir.

Après avoir enfilé mes vieilles baskets et un blouson emprunté à Nicky, je me dirige d'un pas décidé vers la porte d'entrée, avant de ne plus pouvoir résister à l'attrait du somptueux lit qui m'attend dans la chambre d'amis.

Quarante-huit heures plus tôt, je bronzais sur la plage, un bon bouquin dans une main, un jus de fruits frais dans l'autre. Des vagues bleu azur s'écrasaient sur le rivage, et une pléthore de corps masculins humides et musclés se déchaînaient dans l'océan, tous pectoraux luisant sous l'écume.

Le bonheur.

Et j'ai quitté ce paradis pour quoi ?

Pour passer des heures à faire le pied de grue devant une maison à Chelsea, cloîtrée dans une Austin Allegro rouillée dépourvue d'autoradio, un ressort déglingué sous les fesses, à siroter le café noir de plus en plus tiède de mon Thermos pour lutter contre le décalage horaire, tandis que la pluie tambourine sur le toit et fuit par les vitres, trempant les tapis nauséabonds et déjà pourris. Super. Et pour quel résultat ?

Surprendre le fiancé de ma meilleure amie en train de rentrer chez lui très tard, mais très seul.

Pas vraiment efficace, mon boulot de détective.

J'ai poireauté pendant cinq heures pour voir l'impeccable Richard payer le taxi et courir vers sa maison, sa mallette au-dessus de la tête pour protéger ses cheveux parfaits de la pluie battante.

Je sors de mon sac le téléphone portable de Nicky et compose son numéro.

— Allô ? grogne une voix ensommeillée.

— L'énergumène est de retour.

— Quoi ?

— Je dis, l'énergumène est de retour.

— Qui est à l'appareil ?

Oh, zut ! Mauvais numéro. Je coupe rapidement la communication et, réprimant un fou rire tout à fait déplacé, je réitère l'opération.

— Allô ?

La voix me semble plus familière, cette fois.

— Nicky ? C'est toi ?

— Bien sûr que c'est moi ! chuchote-t-elle. Alors, que se passe-t-il ?

— Le traître potentiel est revenu.

— Alors ?

— Il était seul. Pas de pin-up pendue à ses basques ou cachée dans son caleçon.

— Alors ? répète-t-elle avec impatience.

— Alors, rien. Il a débarqué en taxi il y a vingt

secondes, a payé le chauffeur et a couru jusqu'à la porte. Je peux rentrer, maintenant ?

— Et si elle se pointe tout à l'heure ?

— Nicky ! Il est 2 heures du matin. J'ai dormi à peu près deux heures depuis ces dernières vingt-quatre heures, et on n'est même pas sûres qu'il existe une *elle*. J'aurais beau rester devant chez lui jusqu'à ce qu'il parte au travail demain matin, je ne verrais rien de plus affreux que le laitier livrant une bouteille de lait entier au lieu de lait demi-écrémé.

— Mais Naomi ! gémit-elle. Où était-il jusqu'à une heure pareille ?

— Je n'en sais rien et, à moins d'agresser le chauffeur de taxi, je n'ai aucun moyen de le savoir. Écoute, je ne peux rien faire d'autre pour l'instant. Ta voiture est tellement humide que mon corps tout entier est flétri comme un pruneau. Branche la bouilloire, j'arrive dans vingt minutes.

— Mais si tu restes, tu l'attraperas peut-être en flagrant délit, insiste-t-elle.

— Nicky, crois-moi, si je reste, la seule chose que j'attraperai, c'est une pneumonie.

Je pénètre en titubant dans l'immeuble de Nicky et, mes jambes se dérobant sous moi, je m'accroupis dans l'ascenseur, les yeux à peine entrouverts. Au deuxième étage, Nicky m'attend sur le pas de la porte, le visage pâli par l'inquiétude, ses cheveux un peu gras attachés n'importe comment avec un élastique. Autour de ses ongles rongés, la peau est à vif, comme ses nerfs.

— Naomi ! Te voilà enfin !

Elle me tire pratiquement à l'intérieur et referme la porte.

— Raconte-moi tout... Qu'est-ce que tu as vu ?

— Ce que je t'ai dit. Il est rentré juste avant que je t'appelle et il était absolument seul.

— Comment était-il habillé ?

Je marmonne :

— Avec des vêtements.

Puis je retire mes baskets sans les délacer.

— Quel genre de vêtements ?

— Euh... des vêtements de bureau, je pense. Un pantalon, évidemment... Sûrement un costume. Je ne sais pas, Nick. Je suis désolée, il faisait très sombre.

— S'il faisait sombre, tu as pu rater un détail important.

— Crois-moi, je n'ai peut-être pas distingué la marque de son costume, mais j'ai très bien vu qu'il était seul. Oh, et il avait toujours son attaché-case. Donc, à moins qu'il ait passé la soirée à danser dans une boîte de nuit, il est fort probable que son dîner d'affaires de ce soir ait été un vrai dîner d'affaires.

Je me dirige vers le salon, enlève mes gants et frotte mes mains bleuies pour y faire revenir la circulation. Un nuage de culpabilité assombrit le visage déjà contrit de Nicky.

— Tu es gelée !

— J'avais remarqué, merci.

Elle prend mes mains glacées entre les siennes et les frictionne, les yeux perdus dans le vide.

— Je suis désolée, Naomi.

L'excuse est distraite. Visiblement, elle réfléchit à toute vitesse.

— Le dîner s'est sans doute prolongé, déclare-t-elle, les lèvres pincées, d'un ton faussement calme.

— Sans doute.

— Ou bien il est passé voir ses parents ensuite pour discuter du mariage ou d'autre chose.

— C'est possible, dis-je avec un hochement de tête encourageant. Il y a certainement une explication parfaitement logique à son retour tardif.

— Oh, Naomi, je n'en peux plus ! s'écrie-t-elle en lâchant mes mains et en s'effondrant sur le canapé le plus proche. Je suis en train de devenir complètement paranoïaque. Non seulement je cherche des traces de parfum ou de rouge à lèvres sur les cols de ses chemises, mais tu sais ce que je fais ? Tu sais à quoi j'en suis réduite ?

Non, mais je sens que je ne vais pas tarder à l'apprendre.

— Je renifle ses sous-vêtements, avoue-t-elle en se cachant la tête dans les mains, affreusement gênée.

Je souris très lentement, en espérant que cela ressemble à un petit sourire de compassion et non à l'embryon d'un accès de fou rire hystérique.

— Bah, ça n'a rien de dramatique. Des tas de gens font ce genre de choses, tu n'es pas perverse pour autant. Je suis sûre qu'il existe des fétichistes qui boiraient leur chocolat chaud dans le verre à dents de leur amoureux...

— Mais non ! s'exclame-t-elle. Je ne veux pas dire par plaisir... Je veux dire, pour trouver des preuves !

— Quelle sorte de preuves ?

— Eh bien... tu sais.

— Ah ? Je sais ?

— Ne fais pas l'idiote, Naomi, tu vois très bien ce que je veux dire. Tu sais... l'odeur d'une femme, tout ça...

— C'est vrai ?

— Hélas, oui, admet-elle avec tristesse. Je vais chez lui quand il n'est pas là et je fouille parmi ses sous-vêtements.

Malgré moi, mon petit sourire gentil s'épanouit peu à peu jusqu'au stade de la large banane.

— Ça n'a rien de drôle, marmonne Nicky, boudeuse, au contraire. Et le pire, c'est qu'il m'a surprise, une fois.

— Non !

— Si.

Elle vire au rouge pivoine en se remémorant l'incident.

— La main dans le sac, ou plutôt dans le panier de linge sale, un caleçon et un slip kangourou étalés à côté de moi, le nez enfoui dans son Calvin Klein du dimanche.

Elle se penche et prend sur la table basse un verre ballon gros comme un aquarium, avale une immense gorgée de vin et secoue la tête.

— Qu'est-ce que tu as fait ?

— Après la crise cardiaque quand j'ai entendu la porte s'ouvrir ? Je lui ai dit que j'avais décidé de m'occuper de sa lessive, puisqu'il avait tellement de travail ces derniers temps.

Je pouffe.

— La fée des sous-vêtements ! Monsieur part au bureau le matin et, à son retour, une fée du logis lui a subtilisé et lavé ses caleçons ! Alors, tu en as trouvé ?

— Quoi ?

— Des preuves.

— Pas vraiment, non.

Je soupire.

— Bon, mais si tu n'as rien découvert de compromettant au rayon sous-vêtements, qu'est-ce qui te fait croire qu'il voit quelqu'un d'autre ?

— Oh, je ne sais pas, répond-elle. Hormis les rendez-vous annulés, j'ai cette sensation horrible que quelque chose ne va pas.

— Pure intuition, alors, dis-je avec ironie.

— Pas seulement. J'ai vu comment se comportent les mecs, au travail, quand ils ont des aventures. Ils mentent comme des arracheurs de dents, prétendent être débordés de boulot alors qu'ils sont en train de vivre une folle passion avec la secrétaire du deuxième étage dans le placard des fournitures de bureau.

— Sexe, mensonges et dactylos, luxure dans le placard des fournitures...

Nicky émet un petit rire.

— S'il te plaît, ne te moque pas de moi, Naomi. Tu me trouves peut-être ridicule, mais il faut vraiment que je sache la vérité. Même si tout ça est le fruit de mon imagination, je vais faire capoter notre histoire avec mes soupçons stupides.

Elle se cache le visage, mais je vois ses larmes couler.

— Je perds la tête, Naomi, sanglote-t-elle. Aide-moi, je t'en prie.

De nous deux, Nicky a toujours été la plus ambitieuse, la plus déterminée, la plus réaliste. Elle sait ce qu'elle veut et où elle va. Moi, je suis la rêveuse, l'indécise, la farfelue. J'écoute mon cœur plutôt que ma tête, mais Nicky est là pour me rappeler à l'ordre.

Et la voilà maintenant, ses yeux verts noyés de tristesse, cernés d'ombres grises, avachie sur le canapé de son sublime appartement, au milieu des preuves matérielles de son écrasant succès, complètement anéantie par un représentant du sexe opposé.

Elle prend la bouteille de vin sur la table basse et l'incline vers son verre. Il n'en coule qu'un mince filet.

— Oups, elle est vide !

Elle se force à sourire, se lève et se dirige d'un pas incertain vers le plateau de bouteilles d'alcool posé sur une étagère.

— Il faut passer aux alcools forts.

Je suis effondrée. Une méchante fée a transformé ma Nicola Chase, pleine de vie et parfaitement maîtresse d'elle-même, en une fille pâle, au bord de la dépression, qui cherche du whisky à 3 heures du matin !

Pour la première fois de notre vie, elle a besoin qu'on inverse les rôles, que je devienne l'élément fort de notre amitié, celle sur qui on peut compter et se reposer. Avec fermeté, je la détourne des bouteilles d'alcool et la ramène vers le canapé.

Le mariage est prévu dans quatre semaines. Il faut réagir tout de suite.

Je m'assois sur un coin de la table basse en face d'elle et, prenant ses mains tremblantes dans les miennes, je l'oblige à me regarder.

— Écoute, Nix, je suis ta meilleure amie, non ? Tu as toujours veillé sur moi. Maintenant, c'est à moi de m'occuper de toi. Je n'ai peut-être pas tout découvert ce soir, mais s'il se trame quelque chose, je le saurai.

Pendant les semaines qui viennent, j'ai l'intention de manger, dormir et respirer au rythme de Richard Ackerman. Je le suivrai partout... enfin, peut-être pas dans les toilettes pour hommes. D'une façon ou d'une autre, nous connaîtrons la vérité, je te le promets.

— Oh, Naomi...

Elle lève vers moi deux yeux immenses et pleins d'espoir.

— Tu ferais ça pour moi ?

Je hoche la tête avec détermination.

— Tu as devant toi le nouveau James Bond. En jupons.

— En tout cas, je ne peux pas jouer Blofeld, renifle Nicky. Je suis allergique aux chats.

Je secoue la tête.

— De toute façon, Blofeld est le méchant. C'est le rôle de Richard. Toi, tu seras miss Moneypenny.

— Merci beaucoup, Naomi !

Nicky sourit entre ses larmes et me serre les mains avec effusion.

— Merci, Naomi, répète-t-elle.

— Qu'est-ce que je ne ferais pas pour toi ! Et puis, ça peut être rigolo de devenir l'ombre de Richard, de le filer partout. Je trouve cette perspective presque excitante...

Mes aïeux, Richard est d'un ennui !

Il déjeune dans le même restaurant tous les midi, sauf le mercredi où, pour une raison inexplicable, il ne sort de son bureau que le soir, à l'heure de rentrer chez lui. Hormis cette première nuit où je l'ai guetté devant sa maison victorienne, il quitte systématiquement son travail à 19 heures précises, prend un taxi et arrive chez lui entre trente et quarante minutes plus tard, selon les aléas de la circulation.

Il change de costume tous les jours. Cependant, après l'avoir espionné pendant presque deux semaines, je réalise qu'il met le même costume le même jour, comme s'il en avait un pour le lundi, un pour le mardi, etc. Apparemment, le vendredi est le jour de la tenue Armani.

Physiquement, Richard est très séduisant, je l'admets, bien qu'il ne me plaise pas du tout. Il faut dire que Nicky et moi n'avons jamais été attirées par le même genre d'hommes. Tant mieux, d'ailleurs.

En fait, il est assez différent des hommes qui font craquer Nicky habituellement. Quand nous étions à la fac, elle sortait avec des garçons plutôt dégingandés, bohèmes, cheveux longs et moralité à l'avenant. Elle aimait les ramener chez elle le week-end pour effrayer ses parents ultra-conservateurs. Ils doivent trouver Richard formidable. Il a une belle situation, un brillant avenir devant lui, des cheveux blonds bien disciplinés, propres et luisants, une silhouette athlétique, des costumes sur mesure, une mâchoire puissante. Le gendre idéal, style Clark Kent avant qu'il ne se transforme en Superman.

Richard a-t-il une double personnalité, lui aussi? Court-il se changer dans une cabine téléphonique, troquer son attirail de gentil garçon contre un vieil imper de sadique et passer ses nuits sur le Minitel rose?

Et surtout, a-t-il une maîtresse clandestine cachée quelque part?

Le fait qu'il ne voie Nicky que deux fois par semaine dans le meilleur des cas tendrait à indiquer qu'il est extrêmement pris, mais comment occupe-t-il son temps quand il n'est pas au travail?

Je me demande comment j'ai pu être excitée par l'idée de filer Richard. Je me suis plus amusée en parcourant à pied les quarante derniers kilomètres séparant Kelang de Singapour sous une pluie battante, après que le moteur de tondeuse à gazon – au moins quarante ans d'âge – de l'autocar dans lequel je me déplaçais eut agonisé.

Pendant douze longues journées, j'ai passé mon temps dans la vieille guimbarde de Nicky et lu tous les magazines du mois, de *Cosmo* au canard le plus ringard et le plus scandaleux. J'ai multiplié par trois la facture du portable de Nicky en téléphonant à tous les concours des journaux et en la tenant au courant des allées et venues de Richard, qui consistent généralement en « il vient d'arriver au bureau » ou « il vient de quitter le bureau ».

Espionne solitaire, j'ai joué au morpion contre moi-même sur le pare-brise embué, scruté mon visage dans le rétroviseur à la recherche de nouvelles rides d'expression (découvertes en abondance, hélas) et refait connaissance avec toutes ces diaboliques barres chocolatées que l'on peut se procurer en Europe.

J'ai un bleu sur la fesse droite à cause de ce maudit ressort, et mon postérieur tout entier se ramollit à force de rester assis si longtemps.

Je m'ennuie tellement que je contemple avec intérêt une araignée tisser sa toile entre le rétroviseur et le pare-brise, ses longues pattes s'agitant comme la baguette d'un chef d'orchestre faisant exécuter à ses musiciens un morceau subtil et compliqué.

Il faut presque deux heures à l'araignée pour finir de tisser ses fils délicats... À ce moment-là, le rétroviseur tombe.

Serait-ce une métaphore ? L'absurdité de l'existence symbolisée par la destruction fatale de ce travail minutieux ? Probablement, mais je crois que je serais trop déprimée si je me penchais plus longtemps sur la question.

Jusqu'à présent, mes interminables observations m'ont menée à la conclusion que le type de l'immeuble voisin de celui de Richard, qui abrite une compagnie d'experts-comptables, vit une aventure passionnée avec sa secrétaire. La jeune et jolie fille d'origine italienne qui sert au comptoir de la brasserie du coin fréquente deux garçons en même temps. Et l'associé principal de la boîte de Richard a une femme, une ex-femme et deux maîtresses logées dans son existence très organisée et alimentée au Viagra. Mais, pour l'instant, Richard ne semble que travailler, dormir et accomplir chaque jour la même routine monotone qui compose son ennuyeux petit univers.

Nicky lui a raconté que j'avais changé ma date de retour et que je ne reviendrais que dans quinze jours. Ce petit arrangement me convient très bien, car cela signifie que je peux reculer d'au moins deux semaines le moment d'appeler mon indigne mère.

Je n'ai pas eu trop de mal à éviter l'affreux fiancé. Il n'a passé que deux soirées chez Nicky durant ces deux dernières semaines, et je me suis éclipsée chaque fois. Nicky appréhende notre rencontre. À mon avis, elle redoute avant tout que je n'assassine Richard dès que je le verrai. Au second rang de ses craintes vient la peur qu'il ne me reconnaisse comme étant la folle stationnée en permanence devant son bureau dans une épave.

À 18 h 15 le vendredi de la deuxième semaine, je campe à mon endroit habituel. Arnold se désintègre tranquillement autour de moi, tandis que je feuillette sans enthousiasme une revue de voyages en regrettant de ne pas être sur la plage de Bondi, à siroter un Coca frais et à me repaître du spectacle des corps parfaits des véliplanchistes et autres autochtones bronzés.

J'attends l'événement mineur de 19 heures, qui consiste à filer Richard jusqu'à sa maison, puis à poireauter devant chez lui jusqu'à ce que la lumière de sa chambre s'éteigne, quand mon regard est brusquement attiré par une vision incongrue.

Richard sort en avance.

Il franchit la double porte vitrée de Sherman, Davis & Ackerman, avocats, son manteau en cachemire négligemment jeté sur le bras droit, et hèle un taxi. J'aurais dû deviner qu'il allait se passer quelque chose d'extraordinaire aujourd'hui : ce matin, il n'est pas apparu dans son costume Armani du vendredi, mais dans un costume Hugo Boss bleu marine tout neuf.

Du bleu marine sur Richard. Comme c'est avant-gardiste pour l'homme au complet gris !

Alors qu'il grimpe à l'arrière du taxi et parle au chauffeur, je glousse toute seule :

— Suivez cette voiture !

Grands dieux ! Ma première poursuite dans les rues de Londres !

Maintenant qu'il y a de l'action, je pourrais bien prendre goût à la filature.

À vrai dire, Arnold ne cadre pas très bien avec ma nouvelle image de détective téméraire lancé aux trousses d'un dangereux criminel. En principe, je devrais être au volant d'un véhicule luisant, sportif, aux lignes élégantes, avec des manettes pour les torpilles et des sièges éjectables. Dans ma vieille Austin Allegro, les seuls boutons disponibles sont les essuie-glaces et les clignotants, et aucun ne fonctionne correctement ! Je serai probablement le seul et unique agent secret à me faire arrêter par la police en pleine chasse à l'homme pour avoir conduit un véhicule hors d'état de rouler.

Et zut, je l'ai perdu ! C'est la première fois en deux semaines qu'il change ses satanées habitudes, et il faut que je le perde, sacré nom d'un chien ! Tout en jurant abondamment, je tape des deux mains sur le volant d'Arnold, qui proteste en calant complètement.

Quand je parviens enfin à ressusciter Arnold, je décide d'aller chez Richard. Là, j'attends, encore et encore. À 23 h 30, un taxi s'arrête devant sa maison. Le cliquetis d'un moteur Diesel me tire de ma léthargie.

Je remonte le col de mon blouson autour de mon visage, m'enfonce un peu plus dans mon siège et regarde. Sur la banquette arrière se dessinent deux silhouettes. L'une se penche en avant pour payer. Le profil ciselé de Richard est brièvement éclairé par le plafonnier du taxi. Ils sortent tous les deux de la voiture, et mon cœur descend dans mes chaussettes.

Il est avec une femme.

Elle est l'image de la respectabilité, dans son tailleur rayé parfaitement coupé et ses élégants escarpins. Elle porte un mince attaché-case dans une main et une petite valise dans l'autre. C'est une très jolie femme, soignée, aux traits réguliers. Ses cheveux sombres sont coiffés en un chignon impeccable retenu par une barrette en argent qui brille sous le lampadaire.

Ils gardent le silence tandis que Richard la précède jusqu'à la porte, tourne la clé dans la serrure et ouvre.

Je suis un peu déçue. Je suis restée ici tous les soirs pendant deux semaines, sans jamais rien voir. J'étais à deux doigts d'informer ma meilleure amie qu'en épousant Richard, elle ne risquait rien de plus que de mourir d'ennui, et voilà qu'il commet une chose que l'on pourrait qualifier d'illicite.

Encore faut-il le vérifier. Peut-être a-t-il simplement invité une charmante collaboratrice à boire un café et à étudier un dossier avec lui. Mais, à cette heure tardive, cela me paraît à peu près aussi probable que si je décidais soudain que ma mère est mon modèle et ma source d'inspiration.

Pour en avoir le cœur net, une seule solution : aller vérifier la nature exacte de leurs occupations. J'ai la clé de la maison dans la poche de mon jean, mais je ne peux tout de même pas entrer tranquillement par la grande porte !

Les membres engourdis, les orteils gelés, je sors de la voiture, hésite un moment et pique un sprint jusqu'au coin de la rue. Mes baskets usées glissent sur l'asphalte mouillé. Je m'engage dans l'étroite allée qui longe l'arrière des maisons mitoyennes. Des ombres dansent, sinistres, dans l'obscurité. Ma respiration haletante résonne bruyamment à mes oreilles.

Je compte les maisons et m'arrête devant celle de Richard... qui, pour mon malheur, est protégée par une grille en bois cadenassée.

Mais il en faut plus pour décourager le détective intrépide que je suis. Je recule, puis fonce vers la grille. À cinquante centimètres de l'objectif, je m'élance et parviens à hisser la partie supérieure de mon corps par-dessus la grille. Je reste suspendue là quelques instants, telle une chaussette accrochée au panier à linge, avant de réussir à élever mes fesses un peu plus haut. Avec mon postérieur en guise de lest, je mise sur la gravité pour me faire basculer de l'autre côté. J'atterris dans le jardin, à bout de souffle, convaincue que le grincement du bois a averti quelqu'un de mon intrusion. Je m'immobilise, mais ne distingue aucun mouvement en provenance de la maison : pas de rideaux qui bougent, pas de torches braquées sur moi comme les projecteurs d'une prison balayant les recoins à la recherche d'un fugitif.

Furtivement, j'avance vers la maison, en rasant le mur qui sépare le jardin de Richard de son voisin de droite. Je me sens l'âme d'un cambrioleur. Un cambrioleur très inexpérimenté.

Visiblement, c'est aussi l'avis du yorkshire-terrier d'à côté, qui semble porter un jugement des plus sévères sur mon incompétence. En fait, à voir – ou plutôt à entendre – la réaction du roquet, on croirait que je suis une psychopathe sanguinaire et que je me balade avec un hachoir à viande, un rictus démoniaque et un désir satanique de tuer et de mutiler.

En ce moment, il bondit de l'autre côté du mur en pierre à la façon d'une marionnette en folie, comme s'il avait la canine mission de sauver les habitants de Langham Terrace de la détraquée qui vient de se catapulter par-dessus la grille du jardin. On dirait que quelqu'un jette le petit chien en l'air, le rattrape quand il retombe et le relance aussitôt. Chaque fois qu'il atteint le sommet du mur, il aboie férocement.

Boum, ouah ! Boum, ouah ! Boum, ouah !

Je lui siffle de se taire, ce qui ne fait que décupler son animosité à mon égard.

Ce doit être là que les agents les plus organisés sortent une côtelette droguée de leur poche, mais tout ce que j'ai dans la mienne, c'est un paquet entamé de pastilles aux fruits et un mouchoir en papier usagé.

Je lui offrirais bien un bonbon, mais le suivant est un vert, mon préféré, et je me le fourre dans la bouche sans le lui proposer. Je tire la langue en direction du corniaud qui continue à s'époumoner et j'essaie de repérer les lieux. La lumière est allumée dans le salon de Richard, dont je sais, d'après les descriptions de Nicky, qu'il occupe toute la surface du rez-de-chaussée surélevé.

Je promène mon regard autour de moi, dans l'espoir de trouver quelque engin pour me hisser et gagner la douzaine de centimètres qu'il me manque pour devenir top model et, accessoirement, épier par la fenêtre.

Rien. Le jardin de Richard est aussi soigné et ordonné que Richard lui-même : du gazon bien tondu d'un bout à l'autre, que seul traverse un chemin allant de la grille à un petit patio.

En désespoir de cause, je me résigne à escalader la gouttière. J'étais toujours la première à arriver en haut de la corde lisse, à l'école, cela devrait être à ma portée. En tout cas, je l'espère vivement. Bon, je fredonne intérieurement le thème de *Mission impossible*, chausse mes crampons mentaux et commence l'ascension.

Malheureusement, si ma grimpette est relativement aisée, elle ajoute encore à l'hostilité de mon tenace persécuteur du jardin voisin.

Persuadé maintenant que je suis une criminelle en cavale, le chien s'acharne sur le mur en pierre et finit par s'accrocher à un morceau de ciment protubérant. De là, il réussit à soulever son petit arrière-train velu par-dessus le mur et à plonger dans le jardin de Richard.

Il se campe juste au-dessous de moi, le poil hérissé, les babines retroussées sur une rangée de crocs pointus comme des aiguilles. Soudain, animé par une bonne dose d'héroïsme canin, il saute assez haut pour attacher sa gueule hargneuse à ma pauvre cheville. Même grande ouverte, la gueule en question est à peine plus large qu'une pièce de vingt pence. Le niveau de douleur, en revanche, n'est absolument pas proportionnel à la taille. Il vaudrait plutôt cinquante livres. Oh, et puis zut, rédigez-moi un chèque de mille livres et je devrais rentrer dans mes frais !

Aïe aïe aïe !

Réprimant un hurlement, j'agite ma jambe pour lui faire lâcher prise, mais il a la mâchoire tétanisée.

C'est complètement absurde. J'ai une clé et je me retrouve en train d'escalader une gouttière mouillée avec un yorkshire affligé du complexe du chien de garde en guise de bracelet de cheville. Au moins, cet imbécile n'aboie plus. J'aurais seulement préféré que ce ne soit pas parce qu'il a la gueule remplie de la chair tendre entourant mon tibia. Par-dessus le marché, cela ne l'empêche pas d'émettre un grognement menaçant.

Si je grimpais encore un tout petit peu, je pourrais coincer mon pied dans la gouttière et noyer ce satané corniaud. Et zut à la SPA ! C'est une question de survie, la sienne ou la mienne.

Arrivée quelques centimètres plus haut, j'hésite à commettre ce crime. Je sens ses dents toujours plantées dans ma cheville. Le chien, le meilleur ami de l'homme... Tant pis, demain, j'enverrai dix livres au chenil de Battersea, voilà tout.

Je prends une profonde inspiration et j'enfonce mon pied dans les profondeurs ténébreuses et bourbeuses de la gouttière. La persévérance de Terrier le Terrible force mon admiration, je l'avoue. Il tient bon encore huit secondes avant de me libérer, puis refait surface et barbote en tournant frénétiquement en rond, comme un de ces jouets de bain qu'on remonte mécaniquement. Incroyable. Au lieu d'essayer de sauver sa peau, il veut à tout prix se rattacher à moi par crocs interposés.

Couverte d'égratignures, des lambeaux de peinture écaillée dans les cheveux et dans les yeux, mon jean et ma cheville gauche déchirés par des canines affûtées comme des lames de rasoir, j'atteins enfin la fenêtre du salon et découvre... Richard et son invitée dignement assis côte à côte sur un canapé d'un vert pomme assez étonnant, en train d'examiner des papiers étalés sur la table basse.

Il me faut quelques instants pour comprendre ce qui cloche dans ce charmant petit tableau de zèle professionnel.

Ce n'est pas que mon morne Richard ait un goût aussi moderne en matière de mobilier. Ce ne sont pas les deux verres de vin posés à côté des dossiers. Ce n'est pas la bouteille à moitié vide de bordeaux. Ce n'est même pas la musique douce que distille le lecteur de CD, ni l'impression qu'ils sont assis trop près l'un de l'autre sur ledit canapé vert pomme branché. Non, c'est plutôt cet objet incongru, sous la table basse, perché délicatement sur les escarpins chics de la distinguée collaboratrice : un slip en soie et dentelle lilas. Pour lui réchauffer les chevilles, sans doute.

À moins que l'élastique de sa culotte n'ait rendu l'âme à son insu, je dirais qu'il se passe quelque chose de tout à fait coupable, d'autant plus que la main gauche de Richard fourrage également sous la table basse.

Deux secondes plus tard, il jette son stylo par terre, elle envoie valser ses chaussures et voler son slip par la même occasion, et ils se tournent l'un vers l'autre pour s'étreindre passionnément, s'arrachant mutuellement leurs vêtements avec frénésie.

C'est ce moment-là, alors que je contemple la scène par la fenêtre, outrée, que choisit Terrier le Terrible pour se hisser hors de la gouttière, tituber maladroitement sur l'étroit rebord et bondir sur mes fesses où, une fois le contact établi, il plante ses crocs dans la chair de mon postérieur et s'y accroche comme une sangsue affamée. Je pousse un cri de surprise et de douleur mêlées, lâche ma prise sur la gouttière et chois lamentablement.

À l'instant où ma tête heurte le sol avec un bruit sourd, la porte s'ouvre en grand. À travers un festival de ravissantes étoiles argentées, je distingue deux personnes à moitié nues qui me dévisagent, bouche bée, dans l'obscurité. Mais une apparition soudaine me masque ce spectacle. Un terrifiant, poilu, furibond, grognant, putride et vindicatif petit cabot vient de tomber du ciel.

Avant que le mugissement des sirènes de police ne m'emplisse les oreilles, je remarque que Terrier le Terrible porte un nœud rose sur la tête. C'est un peu comme si je me retrouvais face à face avec King Kong et que je réalisais qu'il met du rouge à lèvres et des faux cils.

Grâce à Dieu, Nicky est avocate. Il va falloir pas mal de bagou pour me sortir de ce pétrin.

La police s'apprête à m'embarquer pour tentative de cambriolage quand Nix surgit pour, je l'espère, étayer ma version des faits, à savoir une explication pour le moins douteuse de ma présence dans le jardin de Richard au beau milieu de la nuit.

Malheureusement, au lieu d'expliquer que je ne suis pas vraiment responsable de la récente série d'effractions survenues dans le quartier, elle passe en trombe devant les deux policiers médusés et saute sur Richard avec un exemplaire de *Vanity Fair* qu'elle a dû récupérer dans la boîte à gants de sa MG.

Super. Il ne me reste plus qu'à me préparer à purger ma peine pour violation de domicile. Pourtant, les seules victimes de mon crime sont personnelles : ma tête, mon amour-propre et l'élastique fatigué de mon slip, qui s'est envolé (ainsi que quelques-unes de mes vertèbres) au paradis des petites culottes au moment où j'ai touché le sol. Quant à Nicky, elle va se faire coffrer pour agression caractérisée.

Néanmoins, il faut reconnaître qu'il y a quelque chose de très jubilatoire à la regarder taper sur la tête de Richard avec un magazine célèbre.

Finalement, après qu'elle eut été écartée d'un Richard recroquevillé sur le sol, qu'on m'eut vertement tancée pour l'avoir encouragée comme une folle assoiffée de sang, qu'on nous eut toutes les deux menacées de nous passer les menottes, c'est Richard qui parvient à persuader les policiers qu'il s'agit d'une querelle purement domestique, et nous voilà quittes pour un avertissement.

Les représentants de l'ordre jugent sage, pour la sécurité de Richard plus que pour la nôtre, de nous escorter toutes les deux jusque chez Nicky.

Je les supplie de ne pas me verbaliser pour conduite d'une épave dans un quartier résidentiel, puis réussis à convaincre Nicky de ne pas retourner chez Richard pour continuer son agression (concentrée cette fois sur un point précis de son anatomie contre lequel elle a une dent particulière) avec la sculpture que je lui ai rapportée d'Australie, dans l'espoir qu'elle exercerait l'effet inverse de celui prévu à l'origine.

Durant tout le week-end, Nicky et moi restons enfermées dans son appartement, en compagnie d'une grande bouteille de vodka et d'une double ration de mouchoirs en papier.

La journée du samedi se résume à une alternance de larmes, d'incrédulité, de colère, de vodka, de silence, de hurlements, de vodka, de lucidité résignée, de nouvelles larmes, de cris désespérés, de vodka, avant que Nix s'endorme enfin sur le canapé, au milieu d'une montagne de mouchoirs trempés. Je la réveille pour l'emmener dans sa chambre, où elle s'effondre sur le lit, le nez dans la couette, et se rendort aussitôt.

Ô bienheureux oubli, unique remède d'un cœur blessé !

Le dimanche matin, j'émerge péniblement vers 10 heures. Je n'ai pas bu autant que Nicky, mais ma tête m'informe que j'ai ingurgité beaucoup trop d'alcool hier soir. Pour rétablir l'équilibre, il faudrait que j'avale au moins deux seaux d'eau.

J'enfile mon peignoir et pars à la recherche de Nicky. À ma grande surprise, elle est debout.

Je la trouve dans la cuisine, avachie sur un tabouret, vêtue de la même robe de chambre qu'elle porte depuis la nuit de vendredi, un verre rempli de vodka à côté d'elle. Elle allume une cigarette d'une main tremblante.

— Depuis quand fumes-tu ?

Je branche la bouilloire et m'accoude au bar, en face d'elle.

— Depuis... euh... deux secondes.

Nicky hausse les épaules et inhale la fumée avec hésitation. Elle est prise instantanément d'une violente et malsaine quinte de toux.

— Mon père a dû oublier son paquet ici, la dernière fois qu'il est venu.

— Et... puis-je te demander pourquoi tu fumes ?

— C'est censé calmer les nerfs ? suggère-t-elle distraitement, en frottant ses yeux rougis de sa main libre. Et puis, ça m'occupe les mains. Comme ça, je ne les serre pas autour de la gorge de ce fumier...

— À mon avis, étrangler Richard serait meilleur pour ta santé. Je te prépare des toasts pour tremper ta vodka ?

Nicky secoue la tête, gémit et avale une gorgée d'alcool.

— Dans ce cas, te laisserais-tu persuader d'ajouter une larme de Coca à cette boisson revigorante ?

— C'est le petit verre qui fait passer la gueule de bois.

Elle me contemple d'un air de défi, puis son visage se décompose.

— Oh, Naomi, je comprends que je le dégoûte. D'ailleurs, je me demande ce qu'il a pu me trouver.

C'est vrai, regarde-moi. Je suis grosse, triste, pathétique...

Ses yeux se plissent un peu plus. Les larmes ne tardent pas à ruisseler sur ses joues en un nouveau torrent de souffrance.

— Je ne sais pas pourquoi un type pareil a voulu sortir avec une fille comme moi, continue-t-elle. Alors m'épouser, tu penses... Sauf qu'il n'avait pas franchement envie de m'épouser, de toute évidence. Lâchement, il s'est arrangé pour que je découvre sa trahison. Pour lui, c'était la façon la plus facile de s'en tirer.

Elle marque une pause.

— Elle était très belle ? chuchote-t-elle.

— Non.

Je mens sans vergogne, heureuse que la femme à la petite culotte vagabonde ait eu le bon sens de détaler au premier hurlement de sirène annonciateur de scandale.

— De toute façon, la beauté est superficielle. Toi, tu as aussi la beauté intérieure. Tu es douce, gentille, attentionnée, brillante, merveilleuse...

Avec un geste agacé, Nicky m'interrompt.

— Bientôt, tu vas me dire qu'il ne m'arrivait pas à la cheville et que je finirai par rencontrer quelqu'un qui me mérite vraiment.

— C'est la vérité, mais je peux éviter les platitudes, si tu préfères.

— Bah, autant que tu sois la première à me les débiter, soupire Nicky.

Précautionneusement, elle tire une nouvelle bouffée de sa cigarette, avant d'essuyer un nouveau flot de larmes.

— Quand les gens vont l'apprendre...

À cette idée, une expression horrifiée se peint sur son visage livide.

— Il me faut encore quelque chose à boire, dit-elle en prenant la bouteille de vodka. Non, ce n'est pas de ça dont j'ai besoin, c'est seulement de Richard...

— Tu n'as pas besoin de Richard, ni d'alcool.

Je confisque vivement la bouteille.

— Mais c'est toi qui l'as achetée, proteste Nicky, tandis que je vide le reste de vodka dans l'évier.

— Je sais, mais pas pour le petit-déjeuner.

Je rallume la bouilloire et sors deux tasses du placard, échangeant prestement celle sur laquelle est gravé *Richard* contre une autre, plus neutre.

Quand la bouilloire s'arrête, je déclare :

— Bon, établissons une règle d'or. La vie t'a joué un sale tour, pas vrai ? Certains coups du sort font penser à des giclées de boue sur ta veste préférée, d'autres à une invasion de cafards particulièrement coriaces dans ton appartement, mais...

— Celui-ci entre sans discuter dans la catégorie des cafards, pleurniche Nicky en fixant sans enthousiasme la tasse de thé que je lui tends, regrettant visiblement qu'elle ne soit pas corsée par quelque chose d'un peu plus fort que du lait écrémé et deux sucres.

— Je sais, ma belle, mais pas question de noyer ton chagrin dans la vodka dès le petit déjeuner, d'accord ?

— Ne t'inquiète pas, Naomi, soupire-t-elle, je ne vais pas me transformer en poivrote.

— Dans le doute, je propose qu'on s'offre une folle soirée à se complaire dans le chagrin, où tu pourras boire autant que tu le veux. Ensuite, on tourne la page. Qu'est-ce que tu en dis ?

— C'était hier, ma folle soirée ?

— Exactement.

— Eh bien, j'aurais apprécié que tu m'avertisses avant. Si j'avais su que c'était ma dernière chance, j'aurais descendu une autre boîte de mouchoirs et une bouteille de whisky.

— Est-ce l'ombre d'un sourire que je discerne ?

— Non.

La lèvre inférieure de Nicky se met à trembler, annonçant l'arrivée de nouvelles larmes.

— Oh, Naomi, je me sens tellement… nulle… et tellement frustrée. Il n'a même pas essayé de m'appeler, tu te rends compte ?

— Pure veulerie… Et puis, que te dirait-il ?

— Il pourrait s'excuser, réplique Nicky.

— Tu crois qu'il connaît ce terme ?

La sonnette de la porte retentit soudain, nous faisant sursauter avec un bel ensemble

Nous nous regardons. Et ne bougeons ni l'une ni l'autre.

On sonne encore, plus longuement, avec insistance.

— Si c'est ce fumier, je ne veux pas le voir ! crie Nicky.

Elle saisit une boîte de mouchoirs et une tablette de chocolat bien entamée, puis elle court vers sa chambre.

Ce n'est pas le fumier.

Quand j'ouvre prudemment la porte, prête à la claquer aussitôt, je découvre un ange descendu du paradis.

Des cheveux auburn en bataille, qui commencent à boucler aux pointes, des yeux bleus légèrement espiègles, des cernes mauves dus à un manque de sommeil chronique, une beauté céleste que seul vient atténuer un nez cassé sur un terrain de rugby. On dirait un chérubin qui aurait plusieurs fois quitté le droit chemin, généralement en état d'ébriété avancée.

— Jamie !

Je me jette sur lui avec l'ardeur d'un plongeur olympique visant la médaille d'or.

Hormis Nix, mon « demi-frère » Jamie est l'une des personnes que je préfère au monde. C'est le fils du quatrième mari de ma mère. Elle a réussi à rester avec lui pendant au moins cinq ans, un vrai record, et nous avons été élevés ensemble durant cette période. Quand ce mariage s'est brisé, Jamie et moi avons continué à nous voir. Bizarrement, je me sens beaucoup plus proche de lui que d'Adrian, mon vrai demi-frère. Il faut dire que Jamie et moi avons le même âge et beaucoup de choses en commun – notamment des familles totalement éclatées – alors qu'Adrian a dix ans de plus que moi et est, à mon avis, un abruti irrécupérable.

Nous nous étreignons à n'en plus finir, au milieu d'une cacophonie d'apostrophes bruyantes.

— Tu es toute bronzée !

— Tu as grandi !

— Tu as maigri.

— Tu as grossi.

— Je t'ai manqué ?

— Non.

— Tu aurais pu appeler plus souvent, radine !

— Tu aurais pu m'écrire plus souvent, feignant !

Enfin, au bord de l'asphyxie et à court d'insultes affectueuses, nous nous taisons. Après avoir repris son souffle, Jamie – qui est en quatrième année de médecine – demande :

— Comment va la patiente ?

Comme Nicky l'avait prévu, le téléphone arabe a bien fonctionné.

— Tu es déjà au courant ?

Il hoche la tête.

— Je l'ai appris au cours de la même conversation qui m'a prévenu de ton retour. Pourquoi ne m'as-tu pas téléphoné, ma puce ?

— Désolée, mais j'ai été très occupée. Je suppose que tu comprends pourquoi.

Jamie grimace un sourire compatissant.

— Alors, comment réagit-elle ?

— Ça irait mieux avec de la morphine.

— Je m'en doutais.

Il me tend une bouteille de vodka enveloppée dans du papier.

— Un petit remontant, dit-il.

Je cache rapidement le cadeau dans un grand vase en grès qui monte la garde à côté de la porte, telle une alcoolique chevronnée qui a sa planque toute prête.

— C'est si grave que ça ? s'inquiète Jamie.

— Disons qu'elle a déjà assez bu pour aujourd'hui.

Il entre dans le vestibule et referme la porte derrière lui.

— La pauvre, murmure-t-il en secouant la tête. Pour être sincère, Naomi, ça ne m'étonne pas. J'ai croisé Richard deux ou trois fois, et il m'a fait l'effet d'un crétin suffisant. Où est-elle ?

— Elle se terre dans sa chambre. Elle craignait que tu ne sois le crétin suffisant.

— J'y vais ou j'attends qu'elle sorte ?

— Ni l'un ni l'autre. Elle n'a pas très envie de discuter, en ce moment.

— Mais je peux peut-être l'aider, proteste-t-il, blessé.

— Pas sûr. Tu sais ce que c'est. Nous en sommes à la phase « tous des fumiers ».

— Sauf moi, tout de même ? demande Jamie, incrédule.

— Eh bien... si tu te sens de taille à répondre aux questions...

— Quelles questions ?

— Tu es un mec, Jamie. L'ennemi. Si tu es prêt à supporter un interrogatoire en règle sur les motivations des hommes, alors va voir Nix, n'hésite pas. Mais elle comptera sur toi, en tant que représentant de la même sous-espèce, pour lui expliquer exactement pourquoi Richard a fait ce qu'il a fait.

— Oh, d'accord, dit Jamie en se mordant la lèvre inférieure. Je ne pourrais pas plutôt devenir fille honoraire ? Je suis tout disposé à me joindre au chorus féminin et à entonner « tous des fumiers ». Tu n'as qu'à me prêter une robe. J'accepterai même de porter des sous-vêtements de fille, s'il le faut.

— Je te rappelle que tu es censé être là pour aider Nicky, pas pour assouvir tes fantasmes. Écoute, buvons un verre tous les deux. L'odeur de l'alcool l'attirera peut-être.

— Elle noie son chagrin ?

— Elle lui garde la tête sous l'eau, jusqu'à ce qu'il cesse de lui balancer des coups.

Je me dirige vers la cuisine pour y chercher une bouteille de vin blanc frais, Jamie sur mes talons.

– À propos, ta mère voudrait te voir.

Les deux mots redoutés, « ta mère ».

Je réponds avec horreur, le tire-bouchon à la main, le visage déformé par l'angoisse :

— Tu plaisantes ? Elle ne sait pas encore que je suis rentrée.

— Euh... si, avoue-t-il d'un air gêné.

Je ne comprends pas ces filles qui clament que leur mère est leur meilleure amie. Ma mère est mon pire cauchemar, mon ennemi privé numéro un, la responsable de toutes mes peurs, de mes complexes et de mes problèmes relationnels en général. J'avais prévu de la tenir dans une bienheureuse ignorance de mon retour aussi longtemps que c'était humainement possible.

— Tu lui as dit que j'étais revenue ? Jamie, comment as-tu pu ? Traître infâme !

— Elle aurait fini par le savoir, et plus tu aurais tardé, plus elle t'en aurait voulu. Je t'ai rendu service, Naomi. Débarrasse-toi de cette corvée. Appelle-la.

— Je suis vraiment obligée ?

— Ordre du médecin, dit-il.

Il me prend gentiment par les épaules.

— Ne t'inquiète pas. Quelle est la pire chose qu'elle puisse te faire ? Tu n'es plus une gamine, elle ne va pas te priver de sorties ou d'argent de poche.

— Non, mais elle risque de m'arracher le cœur et de m'offrir en sacrifice sur l'autel du mercantilisme et du conformisme ambiant.

— Bien sûr, mais ça vaut mille fois mieux que de te confisquer ta ration hebdomadaire de chocolat.

Nicky émerge enfin de sa chambre le lendemain, pour retourner s'y réfugier dès que Kate, sa mère, apparaît sur le seuil dans un nuage de parfum et d'anxiété.

J'avais proposé de m'occuper de la « désorganisation » du mariage – prévenir les invités, annuler le traiteur, renvoyer les cadeaux, castrer Richard sans anesthésie – mais Kate s'attelle à la tâche le lundi matin comme si sa vie en dépendait. Elle passe plus de temps à annuler le mariage qu'elle n'en avait mis à l'organiser. Je pense qu'elle a besoin d'avoir quelque chose à faire pour éviter de devenir complètement hystérique. Il a fallu pratiquement enfermer le père de Nicky dans son bureau pour l'empêcher de foncer directement du Kent à Chelsea avec un fusil de chasse, dans le but avoué d'exécuter une rapide et sanglante vengeance dans laquelle seraient impliqués le postérieur de Richard et une impressionnante quantité de chevrotine.

Le premier choc un peu apaisé, l'instinct suivant consiste à se procurer un effaceur géant et à rayer définitivement cette histoire de la mémoire collective.

Les parents de Nicky sont du genre à sauver les apparences. Il y a certaines choses dont on ne discute pas, surtout si les voisins en ont entendu parler.

La mère de Nicky s'est donné pour mission de supprimer toutes les preuves matérielles tendant à indiquer qu'un mariage était prévu. Ensuite, chacun pourra reprendre son train-train comme s'il ne s'était rien passé, en espérant qu'aussi peu d'amis et de parents que possible se rappelleront ou évoqueront ce « malheureux incident » d'ici un an.

Malgré les protestations de Nicky, il faut renvoyer les cadeaux de mariage, ranger la robe dans de la naphtaline et subtiliser du placard de la fiancée trompée les sous-vêtements ridiculement virginaux qu'elle comptait revêtir pour sa nuit de noces. La seule chose à laquelle se cramponne une Nicky affaiblie et au visage baigné de larmes est le gâteau de mariage, affirmant que le niveau de boulimie compensatoire dans laquelle elle avait l'intention de s'embarquer exige pour commencer quelque chose de spectaculaire. Héroïquement, je parviens à la sauver d'une overdose de fruits confits et de pâte d'amande. Puis, sans perdre de vue que l'amour, dit-on, est très proche de la haine, j'entreprends d'aider Nicky à recoller son cœur brisé grâce à des méthodes consacrées, essayées et approuvées par de nombreuses utilisatrices.

1) La vengeance.

— Je suis vraiment contente que tu sois revenue, Naomi, je n'aurais jamais réussi à sortir la tête de l'eau sans toi.

Cinq jours se sont écoulés. Elle est faible, très éprouvée, meurtrie, mais elle va mieux. Un tout petit peu mieux. Une infime étincelle de combativité se lit dans ses grands yeux verts.

Je la serre dans mes bras et, très maternelle, je boutonne deux ou trois boutons supplémentaires de son cardigan gris.

— C'est à ça que servent les copines, ma biche... Il reste un peu de place sur ce gril ?

À côté de nous, le barbecue envoie des volutes de fumée grise dans le ciel que le soleil couchant colore de rouge et d'orange. Nicky opine de la tête.

— Tu devrais pouvoir glisser quelque chose de pas trop gros.

Je contemple le plateau sur la table en bois et suggère en réprimant un gloussement :

— Une sardine ?

— Ce serait parfait.

Je jette l'objet, que nous regardons griller avec satisfaction.

— Veux-tu un autre verre de vin ?

— Avec plaisir, merci.

Je prends la bouteille et remplis le verre de Nicky à ras bord.

— Santé.

En souriant, elle heurte le bord de son verre contre le mien.

— Tu sais, c'était une formidable idée d'étrenner le barbecue. À mon avis, ce bifteck est cuit.

Les pincettes à la main, Nicky désigne ce qui fut jadis une chaussure en cuir faite sur mesure. Le malheureux soulier dégage à présent une fumée noire, imprégnant l'air d'un arôme répugnant de cuir brûlé.

Je me penche pour inspecter la cuisson.

— Mmm... Encore quelques minutes de l'autre côté, mais je pense que ceux-ci sont presque prêts.

Nicky remue deux objets qui furent par le passé de glorieux caleçons blancs Calvin Klein, joliment noircis à côté de la cravate pure soie que je viens d'ajouter au bûcher funéraire des vêtements de Richard.

— Délicieux, déclare-t-elle. Tu as raison, ils sont croustillants et dorés, exactement comme je les aime !

2) Le rétablissement.

Le fait que je n'aie accordé à Nicky qu'une soirée de libations pour plonger dans une miséricordieuse inconscience ses pauvres neurones traumatisés ne m'a pas complètement été pardonné. Malgré mes protestations, la bouteille de Jamie est finalement sortie de son vase et a continué sa carrière dans nos gorges assoiffées.

Après plusieurs verres chacune, je décide que la meilleure façon d'aider Nicky à renouer avec la gent masculine est de l'emmener passer une bonne vieille soirée entre filles. Elle a décrété qu'elle ne voulait plus rien avoir à faire avec les hommes, mais je prends cette affirmation à la légère, tout comme lorsqu'elle prétend qu'il ne lui reste plus qu'à devenir bonne sœur ou lesbienne.

Je lui dis que ni la guimpe ni la coupe en brosse ne lui iraient, puis je l'entraîne en ville pour lui rappeler que les hommes tiennent encore une place dans sa vie, ne serait-ce que pour flirter outrageusement avec elle dans une boîte surpeuplée et panser un peu son ego malmené.

Je pense qu'elle se serait sentie un tout petit peu mieux si Richard avait rampé à ses pieds pour lui demander pardon et l'avait suppliée de lui rouvrir sa porte, mais elle n'a pas entendu parler de lui depuis qu'elle a carbonisé sur le barbecue du balcon les coûteux vêtements qu'il avait laissés chez elle, puis posté leurs cendres à son adresse dans quatre grandes enveloppes.

Nicky et moi avons rangé les hommes en deux catégories distinctes :

a) les gentils mais idiots,

b) les ordures qui vous mentent et vous trompent, mais sont curieusement bien plus attirants.

Ce qu'il nous faut, c'est quelqu'un qui possède l'aspect agréable des deux catégories. Un homme dynamique et excitant, intelligent et attentionné. À supposer qu'une telle créature existe.

D'après Nicky, on a plus de chances d'inventer un chocolat sans calories et sans matières grasses que de trouver un homme pourvu de ces qualités.

D'ailleurs, elle s'en fiche pas mal.

Troisième bar de la soirée. Nous sommes passées du vin rouge au rhum martiniquais puis, au péril de notre vie, nous avons commandé deux tournées de tequilas frappées pour faire bonne mesure.

Nous sommes ivres toutes les deux.

Personnellement, avec l'estomac en béton armé que j'ai acquis après deux ans d'ingestion de substances exotiques, je suis à peine éméchée, tandis que Nicky a atteint le degré d'éthylisme ouaté où plus rien n'a d'importance et où l'on voit le monde à travers un halo bienfaisant.

— Tu sais, ce n'est pas l'infidélité... dit-elle d'une voix pâteuse.

Elle s'interrompt et termine son verre. Sans même se rendre compte de ce qu'elle fait, elle prend le mien et le vide aussi.

— Tout le monde a le droit de changer d'avis, de ne

plus aimer l'autre... Non, c'est son manque de sincérité. Si je ne correspondais pas vraiment à ce qu'il voulait, alors pourquoi est-il allé si loin, pourquoi m'a-t-il humiliée à ce point ?

Je lève la main pour demander au barman de nous resservir.

— On tombe toutes sur un imbécile un jour ou l'autre.

Je mets mon bras autour de ses épaules, et nous oscillons toutes les deux dangereusement sur nos tabourets de bar.

— Estime-toi heureuse d'avoir réussi à te débarrasser de Richard avant de t'être liée à lui pour la vie.

— Ce n'est pas le choix qui manque, ici.

Nicky englobe d'un vaste geste l'entière population mâle du bar, arrosant nos voisins d'une généreuse rasade de tequila.

— Est-ce que je vais patauger encore longtemps au milieu des crapules avant de rencontrer un homme digne de ce nom ?

— Tu sais ce qu'on dit : il faut embrasser beaucoup de crapauds...

— ...avant de trouver son prince, achève Nicky. Et si j'embrassais quelques crapauds ? « Qui ne tente rien n'a rien », pas vrai ? Mmm, je sens que je m'échauffe...

Elle bat des cils, attirant l'attention du type assis sur le tabouret le plus proche de nous. Je dois avouer qu'il est plutôt mignon, dans son genre je-viens-de-tomber-du-lit-et-bon-sang-qu'est-ce-que-j'ai-fait-de-mon-peigne. Il se tourne pour observer Nicky, béat d'admiration.

— Quelle beauté ! s'exclame-t-il en louchant avec admiration sur son impressionnant décolleté.

— Crève, grogne-t-elle.

Au lieu de se détourner, vexé, l'inconnu éclate d'un rire ravi et se rapproche d'elle.

– J'ai entendu dire que tu aimais les animaux, surtout les batraciens, lance-t-il. Ô gente dame, me délivreras-tu du sort qui me retient prisonnier de cette hideuse enveloppe ? Un baiser, et je suis sauvé.

Fort de cette déclaration, il ferme les yeux et lui tend ses lèvres.

Je regarde Nicky, choquée et hilare, sans trop savoir quelle sera sa réaction. À ma grande stupeur, elle sourit.

— J'aime les hommes qui ont du cran, dit-elle.

Sur ce, prenant un stylo dans son sac, elle inscrit son numéro de téléphone sur son front.

Le lundi matin, je me réveille en proie à l'abominable gueule de bois que j'ai déjà soignée durant tout le dimanche. Hormis ma soirée d'adieu à mes nouveaux amis australiens, je ne crois pas avoir jamais autant bu.

Par miracle, Nicky s'est levée et est retournée à son bureau, qu'elle avait déserté depuis ce fatal vendredi, il y a un peu plus d'une semaine. Sur le réfrigérateur, un message fixé avec un aimant dit simplement : « Aaaaaaaaaahhhhhhh ! »

Malgré presque deux ans passés loin l'une de l'autre, Nicky et moi sommes confortablement et facilement retombées dans l'amitié que nous partageons depuis l'âge de dix ans, quand nous étions deux gamines gloussantes et maigrichonnes. Maigrichonnes, nous ne le sommes plus vraiment, et le rire se fait plus rare – ce qui est compréhensible, compte tenu des circonstances. Mais le lien qui nous unit reste aussi fort, et il me semble que nous possédons toujours cet étrange sixième sens qui nous permet de communiquer presque sans parler.

En deux ans, nous avons toutes les deux changé, mûri, vécu quelques expériences supplémentaires. Pourtant, même si Nicky donne bien le change, je la connais encore assez pour deviner les souffrances qu'elle dissimule sous ses airs bravaches.

Pendant toute la semaine, je me ronge les ongles en me demandant comment elle va supporter le jour qui aurait dû être celui de son mariage. Jusqu'au moment où je réalise, quand le jour tant redouté arrive, tel un vendredi 13 annonçant les ennuis et une journée de pleurs et de marasme, qu'elle a un rendez-vous ce soir-là.

Le type du bar, après qu'elle eut gravé son numéro de téléphone sur son front, ne s'est pas lavé avant d'avoir transcrit, à l'aide d'un miroir, les précieux chiffres sur son carnet d'adresses.

Je suis sidérée qu'elle ait accepté. Pensant qu'elle passerait la soirée à sangloter sous la couette, j'avais même prévu un stock de mouchoirs en papier et de chocolat pour l'occasion. Je ne sais pas qui ce dîner angoisse le plus, le crapaud du bar, elle ou moi.

Au moins, grâce à cela, elle oublie qu'à l'heure qu'il est, elle devrait s'appeler Mme Richard Ackerman et entamer sa première valse de femme mariée, tandis que j'ondulerais à ses côtés avec grâce dans ma robe abricot.

Je la regarde frotter, raser, épiler, masser, hydrater, parfumer et peindre diverses parties de son corps, puis fouiller dans sa garde-robe pour trouver une tenue appropriée.

— J'ai l'impression de voir une vestale se préparer pour le sacrifice rituel, dis-je en plaisantant. Comment te sens-tu ?

Nicky s'interrompt une seconde et réfléchit.

— Dans un état second, répond-elle enfin. Bizarre. J'étais vraiment persuadée que je n'aurais plus jamais à me pomponner pour un premier rendez-vous. Encore moins au... aujourd'hui.

Sa voix se brise brusquement. Elle inspire un bon coup, expire et continue :

— Aide-moi, Naomi. Que suis-je censée faire ? Qu'est-ce que je vais lui dire, à ce type ?

— Euh… tu vas lui parler, lui poser des questions, flirter un peu. Le tralala habituel, quoi.

— Justement, quel est le tralala habituel ? Je crois que je ne sais plus flirter.

Elle fait une grimace et rejette le chemisier à fleurs assez ample qu'elle venait d'enfiler par-dessus sa petite robe noire pour masquer ses rondeurs.

— Ne t'inquiète pas, c'est comme le vélo.

Elle me tire la langue.

— Merci, Naomi. Ça m'aide beaucoup.

Elle change d'avis, remet le corsage fleuri sur sa petite robe noire sexy et très moulante.

— Qu'est-ce que ça donne ?

Elle se plante devant le miroir en pivotant d'un côté puis de l'autre, lissant ses mains sur ses hanches comme si l'action de ses paumes pouvait gommer des semaines de mastication de barres chocolatées et autres gourmandises.

— Sincèrement ?

— Sincèrement, répond-elle avec fermeté.

— Ce chemisier fait un peu trop Laura Ashley à mon goût.

— Mais qu'est-ce qui me prend, Naomi ? s'écrie Nicky.

Elle arrache le chemisier, le jette sur la pile croissante de vêtements mis au rebut, dans un coin de la chambre, et cherche frénétiquement autre chose dans le reste de ses affaires.

— Tu n'es pas obligée d'y aller.

— Si, dit-elle en se tournant vers moi. Je crois que si.

— Tu n'as rien à prouver à personne, Nicky.

— Seulement à moi-même. Je dois me prouver qu'il y a une vie après Richard, qu'il n'est pas le seul homme sur cette planète.

— Ce n'est pas le seul, tu peux me faire confiance. D'autant plus que Richard n'entre pas vraiment dans la catégorie des hommes, hein ?

— Dans celle des larves, crache Nicky.

Je secoue la tête.

— Là, tu insultes les larves.

— Des bouses de vache ?

— Beaucoup trop sympa.

— Des pauvres âmes torturées, bien intentionnées mais incomprises… minaude-t-elle.

Je m'exclame d'une voix admirative :

— Oh, sévère, le sarcasme ! Maintenant, je suis rassurée. Je sais que tu vas mieux.

— Qu'est-ce que tu dirais du « dernier crachat à s'acharner sous la semelle de la vieille botte puante de l'humanité » ?

Je hoche vigoureusement la tête.

— Voilà une catégorie que tu étrennes avec brio.

Nous avons fini par ajouter une dernière catégorie tout en bas de l'échelle masculine, intitulée sobrement mais de façon tout à fait éloquente « un Richard ».

Je suis là, telle une mère anxieuse, à fouler la moquette en attendant le retour de Nicky. Je trouve le moyen de descendre un paquet de gâteaux secs taille familiale. Résultat des courses, je me fais toujours des cheveux blancs et j'ai mal au cœur.

Nicky rentre enfin, peu après minuit.

J'entends un frottement métallique hésitant. Visiblement, Nicky vise la serrure avec sa clé, mais toutes ses tentatives échouent lamentablement. J'ai pitié, je vais lui ouvrir.

— Naomi, ma puce !

Nicky se cramponne d'une main au chambranle de la porte. Lorsqu'elle pénètre dans le vestibule en vacillant, je reste prudemment à côté d'elle, le bras tendu pour la rattraper en cas de chute soudaine.

— Comment ça s'est passé ?

— Je suis une femme extrêmement désirable, gazouille-t-elle en tombant pratiquement des quelques marches qui mènent au salon.

— Oh, c'est bien.

Je ris nerveusement.

Nicky est ivre.

Je la croyais soûle samedi soir. Je me trompais.

Par comparaison, elle n'était qu'éméchée. Ce soir, elle est totalement, pleinement et irrémédiablement ivre morte.

Elle fait deux pas en titubant et s'écroule sur le canapé avec un sourire béat.

— Je suis une femme ex-trê-me-ment désirable, répète-t-elle avec un gloussement hystérique. Dommage qu'il n'ait pas été un homme extrêmement désirable.

Elle prend mon verre de vin presque vide et avale la dernière gorgée.

— N'empêche, il avait un joli petit derrière. Joli derrière, dommage pour le reste.

— Du moment que tu as passé une bonne soirée, c'est tout ce qui compte.

Quelle horreur, voilà que je me mets à parler comme la mère de Nicky ! Mais je suis juste soulagée qu'elle soit rentrée à la maison saine et sauve, aussi bien sur le plan physique qu'émotionnel, semble-t-il. Pas de larmes en prévision, pour l'instant. Heureusement, d'ailleurs, car je pense qu'elles titreraient facilement 15° d'alcool.

— Tu as sans doute raison, répond Nicky d'une voix pâteuse, en retirant ses talons hauts et en se frottant les orteils. Tu crois que j'aurais dû coucher avec lui ?

— Pourquoi, tu en avais envie ?

— Pas vraiment, mais il m'a invitée à dîner.

Je hausse les sourcils et réplique :

— Tu aurais escompté qu'il couche avec toi si tu l'avais invité ?

— Naturellement, plaisante Nicky. Surtout s'il avait consommé deux bouteilles de champagne, du saumon fumé en entrée, de la langouste ensuite, un dessert et du café.

— Goinfre !

Elle me sourit joyeusement. Elle a l'air rassasié et satisfait d'un gros chat qui vient de chaparder une dinde entière et de l'engloutir en cinq minutes. À présent, elle n'aspire qu'à une chose : s'allonger au soleil et ronronner de contentement.

— Tu sais, j'ai décidé de me comporter avec les hommes comme avec la nourriture.

— C'est-à-dire ? Les fourrer dans ton gosier et avaler tout rond avant d'en sentir le goût ?

— Nan ! fait-elle avec un rire nasal. Autant d'hommes que je veux, aussi souvent que je le veux, voilà mon nouveau credo.

— Au diable les régimes, c'est ça ?

— Exactement. Et quand ils auront dépassé la date limite de consommation...

Je suggère :

— Tu les jettes ?

— Je les jette ! approuve-t-elle avec emphase. L'homme, une denrée périssable. Ils devraient avoir une date limite de consommation inscrite sur le torse ou, encore mieux, un compteur qui indiquerait leur nombre d'heures de vol ! Comme ça, on saurait exactement combien de femmes ils ont connues et, surtout, s'ils en fréquentent de nouvelles. Remarque, ces crapules trouveraient sûrement un moyen de trafiquer le compteur et d'effacer quelques centaines de nanas de leur palmarès. « Je te jure, ma chérie, je suis presque vierge... » caricature-t-elle.

Bien que son estomac rempli à craquer explose littéralement, elle lance un coup d'œil plein d'espoir vers mon paquet de biscuits.

— Ah ! Vide ! J'aurais dû le garder, ce gâteau de malheur !

— Quel gâteau ?

— Mon gâteau de mariage. J'en prendrais bien une bonne grosse tranche, maintenant.

Elle claque la langue à cette idée.

— Mais je croyais que tu l'avais gardé, justement ?

Un immense sourire éclaire le visage de Nicky.

— Tu te souviens, je t'avais demandé de m'acheter des timbres en plus ? marmonne-t-elle.

Partagée entre l'horreur et l'admiration, je m'exclame :

— Oh, Nicky ! Dis-moi que tu n'as pas fait ça !

— Il a dû arriver ce matin.

Elle hoche lentement la tête. Ses paupières se ferment à moitié, elle lutte contre le besoin violent de succomber à l'alcool et de sombrer dans un coma spectaculaire.

— Tarif rapide direction Chelsea. Vingt-deux... enveloppes... matelassées, achève-t-elle entre deux bâillements caverneux.

Les yeux à peine entrouverts, je me tourne vers le réveil. Dans la pénombre, j'ai du mal à distinguer les aiguilles. 4 heures du matin, apparemment. Au-dessus de ma tête, le ciel change, comme si on versait de l'eau dans de la peinture gris foncé pour la diluer et l'éclaircir. L'aube s'annonce. Pendant une brève seconde, je cherche vaguement ce qui a pu me tirer d'un rêve merveilleux où j'étais approvisionnée à volonté en chocolat dépourvu de calories, mais je ne remarque rien. Un silence paisible règne dans l'appartement. Ce n'est qu'au moment où je retombe en chute libre dans un sommeil profond que j'entends le bruit discret de sanglots dans la chambre voisine.

3

Vous êtes-vous déjà réveillé le matin en réalisant que vous n'avez rien, absolument rien à faire ? Je ne parle pas de cette sensation du dimanche matin ordinaire, où la télé ne passe que des émissions débiles, qu'il pleut, que vous avez lu toute votre bibliothèque deux fois et que votre cerveau a l'impression d'avoir regardé tourner la machine à laver pendant deux heures. Non, je veux dire que vous n'avez absolument rien à faire jusqu'à la fin de votre vie. Vous voyez ?

C'est terrassant.

C'est ce qui m'arrive le lundi suivant la date prévue pour le mariage de Nicky, un mois après mon atterrissage à Heathrow. Quand Nicky part au travail en claquant la porte, je sors d'un étrange rêve peuplé de gouttières et de yorkshire-terriers portant du rouge à lèvres rose et des petites culottes en soie lilas.

Je mets un pied hors du lit, puis l'autre, et vais me préparer du thé et quelques toasts. Je prends mon petit-déjeuner devant la télévision et m'abrutis durant toute la matinée. Enfin, je m'habille, avant de me demander pourquoi j'ai pris cette peine.

Espionner Richard était peut-être parfois une activité abrutissante (pour la tête et les fesses) mais, au moins, cela me donnait un objectif.

Je pensais avoir des tonnes de choses à faire, en rentrant en Angleterre : voir des vieux copains, hanter mes anciens repaires, montrer mon beau bronzage.

J'avais certes prévu de retarder le plus possible les retrouvailles avec ma famille, mais Jamie a contrarié mes plans. Il faut dire que ma mère et moi avons des relations quelque peu tendues.

Ma mère est Wonder Woman, alors que je tiens plutôt de mon père, le vagabond. Je vais où le vent me pousse, sans savoir où je serai dans un mois ou dans un an.

C'est l'une des choses que j'ai toujours admirées chez Nicky : elle est incroyablement sûre d'elle, sûre de ce qu'elle veut de la vie. Dès l'âge de treize ans, elle avait décidé de devenir avocate. À l'époque, j'avais déjà changé d'avis plusieurs fois. J'avais dépassé mes périodes danseuse étoile et vétérinaire et pensais me lancer dans une carrière de star de cinéma ou de musique pop. Nicky rêvait de plaidoiries et de tribunaux, tandis que je minaudais devant la glace en chantant *Like a virgin* dans ma brosse à cheveux ou en déclamant des scènes de *My fair lady*.

En Thaïlande ou en Australie, les gens acceptent très bien que vous n'ayez pas de but dans la vie. La plage, le ciel bleu, l'oisiveté, tout cela vous pousse à profiter du moment présent. Je ne travaillais donc que lorsque j'avais vraiment besoin d'argent, sans culpabiliser.

On pourrait croire que, dans une ville aussi animée que Londres, je me contenterais de me laisser vivre en écoutant le bourdonnement ambiant. Mais, peut-être parce que tout le monde semble avoir quelque chose à faire, des endroits où aller, des gens à voir, je me sens totalement vide et inutile.

En filant Richard, j'avais au moins une occupation. Avec la télécommande, je coupe le sifflet à la présentatrice blonde surexcitée qui minaude sur un canapé luxueux, un sourire éclatant scotché à tout jamais en travers de la figure.

Cette situation ne peut plus durer. Je vais finir par être obligée de faire ce que j'ai désespérément évité toute ma vie.

Chercher du boulot.

Ironie du sort, maintenant que je suis enfin décidée, pas moyen de trouver le moindre petit job. C'est pareil que pour le shopping. Le jour où, par miracle, mon compte en banque est créditeur, les boutiques ont été dévalisées, et il ne reste qu'une affreuse jupe-culotte marron taille 46. Mais lorsque mon découvert est tellement monstrueux que le distributeur éclate d'un rire sarcastique quand j'y insère sa carte, je déniche des tas de petites choses sublimes qu'il me faut absolument.

J'ai écumé toutes les agences d'intérim de la ville. J'ai rempli plus de formulaires de candidature qu'un ordinateur ne peut en trier en une semaine. J'ai rampé, supplié, menti comme une arracheuse de dents, accordé à ma licence laborieusement acquise une mention très bien. Et, malgré tous mes efforts, personne ne semble disposé à m'employer. D'accord, j'ai une licence, mais mon expérience professionnelle se résume à environ cinq mois de travail dans des bars.

Après le dîner, Nix et moi épluchons les petites annonces.

— Et la vente par téléphone ? suggère-t-elle.

— Bonsoir, madame, puis-je vous proposer un abonnement à notre hebdomadaire *L'élevage porcin* ? Non, merci, Nix. Je crois que je vais chercher un nouveau boulot de serveuse.

— Serveuse !

Nicky hurle comme si je venais de lui annoncer que j'envisage de postuler pour un numéro de danse érotique dans un cabaret de strip-tease miteux à Soho.

— Au moins, j'ai de l'expérience dans ce domaine.

— Tu as aussi une licence de gestion, déclare Nix avec hauteur.

Je reprends un gâteau au chocolat et noisettes et grommelle :

— Pour l'instant, elle m'est à peu près aussi utile que du Viagra à un eunuque.

Elle parcourt la page, stylo à la main. Soudain, un grand sourire s'épanouit sur son visage. Elle entoure une annonce plusieurs fois avant de retourner le journal face à moi.

— D'accord, et que penses-tu de ça ?

Elle m'adresse un regard triomphant en tapotant de son stylo l'annonce cerclée de rouge.

— Gérant de bar. Le travail idéal. Tu as le diplôme, l'expérience des bars, et assez de bon sens pour t'en sortir avec le reste.

— Mmm, c'est envisageable, dis-je en lisant l'annonce.

— Allez, appelle-les, m'encourage-t-elle. Tu n'as rien à perdre.

Je tire sur la jupe de mon tailleur d'emprunt.

Nicky a bien cinq centimètres de moins que moi. Ce qui, sur elle, représente une minijupe parfaitement respectable me fait ressembler à une authentique péripatéticienne.

Je tire sur ce malheureux ourlet depuis que j'ai quitté la maison, dans l'espoir de recouvrir un tantinet la région des cuisses. J'ai eu droit aux sifflements admiratifs de deux équipes de maçons, d'un chauffeur de taxi, de deux gamins de douze ans sur leur VTT et d'un groupe de supporters de Chelsea au crâne rasé, qui a fait trois fois le tour du pâté de maisons pour le seul plaisir de reluquer la femme à l'étonnante jupe qui remonte toute seule. Ce n'est absolument pas l'image à la fois renversante et totalement professionnelle que je désirais renvoyer. J'aurais plus de chances d'être engagée si je me présentais effectivement pour un numéro de strip-tease à Soho.

Al Fresco est un bar à vins branché au coin de Sloane Street. Il est midi. L'endroit est rempli d'hommes et de femmes d'affaires qui déjeunent en riant, parlant fort et buvant sec. L'ambiance est cosmopolite. De nombreuses langues se mélangent, formant un inintelligible brouhaha qui résonne contre d'affreux murs lilas. Ici, les employés des ambassades voisines troquent les catastrophes mondiales contre les délices du pouilly-fuissé.

Une bonne odeur d'ail et de pain chaud flotte dans l'air, me rappelant que j'étais trop nerveuse ce matin pour avaler un petit-déjeuner. Mon estomac décide aussitôt de déposer une plainte et commence à grommeler aussi bruyamment qu'un député de l'opposition au moment des questions au gouvernement.

Nigel Palmer porte un costume trois pièces rayé qu'on s'attendrait plus à voir sur le dos d'un banquier que sur celui d'un propriétaire de bar. Ses cheveux noirs mi-longs sont lissés en arrière grâce à une généreuse dose de gel sculptant effet mouillé, accessoire que j'avais cru définitivement éradiqué dans les années 80, et son visage épais est recouvert d'un bronzage artificiel.

Il est au bar, son large postérieur débordant à moitié d'un tabouret en chêne sombre, son téléphone portable collé à l'oreille, un grand verre de whisky dans sa main libre. Les manches de sa chemise d'un blanc éclatant sont attachées par des boutons de manchettes en nacre. De lourdes gourmettes encerclent ses poignets, telles des menottes à vingt-quatre carats.

Je me dirige vers lui, guidée par un serveur dont la patience s'effiloche aussi vite que le tablier noué à la taille. Plusieurs hommes d'affaires en costume, à une table voisine, l'appellent avec arrogance en claquant impérieusement dans leurs doigts boudinés.

Nigel Palmer continue à parler tranquillement pendant dix minutes, avant même de prendre la peine de me faire signe qu'il m'a vue. D'une voix forte et suffisante, il s'entretient avec un certain « Piers, vieille fripouille » au sujet d'un chargement de bière étrangère.

Je reste plantée là, à me dandiner dans ma jupe qui semble rétrécir à vue d'œil, dansant d'un pied sur l'autre comme une écolière qui attend devant le bureau d'une directrice tyrannique. Enfin, Nigel Palmer appuie sur le bouton rouge de son portable et daigne me remarquer.

Enfin, si l'on peut dire. Ce qu'il remarque, en réalité, ce sont mes jambes.

— Euh... Naomi Lewis. Nous avions rendez-vous à 12 h 30... pour le poste de gérant.

Je bredouille, mes nerfs encaissent difficilement son inspection minutieuse de mes collants Dim.

Quand il me serre la main, la sienne est chaude et moite. Il me salue en s'adressant à mon décolleté plutôt qu'à mon visage. Puis, détail déconcertant, il glisse la main qui vient de serrer la mienne à l'intérieur de sa chemise et gratte distraitement son torse velu, tout en promenant lentement son regard sur ma silhouette.

Malgré de sérieuses appréhensions, je le suis jusqu'à une table plus tranquille au fond du bar. Il s'assoit et me fait signe de l'imiter.

— Ainsi, vous avez passé deux ans à l'étranger? dit-il en guise de préambule.

Je réponds en essayant de garder mon calme :

— Oui, pratiquement.

— Joli bronzage.

Il jette un rapide coup d'œil au CV que Nicky m'a concocté sur son ordinateur, regarde mes jambes, encore mon CV, et enfin mon visage.

— En fait, je cherche quelqu'un qui a plus d'expérience.

Nous y revoilà. Je prends mon sac et je me lève.

— Je vois. Tant pis, merci.

— Mais je suis sûr que nous pourrions trouver un arrangement...

Je repose mon sac. Tandis que ses yeux écarquillés louchent à nouveau sur le bas de ma jupe, je demande :

— Vous voulez dire que vous me formeriez, dans les domaines où je manque d'expérience?

— Quelque chose dans ce goût-là.

Il sourit, mais ne croise toujours pas mon regard. Je me rassois et l'encourage :

— Oui?

— Vous êtes une très jolie fille, Naomi, dit-il, s'adressant une fois de plus aux rondeurs produites par le rembourrage de mon soutien-gorge pigeonnant. Les gens aiment bien voir un joli minois, par ici. Vous ne feriez pas de mal au business, et ce qui convient au business me convient.

Certes, je préférerais obtenir un travail grâce à mes qualifications plutôt qu'à mon décolleté, mais quelle importance, après tout? Je n'ai pas les moyens de refuser. Une fois dans la place, je les impressionnerai tous avec mes compétences de femme d'affaires.

Je suppose que ce n'est pas très politiquement correct, mais on ne fait pas la difficile quand on est sans domicile, fauchée, et qu'on possède quelques oripeaux délavés des années 70 pour seuls vêtements. Si ma garde-robe était parfaite pour boire une bière à Burke Town avec Bruce, le beau surfeur bronzé, elle détonne passablement dans les rues de Londres, le nouveau centre de la mode européenne. Sans compter que les vitrines des boutiques me mettent l'eau à la bouche. Même si Nigel Palmer est un obsédé sexuel libidineux, il représente en ce moment précis mon passeport pour le paradis sous la forme de carte de crédit, de petites robes, de cinéma et autres ingrédients indispensables pour vivre agréablement dans la capitale.

Je respire un grand coup, je demande silencieusement pardon au MLF et je me force à sourire gaiement à quelqu'un sur qui je cracherais avec plaisir.

— Alors, vous envisageriez de me prendre ?

Lorsqu'il me rend mon sourire, il me rappelle irrésistiblement un crocodile que j'ai croisé de trop près, lors d'une excursion périlleuse en Australie.

— Oui, j'envisagerais de vous prendre, répète-t-il en insistant sur les trois derniers mots. Je pense que nous ferions du bon travail ensemble, Naomi. Vous savez, si vous êtes gentille avec moi, je serai gentil avec vous.

J'éprouve brusquement une folle envie de me retrouver au milieu des crocodiles, un océan entre moi et le nauséabond Nigel.

— Pardon ?

— Vous me comprenez, un service en vaut un autre, continue-t-il en haussant plusieurs fois les sourcils d'un air entendu.

Je ne supporte pas qu'un homme me fasse ce genre de grimace. D'ailleurs, j'ai une théorie sur la question. Pour moi, les sourcils des hommes sont en quelque sorte reliés à leur bas-ventre, telle une excroissance de leurs poils pubiens. En général, quand ils frétillent des sourcils, l'entrejambe ne demande qu'à suivre le mouvement.

D'habitude, j'ai de la repartie. Mais, pour décourager ce bonhomme-là, il faudrait un char d'assaut. Soudain, je décide que je n'ai aucune envie de passer tout l'été confinée derrière un bar de six mètres sur un mètre cinquante, avec l'abject Nigel qui essaierait de mettre ses sales paluches sur les parties les plus intimes de ma personne. Mes petites robes de rêve ne méritent pas un tel sacrifice.

Je recule ma chaise en faisant grincer les quatre pieds sur le plancher verni comme autant d'ongles sur un tableau noir, de sorte que la main de Nigel, qui s'apprêtait à se poser sur mon genou, reste en suspens.

Sans lui laisser le temps de réagir, j'attrape mon sac et me dirige vers la sortie en criant :

— Trop aimable, mais je préfère encore épouiller un babouin agressif plutôt que de vous rendre service !

Sur le chemin du retour, Arnold se vexe que je défoule ma mauvaise humeur sur son levier de vitesses et décide de me ridiculiser définitivement en calant sans espoir de rémission en tête d'une longue file de voitures attendant que le feu passe au vert.

Je reste là comme une idiote pendant les cinq minutes les plus longues de ma vie, jusqu'à ce qu'un groupe de coureurs s'entraînant pour le marathon de Londres ait pitié de moi et soulève quasiment Arnold jusqu'au caniveau.

Dès que nous sommes à l'écart, mon vieux tacot repart. Je ne tente même pas de tourner la clé, il se remet en route tout seul et continue à rouler assez longtemps pour que je puisse exécuter une manœuvre susceptible d'ôter trois points à mon permis. Mais, au premier stop, le moteur d'Arnold produit une sorte de gargouillement caverneux ressemblant à un rire démoniaque, puis s'arrête à nouveau.

Dans l'ascenseur, j'enlève les escarpins qui torturent mes pieds et étire mes pauvres orteils ratatinés. Le look à tomber par terre, minijupe et talons hauts, c'est terminé. Fini. Jamais plus. Mes pauvres petits orteils sont tellement engourdis que j'ai l'impression de les avoir perdus dans le métro qui m'a ramenée à la maison. Je les vois d'ici, bien rangés au milieu des jambes de bois, des parapluies et des mallettes en tous genres au bureau des objets trouvés.

Nicky est dans le salon. Elle boit un café avec la fille qui habite l'appartement d'en face.

— Comment ça s'est passé ?

Nicky n'a pas besoin de réponse, mon visage et mon attitude en disent assez long. Je jette mes chaussures sur le canapé et m'écroule à côté d'elles.

— À ce point ?

Elle pose ostensiblement mes escarpins par terre avant de m'offrir une tasse de café.

— Ce n'est pas grave, nous avons peut-être une solution à ton... euh... ton problème d'emploi. Tu as déjà rencontré Lucy, je crois ?

La ravissante Orientale me sourit.

Depuis un mois que j'habite ici, j'en suis venue à connaître suffisamment ladite Lucy pour lui adresser des sourires chaque fois que je la croise et pour envier sa garde-robe haute couture, ses dix-huit paires de chaussures Stéphane Kélian (oui, je les ai comptées avec une précision jalouse), son long rideau de cheveux noirs brillants, ses pommettes hautes, ses immenses yeux marron bridés, sans oublier ses lèvres rose pâle et pulpeuses. Pour résumer, sa beauté absolue et naturelle.

— Eh bien, Lucy a quelque chose à te proposer, dit Nicky.

Évite-t-elle de me regarder en face ou est-ce une illusion sortie de mon cerveau fatigué ?

Lucy lève les yeux et me sourit à nouveau.

— Nicola me racontait ce que tu as fait pour elle, Naomi.

— Tu sais, au sujet de Richard, explique Nicky en tirant sur sa cigarette.

« Richard » est devenu un gros mot, maintenant, et doit être prononcé avec la même inflexion que « fumier », « ordure », etc.

Je hausse les épaules et prends l'élégante petite tasse à expresso des mains de Nix.

— C'est à ça que servent les amis, dis-je sans conviction.

Nous gardons toutes trois le silence tandis que Nicky remplit la tasse de Lucy. Celle-ci sirote une gorgée de café, puis m'observe par-dessus le rebord en porcelaine.

— Tu connais mon mari, Gordon ?

— Pas vraiment, réponds-je, surprise. Je l'ai aperçu une ou deux fois, mais nous ne nous sommes jamais parlé.

— Tant mieux, dit Lucy à Nicky, qui opine du chef.

— Pourquoi tant mieux ?

— Parce que je voudrais divorcer.

Euh... que suis-je censée dire ? Je suis désolée ? Félicitations ? Et pourquoi se réjouissent-elles que je ne le connaisse pas ?

Faute de trouver un commentaire approprié, je me contente de lui sourire d'un air que j'espère compatissant.

Lucy continue lentement :

— Voilà presque dix-huit mois que nous sommes mariés. C'était un coup de foudre, tout s'est fait précipitamment, comme dans un tourbillon. « Qui se marie à la hâte s'en repent à loisir », prétend le proverbe. Eh bien, j'ai eu tout le temps de le vérifier. Mais Gordon était absolument merveilleux quand nous nous sommes rencontrés et, comme une imbécile, j'ai complètement succombé à son charme.

Elle prend une profonde inspiration.

— Bref, le charme est rompu. Il me trompe depuis la seconde où nous sommes rentrés de notre voyage de noces.

— C'est là que tu interviens, explique Nicky.

Lucy hoche la tête.

— À mon avis, Gordon refusera de divorcer.

— Mais en quoi puis-je t'aider ?

— Gordon est le directeur général de l'entreprise d'électronique de mon père. Nous nous sommes connus là-bas. J'ai besoin de preuves concrètes de son infidélité. Si je le menace de tout raconter à mon père, je suis sûre qu'il acceptera un divorce rapide et très discret.

— Nous pensions que tu pourrais peut-être démasquer Gordon, comme tu as démasqué Richard.

Nicky me sourit nerveusement.

— Qu'en dis-tu, Naomi ?

Ce que j'en dis ? Qu'elles sont folles à lier ! Ce n'est pas une partie de rigolade, d'espionner des maris volages. On doit affronter plein de dangers terribles, comme des gouttières glissantes, des petites culottes vagabondes et des yorkshire-terriers sanguinaires.

Une fois m'a suffi, merci.

— Je ne crois pas que...

— Je te paierais, bien sûr, interrompt Lucy.

J'en reste bouche bée.

— Ah, bon ?

— Naturellement. Je ne vois pas pourquoi tu travaillerais gratuitement.

Je jette un coup d'œil à Nicky, qui me contemple avec espoir.

— Nix, j'aimerais te parler... en privé.

Lucy se lève.

— Pas de problème, dit-elle. Je vous laisse, discutez-en toutes les deux. Tiens-moi au courant de ta décision. Tu sais où j'habite, ajoute-t-elle en riant.

J'attends que Lucy ait refermé la porte derrière elle avant de me tourner vers Nicky, qui grignote un biscuit au chocolat et n'ose pas trop me regarder.

— Qu'est-ce que tu essaies de faire, Nicky ?

— Je ne sais pas, répond-elle en haussant les épaules. Tu as besoin d'argent, Lucy a besoin d'aide, je suis de tout cœur avec elle... J'ai vécu ça, tu comprends ? Gordon se comporte comme une véritable ordure avec elle, et elle ne le mérite vraiment pas.

— Mais elle est sublime ! Quel homme voudrait la tromper ?

— Gordon, apparemment.

Je secoue la tête, incrédule. Comment puis-je espérer trouver un jour un homme aimant et fidèle, si l'éblouissante Lucy n'est pas capable de garder en état de félicité monogame un homme aussi ordinaire que Gordon ? D'accord, il n'y a pas que le physique qui compte, mais Lucy n'est pas seulement belle. Elle est également brillante, spirituelle, sexy, solvable... Que demande-t-il de plus, ce Gordon ? Peut-être est-il poussé par un besoin pervers de briser des interdits, excité par le côté illicite de l'adultère.

— En supposant que j'accepte de l'aider, dis-je prudemment, je ne vois pas comment procéder.

Le visage de Nicky s'éclaire, elle me sent fléchir.

— Tu le suis comme tu as filé Richard, explique-t-elle avec enthousiasme. Tu surveilles ses allées et venues, ses fréquentations...

— C'est vrai que j'ai besoin d'un job... et je préfère ça à des horaires de bureau.

— Tu ferais ça pour elle, Naomi ?

La perspective de passer d'interminables soirées frigorifiée dans Arnold n'est pas des plus séduisantes, mais cent fois plus tentante que d'avoir à repousser les avances de Nigel en essayant de vendre des boissons surtaxées à des crétins surpayés.

— J'hésite...

Nicky me tend une enveloppe en papier kraft, que je lorgne d'un œil suspicieux.

— Qu'est-ce que c'est .

— De l'argent.

— De l'argent ?

— Oui, fait-elle avec un grand sourire. Je sais que tu n'en as pas vu depuis longtemps, mais tu n'as tout de même pas oublié à quoi ça ressemble !

— J'ai peut-être oublié à quoi ça ressemble, mais je reconnaîtrais l'odeur de l'argent entre mille !

Je prends l'enveloppe en riant et hume son arôme comme s'il s'agissait d'un croissant chaud.

— Vas-y, compte.

Je sors la liasse de billets de vingt livres et les compte avec une avidité grossière.

— Cinq cents livres !

— C'est pour la première semaine. Et Lucy a dit qu'elle te rembourserait aussi tous tes frais.

— C'est vrai ?

Nix hoche la tête.

— Qu'est-ce qu'on peut appeler des frais ? Une provision de chocolat, une bouillotte et un imperméable ?

— Eh bien, si tu dois rester assise à un bar toute une soirée, je suppose qu'elle réglerait tes consommations, tes frais de déplacement, ce genre de trucs.

— De déplacement ?

Au diable l'imperméable !

— Eh bien, si ça couvre les frais de déplacement, la première chose que je vais faire, c'est louer une voiture !

— Tu ne veux quand même pas te débarrasser d'Arnold ?

— Oh, non, je ne veux pas me débarrasser d'Arnold, je veux seulement l'exterminer ! Je veux l'emmener à la casse, le mettre personnellement dans le broyeur et l'y laisser jusqu'à ce que ses ressorts crient grâce.

Je crois que j'ai vaguement haussé la voix. Devant l'expression à la fois horrifiée et fascinée de Nicky, je cesse de m'étendre sur les tortures que j'entends infliger à Arnold. Je fais une petite grimace penaude.

— Pardon, ma belle. Je sais que c'était ton premier amour...

— Non, non, ne t'excuse pas.

Nicky secoue la tête et part d'un grand éclat de rire, un de ces rires joyeux de la Nix d'autrefois.

— Je me disais juste que c'était exactement le sort que j'aimerais réserver à Richard.

Gordon a quarante-deux ans, des cheveux déjà gris soigneusement ramenés en arrière pour dissimuler un début de calvitie, un visage hâlé et ridé. Délesté de sa panoplie (mocassins Gucci, costume Armani, lunettes Pierre Cardin et Rolex au poignet), il ressemblerait probablement à un pêcheur buriné de Cornouailles. Escroc repenti, il a réussi à surmonter la crise en se plaçant toujours au bon endroit au bon moment. Et, il y a dix-huit mois, il a trouvé un filon à vingt-deux carats en épousant la fille du patron.

Ma mission est simple. Je dois faire la même chose avec lui qu'avec Richard, sauf que je n'aurai pas à escalader de gouttière, ni à en tomber. Du moins, je l'espère.

Je m'aventure en terrain légèrement plus sûr. Enfin, à peine : il me faut retourner chez *Al Fresco*, fief du repoussant Nigel, où Gordon passe la soirée avec des amis.

On m'a ordonné de rester dans un coin et d'observer l'infidèle.

Au moindre geste déplacé vers un membre du sexe opposé, je dégaine mon vieil appareil photo et, avec un peu de chance, je disparais avant d'être repérée.

Un vrai jeu d'enfant, ce travail. Il doit y avoir des tonnes de folles qui se baladent dans des bars bondés avec un appareil photo en bandoulière. Personne ne me remarquera.

Mon Dieu ! Dans quel guêpier suis-je encore allée me fourrer ?

Pire, parmi mes quelques vêtements, il n'y a rien de vraiment adapté à une soirée dans un bar à la mode. Comme je flotte dans les robes de Nicky, il a fallu que j'emprunte quelque chose à Lucy. En temps normal, je donnerais père et mère (surtout mère) pour posséder ne serait-ce qu'un accessoire de sa phénoménale garde-robe. Malheureusement, elle ne me laisse pas choisir, et je découvre que l'idée qu'elle se fait d'une tenue ordinaire et neutre consiste en une chose rose, courte et brillante. Très haute couture, mais très décolletée de partout.

Autre petit problème – j'insiste sur le terme « petit » –, Lucy a également fourni les sous-vêtements. Mes propres culottes, pratiques et confortables, parfaites pour parcourir vingt-cinq kilomètres à pied par jour, ne passent pas exactement inaperçues sous une robe qui vous colle à la peau comme du film plastique. Là-dessous, les coutures de mon slip étaient tellement discrètes qu'on aurait pu les distinguer de l'espace.

Je crains un instant que Gordon ne tique en voyant une inconnue vêtue de la robe de sa femme, mais une petite visite de l'autre côté du palier me rassure.

Impossible que Gordon reconnaisse la robe. C'est comme si on demandait à Casanova de se souvenir du visage, du nom et des mensurations de chacune de ses conquêtes. J'ai été impressionnée par les armoires de Nicky, mais Lucy n'a pas seulement un dressing, elle dispose de ce qu'on pourrait appeler un appartement séparé réservé à ses vêtements.

Des vêtements tout neufs encore dans leurs sacs avec leurs étiquettes, des hectares de marques plus craquantes les unes que les autres. Je n'ai jamais vraiment éprouvé le besoin d'amasser des possessions mais, sur le moment, j'avoue que mon teint rose et frais vire à une nuance assez remarquable de pistache. Si ceci est le résultat d'une carrière réussie, je crois que je vais laisser tomber mon antimatérialisme obsessionnel et me lancer dans des transactions boursières fructueuses.

— Je suis morte et au paradis de la mode, soupire Nix en contemplant avec un émerveillement gourmand les rangées de vêtements sublimes.

Pour l'amateur de mode, le dressing de Lucy, c'est la caverne d'Ali Baba. Autant lâcher un drogué du chocolat chez Cadbury en lui ordonnant de détruire toutes les preuves.

Je remplace rapidement mon slip en pur coton vieux de trois ans par un élément quasi invisible de la marque Agent Provocateur (nom approprié, compte tenu des circonstances), qui a la consistance du fil dentaire et est à peu près aussi confortable à porter que des bagues sur des dents mal rangées.

Entre la robe, les sous-vêtements et le maquillage que m'applique Lucy, je me fais l'effet d'une poupée Barbie pornographique.

Je me dérobe catégoriquement quand Nicky s'avance vers moi avec son stick à paillettes, mais cela ne m'empêche pas de ressembler à une guirlande qu'on aurait décrochée du sapin de Noël.

Une heure plus tard, j'arrive chez *Al Fresco*, tellement gênée que mes joues ont pris la même couleur que ma robe.

Je me sens un tout petit peu mieux quand je vois que le bar est plein de filles jeunes et branchées dont les tenues donneraient une crise cardiaque instantanée à ma grand-mère, mais je suis malgré tout l'une des plus choquantes.

Dans cette robe, j'ai l'impression d'être entièrement nue, à l'exception de quelques chiffons roses bien placés.

J'étais déjà dans mes petits souliers lorsque je suis venue dans ce bar pour mon entretien avec Nigel. Y entrer seule, habillée ainsi, c'est un cauchemar éveillé. Je me fraye un chemin à travers la foule jusqu'au long bar en bois et me juche sur un tabouret pour lequel je dois me bagarrer. Au moment où je m'assois, le garrot qui me sert de culotte disparaît entre mes fesses.

Très sexy, la robe. Pas très sexy de tirailler furtivement dessus pour remettre son slip en place.

Je juge déplacé de boire de la bière dans cette tenue et commande un gin-fizz. On m'apporte un joli petit verre givré dans lequel un plaisantin a trouvé rigolo de loger une cerise.

Il ne me faut pas longtemps pour dénicher Gordon. Il est à une table dans un coin avec deux amis, bruyant, lubrique, grossier et répugnant ; exactement le portrait que m'en a fait Lucy.

Ils ont visiblement choisi cette table parce qu'elle est idéalement située pour reluquer toutes les créatures qui pénètrent dans le bar et portent une jupe courte. Il ne leur manque plus que les pancartes pour attribuer des notes. On dirait un concours de beauté où aucune des filles ne saurait qu'elle figure parmi les candidates.

Le type assis le plus près de la porte, qui m'a l'air soûl comme un cochon, accoste chaque fille qui ose s'aventurer trop près avec la même réplique spirituelle :

— Salut, je m'appelle Evan, laisse-moi t'emmener au paradis.

Dis plutôt en enfer, crétin libidineux, avec ton mètre quatre-vingts de testostérone pure et déchaînée.

Attention, la testostérone tient une place très importante et très appréciée dans ma vie, mais ce n'est pas joli à voir quand elle exsude en quantités non maîtrisées d'un ivrogne lourd et échevelé qui frise la cinquantaine.

Ne vous méprenez pas, j'aime assez les hommes mûrs. Cela dit, j'aime aussi que mes hommes mûrs soient des hommes mûrs *séduisants*.

L'objet de mon enquête est assis sur un tabouret. À travers ses lunettes coûteuses, il lorgne consciencieusement toutes les filles qui lui passent sous le nez.

Malheureusement, il ne tarde pas à me remarquer aussi.

Dans cette robe, je me suis fait repérer par toute la population mâle du bar. Le type assis sur le tabouret à côté de moi se penche si bas que, s'il avance d'un millimètre supplémentaire, il va tomber la tête la première dans mon décolleté. Je jette un coup d'œil en direction de Gordon et constate que ses yeux sont rivés sur mes jambes. Je lui donne encore deux minutes. Lorsque je le regarde à nouveau, ses yeux admiratifs sont remontés jusqu'à mes seins.

Au coup d'œil suivant, il me dévisage tranquillement. Quelques minutes plus tard, il a toujours les yeux braqués sur moi et nos regards se croisent un bref instant. Il me sourit.

Oh, non!

Il a vu que je l'observais et il croit que je le drague. Il pense qu'il me plaît!

Je me détourne rapidement.

J'attends deux minutes avant de lui jeter un petit coup d'œil en coin et suis récompensée par un sourire charmeur.

Zut, zut, zut!

Qu'est-ce que je vais faire? Je suis censée surveiller le bonhomme et je n'ose même plus le regarder, de peur qu'il ne prenne mon intérêt pour une invitation coquine!

C'est à cause de cette fichue robe. Comment voulez-vous passer inaperçue, attifée comme ça?

Affolée, je fixe un point devant moi, mais ma retraite tactique a trop tardé.

Dans le miroir qui s'étale le long du mur, derrière le bar, mon visage se crispe tandis que je vois Gordon dire quelque chose à ses compagnons et hocher la tête dans ma direction. Bruyamment encouragé par ses acolytes, il lisse ses cheveux, gratte ses deux dents de devant avec l'ongle de son pouce, avant de fendre la foule pour me rejoindre.

— Que fait une jolie fille comme vous toute seule? Très original.

Je me retourne lentement vers lui, penche la tête sur le côté et me force à sourire.

— Euh... j'ai rendez-vous avec quelqu'un.

Très original aussi, mais je n'ai rien trouvé d'autre.

— Je devrais peut-être monter la garde en attendant que votre amie arrive. Cet endroit est plein de loups qui raffolent des jeunes personnes dans votre genre.

Il me lance un regard concupiscent et cligne de l'œil.

— Oh, et vous ne faites pas partie de la meute ?

Il rit. Il a un rire de gorge rauque, visiblement travaillé, qui évoque la voix d'un Tom Jones atteint d'emphysème.

— Je suis leur chef. Permettez-moi de vous offrir un verre.

Tous les plans que j'avais vaguement envisagés s'effondrent.

— Merci, mais mon ami ne va pas tarder.

— Eh bien, si votre amie est aussi charmante que vous, j'aime autant rester.

— C'est un ami, pas une amie.

— Dans ce cas, je me réjouis qu'il ne soit pas encore là.

Gordon se glisse sur le tabouret voisin du mien, initialement occupé par l'ivrogne qui cherchait à plonger dans ma robe.

— Laissez-moi vous offrir quelque chose, insiste-t-il. Je vous promets que je saurai me tenir.

Il vole la cerise de mon deuxième gin-fizz, la met dans sa bouche, la suce et la fait tourner avec sa langue d'une manière censée être suggestive et sensuelle. Je réprime un haut-le-cœur.

— Votre verre est presque vide.

Je me mure dans le silence.

— Dites-moi au moins votre nom, demande-t-il.

Je me tais obstinément.

— Allez, jolie demoiselle, quel mal y a-t-il à dire votre nom ?

Aucun. Mais un détective se présente-t-il poliment au criminel qu'il doit démasquer ?

— Très bien, c'est moi qui commence, alors. Bonjour, je m'appelle Gordon.

Il incline la tête sur le côté.

— Voilà. Vous voyez, ce n'était pas si difficile. À vous.

Il essaie de m'attendrir. Ça ne marche pas. Il est à

peu près aussi mignon que le monstre de Frankenstein pris de folie furieuse et armé d'un couteau à viande.

— Euh... Na...

Sur le point de lui révéler mon vrai nom, je m'arrête juste à temps. Je n'ai jamais réfléchi à un pseudonyme, pour la bonne et simple raison que je ne pensais pas en avoir besoin!

— Nathalie. Je m'appelle Nathalie.

Heureusement, Gordon a déjà bien bu, et il ne remarque pas mon hésitation. Je sens l'une de ses larges mains effleurer mes fesses. Mon sang se glace.

— Eh bien, Nathalie, voulez-vous vous joindre à nous pour boire un verre?

Doux Jésus, quand il a une idée derrière la tête, celui-là!

Je rêve d'enfoncer dans la main baladeuse de Gordon le pique-olive dont il vient d'extraire ma cerise, puis de décamper à la vitesse grand V. La question est : comment?

— Bien sûr, Gordy, ce serait avec plaisir... mais... euh...

Je regarde désespérément autour de moi et remarque un Nigel passablement éméché qui franchit la porte.

— Mon ami est enfin arrivé.

Je hausse les épaules comme pour m'excuser et prends mon sac posé au pied du tabouret, tel un petit champignon argenté qui aurait poussé là.

Le visage de Gordon se décompose.

— Mais nous commencions à peine à faire connaissance...

Je lui adresse une grimace d'excuse et descends de mon tabouret. Mais il n'est pas du genre à renoncer si facilement. Il fouille dans la poche intérieure de sa veste, m'attrape par le bras et me tend sa carte de visite.

— Mon numéro... appelez-moi.

Il me fourre le petit carton dans la main en recourbant mes doigts autour.

— Nous pourrions dîner ensemble, un jour.

Je réponds lentement :

— Peut-être.

— Promettez-moi de m'appeler.

Je répète avec coquetterie :

— Peut-être.

— Pas peut-être, dites oui.

Il me fait un clin d'œil.

Terrifiée, je bredouille :

— Il... il faut que j'y aille. Mon... euh... fiancé est un homme très jaloux.

Et je m'éloigne en bousculant les gens qui m'entourent.

Quand je suis à une distance à moitié respectueuse, je jette un coup d'œil derrière moi. Gordon me regarde toujours. Ses lunettes glissent de son nez tandis qu'il fixe mes fesses. Je grogne :

— Zut !

S'il me voit sortir seule d'ici, il sera sur mes talons en moins de deux secondes. Je rejoins donc Nigel, qui revient visiblement de quelques visites chez la concurrence avant de réintégrer son propre bouge, lui prends le bras et le fais pivoter vers la porte.

— Salut, mon chou ! Je t'attends depuis des heures, qu'est-ce qui t'a retenu si longtemps ?

Nigel me dévisage d'un air surpris et intrigué.

— Je te connais, non ?

— Peu importe, chéri. Dépêchons-nous, la réservation était pour 22 heures.

Nigel n'en revient pas. Un sourire incrédule et ravi se peint sur son visage d'ivrogne. Il me laisse l'entraîner dehors, et je le pousse dans un taxi qui stationnait devant l'établissement.

Mais sa joie est de courte durée. Après avoir parcouru une centaine de mètres, je demande au chauffeur étonné de s'arrêter et je jette un Nigel furibond sur le trottoir. Puis je retombe contre le siège en plastique collant et m'autorise enfin à respirer, ce que je n'ai pas fait depuis que Gordon est venu me parler.

Eh bien, les choses n'ont pas tourné comme elles l'auraient dû. Certes, j'étais censée surprendre Gordon avec quelqu'un, mais pas avec moi !

Comment vais-je expliquer cela à Lucy ? Elle risque d'être furieuse que j'aie bousillé ma couverture dès le premier soir.

Lucy et Nicky sont confortablement installées sur le canapé, côte à côte. Elles s'empiffrent de chips en regardant Antoine de Caunes dans *Eurotrash* danser sur la scène habillé comme un sandwich aux crudités géant, avec un mannequin aussi maigre qu'une branche de céleri en guise de garniture.

Dès que je pénètre dans le salon, en essayant une fois de plus et sans grande délicatesse de retirer mon string des confins de mes fesses, Nicky saisit la télécommande et coupe le son. Elles se tournent vers moi toutes les deux, les yeux brillant d'impatience.

— Tu rentres tôt.

— Comment ça s'est passé ?

— À part le fait que j'avais l'impression d'être une tranche de gorgonzola devant une rangée de couteaux à fromage ? Où as-tu trouvé ce slip, Lucy, dans une boutique sadomaso ? Bon, je vais mettre quelque chose de moins douloureux et je reviens tout vous raconter.

Dans ma chambre, je retire ma robe moulante et l'objet de torture qui me tient lieu de culotte, puis j'enfile l'amour de peignoir distendu, trop grand et moelleux que Nicky m'a donné lorsque j'ai débarqué en Angleterre, sans logis ni vêtements.

J'adorerais prendre une douche pour effacer la trace de la bave de Gordon qui sèche sur mon épaule, mais je ne pense pas que les filles puissent attendre aussi longtemps le récit des événements de la soirée. Je les rejoins donc dans le salon, elles me font une place entre elles sur le canapé, et Nicky me tend un verre de vin.

Lucy se contient, le temps de me présenter le paquet de chips. J'ai droit à quelques secondes de détente avant qu'elles ne lancent en chœur :

— Alors ?

Je respire un bon coup.

— Eh bien, ils étaient tous chez *Al Fresco*, comme tu l'avais dit.

— Ils ?

— Oui. Ils étaient trois. Gordon, un autre dont je n'ai pas saisi le nom et Evan quelque chose... un crétin fini.

Lucy hoche la tête.

— Evan Landers, responsable du marketing.

— Eh bien, j'espère que ses campagnes de pub sont plus subtiles que ses techniques de drague.

— Alors ? demande-t-elle avec impatience. Gordon a-t-il fait son numéro habituel et accosté une pauvre femme innocente en lui balançant sa Rolex incrustée de diamants à la figure, dans l'espoir qu'elle sera suffisamment éblouie pour enlever sa petite culotte ?

— Euh... oui.

Un grand sourire éclaire le visage de Lucy.

— Super ! Et ça a marché ? As-tu pu avoir des photos compromettantes ?

Je balbutie, mal à l'aise :

— C'est-à-dire que... non.

Le sourire s'évanouit.

— Pourquoi ? Que s'est-il passé ? Tu l'as perdu ?

Si je l'ai perdu ? J'aurais préféré.

— Pas exactement. C'est que... Enfin, pour être honnête...

Je regarde le visage soucieux de Lucy, puis le sol, qui est moins expressif, et je me force à parler.

— La fille devant laquelle il agitait sa montre... eh bien... c'était moi. Ce n'est pas ma faute, il a dû remarquer que je l'observais en coin et... Enfin, tu comprends... Il a pensé que j'étais intéressée.

Je lève craintivement les yeux vers elle et la vois sourire derechef.

— Mais c'est formidable ! s'écrie-t-elle avec enthousiasme.

— Ah, bon ?

— Bien sûr ! Maintenant, nous le tenons ! Dans quels termes vous êtes-vous quittés ? As-tu arrangé un rendez-vous ?

— Il m'a donné son numéro de portable, mais je crois que je l'ai perdu.

— Aucune importance ! Appelle-le.

— Quoi ? Maintenant ?

— Il faut battre le fer pendant qu'il est chaud.

Nicky tend le téléphone sans fil à Lucy, qui compose le numéro de Gordon.

— C'est la première fois que j'organise une rencontre pour mon propre mari, pouffe-t-elle.

J'aimerais bien trouver la situation aussi amusante qu'elle.

— Oh, vite, ça sonne !

Elle me jette littéralement le combiné au moment où Gordon répond. Le bruit de fond m'indique qu'il est toujours dans un bar. J'entends de la musique, des rires et Evan, ivre mort, qui braille une chanson paillarde.

— Yo ! Gordon McClure ! hurle-t-il pour couvrir le vacarme.

Yo ? Mon Dieu !

— Allô, Gordon ? C'est Naom... Je veux dire, Nathalie.

Nicky hausse les sourcils et fait une grimace méprisante en articulant silencieusement : « Nathalie ! »

Je lui décoche un regard furieux.

— Oui, la Nathalie de chez *Al Fresco*... Je pensais à vous, moi aussi... Oui, oui, je savais que j'allais craquer, vous êtes tellement mignon...

L'ego surdimensionné de Gordon ne lui permet pas de se demander pour quelle raison bizarre une fille qu'il a croisée l'espace d'une nanoseconde dans un bar bondé succomberait à ses avances avinées au point de lui téléphoner dans l'heure qui suit.

— Écoutez, pour cette invitation à dîner... Eh bien, oui, j'aimerais beaucoup, c'est pour cela que je vous appelle... Quel jour ? Samedi ?

Je regarde Lucy et Nicky, qui hochent énergiquement la tête.

— Oui, parfait, samedi... Pardon ? La ligne est mauvaise. Vous passeriez me prendre à 20 heures ?

Leurs têtes cessent immédiatement leur mouvement approbateur pour se secouer vigoureusement de gauche à droite. Lucy mime le geste de se couper la gorge. Je peux difficilement dire à Gordon de venir me chercher, l'adresse lui paraîtrait un tantinet familière !

— Non, ce n'est pas la peine, vraiment. Je vous retrouverai là-bas. Parfait, chez *Vigaro*, à Little Venice. Oui, oui, je connais... 20 heures, très bien... Oui, moi aussi, j'ai hâte d'être à samedi... Ciao, Gordy.

— Ciao, répète Nicky, moqueuse.

J'éteins le téléphone avec une violence injustifiée et lui rends l'appareil en protestant d'une voix geignarde :

— C'est lui qui l'a dit en premier ! Bon, Lucy, maintenant que le plus dur est fait, que va-t-il se passer ?

Elle écarte de ses beaux yeux bridés un rideau de cheveux noir corbeau.

— C'est très simple. Je vais « partir » pour le weekend, ce qui signifie qu'il profitera probablement de mon absence pour te ramener à la maison.

— Et s'il m'emmène dans un hôtel glauque à des kilomètres de tout et que je me retrouve enfermée avec lui, sans personne pour entendre mes cris ?

Mes fantasmes sont spectaculaires. Lucy hausse les sourcils et lève les yeux au plafond.

— À toi de t'arranger pour qu'il te ramène ici, d'accord ? Branche-le sur le golf et demande-lui de te montrer ses trophées, il ne résistera pas...

— « Hé, chérie, monte voir mes trophées de golf », c'est ça ? Un peu plus original que des estampes japonaises, je suppose.

— Quoi qu'il en soit, dit Lucy impatiemment, tu le

laisses te baratiner, puis tu acceptes de revenir à l'appartement avec lui.

— Tu es sûre qu'il me le proposera ?

— Aussi sûre que je m'appelle Lucy, déclare-t-elle avec un petit sourire amer.

— Bon. Admettons qu'il me propose de venir chez lui. Une fois là-bas, qu'est-ce que je fais ? Je sors discrètement mon appareil en prétendant que j'aime les photos coquines ? Non, merci ! Je n'ai pas envie de démarcher les magazines de charme pour leur vendre un reportage sur ton mari nu. Et puis, pour que ce soit efficace, il faudrait que je figure aussi sur quelques clichés. Je suis peut-être perverse, mais pas au point de partager le lit de Gordon. Ne le prends pas mal, Lucy.

— Ne t'inquiète pas. D'ailleurs, je ne raffole pas non plus d'être à poil avec Gordon.

— Si tu fais tout ce qu'il faut, intervient Nicky, tu n'auras même pas à retirer tes chaussures.

Elle semble avoir réfléchi à tout.

— Tu n'as qu'à l'attirer dans la chambre avec un sourire sexy et aguicheur. Ensuite, tu l'encourages à enlever quelques vêtements cruciaux et à s'enrouler dans les draps. À ce moment-là, Lucy, qui attendra ici, rentre à l'improviste et vous surprend dans une situation compromettante.

Je répète avec appréhension :

— Compromettante ?

— Eh bien... un peu, oui, répond évasivement Nicky.

— Crois-tu qu'une situation *un peu* compromettante suffira ?

— Disons... très compromettante.

Elle tortille sa boucle d'oreille et étudie avec une attention passionnée le dos de sa main.

— Tu veux dire que je devrai...

— Mais non ! s'écrie Nicky, daignant enfin me regarder.

— Ah, ouf !

— Je veux dire que tu devras être dans le lit avec lui, poursuit-elle, à nouveau mal à l'aise.

Lucy acquiesce en silence.

— Mais tu n'as pas à… tu sais quoi.

Je termine pour elle :

— Passer à la casserole ?

— Voilà, tu n'as pas à passer à l'acte.

Nicky sourit, attrape la bouteille de vin et remplit nos verres. Je réponds avec sarcasme :

— Comme tu es magnanime ! Sincèrement, Nix, tu vas bientôt trôner dans ton appartement en tenue de cuir noir, un fouet à la main, en m'appelant ta chienne et en parlant tarifs avec les clients.

Lucy s'étrangle avec la gorgée de vin blanc qu'elle s'apprêtait à avaler et éclate de rire.

— Ne t'inquiète pas, Naomi, il y a une grande différence entre séduction et fornication.

— Exactement ! renchérit Nicky en riant. Tu pourras garder ta petite culotte.

— Plutôt deux fois qu'une, oui ! Et la petite culotte en question ne pèsera pas quinze grammes, croyez-moi ! Je refuse de me retrouver seule avec Gordon sans un slip en fer, un body en acier et une ceinture de chasteté inviolable !

— Ne t'affole pas, je serai prête à faire une entrée fracassante avant que la situation ne dégénère, assure Lucy.

— Ah, oui ? Et comment vas-tu procéder ? Tu comptes écouter à la porte ? Tu as intérêt à calculer juste, sinon je suis cuite.

Nicky secoue la tête.

— C'est beaucoup plus simple que ça, ma grande.

Avec un grand sourire, elle me demande :

— Tu as déjà entendu parler de ce genre de talkie-walkie qu'on place dans les chambres des bébés ? On met la partie micro dans la chambre de Lucy et le récepteur ici. Dès que tu prononces le mot convenu, Lucy débarque.

— Et quel est ce mot, exactement ?

— Qu'est-ce que tu dirais de : « Prends-moi toute, mon gros lapin » ? suggère Nicky en se mordant les lèvres pour ne pas hurler de rire.

— Ou : « Envoie-moi au septième ciel, mon dieu d'amour », souffle Lucy, sans même faire l'effort de cacher son hilarité.

Je proteste sans conviction :

— Ce n'est pas drôle.

— Je sais.

Lucy sourit un peu tristement et offre une nouvelle tournée de vin.

— Mais si on ne rit pas...

Nicky et moi achevons en chœur :

— ... on pleure !

Nicky a encore un rendez-vous galant.

Je sais que je voulais lui remettre le pied à l'étrier, mais je ne m'attendais pas qu'elle remonte en selle aussi assidûment.

Je crois que c'est le troisième cette semaine. Elle s'immerge dans un tourbillon d'hommes, prétendant qu'il n'y a pas meilleure thérapie pour oublier. Après une rupture, il faut rebondir, n'est-ce pas ?

En fait de rebond, Nicky est une vraie balle de squash. Elle s'emballe et se lasse de ses conquêtes aussi régulièrement que je me brosse les dents.

Cette fois, elle s'est amourachée du laveur de carreaux, exactement comme dans la pub pour le Coca light. Chaque fois qu'il passe de l'autre côté des vitres, tel Tarzan sur sa petite plate-forme, elle est là, lovée dans une pose séductrice au milieu du canapé, vêtue de presque rien. Elle encourage activement les mouettes afin de pouvoir faire appel à ses services le plus souvent possible. Un de ces jours, elle va finir par leur tendre des sardines par la fenêtre.

En plus, il n'est même pas très mignon. D'accord, il a des muscles et un beau bronzage, à force d'exhiber lesdits muscles au moindre rayon de soleil. Mais il est infiniment plus amoureux de sa personne qu'il ne le sera jamais d'aucune femme. Avec son torse athlétique et ses longs cheveux blonds en bataille, il ressemble aux héros représentés sur les couvertures des romans à l'eau de rose.

Bref, depuis quelque temps, un prince charmant de pacotille se suspend presque quotidiennement devant la fenêtre du salon pour le bon plaisir de Nicky. Personnellement, je le trouve aussi sexy que tous les poseurs prétentieux chevelus de son espèce. Mais il a au moins le mérite de lui faire penser à autre chose qu'à Richard.

Nix est dans sa chambre, elle se douche, se maquille, enfile ses plus beaux sous-vêtements, essaie chacune des robes de son armoire.

— Je suis sûre que j'ai encore grossi ! se lamente-t-elle en contemplant ses fesses. Oh, si seulement cettc graisse pouvait fondre ! Mais j'ai beau me dire que cette tablette de chocolat ou ce paquet de chips ne vont pas arranger les choses, mes papilles ne l'entendent pas de cette oreille.

— Allons, Nix, elles ne sont pas si grosses que ça, tes fesses.

— Elles sont énormes ! gémit-elle. Si je continue à grossir, je provoquerai des éclipses rien qu'en me penchant !

— En tout cas, ça ne semble pas avoir affecté ton pouvoir de séduction. Tu as un homme différent chaque jour de la semaine.

— Sauf le dimanche, mon jour de repos, plaisante-t-elle.

— Blague à part, tu ne crois pas que ce serait une bonne idée de ralentir un peu la cadence ?

— Pourquoi ? La mer regorge de beaux poissons, je peux bien taquiner le gardon, non ?

— Bien sûr, bien sûr. Mais, en principe, on lance sa ligne une fois de temps en temps, alors que toi, tu traînes le plus gros chalut que j'aie jamais vu.

— Et alors ? Tu es choquée ? D'habitude, c'est toi qui refuses de te conformer aux règles établies.

— Je sais, mais ce n'est pas *ton* habitude, Nicky.

— Ce *n'était* pas, corrige-t-elle. Ce *n'était* pas mon habitude. Mais les choses changent, et il n'y a absolument aucun mal à s'amuser un peu. Si je l'avais fait dès le début, peut-être que je n'aurais pas foncé tête baissée vers une telle catastrophe. Je voudrais comprendre les hommes, Naomi. Comment y arriverai-je si je ne passe pas un minimum de temps avec des représentants de cette espèce ? En plus, je m'éclate, assure-t-elle sans grande conviction. Ne t'inquiète pas pour moi. Peu importe si le type de ce soir n'est pas l'homme de ma vie. Ce n'est pas parce que je dîne avec lui que je vais lui promettre de l'aimer et de le chérir jusqu'à ce que la mort nous sépare.

Je hausse les épaules.

— Du moment que tu ne souffres pas...

— Pour souffrir, Naomi, il faut aimer, or je ne suis amoureuse de personne. Et puis, ajoute-t-elle en se tournant vers moi avec un sourire ironique, si je rencontre quelqu'un qui me plaît vraiment, je pourrai toujours te demander de faire une petite enquête sur lui !

Le samedi soir arrive avec une hâte inopportune.

Lucy, officiellement partie en week-end, campe sur le canapé depuis vendredi soir. Nicky, que toute cette histoire amuse beaucoup plus que moi, a annulé un deuxième rendez-vous avec le laveur de carreaux pour pouvoir m'aider à me préparer. Toutes deux ont en effet décidé de conjuguer leurs efforts pour me métamorphoser en une minette glamour susceptible de fournir au lubrique Gordon un aller simple pour le tribunal des divorces.

Elles ont du pain sur la planche.

À mon grand désespoir, mon corps a subi une sorte de choc culturel. Depuis mon retour en Angleterre, j'ai pris un ou deux kilos de gras aux mauvais endroits (le trio cuisses, fesses, ventre). En Australie, j'étais très mince, bronzée et en forme. Aujourd'hui, mes cheveux ont la texture soyeuse de la paille, mes ongles sont cassés et effrités et, presque en une nuit, mon bronzage a viré à un jaune maladif.

Comment pourrais-je être une bombe sexuelle, alors que mon corps tout entier s'est transformé en une catastrophe écologique ambulante ?

Les deux premières semaines suivant mon retour, je suis restée assise dans Arnold, à m'empiffrer de cochonneries pour oublier le froid. Ensuite, j'ai accompagné Nicky dans sa boulimie compensatoire – vous comprenez, il fallait bien que je sois solidaire de ma meilleure copine en ces temps de douleur – et je suis tombée dans le piège.

Dieu merci, deux années d'alimentation saine et légère ne s'effacent pas complètement en quelques semaines. Je mentirais en disant que je suis grosse, mais je crois vraiment que je devrais tirer un trait sur le chocolat. Tout de suite.

Malheureusement, arrêter le chocolat, c'est comme arrêter de respirer. Je passe trois jours sans même renifler un gâteau aux pépites de chocolat, galvanisée par le sentiment de puissance que j'éprouve à contrôler mes désirs les plus fous. Mais le quatrième jour, tel un drogué en manque, je suis capable de voler des Smarties à un bambin dont les parents ont le dos tourné.

Je ne peux pas allumer la télévision, de crainte d'être envoûtée par une de ces publicités enjôleuses où du chocolat fondu coule en délicieux filets marron foncé sur tout l'écran...

Néanmoins, avec l'aide d'un seau de crème teintée, d'une pochette entière de produits Elizabeth Arden, d'un bain brûlant assaisonné d'huiles hydratantes superpuissantes, je redeviens à peu près présentable. Avec quelques mots d'encouragement bien choisis, mes deux fées marraines réussissent à me faire entrer dans une minuscule robe droite de Nicky datant d'avant sa période boulimique, une petite chose chatoyante d'un blanc fluorescent quasiment transparent. J'accepte également, par pur masochisme, de chausser une paire de fines sandales à talons hauts dont je m'étonne qu'elles soient en vente libre. Après cette soirée, mes chevilles risquent fort de se retrouver plâtrées pour six mois. Mes fesses sont fringantes, moulées dans un slip Agent Provocateur outrageusement sexy, cadeau de Nicky pour me porter bonheur. Mes cheveux mi-longs, châtains, décolorés par le soleil, ont été cruellement écartés de mon visage et trônent au-dessus de ma tête en un chignon tellement serré que j'ai l'impression d'avoir subi un lifting.

— Qu'est-ce que tu en penses ? demande Nix à Lucy.

Elle tourne autour de moi comme un juge dans une exposition canine. Je grommelle :

— J'ai l'air d'une vraie pétasse.

— Tout à fait le genre de Gordon, commente Lucy avec approbation. Oh, juste un dernier détail.

Elle va chercher son sac, en sort un vaporisateur et m'asperge de parfum. Une odeur florale écœurante se répand dans la pièce.

— C'est son préféré, explique-t-elle.

Je me bouche le nez en gémissant et grogne de la voix de Donald Duck :

— Ça cocotte !

Lucy s'excuse :

— Je sais, mais ça lui fait des choses dans le bas-ventre.

Je n'ai pas l'intention de faire quoi que ce soit à Gordon, ni à cet endroit-là ni ailleurs. L'appréhension s'est nouée autour de ma poitrine et de ma gorge à la façon d'un boa constrictor et m'étouffe. À moins que ce ne soit cette robe de malheur qui m'empêche de respirer.

Nicky me dépose au coin de la rue où est situé le restaurant italien que Gordon a choisi pour notre premier rendez-vous. J'ai vingt minutes de retard. Il est assis à une table et a déjà bu plusieurs verres de vin, si j'en crois le niveau de la bouteille de bordeaux posée devant lui. Au moment où je l'aperçois, il drague la serveuse à qui il vient d'en commander une deuxième.

Je traverse le restaurant sur mes talons aiguilles en réprimant une violente envie de faire demi-tour. Les clients me regardent passer avec stupeur, et j'aimerais leur crier que je ne suis pas responsable de ma tenue, qu'on m'a forcée à m'habiller ainsi après des heures de tortures abominables. J'envisage un instant d'éjecter le chanteur de charme de son tabouret pour lui piquer son micro et plaider ma cause : « Excusez-moi, mesdames et messieurs, je voudrais seulement vous dire que je suis un être humain normal, malgré les apparences, et que je ne me trouve pas du tout à mon avantage dans cette robe. Merci de votre attention. »

Elle produit néanmoins l'effet désiré sur Gordon. La serveuse est évincée avec une promptitude insultante dès qu'il me voit slalomer précautionneusement entre les tables sur mes talons de dix centimètres.

Je ne dois pas être aussi effrayante que je le pense. En tout cas, pas aux yeux de Gordon. Sa langue pend pratiquement hors de sa bouche, tel un tapis rouge déployé pour un couple royal. S'il était un personnage de dessin animé, des symboles de dollars clignoteraient dans ses yeux écarquillés. Visiblement, il se dit qu'il a touché le gros lot, ce soir.

Je suis une poupée Barbie pour adultes, le fantasme absolu de Gordon.

Maman, au secours !

— Nathalie...

La dernière syllabe coule de la langue de Gordon comme du sirop d'érable débordant d'une gaufre brûlante.

— Vous êtes absolument éblouissante !

Il bondit presque de son siège, prend ma main et la presse contre ses lèvres.

J'ai toujours eu un faible pour ce geste. Encore faut-il qu'il soit correctement effectué. Il peut être intime, tendre et très séduisant... ou bien totalement et suprêmement ringard, comme le baiser sirupeux et mouillé que Gordon plante sur le dos de ma menotte.

Il insiste pour m'aider à m'asseoir et bave sur mon décolleté en repoussant ma chaise.

— Je suis si heureux que vous m'ayez téléphoné ! Mais je me doutais que vous le feriez.

Quel prétentieux !

Je résiste à l'envie de lui balancer quelques vérités choisies sur l'attirance qu'il exerce en réalité sur moi (quelque chose qui ressemblerait à des ordures ménagères oubliées au soleil pendant huit jours) et de lui révéler le classement qu'il obtiendrait sur mon échelle personnelle, à savoir « résidu d'un tas d'immondices ».

Avec emphase, il appelle la serveuse d'un claquement de doigts impérieux et commande pour nous deux sans même me consulter. Je pourrais être végétarienne ou allergique au gluten, il s'en fiche pas mal.

Soudain, je me souviens que je suis censée flirter avec ce type et troque ma mine renfrognée contre un sourire mielleux.

— Que diriez-vous d'une bouteille de champagne, pour commencer ?

— J'adore le champagne !

Je pousse un gloussement hystérique et suis récompensée par un regard méprisant de la serveuse. Oh, comme c'est humiliant !

Lucy et Nix m'ont conseillé de me méfier de l'alcool et de garder les idées claires, mais il m'est difficile de rester sobre, étant donné que Gordon ne cesse de remplir mon verre dès que j'ai avalé une petite gorgée.

Je pense qu'il essaie de me soûler.

S'il savait qu'il n'a pas besoin de se donner tant de mal pour m'emmener chez lui ensuite, il se fatiguerait moins.

Quand l'entrée arrive, il insiste pour décortiquer mes crevettes et me les faire manger une par une. Dans quel film débile a-t-il vu cette scène dégoûtante ? S'il croit que je vais mettre ses doigts beurrés dans ma bouche pour les sucer, il se trompe grossièrement. Au lieu de cela, je prends la nourriture très délicatement, comme un chat persan raffiné qui ne choisit que les morceaux les plus goûteux dans son assiette, et j'opère de savants mouvements de bouche en veillant à ce que mes lèvres n'entrent jamais en contact avec sa chair.

Lorsqu'on nous apporte nos steaks, je m'attends presque qu'il se penche pour me découper le mien en petits morceaux.

Il commande une nouvelle bouteille de bordeaux pour accompagner les steaks. Heureusement, il n'a pas remarqué que depuis le début, environ toutes les dix minutes, je verse subrepticement le contenu de mon verre dans la grosse plante verte située à côté de moi.

Je préférerais être ivre, pourtant. Cela rendrait cette soirée un peu plus supportable. L'affreux Gordon s'efforce de me faire ingurgiter assez d'alcool pour éliminer en moi jusqu'au souvenir du mot « non ». De plus, il ne cesse de me demander de lui passer le sel car, chaque fois que je me penche en avant, le décolleté déjà profond de ma robe s'agrandit de deux centimètres et dévoile la naissance de mes seins.

Son cerveau est descendu au-dessous de sa ceinture, et je n'ai même pas le droit de le lui faire remonter dans la tête d'un coup de pied bien placé. Je suis obligée de rester sagement assise, en lui souriant comme si j'appréciais ses pathétiques avances et ses œillades concupiscentes.

Gros porc ! J'espère que tout ce sel va te boucher les artères !

Quand il commande un seul dessert avec deux cuillères, j'ai un haut-le-cœur.

J'affirme que je n'ai plus faim, m'enfonce dans ma chaise et sirote nerveusement mon café tandis qu'il démolit sa glace avec force coups de langue et regards suggestifs, ses sourcils grimpant et s'abaissant comme un gamin excité qui sautille sur place au moment de partir en vacances.

Lorsqu'on nous présente la note, il sort un rouleau de billets de banque de sa poche et en tire avec affectation ce qui me paraît correspondre à une quantité exorbitante de billets de vingt livres. Un point en sa faveur : il n'envisage pas de partager l'addition avec moi. Tant mieux, d'ailleurs, parce que j'ai l'impression que le prix de ce repas suffirait à nous ravitailler en chocolat et en bière, Nix et moi, pendant au moins un mois.

Ne sachant pas que « chez toi » ou « chez moi » revient littéralement au même, il me pousse dans un taxi, béat et radieux. Il semble vaguement déconcerté de voir que je me laisse faire aussi facilement, mais il est trop occupé à se frotter les mains pour s'interroger sur mes motivations.

Une fois assis dans le taxi, Gordon plonge vers ma bouche. Malgré mon affolement, je réussis à déplacer ma tête avant qu'il ne me touche, et ses lèvres se posent sur ma boucle d'oreille d'emprunt.

Il doit être soudain très perplexe, car je passe brusquement des minauderies aguicheuses à une attitude prude et virginale, carrant mon postérieur sur le siège en skaï aussi loin de lui que possible. Grâce à d'ingénieuses contorsions, je parviens à repousser sa bouche et ses mains baladeuses jusqu'à ce que nous arrivions à l'immeuble de Limehouse.

Ignorant que j'étais chez lui quelques jours plus tôt, à farfouiller dans la garde-robe de sa femme, il ouvre négligemment la lourde porte de leur appartement.

Il guette mon émerveillement.

Émerveillée, je le suis, mais je connaissais déjà.

L'appartement de Lucy fait deux fois la taille de celui de Nicky et est rempli d'objets exotiques amassés par la belle Orientale du temps où elle était dans la finance à Hong Kong, avant de s'installer à Londres avec Gordon le Gredin.

Je me glisse habilement sous son bras tendu, évitant de justesse ses lèvres offertes, et j'avance sur l'épaisse moquette écrue en ondulant des hanches comme Marilyn au mieux de sa forme.

Je caresse lentement les courbes lisses d'une réplique d'un cheval Tang et murmure d'une voix sensuelle :

— C'est magnifique.

— Pas autant que toi, grogne Gordon en s'approchant de moi.

Doux Jésus, sauvez-moi !

— Tu veux un café, ou peut-être quelque chose d'un peu plus corsé ?

Il est juste derrière moi, son haleine tiède et avinée contre ma nuque, ses larges mains à quelques millimètres de mes hanches.

Je m'enfuis jusqu'à la baie vitrée qui donne sur le balcon et contemple hypocritement la vue. Tout en poussant de petits cris ravis, je cherche un moyen de conclure cette comédie au plus vite, car je n'ai aucunement l'intention de passer par l'épisode « faisons semblant de boire un café pendant qu'on commence les préliminaires sur le canapé ».

Gordon choisit cet instant pour glisser une petite musique séductrice dans le lecteur de CD.

Zut, zut, zut ! Qu'est-ce que je fiche ici ? Quand je pense que je pourrais être en train d'éconduire le répugnant Nigel ! Au moins, je n'aurais pas eu à feindre d'être attirée par lui. S'il l'avait fallu, je lui aurais simplement balancé une bouteille de bière dans l'entrejambe, histoire de refroidir ses ardeurs.

Je ne vois qu'une solution pour m'en sortir sans être obligée de poser mes lèvres sur celles de Gordon, ou pire encore.

Je me retourne et lui souris d'une façon qui se veut effrontée et provocante.

— Je suppose que la chambre est par là ?

Sur ce, je me dirige vers la porte qui mène effectivement, comme je le sais fort bien, à la chambre.

Il doit trouver que je suis la fille la plus facile de tout le West End. Il ne m'a même pas embrassée, et me voilà qui file droit vers la couche matrimoniale.

Les choses se corsent, ma petite Naomi.

Comment mettre Gordon à poil et le rendre vulnérable sans me découvrir d'un fil ?

Je résous le problème en pénétrant dans la chambre avec une longueur d'avance.

Lorsqu'il arrive, haletant, à la porte, je suis déjà langoureusement allongée sur le lit et je ronronne : « Déshabille-toi, mon gros nounours », d'une voix qui ressemblerait à celle de Patricia Kaas atteinte d'une laryngite.

Heureusement, il n'hésite qu'un instant. Un grand sourire incrédule illumine bientôt son visage taillé à coups de serpe, et il commence à se dévêtir avec une hâte indécente.

— Non, par ici, je te verrai mieux.

Je lui indique l'extrémité opposée de la chambre, aussi loin du lit que possible.

— Et prends ton temps... Je veux te regarder.

J'espère qu'il mettra ma voix rauque sur le compte du désir, et non de la peur panique qui menace de m'envoyer dans la tombe bien avant l'âge, victime d'une crise cardiaque foudroyante.

Coup de bol, je suis tombée sur un de ses fantasmes préférés. Gordon ralentit aussitôt et me rejoue *The Full Monty* en rythme avec la musique. À en croire son visage, il est aux anges. Il ondule des hanches, ôte sa chemise, puis la fait tournoyer au-dessus de sa tête avant de la jeter sur une chaise.

Je ne sais pas où poser les yeux pendant qu'il s'attaque au pantalon. La ceinture vole en premier, arrachée de ses passants avec un claquement de fouet et lancée sur les traces de la chemise.

Il fait glisser son pantalon sur ses hanches anguleuses puis, sans cesser de se trémousser, descend de plus en plus bas sur ses cuisses, ses genoux... Il le repousse du pied et se dresse fièrement devant moi, en slip kangourou bleu layette. Alors qu'il s'apprête à s'en débarrasser comme du reste, je crie :

— Non!

Il s'interrompt et lève les yeux vers moi, inquiet, s'attendant visiblement à une nouvelle et époustouflante métamorphose de la reine du porno en vierge effarouchée.

— J'aime ça, dis-je dans un souffle. Je trouve ça très sexy.

Gordon me contemple, sceptique.

— J'adore les slips kangourou, ça m'excite terriblement...

Un slip kangourou en haut de deux jambes maigrichonnes et velues. Mmm... Tout un programme!

Étant donné que Nicky et Lucy boivent mes paroles de l'autre côté du palier, cette petite improvisation m'est des plus pénibles. En ce moment, elles sont probablement en train de s'enfoncer les coussins du canapé dans la bouche pour ne pas hurler de rire.

Il est temps d'appeler les renforts.

— Gordon, j'ai envie de toi! Maintenant!

J'ai crié en direction de la table de nuit, dans laquelle Lucy a caché le micro.

Malheureusement, notre code secret aiguillonne Gordon. Il me dévisage avec stupeur, mais son sourire ne tarde pas à réapparaître. Grâce à mes pitreries, il doit se croire plus séduisant que Tom Cruise, Pierce Brosnan et Brad Pitt réunis. En voyant sa main se rapprocher dangereusement de l'élastique de son slip, je répète notre appel de détresse d'une voix guindée et monocorde :

— Oh, Gordon, j'ai envie de toi!

Oubliant que je considère son répugnant slip kangourou comme le meilleur aphrodisiaque depuis les huîtres, le champagne et le gingembre, il l'arrache et exhibe en guise de sexe un monstre enragé qui vole vers moi tel un missile ayant une cible programmée d'avance.

— Gordon, j'ai envie de toi!

Cette fois, j'ai hurlé.

Après une bonne soirée entre filles et deux bouteilles de vin australien plutôt costaud, la perspective de cette scène nous avait plongées dans une joyeuse hilarité. Mais maintenant, alors que j'essaie désespérément de trouver un moyen de repousser Gordon sans me faire arrêter pour coups et blessures, crier cette phrase me paraît parfaitement déplacé.

Au moment où Gordon bondit sur le lit, et sur moi par la même occasion, et que je m'apprête à envoyer Lucy au diable et à attraper la lampe de chevet pour assommer son mari, la porte de la chambre s'ouvre en grand. Une Lucy vengeresse surgit dans la pièce, un appareil photo à la main.

Elle voulait des preuves compromettantes? Je lui offre le cliché idéal : Gordon dans le plus simple appareil, visiblement réjoui par ma compagnie (suivez mon regard), ses deux mains bataillant avec les boutons de ma robe.

Les talents d'actrice de Lucy l'emportent largement sur mon lamentable numéro de porno à petit budget. Elle commence par incendier Gordon avec beaucoup de volubilité dans un torrent de chinois. J'ai beau ne pas parler un idéogramme de cette langue, il me semble évident que ce qu'elle dit n'est pas adapté à tous les publics.

Comme prévu, je profite de l'intermède pour récupérer mon sac et m'enfuir. Je m'arrête brièvement en réalisant que j'ai laissé mes chaussures au pied du lit, avant de me rappeler que ce sont celles de Lucy. Dieu merci, il ne me reste plus qu'à sprinter de l'autre côté du couloir. À voir la vitesse à laquelle je cours, on pourrait penser que j'ai une horde de tueurs en série sur les talons.

Une fois dans l'appartement de Nicky, je claque la porte derrière moi et m'appuie dessus, hors d'haleine.

Nicky est pliée en deux sur le canapé, des larmes coulent le long de ses joues rouges tandis qu'elle lutte pour maîtriser un fou rire incoercible.

Le micro est toujours branché.

Outre le son de mon propre cœur qui résonne comme les tambours du Bronx, ma respiration haletante comme celle des obsédés sexuels au téléphone, et le rire inextinguible de Nicky, je reconnais le bruit d'une scène de ménage en règle dans l'appartement d'en face. En anglais, cette fois, Lucy menace de mettre en contact rapproché le cheval Tang que j'ai admiré tout à l'heure avec le contenu ratatiné du crâne de Gordon.

Malgré son analyse calme et presque clinique des faiblesses de son mari, sa voix tremble de colère contenue.

Quand Lucy ressort en claquant la porte et se glisse chez nous cinq violentes minutes plus tard, je m'attends presque à subir le même sort que Gordon. Mais elle s'adosse à la porte et éclate d'un rire hystérique, abandonnant son masque sévère d'épouse outragée.

— Ô mon Dieu, quel pied, quel pied ! Si vous aviez vu sa tête ! Je suis libre !

Elle avance vers moi en dansant, me prend les mains et m'entraîne dans une polka endiablée, avant de me lâcher et de se laisser tomber sur le canapé, sans cesser de glousser comme une maniaque.

— Si vous aviez vu sa tête ! répète-t-elle. Ça me console de tout ce qu'il m'a fait endurer... Un peu plus, et il criait : « Au secours, maman ! »

Je hurle :

— Moi aussi ! C'est un miracle que je m'en sois sortie vivante.

— En tout cas, tes improvisations étaient vraiment comiques, dit Lucy en hoquetant. « Déshabille-toi, mon gros nounours... et prends ton temps, je veux te regarder ! » imite-t-elle d'un ton moqueur.

— « J'adore les slips kangourou, ça m'excite terriblement ! » renchérit Nicky, hilare.

Indignée, je réplique :

— Vous n'auriez pas trouvé ça si rigolo si vous aviez été à ma place.

— J'aurais tout donné pour être une petite souris cachée dans un coin. On avait l'impression d'écouter une retransmission à la radio. Je regrette qu'on n'ait pas filmé la scène ! s'exclame Lucy.

— « Oh, Gordon, j'ai envie de toi, maintenant ! » hurle Nicky entre deux fous rires. Naomi pourrait peut-être nous la refaire, et on enverrait la cassette à *Surprise sur prise* !

— Jamais ! Plus jamais ! Ja-mais, vous m'entendez ? Je devrais toucher une prime de risque ! Au fait, pourquoi as-tu mis si longtemps à venir, Lucy ?

— Qu'est-ce que tu veux, c'était trop drôle, avoue Lucy en essuyant les larmes qui coulent sur ses joues.

— « Oh, Gordon, j'ai envie de toi » ! crient-elles à l'unisson.

Puis elles se font mutuellement signe de se taire, de peur que l'objet de leurs quolibets, reconnaissant des voix familières, sorte du placard où il s'est réfugié et décide de venir voir ce qui se passe.

J'essaie de paraître outrée, sans succès.

Mon visage choqué se décrispe, et je m'écroule sur le canapé avec elles, joignant mon rire au leur.

Lucy prend son verre de vin sur la table basse et le lève.

— Bon débarras !

— Adieu, maris volages et fiancés infidèles ! renchérit Nicky en trinquant avec elle.

Quant à moi, je lance avec fougue :

— À bas les slips kangourou ! Vous pouvez m'attendre une seconde pour continuer à fêter notre réussite, les filles ? Il faut que je me change, ce slip me rentre dans les fesses, c'est un vrai cauchemar.

Et j'ajoute, de ma voix de basse sensuelle et envoûtante, genre Patricia Kaas atteinte d'une laryngite :

— Mmm, depuis le début de la soirée, j'ai envie de retirer ma petite culotte...

4

Les horreurs de la nuit dernière s'estompent heureusement à la faveur du jour nouveau. Chaque fois que je ferme les yeux, je continue à avoir des visions d'un Gordon à moitié nu en train de faire la danse du ventre devant moi comme un Chippendale au rabais. Pourtant, comparée à la mission que je dois accomplir aujourd'hui, l'entreprise Gordon n'était qu'une partie de rigolade. Si James Bond savait ce qui m'attend, il courrait se réfugier dans les bras du docteur No.

Je vais déjeuner avec ma mère.

Puisque Jamie a pris sur lui de cafarder et de lui annoncer mon retour au pays, autant m'armer de courage et me débarrasser de cette corvée.

Elle passe me chercher à midi. 12 heures pétantes.

Nicky est aussi emballée que moi par cette perspective.

— Quoi, tu lui as dit où j'habite! hurle-t-elle en filant aussitôt à la cuisine faire un raid dans le frigo.

Allez comprendre pourquoi elle s'imagine qu'un Mars glacé est capable de la protéger... Elle engloutit la barre chocolatée comme si ma mère était du poison et le Mars l'unique antidote connu.

Nix a toujours été terrorisée par ma génitrice. En fait, maintenant que j'y pense, il m'arrive de la trouver moi aussi assez terrifiante.

Surtout en ce moment.

Ma mère m'en veut.

Elle m'en veut toujours pour une raison ou pour une autre, cela ne devrait donc pas m'étonner, mais le fait que je sois rentrée depuis cinq semaines et que je ne lui aie pas donné signe de vie a fatalement accru son mécontentement.

À 11 h 55, je suis devant l'immeuble, tremblant dans les bottes de Nicky, et ce n'est pas parce qu'un vent glacial souffle sous la jupe également empruntée à Nicky.

Depuis mon départ, j'ai envoyé à ma mère une lettre, trois cartes postales, une carte de vœux et deux cartes d'anniversaire *très* en retard. Une fille indigne, je vous dis.

Je suis bonne pour deux ans de harcèlement, persécutions et reproches maternels, qui se transformeront sans aucun doute en une lente et douloureuse avalanche de récriminations qui finira par m'ensevelir jusqu'au cou.

Ma mère a toujours été extraordinairement compétente, ce qui explique pourquoi je me sens si nulle. À mon âge, elle avait déjà son deuxième mari, son premier enfant, et menait à la baguette une entreprise florissante. Tout ce que je fais est comparé à sa réussite. Or, étant donné que je n'ai rien accompli pour l'instant, que je ne peux exhiber ni travail ni mari, la comparaison n'est pas vraiment à mon avantage. J'ai peut-être voyagé à travers l'Asie et l'Australie, seule la plupart du temps, et survécu indemne, ceci ne constitue pas un exploit aux yeux de ma mère. Pour elle, je me suis offert deux ans de vacances. Ma mère croit en une nouvelle race de femme, qui excelle au travail tout en élevant ses enfants, en tenant sa maison, en recevant et en s'occupant toute seule de sa décoration intérieure par-dessus le marché.

Moi, je ne suis même pas capable de me faire les ongles devant la télévision : je trouve toujours le moyen d'en mettre partout.

Quant à ma carrière, néant. Je n'ai aucune vocation particulière, aucune passion, aucun désir ardent d'être quoi que ce soit... sinon heureuse. Ce qui n'est absolument pas le cas en cet instant très précis.

Elle arrive à 12 heures tapantes, tous pneus crissant, approchant sa voiture si près du trottoir qu'elle manque écraser le bout de mes bottes en cuir noir.

Je vois son profil derrière la vitre : des cheveux bruns coiffés en un petit carré court bien discipliné, un nez aquilin, des lèvres minces et vermillon.

N'avez-vous pas l'impression que vos parents, quel que soit leur âge, ne changent jamais ? Le temps glisse sur eux sans laisser de traces. En ce moment, je régresse à la vitesse de la lumière. J'ai douze ans, et ma mère débarque à l'école pour me ramener à la maison. Elle est furieuse : je viens d'être renvoyée pour avoir recouvert de film plastique transparent la lunette des toilettes privées de la directrice.

Elle sort de la voiture et m'examine des pieds à la tête.

Apparemment, elle ne sait pas si elle doit sourire, m'embrasser ou m'allonger en travers de ses genoux et me donner une fessée.

Face à son évidente perplexité, je décide d'agir. Je grimace un sourire en criant : « Bonjour ! » sur un ton qui, je l'espère, sous-entend : « Mon Dieu, comme je suis contente de te voir ! », je plante un baiser sur sa joue, puis je file côté passager et grimpe dans la voiture.

Elle se rassoit, enfonce sa clé de contact et se tourne vers moi tout en faisant rugir le moteur.

— Alors, c'est vraiment toi. J'ai failli en douter.

Le sarcasme. Encore une chose qui n'a pas changé.

— Je croyais que tu étais partie en Extrême-Orient. Mais, une fois débarquée de l'avion, tu as dû prendre une correspondance directe pour l'oubli !

— Bangkok, en fait, mais cela revient presque au même.

L'humour. Un mécanisme d'autodéfense très peu approprié avec ma mère, car elle n'a absolument aucune notion de cette étonnante faculté humaine.

Elle me fusille du regard et passe brutalement la première, s'engageant dans le flot de voitures avec l'absurde conviction que tout le monde va s'écarter de son chemin, bien qu'elle soit en train d'enfreindre tranquillement le code de la route.

Ma mère conduit une Mercedes flambant neuve. Elle en achète une nouvelle tous les ans. Pour elle, c'est un accessoire de mode, au même titre qu'un sac à main ou qu'un bâton de rouge à lèvres.

Malheureusement, elle a beau posséder les dernières nouveautés des grands couturiers et des designers les plus chics, sa conduite n'est pas des plus modernes.

— L'inconvénient, avec ce genre de voiture, c'est que tous les crétins veulent faire la course, se plaint-elle après avoir franchi la ligne blanche continue.

Elle continue à avancer à son allure d'escargot arthritique, tandis qu'une file de voitures profite avec raison d'un ralentissement de la circulation, en face, pour la doubler en trombe.

— Je suis très déçue par ton attitude, Naomi. Tu sais, j'avais vraiment espéré que ce séjour à l'étranger te mettrait du plomb dans la cervelle, mais c'est un fiasco total. Quand je pense que tu es revenue depuis plus d'un mois et que tu n'as même pas levé le petit doigt pour me donner des nouvelles... Te rends-tu compte du souci que je me fais ? D'ailleurs, je me demande ce qui t'a pris de partir. C'est vrai, tu es incapable de gérer ta vie, tu as toujours été complètement irresponsable...

J'allume à fond le chauffage. J'ai la chair de poule. J'avais oublié que la seule présence de ma mère pouvait me donner des frissons d'angoisse. Mais j'ai oublié beaucoup de choses, en deux ans. L'une des raisons pour lesquelles je me suis sauvée aux antipodes, par exemple. Ma mère est ravie de me la rappeler. D'après elle, je cherchais à fuir mes responsabilités, pour ne pas avoir à mûrir ou à décider ce que je voulais faire de ma vie.

Et alors, quel mal y a-t-il à ne pas savoir ce qu'on veut faire, à ne pas suivre docilement les sentiers battus ? On se croirait à une procession : tout le monde est censé avancer sur le même chemin, et dans le bon ordre. Naissance, école, travail, mariage, enfants, démon de midi, retraite, mort. Vue du ciel, je suis sûre que la terre ressemble à une petite fourmilière dont les membres s'agitent inutilement dans tous les sens.

D'après la légende familiale, mon grand-père se serait penché sur mon berceau et aurait décrété que cette enfant serait soit un génie, soit une idiote. Ôtez le génie, qu'est-ce qui reste ?

Une fille de vingt-cinq ans sans appartement, sans plan de carrière et sans aucun objectif. Je pensais qu'après un séjour prolongé à l'étranger, je saurais enfin quel sens donner à ma vie, mais j'ai l'impression de me retrouver à la case départ.

Peut-être ai-je tout simplement un développement plus lent que la moyenne. Je n'ai pas eu besoin de soutien-gorge avant l'âge de quatorze ans, j'ai reçu mon premier vrai baiser à dix-sept ans, j'ai perdu ma virginité à... disons que j'approchais de mes vingt ans.

Cependant, à l'idée qu'il sera peut-être trop tard lorsque j'aurai enfin décidé ce que je veux vraiment faire, je suis terrifiée. Cela dit, je pourrais lancer une mode et devenir la première femme jockey en âge d'avoir la carte Vermeil, ou la première mamie à me dandiner sur un podium pour des défilés de mode. Malheureusement, de telles hypothèses me paraissent peu vraisemblables. Me connaissant, je vais gâcher ma vie jusqu'à ce que je devienne une vieille toupie octogénaire avec des bigoudis dans les cheveux et un chat acariâtre en guise de compagnon.

Enfin, si jamais je m'aperçois que je me dirige vers cet avenir-là, je pourrai toujours accepter la proposition d'embauche de ma mère.

Elle aimerait que je vienne travailler pour elle.

Elle me répète cette offre à plusieurs reprises sur le

chemin du restaurant, mais je réussis à me dérober chaque fois en débitant une ineptie dont je sais qu'elle la mettra hors d'elle. C'est la seule façon d'éviter un sujet, avec ma mère : la brancher sur un autre chapitre qui l'exaspère encore plus.

Je n'ai jamais bien compris comment elle gagne sa vie. Quand les gens posent des questions, elle dit toujours qu'elle est dans les médias. En tout cas, elle gagne énormément d'argent, elle sort beaucoup, et on l'invite régulièrement dans les émissions télévisées du matin pour lui demander son opinion sur l'actualité. Pour être honnête avec vous, elle adore me parler de ce qu'elle fait. Le problème, c'est qu'elle est tellement rasoir que j'ai tendance à décrocher au bout de trois syllabes, d'où mon ignorance sur la nature exacte de ses activités.

Mon demi-frère Adrian travaille déjà pour ma mère, sous le titre aussi ronflant que flou de directeur de l'orientation artistique. Cela lui permet de conduire une Saab décapotable, d'arriver au bureau à 10 heures du matin, de déjeuner longuement avec sa très séduisante secrétaire et de quitter les lieux sur le coup de 16 heures.

Cela pourrait être un travail idéal, s'il en existait un, mais l'idée de devoir côtoyer ma mère et Adrian quotidiennement me donne des sueurs froides.

Pour ma mère, mon frère est un dieu. Un roi. Pour une fois, je suis d'accord avec elle : c'est le roi des abrutis.

Mon demi-frère est un grossier personnage, un crétin fini, un imbécile vaniteux, un monstre de bêtise et d'insensibilité... Depuis ma plus tendre enfance, j'ai établi une longue liste d'expressions pour le définir, à laquelle s'ajoutent régulièrement de nouveaux adjectifs.

Ma mère est un moulin à paroles. La complainte monotone que je viens de ne pas écouter depuis dix minutes se poursuit, alors que je reprends peu à peu contact avec la réalité, tel un plongeur émergeant des profondeurs sous-marines.

— Je ne peux pas croire que tu sois partie si longtemps et que tu m'aies contactée si rarement. Que dois-je en penser, franchement ? Tu aurais pu être kidnappée et envoyée dans une affreuse maison close au bout du monde, enfermée dans une fumerie d'opium, vendue sur le marché aux esclaves...

— Tous mes fantasmes sexuels inavoués, qui ne se sont malheureusement pas réalisés.

— Ça n'a rien de drôle, dit-elle sèchement. On ne plaisante pas avec ces choses-là. Il existe bel et bien des hommes louches, dans ce monde...

— Je sais, je les ai à peu près tous rencontrés.

— Tu n'ignores pas que je ne tiens pas les hommes en haute estime, Naomi.

Elle jette un coup d'œil dans son rétroviseur, non pour s'assurer qu'elle peut déboîter sans danger, mais pour vérifier si son rouge à lèvres a survécu à son perpétuel mouvement labial.

Bien sûr que tu n'aimes pas les hommes, maman, c'est pour cela que tu as eu quatre maris et au minimum dix-huit petits copains durant mon absence. Depuis que ma mère a divorcé du père de Jamie, son quatrième mari, elle a été plusieurs fois fiancée, mais ne s'est jamais remariée. Elle garde un peignoir supplémentaire accroché derrière la porte de sa salle de bains pour ses « amis ». Dans la famille, ce peignoir est un intarissable sujet de railleries. Il a accueilli plus de corps que la morgue du coin.

— Je l'admets, je commets l'erreur de les traiter comme s'ils étaient adultes, continue-t-elle.

Les veinards ! Moi, elle me traite comme si j'avais neuf ans.

Elle change de vitesse avec hargne et klaxonne avec une perversité certaine un chauffeur de taxi auquel elle vient de faire une queue de poisson.

— Dans le fond, les hommes sont des petits garçons,

reprend-elle. Ils recherchent tous une mère de substitution.

— Quelqu'un qui va les humilier devant leurs copains, c'est ça ?

— Ne sois pas insolente, Naomi. Tu sais, je pense vraiment que tu devrais venir habiter à la maison. Nicola est une gentille fille, mais elle n'a jamais exercé une bonne influence sur toi.

Pauvre Nix ! Bien qu'elle ait toujours été moins délurée que moi, toutes mes erreurs de jeunesse lui ont été imputées. Ma mère ne lui en veut pas personnellement, elle ne peut tout simplement pas supporter l'idée que sa fille ne soit pas parfaite. Si je ratais un examen, c'était parce que Nicky m'avait distraite. Si je séchais les cours, c'était parce qu'elle m'avait entraînée. Me surprenait-on en train de m'étrangler avec une cigarette interdite dans les toilettes ? Nicky avait sorti son paquet de Marlboro de sa poche pour en enfoncer une de force entre mes lèvres indignées.

Rien ne pourrait être plus éloigné de la vérité. En réalité, Nicky m'a empêchée de mal tourner. C'est elle qui m'a convaincue de m'inscrire à l'université et qui m'a poussée à y aller. C'est elle qui m'a levée, habillée et vitaminée pour que je ne rate pas mes examens de fin d'année. C'est elle qui a veillé à ce que nous ne mourions pas de faim avec nos maigres budgets d'étudiantes, en inventant six versions différentes du ragoût de légumes. C'est Nicky qui est venue me chercher à Heathrow (honnêtement, je reconnais que ma mère l'aurait probablement fait si je l'avais prévenue de mon retour) et c'est Nicky qui, spontanément, me recueille chez elle maintenant que je suis rentrée en Angleterre.

Je ne sais pas pourquoi ma mère s'imagine que vivre avec elle me serait salutaire. Soit je mourrais sous ses piques répétées, soit j'aurais de graves carences en fer, magnésium et autres minéraux indispensables à la santé. Quand je l'accompagnais au supermarché, elle ne revenait qu'avec une grande bouteille de gin, une autre de Schweppes et un chou-fleur.

Ma mère continue à accabler Nicky pendant encore deux kilomètres, jusqu'à ce que nous atteignions Chelsea, où elle abandonne sa voiture devant un panneau d'interdiction de stationner.

J'ai appris à me taire jusqu'à ce qu'elle s'arrête d'elle-même. Malheureusement, il semble que ma mère – qui n'a jamais caché ses liens avec certaines puissances occultes – ait acquis un nouveau pouvoir durant mon périple à l'étranger : la faculté de parler sans avoir à reprendre son souffle.

Lorsque nous sommes installées dans un restaurant un peu trop chic pour deux sandwichs crudités, elle enfourche son cheval de bataille favori : l'homme.

— Quand on en trouve un bon, il faut vraiment s'y accrocher. Crois-en mon expérience, dit la femme qui ne s'accroche jamais à un homme plus de cinq minutes.

Je garde mon sérieux au prix de contorsions faciales extrêmement douloureuses.

— Tu ne rajeunis pas, Naomi.

— J'ai tout juste vingt-cinq ans, je ne suis pas une ancêtre !

— De mon temps, si on était encore célibataire à vingt-cinq ans, on était une vieille fille.

Bien sûr, et cela n'empêchait pas les hommes de vous assommer pour vous entraîner dans leur caverne et fourrager sous votre peau de bête, réponds-je en moi-même.

Je sais où elle veut en venir et me prépare à un nouveau sermon sur Simon.

Simon. L'ex respectable. L'homme avec lequel j'ai eu une aventure brève, regrettable et désormais taboue. L'homme que ma mère considère comme la référence suprême en matière de perfection masculine.

La perfection masculine. Quel bel oxymore !

Voilà une autre des raisons qui ont motivé mon départ pour des contrées exotiques : fuir Simon !

Je l'ai rencontré un an après avoir emménagé à Londres avec Nicky. À l'époque, elle se décarcassait pour gravir les échelons de son premier poste. Quant à moi, je servais des bières dans un bar pour gagner de quoi m'acheter des chaussures de randonnée, un sac à dos et un billet d'avion pour Bangkok. C'est Nicky qui m'a présenté Simon, détail que je ne lui ai pardonné que tout récemment.

Je crois que ma mère est tombée amoureuse de lui beaucoup plus que moi. Curieusement, dès l'instant où elle l'a vu, elle a décidé qu'il était fait pour moi et a gaspillé une incroyable quantité d'énergie à essayer de nous marier.

— Franchement, je ne comprends pas comment tu as pu quitter Simon...

Le redoutable mot de cinq lettres est lâché.

Comme je l'avais prévu, ma mère s'apprête à maudire le sort qui l'a dotée d'une fille assez stupide pour laisser filer un spécimen masculin aussi formidable.

Comment j'ai pu le laisser filer, je le sais très bien. Ce que je me demande surtout, c'est comment j'ai pu sortir avec lui.

Simon a huit ans de plus que moi. Au début, il me paraissait très mûr et responsable. Ce qui me plaisait le plus en lui, c'était son assurance. Il avait un bon boulot, un bel appartement, une voiture coûteuse, il était relativement cultivé et semblait parfaitement équilibré.

Mais je me suis vite rendu compte qu'il n'était qu'un gosse déguisé en adulte, un gros bébé gâté, présomptueux, exigeant et terriblement immature.

— Un jeune homme si charmant ! continue ma mère. Je pense que tu devrais reprendre contact avec lui, maintenant que tu es revenue.

— Je doute fort qu'il n'ait envie de me revoir.

Je souris au serveur qui me tend le menu.

— Oh, détrompe-toi ! dit ma mère en exhibant ses belles dents reblanchies. Il t'est encore très attaché.

— Ah, oui ? Et comment le sais-tu ?

— Bah, nous nous sommes croisés quelquefois, en deux ans. Il m'a toujours demandé de tes nouvelles... J'en avais peu à lui transmettre, soit dit en passant, mais il faisait au moins l'effort de s'intéresser à ce que tu devenais...

Double pique, j'avais oublié qu'elle était si douée pour cette pirouette-là.

— D'ailleurs, je crois bien l'avoir déjà rencontré ici même une ou deux fois, ajoute-t-elle.

Le restaurant chic, la table pour quatre, toute cette mise en scène... J'aurais dû flairer le piège, mais je ne pensais pas que ma mère aurait recours à un stratagème aussi grossier. En tout cas, pas dès l'apéritif.

Comme s'il n'attendait que cette réplique pour faire son entrée, Simon se fraye un chemin jusqu'à nous. Je meurs d'envie de me glisser sous la table pour aller rejoindre le verre de vin que je viens d'y renverser, sous le choc.

Il a grossi. Il a toujours été costaud, plutôt athlétique, dans le genre rugbyman, mais l'estomac s'est transformé en ce qu'on peut désormais qualifier de bedaine. Ses boucles blondes se dégarnissent lentement et sûrement aux tempes, et il ne reste plus qu'une sorte de V sur son front. Ses yeux bleu pâle sont entourés d'un fin réseau de nouvelles rides.

Il a tellement changé que j'ai l'impression de ne pas l'avoir revu depuis dix ans. Quand nous avons commencé à nous fréquenter, il avait trente et un ans, et l'idée d'un compagnon plus âgé me plaisait : je voulais un homme, pas un garçon à peine sorti de l'adolescence.

Maintenant qu'il chemine tranquillement vers l'âge mûr, il n'a plus l'air séduisant, il a l'air vieux.

Je ne sais pas si j'ai des qualités de comédienne, mais ma mère peut laisser tomber ses rêves d'Hollywood. Son petit numéro de stupeur émerveillée ne me convainc pas le moins du monde.

— Mon Dieu, mon Dieu, regarde qui est là ! Simon ! Oh, le galopin, nous parlions justement de vous, n'est-ce pas, ma chérie ? Vos oreilles ont dû tinter, et vous voilà, tout beau et tout fringant ! Quelle incroyable coïncidence ! Et quelle charmante surprise !

La prestation de Simon est encore plus consternante que celle de ma mère.

Simon : Hem... (Il s'éclaircit la gorge et paraît nerveux.) J'étais juste passé manger un morceau (dit-il comme s'il lisait le texte d'une pièce de théâtre devant des copains de classe moqueurs et une prof d'art dramatique enthousiaste).

Mère (mielleuse et sirupeuse à souhait) : Eh bien, pourquoi ne pas vous joindre à nous ?

Simon (complètement figé, lit maintenant son antisèche sur la manche de sa chemise) : Oh, non, je ne voudrais pas m'imposer.

Mère (avec un geste ample) : Jamais de la vie, nous serions ravies. Asseyez-vous, je vous en prie.

Simon (excessivement poli) : Vous êtes certaine que je ne vous dérange pas ?

Mère : Au contraire ! Nous insistons, n'est-ce pas, Naomi chérie ?

Plutôt déjeuner devant un essaim d'abeilles en colère avec un seul rayon de miel entre elles et moi.

— Je ne sais pas, ce ne serait pas très gentil d'enlever Simon à ses amis. Il n'est sûrement pas venu manger ici tout seul, maman.

Et paf, dans l'os !

Les acteurs restent muets.

J'ai détecté la faille de leur projet diabolique. Visiblement, ils n'avaient pas pensé à l'alibi de Simon. Ils semblent incapables de justifier sa soudaine apparition, seul, dans le restaurant où ma mère m'a emmenée.

En général, ma mère ne laisse rien au hasard. Mais il faut reconnaître qu'elle n'a pas eu beaucoup de temps pour organiser ce déjeuner. Je ne l'ai appelée qu'hier soir. Elle a dû téléphoner aussitôt à Simon pour organiser une rencontre « fortuite ».

Pourquoi se donne-t-elle tant de mal ?

Elle a une idée très précise derrière la tête. Le temps passe et l'horloge biologique de sa fille tourne. Elle a deux années de manipulation à rattraper et est déterminée à me trouver un homme, une maison et une carrière, tout cela en l'espace d'un repas.

Elle en est capable, je le sais. Encore faudrait-il que je coopère.

Selon ses critères, Simon est le gendre idéal. Sérieux, capable de soutenir une conversation dans trois langues différentes sur le droit des affaires, la politique internationale ou l'art au XVIIIe siècle. En tout cas, capable de soutenir une conversation avec ma mère dans tous les domaines précités.

Je peux jurer assez efficacement en français, mais mes dons en langues étrangères s'arrêtent là, et mes connaissances en matière de droit des affaires tiendraient sur le dos d'un timbre-poste.

C'est une cause perdue. Non seulement Simon ne me plaît pas, mais nous sommes totalement incompatibles. Je voudrais sortir, m'enivrer et danser jusqu'à ce que je m'écroule par terre. Lui serait là, assis dans un coin, son manteau sur le dos, prêt à regagner ses pénates à 22 heures.

C'est le genre de type à quitter le boulot, faire ses sept ou huit kilomètres de vélo, rentrer, manger un repas équilibré et se coucher à une heure raisonnable pour pouvoir aller au gymnase avant le bureau le lendemain.

Moi, je suis plutôt du genre – à supposer que je rentre – à m'écrouler sur le canapé avec une pizza et une bouteille de vin pour regarder des feuilletons idiots jusqu'à la fin des programmes, puis à me prendre par la main pour partir au boulot avec la gueule de bois et cinq minutes devant moi.

J'ai mis cinq mois à réaliser que Simon et moi étions le couple le moins bien assorti depuis Jekyll et Hyde.

Je suis sûre que tout le monde a connu au moins une histoire à laquelle il repense en se disant : « Comment ai-je pu ? »

Chez moi, c'est Simon.

Attention, ne vous méprenez pas. Ce n'est pas un méchant garçon. Il est juste tellement... radicalement différent de moi, je ne vois pas comment exprimer cela autrement. Comme cette robe qu'on achète en solde sur un coup de tête. Elle serait peut-être sublime sur quelqu'un d'autre, mais quand vous l'enfilez, vous ressemblez à un traversin mal rembourré. Les soldes n'étant ni repris ni échangés, la robe est vouée à passer sa vie cachée au fond de votre penderie.

Malgré quelques instants de malaise, pendant lesquels une excuse plausible a été recherchée avec agitation, comme un manteau perdu dans une fête, l'erreur de ma vie est maintenant assise en face de moi et s'attaque à une belle platée de lasagnes généreusement aillées.

Ma mère s'excuse et disparaît vers les toilettes pour dames, me laissant seule avec Simon. Un silence gêné s'installe. Je remue le contenu de mon assiette sans lever les yeux. Très maladroit, je l'admets, mais je ne sais pas quoi lui dire. « Salut, Simon, c'est fou ce que tu as grossi et vieilli. Toujours aussi prétentieux ? »

Je l'observe à la dérobée, tandis qu'il fait signe au serveur de nous apporter du vin. J'examine ses traits, son corps, j'essaie de me rappeler précisément ce que j'ai pu lui trouver un jour.

Rien.

Absolument rien.

Étais-je donc si différente, à l'époque ? Est-ce que je manquais de jugement à ce point ? Étais-je simplement désespérée ? Non, ce serait injuste de dire cela, aussi bien pour Simon que pour moi.

Il représente sûrement l'homme idéal pour quelqu'un. Même s'il est mon « Comment ai-je pu ? ».

Il recouvre sa voix le premier.

— Tu as l'air en forme, Naomi.

Je réponds en détournant mon visage d'un violent relent d'ail :

— Merci.

— En fait, tu es plus qu'en forme. Tu es superbe.

— Merci.

— Ça me fait vraiment plaisir de te revoir.

— Merci.

— Tu es rentrée depuis longtemps ?

— Non.

On l'applaudit très fort, elle a dit un mot nouveau !

— Alors, comment était-ce, l'Extrême-Orient ?

Il enfourne une fourchette pleine de lasagnes dans sa grande bouche.

— Caniculaire.

Fichtre ! Quatre syllabes ! Attention, voici Naomi Lewis, la reine de l'éloquence !

Heureusement, Simon n'est jamais à court de conversation. Il adore s'écouter parler.

— Ces pays ont une culture tellement fascinante... commence-t-il. Les Asiatiques sont un peuple très discipliné, très sérieux, et pourtant leur histoire est d'un romantisme passionné...

Cette fois, il est lancé.

Discuter avec lui, c'est un peu comme regarder la télé. Il suffit d'appuyer sur le bon bouton pour le mettre en route, puis de s'enfoncer dans son siège et d'écouter. Lorsque je sortais avec lui, cela me rendait folle. Il m'est difficile de me taire pendant que l'autre empiète sur mon temps de parole, je l'avoue. Aujourd'hui, en revanche, cela me convient parfaitement. Au moins, je n'ai pas à me décarcasser pour trouver quelque chose d'intéressant à dire. De toute façon, ce qui me paraît intéressant ennuie Simon, et vice versa. Nous avons à peu près autant de choses en commun qu'un paquet de cacahuètes et un tampon à récurer.

Le fait que ma mère aille aux toilettes toutes les cinq minutes n'arrange rien. Soit elle est en proie à un grave problème de vessie, soit elle essaie très subtilement de nous laisser en tête-à-tête le plus souvent possible, histoire que je me retrouve fiancée au moment du dessert.

C'est la première fois que je revois ma mère depuis deux ans et elle est en train de fantasmer sur une occasion de porter un chapeau.

Quand elle revient enfin à table, après ce qui doit être sa cinquième disparition – durant laquelle j'ai prononcé au moins deux mots nouveaux, tandis que Simon me gratifiait d'un monologue sur le vin blanc du patron digne d'un cours du soir d'œnologie –, je décide à mon tour de battre en retraite au milieu des lavabos.

Au moment où ma mère se glisse sur sa chaise en nous souriant avec bienveillance et en susurrant : « N'est-ce pas charmant ? » pour la quatorzième fois, je bredouille :

— Euh... excusez-moi une minute.

Disons plutôt plusieurs minutes. J'ai besoin de faire une pause, sinon je vais craquer.

Ma mère exerce sur moi une pression plus forte qu'un océan sur un petit sous-marin, mais je suis déterminée à ne pas céder sous le poids. Je retouche mon maquillage puis, réalisant que Simon risque de penser que cet effort lui est destiné, j'efface tout.

J'ai pourtant du mal à croire, après tout ce temps et après la façon dont je l'ai quitté, qu'il s'intéresse encore, ne serait-ce que vaguement, à moi. En tout cas, lui ne m'intéresse absolument pas.

N'en déplaise à ma mère, je resterai célibataire. Je suis très satisfaite de mon sort, merci. Je n'ai aucune envie d'être liée à un autre être humain par un bout de papier et des promesses en l'air.

Finalement, l'allergie à l'engagement ne touche peut-être pas que les hommes...

Quand Simon profite enfin du sixième voyage aux toilettes de ma mère pour me proposer de déjeuner avec lui le lendemain « pour rattraper le temps perdu et refaire connaissance », je décline poliment en prétextant un autre rendez-vous. Mais il était écrit que je ne m'en tirerais pas si facilement. Avant la fin du repas, ma mère nous a invités tous les deux à une soirée à l'opéra le vendredi suivant, à un séjour dans sa maison en Cornouailles le premier week-end de juillet, et à l'inauguration d'une nouvelle émission télévisée en prime time dans laquelle elle est impliquée à je ne sais quel titre.

Je note consciencieusement toutes les dates sur l'agenda qu'elle a justement choisi de m'offrir en guise de cadeau de retrouvailles. Je la remercie sincèrement, car je vais pouvoir veiller à être clouée au lit par une migraine ou un amant torride à chacune des dates requises.

Le déjeuner enfin terminé, ma mère me ramène en voiture chez Nicky.

— Eh bien, c'était une charmante surprise de tomber sur Simon à l'improviste, n'est-ce pas ? gazouille-t-elle joyeusement.

Ce n'était ni charmant ni surprenant, mais je juge plus sage de m'abstenir de commentaires.

— Alors, où Simon t'emmène-t-il déjeuner demain ?

— Nulle part.

— Mais je croyais…

Elle s'interrompt juste à temps, se rappelant qu'elle n'était pas présente lorsqu'il me l'a demandé.

Je jubile intérieurement. Elle pensait qu'elle avait tout bien manigancé. Qu'elle m'avait emberlificotée en bonne et due forme. Eh bien, s'il y a une chose que j'ai apprise pendant ces deux années de vadrouille, c'est de dire non sans ambiguïté à un homme.

— Alors, maintenant que tu as enfin daigné rentrer au pays, que comptes-tu faire de ta vie, exactement ?

interroge-t-elle, revenant à un sujet de harcèlement plus sûr.

— Oh, je n'ai encore rien décidé... Je me disais que je pourrais peut-être pointer au chômage et me la couler douce, me droguer un peu, aller à des raves, ce genre de choses.

Ma mère aurait besoin d'une transplantation d'humour, un peu comme une greffe de peau ou une transfusion sanguine. Au lieu de rire de l'énormité de la blague, elle rougit violemment, choquée, et martèle avec indignation le volant de ses doigts parfaitement manucurés.

— Tout cet argent gaspillé pour ton éducation ! Je me demande pourquoi je me suis donné ce mal. J'ai toujours su que tu gâcherais ta vie, crache-t-elle.

— Dommage que tu ne m'aies pas envoyée dans les colonies dès le départ, ça m'aurait économisé le billet d'avion. Remarque, ça doit bien faire un siècle qu'on n'inflige plus ce genre de punition aux enfants caractériels, non ?

D'accord, je me montre peut-être un peu puérile, mais je ne suis pas encore prête à jouer les adultes, malgré mon âge avancé. D'ailleurs, qui a dit qu'il y avait une date limite ? Quelle importance, si j'ai déjà largement dépassé l'âge de la majorité ? Après tout, je ne cause de tort à personne. Alors, pourquoi est-ce que je me sens obligée de me conformer aux idées des autres (de ma mère) ? Enfin, non, je ne m'en sens pas obligée, mais les autres (ma mère) trouvent que je le devrais.

Elle est assise à côté de moi, les lèvres pincées, mécontente.

L'espace d'un instant, j'ai envie de m'excuser, de faire la paix. Ce sont les restes d'une enfance passée à marcher sur des œufs. Mais la colère balaye cet élan momentané. C'est ahurissant, j'ai vingt-cinq ans et ma mère continue à vouloir régenter ma vie comme quand j'avais quinze ans ! Pourquoi ne peut-elle pas tout simplement se réjouir que je sois rentrée en bonne santé, point final ?

Nous terminons le trajet dans un silence glacial, refusant toutes les deux de capituler et de prendre la parole en premier.

Finalement, je cède quand nous arrivons devant l'immeuble de Nicky. En me penchant pour déposer un baiser sur sa mâchoire contractée, je marmonne :

— Je t'appelle.

— Oh, tu sais comment on se sert d'un téléphone, alors ? riposte-t-elle. Le nombre de fois où tu ne m'as *pas* appelée en deux ans me donnait à penser que tu n'avais pas maîtrisé cette technique.

Je refuse de m'énerver, sors de la voiture, puis change d'avis et tapote sur le carreau. Le regard furieux, ma mère baisse la vitre dans un vrombissement électrique.

— Tu devrais être fière de moi, maman, parce que je suis à la hauteur de tes espérances.

— Je ne comprends pas.

— Eh bien, dis-je avec un sourire mielleux, tu as toujours été persuadée que je te décevrais toute ta vie, et c'est exactement ce qui se produit.

Vie amoureuse insipide de Naomi Lewis à ce jour.

13 ans : Béguin non réciproque pour Simon Le Bon, de Duran Duran. Beaucoup de baisers sur les posters, beaucoup de slows avec moi-même en écoutant le hit-parade.

15 ans : Béguin non réciproque pour le meilleur ami de Jamie, Callum. Résultat : avant-goût amer d'invisibilité sexuelle devant un membre du sexe opposé, gêne extrême et cruelles moqueries d'un adolescent insensible bourré de testostérone, pour qui mon amour est source d'hilarité permanente.

18 ans : Bribes de réalité, car premiers émois sen-

suels avec un homme plus âgé venant de divorcer. Résultat : syndrome du Kleenex trempé.

19 à 21 ans : Université. Grande partie de chaises musicales avec les hommes. Jeux, flirts, tripotages furtifs, mais sans plus, jusqu'aux retrouvailles avec Callum au bal de remise des diplômes. J'entreprends alors de le séduire et de le plaquer pour me venger de deux années de tortures (voir plus haut).

22 ans : Simon. Sans commentaire.

23 à 24 ans : Rigolade, flirts, copains, mais gros zéro pointé pour les choses sérieuses.

Soit, le bilan de mes histoires sentimentales n'est pas franchement impressionnant, mais je m'en moque. Je ne suis pas vraiment convaincue d'avoir envie d'un prince charmant. Se laisser charmer sous-entend qu'on ne maîtrise plus rien, et on finit fatalement par en baver. Comme Nicky.

Et puis, quelles sont les chances que je rencontre, à vingt-cinq ans, l'homme avec qui je partirai en voyage organisé avec les membres du club du troisième âge, dans une cinquantaine d'années ?

Autant dire que je vais garder la même coiffure jusqu'à la fin de ma vie, simplement parce qu'elle me plaît en ce moment. Enfin, imaginez un peu... Ceux qui avaient vingt ans dans les années 70 ont abandonné, grâce à Dieu, leurs pattes d'éléphant et leurs chemises à fleurs. Quant aux années 80... Madonna aurait quelques comptes à rendre !

Bref, je ne sais pas ce que je veux, mais je sais ce que je ne veux pas. Et les autres (ma mère) devront s'en contenter, pour l'instant.

Dans la cuisine, Nix tourne une cuillère en bois dans un saladier en regardant *Grands chefs en herbe* sur la télévision portable.

— C'est dingue, voilà un gamin de douze ans qui concocte un soufflé parfait en une demi-heure, alors que je suis incapable de réussir une pâte à crêpes sans grumeaux, gémit-elle.

— Laisse-moi te remplacer. D'après ma mère, je suis encore une enfant. Ça me donne peut-être une chance.

Nicky me tend le saladier et la spatule, et j'entreprends de battre le mélange crémeux plus énergiquement qu'elle ne le faisait. C'est tout l'intérêt de la pâte à crêpes : on peut passer ses nerfs dessus.

— À propos, tu t'es bien amusée avec la reine mère ? plaisante Nicky, tandis que j'éclabousse tout le plan de travail.

— Oh, super ! J'ai appris qu'à mon âge, je devrais être mariée à un PDG, avoir deux enfants et demi, une vie mondaine surchargée et une carrière éblouissante. Faute de quoi, je suis un échec ambulant.

Nicky s'assoit devant la table et commence à écosser des petits pois.

— Un déjeuner agréable, donc, commente-t-elle.

— Ne m'en parle pas.

— À ce point ?

— Pire. Ma mère n'a organisé ce repas que pour qu'on tombe « accidentellement » sur Simon au restaurant.

— Simon ? Simon Rafferty ? s'écrie Nicky.

— Lui-même. J'ai failli m'évanouir. Ma mère n'a aucun tact. À mon avis, cette petite comédie fait partie de son vaste projet visant à me transformer en un être humain normal et estimable. Mais je n'arrive pas à comprendre pourquoi elle s'obstine à croire que Simon est mon âme sœur.

— Mais c'est un si bon parti, ma chère, dit Nicky en imitant la voix de ma mère. Il a un boulot stable, sa propre maison dans un quartier chic, une famille comme il faut, pas de squelettes dans les placards, pas de maladie, pas de pension alimentaire due à une union préalable, il repasse même ses caleçons...

— Doux Jésus, il fallait le dire plus tôt ! Appelle le traiteur, je l'épouse demain !

— Ma parole, tu es d'une humeur massacrante.
— Quelle perspicacité !
— Eh bien, le fait que tu viennes de gâcher irrémédiablement ma pâte à crêpes au lieu d'écraser quelques grumeaux m'a mis la puce à l'oreille.
Elle sourit et ajoute :
— J'espérais un peu que tu serais de bon poil.
Soupçonneuse, je lui demande :
— Pourquoi, qu'est-ce que tu as à m'avouer ?
Nicky se mord les lèvres, les yeux rivés avec détermination sur le petit pois qu'elle tient entre le pouce et l'index.
— Eh bien, j'ai réfléchi à ta carrière.
— À mon absence de carrière, tu veux dire ? À ma carrière inexistante et à jamais inconnue ?
Toujours plongée dans la contemplation de son petit pois, Nicky lâche :
— J'ai peut-être une solution à ton problème d'emploi.
Elle continue à ne pas me regarder en parlant, ce que je trouve plutôt déconcertant.
— Je vois. On cherche des serveuses au McDo du coin, c'est ça ? dis-je en riant un peu jaune.
— Euh, pas vraiment.
— Nicky, qu'as-tu fait ?
Je m'inquiète sérieusement, maintenant.
— Qui te dit que j'ai fait quelque chose ?
— Ta mine. Je le lis sur ta figure. Quand tu mijotes quelque chose, tu ne peux pas le cacher. C'était déjà pareil quand on était petites. Tu es si honnête qu'au moindre mensonge par omission, tu exsudes littéralement la culpabilité.
— Bon, d'accord, j'ai peut-être une idée...
Elle se tait, et je l'encourage :
— Une idée sur quoi ?
— Sur le boulot qui te conviendrait. Tu as été tellement efficace pour moi, tu comprends, et il y a tant d'autres femmes qui connaissent les mêmes tour-

ments. Lucy était ravie de te payer – généreusement, d'ailleurs, pour le temps que tu as consacré à sa petite affaire. S'il se présentait d'autres personnes comme elle, tu recommencerais ?

— Qu'es-tu en train de me dire, Nicky ?

— Je dis que tu pourrais faire pour d'autres femmes ce que tu as fait pour moi et pour Lucy. Suivre des maris infidèles, les surprendre, tout ça. Alors, qu'en penses-tu ? demande-t-elle en tortillant nerveusement une cosse de petits pois.

— Ce que j'en pense ?

Je la contemple, incrédule, et déclare :

— Tu es devenue folle, je ne vois pas d'autre explication. Ma mère prétend que tu exerces une mauvaise influence sur moi. Pour une fois, je me demande si elle n'a pas raison !

Nicky hausse les épaules.

— Je sais, ça paraît complètement dingue, mais je ne crois pas que ce soit aussi fou que ça.

— Vraiment ?

— As-tu trouvé fou de m'empêcher d'épouser une crapule ?

— Euh, non... Bien sûr que non !

— Imagine, Naomi. Au dernier moment, ton amoureux te passe un coup de fil pour annuler votre rendez-vous. L'excuse semble plausible, mais comment savoir pour de bon s'il est sincère ?

— Et la confiance, Nicky ?

— Peut-être, dans un monde idéal, mais...

Ses yeux s'obscurcissent momentanément, et un léger soupir soulève sa poitrine.

— ...ce monde est loin d'être idéal, conclut-elle. Tu n'aimerais pas qu'on te dise si ton cher et tendre succombe ou non à la tentation ?

— Comment ? En s'empiffrant de gâteau au chocolat, par exemple ?

— Non ! s'exclame Nicky en riant. Il sort avec des copains, il boit quelques verres, rencontre une jolie fille, on la lui offre sur un plateau, et une petite voix dans sa tête lui murmure : « Oh, et après tout, pourquoi pas ? Elle ne le saura jamais ! » Et c'est l'engrenage. Tu ne préférerais pas que le type pour lequel tu risques ton cœur soit le bon ? Ou au moins *un* bon ?

— Évidemment, mais...

— C'est là que tu interviens. On t'envoie leur parler, les baratiner. Et s'ils répondent à tes avances...

— Qu'est-ce qui te fait croire que les hommes potentiellement volages vont me trouver irrésistible, nom d'un chien ?

— Tu es très, très jolie, Naomi. Et puis, si on leur offre l'occasion sur un plateau...

— ...les vraies crapules ne refusent pas ?

— Exactement. Tu peux aussi te contenter d'enquêter, comme pour Richard.

— Et tu penses réellement que des femmes seraient prêtes à engager quelqu'un pour ça ?

— Je ne le pense pas, ma grande, je le sais.

Nicky m'adresse un sourire quelque peu nerveux.

— Lucy est passée, tout à l'heure.

— Comment va-t-elle, aujourd'hui ?

— Euh... très bien. En fait, elle venait pour une raison précise. Une de ses amies a quelques soucis avec les hommes, et elles se disaient que tu pourrais peut-être l'aider. Moyennant rémunération, bien entendu.

— Tu parles sérieusement ?

Nicky hoche la tête vigoureusement.

— D'après Lucy, l'idée emballe sa copine. Et elle connaît aussi d'autres amies qui ont l'air intéressées. Elles aimeraient bien t'utiliser comme une sorte de... d'agent provocateur, c'est le terme, pour des amoureux apparemment infidèles.

— Eh bien, il y a de quoi rendre une fille cynique !

— Je suis déjà cynique. Grâce à Richard.

Nix allume une cigarette et réussit à avaler et à recracher un peu de fumée sans tousser.

— Alors, qu'en dis-tu ?

Suis-je prête à revivre tout cela ? Je suis convaincue que l'affaire Gordon m'a vieillie de plusieurs années. Mais ai-je vraiment le choix ?

Jusqu'ici, mes tentatives pour trouver un métier normal se sont soldées par des échecs. Et ma licence de gestion me paraît à peu près aussi utile qu'une carte de crédit expirée.

Étant une fille de principes, je demande :

— Est-ce que ce n'est pas un peu contraire à l'éthique ?

— Pourquoi ? C'est la même chose que de tester la qualité d'un produit. Si tu as l'intention d'investir beaucoup dans quelque chose, tu préfères être sûre d'acquérir un objet de bonne qualité, non ? Par exemple, si tu achètes une voiture d'occasion, tu cherches à savoir si elle est fiable, tu fais un petit tour avec pour l'essayer. Et si le levier de vitesses te reste dans les mains, tu ne la prends pas.

— Si je comprends bien, ma mission consisterait en quelque sorte à effectuer un contrôle technique des hommes ?

— Quelque chose dans ce genre-là, oui. En gros, tu serais une mécanicienne des relations amoureuses.

— Bon. Je suppose que je peux rencontrer cette fille pour en parler, ça n'engage à rien...

— Oh, super ! s'écrie Nicky. Je suis contente que tu réagisses comme ça, parce qu'elle vient samedi matin.

— Tu as déjà tout arrangé ?

— Oui, avoue-t-elle avec un sourire satisfait.

— Comment savais-tu que j'accepterais ?

— Tu aimes les frissons, l'aventure... et ton côté féministe sera ravi de démasquer ces faibles hommes.

— Quel portrait !

— Tu ne supporterais pas des horaires de bureau, Naomi, et tu détestes qu'on prenne des décisions à ta place.

— C'est ce que tu fais en permanence !

— Je l'admets, mais je ne pense qu'à ton intérêt,

assure-t-elle, aussi vertueuse qu'une bonne sœur.

Après tout, ce sera une bonne expérience professionnelle. J'ai déjà appris à flirter avec des hommes que je trouve aussi sexy qu'un chewing-gum collé sous un banc par un clochard tuberculeux, à m'introduire par effraction chez les gens, à mentir… Tout cela me donne des bases solides pour un poste de direction générale dans une grande entreprise !

Le vendredi, Nicky renonce à une nuit de folie pour passer une soirée entre filles à la maison, devant la télévision. À mon avis, c'est en partie parce qu'elle s'est lassée de sortir aussi souvent, en partie parce qu'elle veut être sûre que je ne vais pas fuguer avant le « rendez-vous d'affaires » de demain matin.

J'ai perdu à pile ou face et m'apprête à partir acheter une provision de pop-corn, chocolat et autres gourmandises, quand la sonnerie de son téléphone portable retentit.

Nicky, confortablement installée sur le canapé, lève les yeux au ciel.

— Le générique de *Mission impossible*, maintenant ! J'aimerais bien que tu arrêtes de changer constamment la mélodie, Naomi. L'autre jour, j'étais avec un client important, et ça a commencé à jouer *Love me tender*.

Lorsqu'elle lit le numéro de son interlocuteur, qui s'affiche sur le petit écran, son sourire s'efface brusquement. Je ne l'ai vue faire cette tête que pour une raison.

— C'est Richard ?

Elle acquiesce, livide.

— Tu vas répondre ?

— Je ne sais pas si j'en ai envie.

— Pourquoi pas ? Je croyais que tu te sentais plus forte, à présent ?

— Oui, mais on est vendredi soir, il est 20 heures, et je traîne à la maison en robe de chambre et chaussons avec une tasse de chocolat chaud.

— Quelle décadence !

— Je veux qu'il pense que ma vie continue sans lui, que je sors tous les soirs, que des hommes supercanons me draguent...

— C'est exactement ce qui se passe tout le temps.

— Oui, mais il l'ignore. Pourquoi faut-il qu'il téléphone justement le soir où je suis de repos ?

— À t'entendre, c'est un métier.

— J'appellerais plutôt ça une vocation, corrige-t-elle avec un ricanement amer.

— Eh bien, dis-je avec un grand sourire, j'aurai peut-être du mal à fournir les hommes supercanons, mais pour l'ambiance de fête, tu peux compter sur moi !

Pendant que Nicky répond à contrecœur, je me dirige vers la chaîne et je mets *I will survive* à fond. Puis, m'approchant aussi près que possible du combiné, j'imite des bruits de bouchons de champagne qui sautent en me coinçant les doigts dans la bouche, j'entrechoque deux verres en cristal du plus beau service de Nicky pour porter des toasts imaginaires, tout en sautant sur place à l'endroit où le parquet craque le plus et en éclatant de rire toutes les vingt secondes.

Si l'ambiance « brouhaha de fête » ne leurre pas Richard, le fou rire de Nicky devant mes pitreries doit le déconcerter.

Lorsqu'elle raccroche avec un sourire aux lèvres, je me sens plutôt fière de moi.

— Il aimerait récupérer les CD qu'il a laissés ici, annonce-t-elle.

— Quoi ? On n'a pas tout grillé sur le barbecue ?

— Je ne veux pas le voir, Naomi.

— Mais moi non plus ! Envoie-lui donc ses fichus CD par la poste, de préférence en petits morceaux.

Je suis Nicky et la regarde enlever les CD de Richard des étagères.

— Barry White, Barbra Streisand... Oh, ne me dis pas que c'est Lionel Richie !

— C'est sa musique séductrice, soupire Nicky. Il a dû

se dégoter une autre femme innocente, qui ne tardera pas à faire le tri dans ses caleçons...

— Au moins, tu ne les renifles plus.

Elle rit doucement.

— Allez, va chercher des pizzas, Naomi. J'ai sérieusement besoin de compenser, ce soir.

Une demi-heure plus tard, je reviens avec deux pizzas, un pot de glace géant, un gâteau au chocolat et une bouteille de vin blanc.

Au moment où la porte de l'ascenseur s'ouvre, je me demande si je ne me suis pas trompée d'étage.

Des voix, des cris et des rires tonitruants s'échappent de l'appartement de Nicky. On dirait qu'une grande fête bat son plein, là-dedans.

La télévision est allumée, la stéréo beugle... En fait, la musique et les rires sont si forts que les deux personnes qui composent cette fête impromptue, quoique restreinte, ne m'entendent même pas rentrer.

Nicky est avec Jamie sur le canapé moelleux.

Mon faux demi-frère est un magicien de la vie.

Elle a troqué sa mine misérable de tout à l'heure contre un grand sourire, un de ces sourires joyeux et éclatants de l'ancienne Nicky, ceux qui ne resurgissent généralement que la nuit, après plusieurs verres d'alcool.

Jamie est allongé à côté d'elle dans un jean déchiré et un tee-shirt proclamant « Stagiaire en gynécologie ». Il agite les mains comme s'il parlait le langage des signes, en racontant je ne sais quelle anecdote qui fait rugir de rire ma Nicky pour la première fois depuis des lustres.

Il nous accueille, les pizzas et moi, avec enthousiasme.

— Super, ma sœur préférée et ma cuisine préférée ! s'écrie-t-il en me débarrassant des cartons chauds et gras.

Je ris et m'exclame :

— C'est tout toi, ça, de surgir au premier effluve de

mozzarella fondue ! Je vais ranger la glace dans le congélateur. Garde-moi au moins une tranche de pizza, d'accord ?

En entrant dans la cuisine, je m'arrête net, alertée par une odeur nauséabonde. C'était moins une : deux petits pas de plus et je marchais dans une matière molle et extrêmement répugnante.

Avec une grimace de dégoût, je retourne dans le salon.

— Il y a une crotte puante au milieu de la cuisine !

— Oh, dit Nicky avec une totale indifférence, ce doit être Elvis.

— Je sais que beaucoup de gens affirment avoir vu Elvis dans les endroits les plus incongrus, mais tu es la première à proclamer qu'il s'est réincarné en étron en plein milieu de ta cuisine !

— Non ! corrige Nicky en riant. L'étron est un produit dérivé d'Elvis. Le vrai Elvis est endormi dans ma chambre.

J'aurais dû m'en douter. Elle n'a pas supporté le coup de fil de Richard. Cette fois, ses nerfs ont vraiment craqué.

— Laisse-moi récapituler : Elvis est chez toi, et il s'est soulagé sur le carrelage avant d'aller dormir dans ton lit. C'est bien ça ?

— Grosso modo, oui, répond Nicky en prenant un biscuit. Mais quand il sera propre, il n'y aura plus de problèmes.

Je me tourne vers Jamie et hausse les sourcils d'un air entendu, mais il se contente d'éclater de rire.

Pas de bol. Soit ils sont tous les deux devenus fous, soit ils sont ivres. Mais je n'aperçois aucune bouteille sur la table, juste une boîte de gâteaux presque vide et deux tasses de café.

— Je vais le chercher. Ça ne lui plaira peut-être pas qu'on le réveille, mais il faut absolument que tu le voies, il est trop mignon !

Nicky disparaît dans sa chambre et revient peu

après, un sourire attendri aux lèvres, tenant dans ses bras une petite boule ronde et poilue qui se tortille.

— C'est Jamie qui me l'a donné. Regarde comme il est beau !

— Qu'est-ce que c'est ?

— Comment ça, qu'est-ce que c'est ? Un chien, évidemment !

On dirait plutôt un bébé phoque, avec une truffe frémissante et une drôle de mèche qui se dresse en l'air et retombe sur un de ses immenses yeux marron, telle la banane d'un rocker. D'où le nom, je présume. La couleur est uniformément chocolat, des pattes aux oreilles.

— Mais où as-tu dégoté ça ?

— Bodger a eu une aventure avec le labrador des voisins, explique Jamie en grattant le museau du chiot.

Bodger est le bâtard surexcité du père de Jamie, une sorte de staffordshire croisé avec Dieu sait quoi. Bodger avec le labrador, c'est un peu comme si un clochard engrossait la princesse Anne.

Et maintenant, il va falloir qu'on cohabite avec le fruit de cette liaison.

— Le fils de Bodger... Tu t'embarques dans une sacrée galère, Nicky. J'espère que tu en as conscience.

— Eh bien, il a déjà trouvé le frigo et arrosé toutes les plantes vertes.

Nicky soupire, mais son sourire est indélébile.

— Et je suppose que je dois lui apprendre à être propre. Il n'a pas été livré avec une paire de gants en caoutchouc gratuite, par hasard ?

Dès qu'elle est partie s'attaquer à la chose fétide dans la cuisine, je fusille Jamie du regard.

— Pourquoi diable as-tu offert un chien à Nicky ?

Il se gratte pensivement le nez, habitude qu'il a prise en médecine pour se donner l'air plus intelligent, comme s'il réfléchissait avant de parler.

— Je me fais du souci pour Nicky, elle n'est plus elle-même. Cette façon d'accumuler les conquêtes... Bref, ce n'est plus Nicky.

— Quel rapport avec un chien ?

— Elle a besoin de quelque chose qui la remette sur les rails, elle ne va pas aussi bien qu'elle le prétend.

— Tu n'aurais pas pu simplement lui prescrire des pilules du bonheur, un truc à prendre pendant quelques mois jusqu'à ce qu'elle se sente mieux ? Tu as préféré lui imposer un animal qu'elle devra supporter et nourrir pendant quinze ans ?

— Comment oses-tu dire ça, Naomi ?

— Du calme, Jamie ! Je plaisantais, pour les pilules. Mais un chien, franchement...

— Il lui faut quelqu'un à aimer.

— Et ses amis, alors ?

— Est-ce que tu seras là chaque fois qu'elle aura envie d'un câlin ? réplique Jamie.

— J'essaierai, oui.

— Ce n'est pas la même chose, Naomi.

— Évidemment, je ne vais pas m'asseoir sur ses genoux et lui lécher le visage pour sécher ses larmes. Mais au moins, je ne fais pas mes besoins par terre et je ne mange pas les meubles. Je sais que ça partait d'une bonne intention, Jamie, mais elle a déjà assez de travail sans avoir à s'occuper d'un chien. Tu te rends compte à quel point c'est astreignant ?

— Parfaitement. Avec un peu de chance, elle passera trop de temps à l'éduquer pour penser à cette ordure de Richard. Aie confiance en moi, ma puce, ça lui fera plus de bien que de mal. Elle a besoin d'affection. À mon avis, il vaut mieux qu'elle en cherche chez Elvis que dans une succession d'aventures autodestructrices et sans lendemain, qui ne lui servent qu'à prouver qu'elle est encore capable de plaire.

— Je croyais que tu voulais devenir généraliste, pas psychiatre, dis-je, sarcastique.

— Je n'ai pas raison ?

Je m'assois à côté de lui et attrape le dernier biscuit avant qu'il ait mis la main dessus.

— Tu as raison, comme d'habitude. Mais je ne

suis pas sûre qu'un chien soit le meilleur remède.

— Eh bien, disons que si ça ne colle pas, je le ramène chez papa pour qu'il terrorise ma dernière belle-mère en date. Ça marche ?

— Ça me paraît honnête. Au fait, comment va cette vieille sorcière ?

— Elle continue à cracher du feu et à dévorer des vierges au petit-déjeuner.

— Oh, elle s'est adoucie, alors.

À 22 h 30, le téléphone sonne. Nicky et moi cessons de nous disputer la dernière cuillerée de glace à la vanille et nous regardons.

— Réponds.

— Non, c'est peut-être Simon, dit Nicky en faisant une grimace.

— Oui, mais il y a plus de chances pour que ce soit Richard.

— C'est ridicule ! On est des filles, tout de même, on est censées être pendues au téléphone, pas l'éviter !

Finalement, nous nous rappelons que nous vivons à l'heure de la technologie moderne et nous laissons le répondeur faire son sale boulot de filtrage.

— Salut, les filles ! C'est Lucy. On m'a appelée pour un problème urgent, et je me retrouve coincée au bureau tout le week-end. Amanda viendra donc vous voir toute seule, demain. Ne vous inquiétez pas, vous allez l'adorer. C'est un phénomène. A plus tard !

5

Il se penche vers moi, ses yeux pleins d'une émotion à la fois tendre et brûlante. Sans rien dire, il pose doucement ses mains sur mes joues et attire mon visage vers le sien. Nous nous rapprochons encore l'un de l'autre, mus par un même désir. Ses lèvres s'entrouvrent. Il est si près de moi que son souffle chaud effleure mon visage... Il sent le Canigou. Hé, là, minute ! George Clooney n'aurait pas une haleine chargée de relents de croquettes au lapin.

— Naomi !

Il ne crierait pas non plus mon nom d'une voix stridente de fille.

— Naomi !

Ce serait une voix grave et sensuelle, une caresse chuchotée qui me ferait l'effet d'un doigt chaud descendant lentement et voluptueusement le long de ma colonne vertébrale.

— Naomi, réveille-toi !

Mon héros se volatilise et retourne au royaume des rêves. J'ouvre les yeux et me retrouve face à l'horrible réalité.

Nicky saute sur mon lit comme sur un trampoline, et Elvis se blottit sur ma poitrine, ses moustaches me chatouillant le menton.

Non ! C'est trop injuste. Mon premier baiser passionné depuis des siècles, et il est fini avant même d'avoir commencé ! D'accord, je sais que ce n'était qu'un rêve, mais c'est toujours mieux que rien !

Je grogne :

— Nicky, je t'adore, mais si tu n'as pas déguerpi dans les cinq secondes, je ne te parle plus de ma vie.

J'essaie de tirer le drap de sous le lourd petit corps d'Elvis pour me couvrir le visage. Si j'arrive à me rendormir assez vite, George sera peut-être toujours là à m'attendre, les lèvres offertes...

Elvis croit que je joue et, attrapant le drap entre ses dents, il se met à tirer de son côté.

— Désolée, ma belle, mais la nuit est terminée. Ta cliente arrive dans une demi-heure.

— Ah, bon ?

— Oui. L'amie de Lucy. Tu as trente minutes pour déjeuner, te doucher et t'habiller.

Je parviens enfin à déloger Elvis, remonte le drap sous mon menton et contemple Nicky d'un air revêche.

— Alors, c'est quoi, cette fois ? Un petit copain qui tient un harem ?

— Lucy a dit que son amie nous expliquerait tout.

— Et qui est cette amie mystérieuse ?

— Amanda Hartley-Davies. Elle a l'air plutôt distinguée, alors je te conseille de te faire présentable.

Je lui montre Elvis, qui a rampé à nouveau vers moi et ronfle bruyamment en travers de mes jambes.

— Si tu voulais bien retirer ton chien, je pourrais me lever et enfiler mes habits du dimanche.

Amanda Hartley-Davies arrive avec vingt-cinq minutes de retard et ne s'excuse pas, ce qui me hérisse. Si j'avais su, j'aurais pu me rendormir juste assez longtemps pour me faire embrasser par le très désirable George.

Quand Nicky lui ouvre, Amanda lui jette sa veste avec l'attitude de quelqu'un qui est habitué à avoir des domestiques, puis elle avance à grands pas jusqu'au salon. Elle examine le décor, jaugeant l'appartement et ses occupantes en plissant les yeux avec méfiance. De mon côté, je reste pelotonnée sur le canapé et lui renvoie un regard non moins méfiant.

Elle a une crinière blonde où subsistent les traces d'un coûteux balayage, mais ses cheveux sont à présent négligés et noircis aux racines. Sa bouche pulpeuse serait remarquablement sexy si elle n'était pas figée en une expression aussi malheureuse. Un trait de khôl dessiné d'une main tremblante surmonte ses yeux bleu marine striés par un réseau de petites veines rouges.

On dirait qu'elle sort tout droit de la Fondation Nicky des boulimiques anonymes. Son ample poitrine est comprimée dans un petit cardigan Donna Karan trop petit d'au moins deux tailles. Quant à ses jambes, enfermées dans un jean déchiré d'où déborde sa chair, elles ressemblent à des saucisses à moitié cuites à la peau éclatée.

Elle porte de ruineuses bottes marron en cobra, assorties à son sac à main, et elle a l'air agité de quelqu'un qui suit un régime de nerfs, de larmes et d'ongles rongés.

Nous nous dévisageons toutes les trois jusqu'à ce que Nicky, qui tient toujours la veste comme une petite soubrette nerveuse, propose à Amanda de s'asseoir. Celle-ci regarde les canapés et décide apparemment qu'ils sont tout juste assez chics pour avoir l'honneur d'accueillir son énorme derrière.

— Alors, commence Nicky, tandis que je continue à observer avec perplexité cette créature venue d'une autre planète, Lucy m'a dit que vous aviez besoin d'aide ? Que pouvons-nous faire pour vous ?

Amanda m'étudie soigneusement avant de répondre :

— Lucy m'a raconté votre intervention auprès de son futur ex-mari, et elle a suggéré que je m'adresse à vous. J'aimerais que vous suiviez quelqu'un pour moi... Mon Dieu, ça paraît ridicule, n'est-ce pas ?

Elle pousse un lourd soupir.

— Oui ? dit Nicky pour l'encourager.

— Il s'appelle Eddie. Eddie Farrar.

Elle sort une enveloppe de son sac et en tire des photographies qu'elle pose sur la table basse.

— Il est propriétaire de deux boîtes de nuit, l'une à Soho, le *Black Betty*... Vous connaissez peut-être ?

Nicky opine du chef.

— J'y suis allée une ou deux fois. Cela s'appelait *Knights*, avant, non ?

— Oui. Eddie l'a rachetée il y a environ six mois. La boîte est fermée en ce moment, car il la réaménage complètement, mais la réouverture est prévue dans une quinzaine de jours.

J'attrape la photo agrandie d'un homme appuyé

contre un bar. L'image que je me faisais de lui s'efface à mesure que je découvre une série de clichés représentant un homme tout à fait séduisant.

Il ne sait pas qu'on le prend en photo et rit à gorge déployée, la tête rejetée en arrière. Sa bouche s'ouvre sur une rangée de dents éclatantes et parfaites, à l'exception d'une canine un peu tordue d'une façon étrangement charmante. Il a entre trente et trente-cinq ans, de courts cheveux bruns, un visage très viril et des yeux rouge vif, merci le flash.

En un mot, il est extrêmement beau garçon.

D'après sa moue gourmande et approbatrice, Nicky pense la même chose. Je reconnais cette petite étincelle dans son œil, qui apparaît tous les deux jours quand elle repère une nouvelle conquête. Imaginez que vous soyez complètement fou de chocolat et que vous veniez d'apercevoir une grosse tranche de gâteau fourré au caramel et nappé d'un glaçage luisant, voilà le genre d'expression que vous auriez.

— Ça ne vous ennuie pas si je fume ?

Sans attendre la réponse, Amanda sort un paquet de cigarettes et en allume une. Elle inhale la fumée comme si sa vie en dépendait. Je lui demande :

— Depuis combien de temps vous fréquentez-vous ?

— Eh bien, ce n'est pas aussi simple... Nous ne sommes pas ensemble. Enfin, nous l'étions...

Elle s'interrompt et aspire une longue bouffée de sa Marlboro, en écartant de ses yeux une mèche de cheveux blonds très secs.

— Nous nous sommes vus quelque temps l'année dernière, presque deux mois, puis il...

Elle tripote son briquet.

— Enfin, ça s'est terminé il y a six mois.

Elle n'en dit pas plus. À en juger par son expression, c'est vraisemblablement lui qui a rompu.

— Et qu'attendez-vous de moi ?

— J'aimerais savoir s'il a quelqu'un d'autre. C'est ce que vous faites, non ?

Oui, mais seulement si l'intéressé entretient avec ma cliente une relation sérieuse. J'essaie de trouver une manière moins brutale de formuler cela.

— Est-ce que cela vaut vraiment la peine que vous dépensiez votre argent ? Je veux dire, si c'est fini…

— J'estime que oui, répond-elle froidement, en me regardant droit dans les yeux.

Voilà, je suis renseignée.

— Puis-je garder une ou deux photos ?

Elle hoche la tête et tire sur sa cigarette avec ardeur.

— J'en ai d'autres exemplaires.

Naturellement. Elle a dû en tapisser les murs de sa chambre à coucher.

Ma sonnette d'alarme intérieure retentit, plutôt stridente. Nicky a réussi à me convaincre de me lancer dans cette activité insensée, mais cette histoire-là me paraît louche. Le coup de l'ex devenue maniaco-dépressive qui refuse de laisser tomber… Je devrais peut-être la présenter à Simon ?

Toujours diplomate, Nicky devine mon malaise et joue son rôle d'hôtesse.

— Désirez-vous boire quelque chose ?

Elle se lève et commence à se diriger vers la cuisine.

— Oh, oui, s'il vous plaît.

Amanda repousse une nouvelle fois sa mèche.

— Une grande vodka Coca, avec plaisir. Et puis, non. Oubliez donc le Coca. Une grande vodka suffira.

Il est 10 heures du matin.

Nicky louche dans ma direction, mais bifurque sans un mot vers les bouteilles d'alcool au lieu d'aller allumer la bouilloire.

Tandis qu'Amanda plonge le nez dans la vodka que Nicky vient de lui servir, je reprends, hésitante :

— Écoutez, euh… Amanda, je ne sais pas si c'est une très bonne idée.

— Mais… Lucy m'avait dit que vous aviez accepté de me rendre ce service.

Je rectifie aussitôt :

— J'ai accepté d'en discuter avec vous et de voir si je pouvais vous être utile. Quand j'ai suivi Gordon pour Lucy ou Richard pour Nicky, mon but consistait à découvrir s'ils fréquentaient quelqu'un d'autre *en même temps* qu'elles. À quoi bon filer un homme dont vous êtes séparée depuis six mois ?

Elle n'a pas l'air contente. Elle avale une gorgée de vodka puis, contre toute attente, son visage se décompose.

— C'est-à-dire que j'étais... Enfin, j'espérais que nous avions peut-être une chance de recoller les morceaux. Mais si je sais qu'il voit quelqu'un d'autre, je ne continuerai pas à m'accrocher indéfiniment, vous comprenez ?

Elle hausse les épaules.

— C'est peut-être idiot, mais il faut que je sache. Nous étions si heureux... Je n'arrive toujours pas à croire que ce soit fini entre nous. Je veux dire, nous en étions à parler mariage et, tout à coup, voilà que tout s'écroule.

Elle extirpe avec difficulté un mouchoir en papier de la poche de son jean ultra-moulant et tapote ses yeux soudain remplis de larmes.

— Excusez-moi...

Elle tente de se ressaisir et se mouche énergiquement.

— On se confie parfois plus facilement à des étrangers, vous avez remarqué ?

Nicky, ma Nicky au cœur tendre, se range instantanément de son côté et lui offre des mouchoirs propres et de la vodka, qui sont accueillis avec gratitude et en grande quantité.

— Je suis désolée...

Amanda se mouche une nouvelle fois.

— Mon Dieu, c'est terriblement gênant ! Mais je pensais vraiment que nous étions faits l'un pour l'autre...

Elles lèvent toutes les deux vers moi des yeux implorants de chien battu.

— Alors, vous en sentez-vous capable ? renifle Amanda.

Ma réponse doit être prudente.

« Faites-moi confiance, je suis une pro » pourrait être légèrement mal interprété, et je préfère ne pas songer aux conséquences d'un « non » catégorique.

— Bien sûr, déclare Nicky en lui pressant l'épaule. Donnez-nous autant de détails que possible, et Naomi vous renseignera rapidement, soyez rassurée.

Dès qu'Amanda la Foldingue a disparu, je me tourne vers Nicky et secoue la tête.

— Je ne suis pas du tout sûre de vouloir faire ça, Nix.

— Quelqu'un te propose de te payer pour suivre un super beau mec, et ça ne t'intéresse pas ? plaisante Nicky.

— Ce n'est pas à cause de lui, mais de la cliente potentielle. Elle m'inquiète.

— J'admets qu'elle est un peu loufoque.

— Un peu ? Autant dire que Glenn Close est modérément obsessionnelle dans *Liaison fatale* ! Elle parle de mariage... Franchement ! Ils sont sortis ensemble pendant six semaines, grand maximum ! Et quand ça s'éteint de mort naturelle, elle est anéantie comme si son mari venait de la quitter après trente ans de vie conjugale !

— Combien de temps faut-il pour tomber amoureux ? rétorque Nicky en haussant les épaules. Ça existe, les coups de foudre.

— Peut-être, mais celui-ci n'était visiblement pas réciproque.

— De toute façon, quel mal y a-t-il à faire ce qu'elle te demande ? Tu n'as qu'à découvrir s'il a une femme dans sa vie.

— Et si c'est le cas ? Elle va se jeter dans la Tamise, ou pire, y jeter Eddie, ou pire que pire, nous exécuter tous ! Je la crois capable de tout.

— Qu'est-ce que tu racontes, Naomi ? Elle était juste un peu bouleversée. Apparemment, elle est toujours folle de lui, sinon elle ne serait pas venue nous trouver. S'il te plaît, Naomi, tu sais ce que c'est...

— Tu exagères, Nix, ne me fais pas de chantage affectif.

— Mais elle a besoin de notre aide.

Nicky, l'incorrigible sentimentale, me contemple de ses grands yeux encore plus grands et plus adorables que ceux d'Elvis.

— J'hésite vraiment, Nicky...

— Essaie, au moins. Donne-toi quinze jours pour voir de quoi il retourne. Ensuite, tu pourras toujours abandonner. Ça ne mange pas de pain...

Amanda revient le lendemain matin, tellement tôt que cela dénote un manque de considération choquant. Comment ose-t-elle ne pas respecter la sacro-sainte grasse matinée dominicale et me soustraire une fois de plus à l'amour de ma vie actuel (ma couette) ?

Elle m'attend en buvant du café noir, assise sur le canapé, ses formes généreuses boudinées dans quelque chose de chic et de beaucoup trop serré. Un halo de fumée flotte au-dessus de sa tête, telle une aura maléfique.

Vêtue d'un short en jean délavé, d'un vieux tee-shirt gris informe et de tongs, je pénètre dans le salon et m'écroule sur le canapé en face d'elle. Au regard méprisant qu'elle me jette, j'ai l'impression d'être une clocharde qui essaierait d'entrer chez Chanel. Visiblement, elle n'approuve pas mes goûts en matière de mode féminine.

Le pauvre petit chien malheureux et abandonné d'hier a été relégué aux oubliettes. Aujourd'hui, Amanda a endossé le costume de maîtresse d'école autoritaire.

— Bien. J'ai quelques idées sur ce que je voudrais que vous fassiez, déclare-t-elle. Je pense que nous devrions commencer par dresser un emploi du temps...

Et Nicky qui me vantait l'absence de contraintes de mon nouveau métier ! Je répète, horrifiée :

— Un emploi du temps ?

— Oui, il vaut mieux s'en tenir à un horaire.

Un horaire. Les choses se corsent.

— Je croyais que j'avais juste à le suivre ?

— Oui, mais ce n'est pas aussi simple…

— Ah ? Et pourquoi cela ?

Mon estomac gargouille. Des visions de café chaud et de croissants croustillants défilent devant mes yeux encore ensommeillés.

Elle ne répond pas tout de suite. Mon hostilité manifeste la rend méfiante. Enfin, comme si cela expliquait tout, elle dit :

— C'est un homme très occupé. J'aimerais donc que vous établissiez des comptes rendus détaillés de certaines plages de son emploi du temps, ajoute-t-elle rapidement.

J'ai parlé de maîtresse d'école ? Rayez la mention et remplacez-la par sergent-major ou contrôleur judiciaire.

Influencée par Nicky, j'avais décidé d'accorder à Amanda le bénéfice du doute et réussi à calmer mes appréhensions. Elles resurgissent comme un cadavre à la surface d'un lac, gonflées, noires et monstrueusement déformées.

Je vois ça d'ici. Je vais me retrouver enfermée dans Arnold l'Horrible vingt-quatre heures sur vingt-quatre, à attraper des rides et de la cellulite, condamnée à répondre aux coups de fil incessants d'une fausse blonde détraquée.

J'apprends ainsi qu'Amanda possède ce qu'on pourrait appeler poliment une personnalité envahissante. Soit je lui rabats son caquet tout de suite, soit je suis dans le pétrin.

Mon problème, c'est que j'ai parfois un peu de mal à dire non. Pas aux types graveleux, bien sûr, mais aux gens qui me demandent des faveurs. Je suppose qu'il s'agit d'un vestige pervers de ma jeunesse. J'ai tendance à croire qu'il me faut plaire et rendre service aux autres (à commencer par ma mère) pour qu'ils m'apprécient. Aberrant, non ? J'ai beau ne pas être enthousiasmée par Amanda, je voudrais quand même qu'elle m'aime bien. Ce besoin d'être universellement aimée des autres ! Cela cause bien des problèmes, je le sais d'expérience... Sans compter qu'on me respecterait sans doute plus si je ne me laissais pas faire.

Quant à Amanda, je me demande si elle respecte quoi que ce soit. L'argent, la position sociale, le pouvoir, probablement, autant de caractéristiques dont je suis dépourvue, à part peut-être un minimum de pouvoir. Que je devrais d'ailleurs exercer maintenant, pour mon propre salut.

— Eh bien, ce n'est pas ainsi que j'envisage les choses, dis-je avec autant de conviction que possible. Donnez-moi deux semaines pour surveiller ses faits et gestes, et je vous ferai mon rapport à ce moment-là.

— Mais...

— Il me faut au moins ces quinze jours. S'il est aussi occupé que vous le dites, il est capable de passer une semaine entière à travailler sans relâche, puis de décider de prendre un peu de bon temps le jour où j'arrêterai de le filer.

N'ayant jamais été moi-même de nature à patienter, je m'adoucis un peu en voyant son air dépité.

— Je vous appellerai entre-temps pour vous tenir au courant.

Pendant que je suis d'humeur belliqueuse, je refuse de mettre un mouchard sur sa ligne de téléphone ou une caméra miniature chez lui, refus heureusement étayé par une Nicky indignée. Elle est de mon avis, cela reviendrait à franchir la limite entre investigation et intrusion.

Ayant rejeté la plupart des suggestions d'Amanda, je me retrouve plus ou moins forcée d'en accepter une. Elle ne recrée pas exactement la scène du vomi dans

L'Exorciste, mais j'ai l'impression que si j'oppose mon veto une fois de plus, la vapeur qui lui sort des oreilles se transformera peut-être en éclairs foudroyants. Par conséquent, ma première mission consiste à me rendre chez Eddie Farrar chercher des preuves de l'existence d'autres femmes dans sa vie.

Amanda me donne la clé de sa maison, qu'elle a réussi à se procurer je ne sais comment, ainsi qu'un carnet renfermant les détails suivants :

— Le numéro d'immatriculation de la voiture d'Eddie (une Porsche, s'il vous plaît).

— L'adresse de sa boîte de nuit à Soho, le *Black Betty,* et de la nouvelle qu'il vient d'acheter dans le quartier des docks, le *Lazy Daisy*.

— Sa date de naissance, son deuxième prénom (Alexander) et ses mensurations (non, je plaisante, mais cela ne m'aurait qu'à moitié étonnée).

— Le nom et l'adresse de ses parents.

— Le nom de sa banque et le numéro de son compte courant.

— Son numéro de téléphone personnel, son numéro au travail et son numéro de portable.

Je ne vois vraiment pas pourquoi Amanda a besoin de mes services, avec tout ce qu'elle connaît de la vie d'Eddie Farrar. Apparemment, elle est parfaitement capable de découvrir toute seule le nombre de femmes qu'il fréquente, ainsi que la date où elles ont fait leurs premiers pas et la marque de déodorant qu'elles utilisent.

Eddie Farrar habite une villa victorienne à Hampstead.

Pour la première fois depuis mon retour d'Australie, il a cessé de pleuvoir. Le soleil parvient même à percer les nuages gris tandis que j'entraîne Arnold, momentanément ressuscité, dans la circulation de ce milieu de journée.

Je me gare à deux rues de l'adresse indiquée, marche

jusqu'à la maison d'Eddie avec la plus grande nonchalance possible et pénètre à l'intérieur.

Est-ce considéré comme une effraction quand on a la clé ?

Si la réponse est non, il faudrait peut-être que j'apprenne le code pénal, parce que je suis dans mes petits souliers. La porte se referme toute seule derrière moi, et je manque m'évanouir de frayeur.

Des rais de lumière tombent des carreaux colorés de la porte d'entrée, éclairant le bois lustré du parquet, les balustrades magnifiquement sculptées et un papier peint rouge floqué absolument hideux. Quel contraste, l'élégante beauté d'un authentique vestibule victorien mêlée au plus suprême mauvais goût des années 70 !

Qui peut bien habiter cette maison ?

J'ai une théorie : si l'on veut se faire une idée de la personnalité de quelqu'un, rien ne vaut un petit coup d'œil dans son frigo.

Je me dirige vers la porte située au bout du couloir, supposant qu'elle ouvre sur la cuisine. Erreur. Je découvre un placard réservé aux produits d'entretien, dans lequel est rangée une caisse en plastique contenant un incroyable assortiment de détergents, cires, brosses et chiffons qui sont, tenez-vous bien, plus immaculés que mes sous-vêtements. Un aspirateur ultramoderne, étincelant, aux courbes gracieuses et aux innombrables accessoires, trône dans ce temple dédié aux dieux de la propreté.

J'essaie la porte suivante et entre dans une cuisine assez jolie.

Il me faut un moment pour repérer le réfrigérateur, car tous les appareils électroménagers sont escamotés derrière des portes de placard identiques. Quand je trouve enfin un Zannussi dernier cri, je réalise que la liste de mes crimes risque de s'allonger. D'effraction, je pourrais facilement passer au vol caractérisé.

Il s'agit plus d'un dépôt d'alcool que d'un endroit froid où stocker de la nourriture. Le réfrigérateur d'Eddie ne renferme que du vin, de la bière, encore du vin, deux bouteilles de champagne et une malheureuse brique de jus de pamplemousse.

Je vendrais père et mère pour boire quelque chose. Ô traîtresses papilles !

Ce n'est absolument ni le lieu ni le moment de me servir une boisson fraîche en m'installant confortablement dans un fauteuil, quoi qu'en disent ma bouche et mon ventre. Je m'arrache à contrecœur au spectacle tentateur des bouteilles de bière givrées et retourne dans l'entrée.

Je suis déjà sûre d'une chose : aucune femme ne vit ici en permanence. Sinon, comment expliquer l'absence totale de chocolat ?

À ma droite, une porte donne dans le salon. Deux pièces ont été réunies pour créer un séjour immensément long qui s'étend de l'avant à l'arrière de la maison.

Deux portes-fenêtres aux vitres colorées assorties à celle de la porte d'entrée ouvrent sur un patio. Trois marches descendent ensuite jusqu'à une grande pelouse méticuleusement tondue, mais dont les plates-bandes auraient bien besoin d'être désherbées et les rosiers taillés.

Le salon est peu meublé. Un canapé, une télévision grand écran et une chaîne hi-fi très sophistiquée.

Je félicite mentalement Eddie pour ses goûts musicaux. Il a tous les CD que j'ai toujours voulu acheter sans jamais pouvoir me les offrir. Cela dit, sa chaîne à elle seule a dû lui coûter plus cher que sa maison. Ses goûts sont variés, d'Ella Fitzgerald à Tom Waits, de Schubert à Leonard Cohen. Il possède même une collection de vieux vinyles d'Elvis.

Allons, allons, je ne suis pas là pour apprendre à connaître Eddie, mais pour savoir s'il a une femme dans sa vie. Je monte donc continuer mes recherches au premier étage

Hou la la... Enfin, chacun ses goûts. La salle de bains abrite un éblouissant déploiement de nymphéas mauves flottant gracieusement sur le carrelage. La baignoire, aux robinets dorés en forme de poisson crachant l'eau par la bouche, occupe presque la moitié de la pièce. Délicieux.

La salle de bains ne trahit rien. Pas de cheveux longs dans le lavabo, pas de maquillage traînant sur les étagères. L'armoire à pharmacie contient en tout et pour tout une boîte d'aspirine effervescente, une bouteille de sirop contre la toux à moitié vide, un paquet de lames de rasoir et une lotion après-rasage.

À quoi m'attendais-je ? À des serviettes de toilette affichant « Lui » et « Elle » ?

Eddie porte *Aqua Di Gio*, eau de toilette que j'ai toujours aimée. Sans réfléchir, je m'en applique une ou deux gouttes au creux des poignets. Puis, réalisant que ce que je fais ressemble de très près à du vol, je revisse rapidement le bouchon et replace le flacon dans l'armoire.

Pour une maison habitée par un homme, elle est remarquablement propre. J'admets qu'il est injuste de généraliser et d'affirmer que l'homme est un porc. Il existe certainement des hommes qui savent parfaitement utiliser un aspirateur, ouvrir une bouteille d'Ajax et brancher un fer à repasser, mais depuis quand a-t-on vu un célibataire avoir un trop-plein propre dans son lavabo ? En supposant qu'il passe une éponge avec de la poudre à récurer sur l'émail, penserait-il à faire coulisser ladite éponge dans le petit orifice ? D'ailleurs, le ferais-je moi-même ?

Eddie est peut-être un maniaque, un type complètement coincé, qui revêt sa blouse à fleurs et ses gants en caoutchouc dès qu'il rentre chez lui.

Cela expliquerait pourquoi il s'est débarrassé d'Amanda si vite. Elle me paraît être le genre de fille à mettre ses petites culottes à sécher dans la salle de bains sans même les essorer.

Je pars à la recherche de la chambre, en espérant y glaner quelques indices supplémentaires.

La pièce située côté rue, que je croyais être la chambre principale, est complètement vide. Finalement, je me rends compte que la seule pièce meublée de l'étage est une grande chambre donnant sur le jardin. J'en déduis brillamment qu'il s'agit de la chambre d'Eddie.

Je m'enfonce jusqu'aux genoux dans une épaisse moquette blanc cassé. Comble du mauvais goût, un miroir recouvre toute la surface du plafond. En revanche, les murs sont d'un beau rouge sombre, les draps en lin ivoire, et le lit en fer forgé est exactement celui que je choisirais si je pouvais m'offrir un lit et, accessoirement, un appartement pour aller avec.

Cette maison n'est qu'un vaste paradoxe. Les choses les plus belles y côtoient la décoration la plus affreuse.

La chambre est à l'image du reste de la maison. Pas de photos, pas de déshabillé vaporeux jeté sur le lit, aucun slip féminin niché à côté des caleçons, pas de petite robe noire dans la penderie.

Le lit n'est pas fait. Un creux dans l'oreiller indique qu'une tête s'y est posée en solitaire la nuit précédente.

J'ouvre le premier tiroir d'une commode et me retrouve devant vingt paires de chaussettes noires soigneusement roulées, une pile de mouchoirs blancs et de nombreux caleçons de toutes les couleurs.

J'ai constamment envie de hurler de rire. C'est une étrange sensation. Je me suis introduite dans la maison d'un inconnu et je fouille dans ses affaires personnelles, réprimant une hilarité déplacée. Je comprends que les gens victimes de cambriolages se sentent violés. L'idée que quelqu'un furète dans ma chambre sans que je puisse d'abord la ranger me donne des frissons.

En particulier quand je pense à mes petites culottes.

Ou plus exactement, aux quelques objets grisâtres et décolorés de ma commode qui furent jadis des sous-vêtements. Je n'en suis pas encore au stade des épingles à nourrice, mais il s'en faut de peu. Vous voyez ce que je veux dire : l'élastique qui n'est plus retenu que par trois fils héroïques, des soutiens-gorge dont l'armature n'est plus intacte que dans un seul bonnet. Le genre d'objets qui vous feraient mourir de honte si quelqu'un les découvrait, mais que l'on juge encore suffisamment mettables pour les enfiler pratiquement tous les matins, faute de choix plus satisfaisant. En général, les trois slips qui ont gardé leur couleur d'origine attendent d'être lavés à la main. Vous savez, ceux qu'on réserve pour un rendez-vous galant ou une visite chez le médecin. Je devrais sans doute me débarrasser de mes fidèles compagnes et investir dans quelque chose qui ne ressemble pas à un chiffon recyclé. Pourtant, je me refuse à m'en séparer. Ce n'est pas parce qu'une petite culotte se retrouve un jour teinte en bleu à cause d'une chaussette égarée qu'elle n'est pas parfaitement portable.

Vous allez rétorquer : et si jamais j'ai un accident ? Eh bien, premièrement, j'ai réussi jusqu'ici à éviter de passer sous un bus. Deuxièmement, je crois, aussi bizarre que cela puisse paraître, qu'on ne s'inquiète pas forcément de l'état de ses sous-vêtements lorsqu'on a le tibia cassé, les reins en bouillie et des poumons plus plats qu'une crêpe.

Eddie Farrar est à des années-lumière de ces considérations, lui. Pas un trou ni un bout de tissu déprimé en vue. Rien non plus, ni dans les tiroirs de la commode ni dans le reste de la chambre, qui trahisse la présence d'une femme dans sa vie.

La seule chose dont je sois vraiment sûre, c'est qu'Eddie Farrar est un maniaque du ménage, qu'il a un papier peint floqué dans son entrée et un miroir au plafond de sa chambre.

Forte de ces seules preuves, je peux probablement convaincre Amanda qu'elle se porte mieux sans lui. Cela dit, elle doit déjà connaître l'hygiène de sa salle de bains et l'état de ses caleçons. Et elle en redemande. Il faut que cet homme soit racheté par certaines qualités. Ou alors, Amanda est effectivement, comme je le soupçonnais, une malade mentale.

Une chemise Ralph Lauren est jetée sur un fauteuil, dans un coin. Je la prends et inspecte le col, à l'affût de traces de rouge à lèvres, puis j'approche le coton blanc de mon visage en inspirant profondément.

Des effluves d'après-rasage, mêlés à une odeur extrêmement enivrante de peau mâle chaude et propre. Mon Dieu, qu'il sent bon !

Je hume une deuxième fois le vêtement, stupéfaite et un peu honteuse du plaisir que je trouve à renifler la chemise d'un inconnu, quand je suis arrachée brutalement à mon extase nasale par un bruit en provenance du rez-de-chaussée.

Le bruit d'une clé dans la serrure.

Vous connaissez l'expression : le temps s'est arrêté. Je cesse de respirer, de cligner des yeux, de réfléchir. Je jure que les battements de mon cœur s'interrompent pendant quelques instants.

Devinez quoi ? La raison pour laquelle la maison d'Eddie est si propre, c'est qu'il a une femme de ménage.

Je me cache derrière la porte de la chambre et l'entends ouvrir le placard de l'entrée et en sortir l'aspirateur. Les roulettes de l'appareil couinent sur le parquet tandis qu'elle se dirige vers le salon, puis elle retourne vers le placard pour y prendre la caisse de produits d'entretien.

Que faire ?

D'une minute à l'autre, elle risque de monter l'escalier et de trouver une apprentie détective dans la chambre de son employeur, le cœur dans ses baskets et sans aucune justification plausible de sa présence dans cette maison.

Enfin, je pourrai toujours me jeter sur le lit et feindre d'être un vestige de la nuit précédente.

Heureusement, je suis sauvée par la Rolls des aspirateurs.

En entonnant d'une voix de fausset *If you wanna be my lover*, elle le branche et s'attaque à la moquette du salon. Je profite du vacarme pour ouvrir la fenêtre à guillotine de la chambre.

Je n'avais pas fait une promesse, au sujet des gouttières ? « Jamais plus », il me semble, non ?

Eh bien, je ne suis pas une femme de parole.

Je parviens à regagner le plancher des vaches sans l'aide de la gravité, cette fois, et détale comme un lévrier libéré de sa stalle de départ.

Quand je pense que des gens s'adonnent à des sports dangereux parce qu'ils aiment les frissons et les brusques montées d'adrénaline... Mon cœur rattrape les quelques battements qu'il a ratés tout à l'heure, il cogne deux fois plus vite, deux fois plus fort aussi, c'est le chahut total à l'intérieur de ma cage thoracique.

Une fois en sécurité au fond du jardin, je m'appuie contre le mur en pierre couvert de mousse, dissimulée par les ombres de l'après-midi et le feuillage luxuriant de je ne sais quelle plante grimpante. Là, je relâche enfin mon souffle.

Grands dieux, il s'en est fallu de peu !

Je n'ai jamais eu aussi peur de ma vie, même lorsque Gordon a éjecté son slip et a bondi sur moi.

Je tremble comme un chien qui vient de prendre une rossée. Mes jambes sont en coton, mes poils hérissés, ma peau moite et brûlante.

Je lève une main tremblante pour éponger mon front trempé de sueur. À ce moment-là seulement, je réalise avec horreur que je tiens un caleçon vert pâle entre mes doigts crispés par la terreur.

Quel homme faut-il être pour porter ce genre de sous-vêtement ?

Ce n'est pas un slip kangourou, ce n'est pas un ample caleçon de grand-père, ce n'est pas non plus un de ces strings répugnants que de sombres crétins trouvent sexy. Non, c'est un caleçon en coton tout simple, assez doux au toucher, et qui sent bon la lessive.

Je devrais peut-être l'exposer dans ma chambre, le punaiser sur une plaque et l'accrocher au-dessus de mon lit.

Finalement, je le suspends à un pilier de mon lit, un peu de travers, tel le pavillon d'un vaisseau attaqué par un navire pirate.

J'aime assez cette idée de pirate. Disons que je suis une sorte de Robin des Bois des émotions féminines. Car je n'ai pas du tout envie de me voir comme une personne qui vient de violer l'intimité d'autrui pour le compte d'une fille qui ne pense qu'à elle.

Non, je ne suis pas une sale fouineuse.

Je suis une militante de la cause des femmes.

Une furtive contrôleuse de la fidélité masculine.

Une voleuse de caleçons vert pâle.

Durant les quinze jours suivants, je deviens l'ombre numéro deux d'Eddie Farrar. Le pauvre vieil Arnold ajoute au moins trois mille kilomètres à un moteur qui a déjà accompli le tour du cadran une fois avec une extrême réticence, et qui menace maintenant de périr d'une mort spectaculaire si je m'acharne à essayer de suivre la Porsche ultrarapide d'Eddie sur la voie express. Pour être honnête, je finis généralement par me faire semer. Mais je retrouve généralement Eddie dans l'un des trois endroits suivants : le *Black Betty*, le *Lazy Daisy* ou – si l'incident se produit à une heure où Dracula lui-même s'apprête à regagner son cercueil – chez lui, dans son lit, seul.

Eddie n'a pas le temps d'avoir une liaison. Cet homme est un forçat du boulot. Certes, son métier l'oblige à traîner beaucoup dans les bars, mais il passe tout de même plus de temps à travailler que Nicky à manger et à voir ses petits copains. Ce qui représente, croyez-moi, un nombre d'heures impressionnant.

À regret, je décide donc qu'il est temps de transmettre cette information à Amanda.

Amanda la Foldingue déboule sur son balai à une vitesse rivalisant avec celle du Concorde.

Depuis notre dernière rencontre, elle n'a pas chômé. Finies les fourches et les racines noircies. Grâce aux soins experts d'un coiffeur renommé, des boucles blondes tombent maintenant sur ses épaules.

Elle a aussi fait de l'exercice et réussi à loger un derrière légèrement moins protubérant dans un pantalon en cuir moulant qui, ajouté à une veste assortie, lui donne une allure un brin plus terrifiante que d'habitude.

Elle allume cigarette sur cigarette et crache la fumée comme une locomotive à vapeur, ses yeux bleu marine plissés par l'effort. Elle jette des regards envieux du côté de Nicky, qui est en train de descendre consciencieusement un paquet entier de biscuits salés qu'elle trempe dans du fromage frais aux herbes.

Mais Amanda, pour mon malheur, a une idée fixe qui l'obnubile nettement plus que la haute gastronomie.

— Alors ? lance-t-elle d'une voix impérieuse.

— Rien.

— Vous voulez dire, il n'a pas...

— Aucun signe d'une autre femme en quinze jours. Enfin, bien sûr, il y a des tas de filles au club...

Les yeux bleus s'étrécissent.

— Naturellement, il parle à beaucoup de gens, beaucoup de gens lui parlent...

Elle ressemble à un cobra prêt à frapper.

— Mais rien d'intime. Il n'a pas de petite amie. Pour l'instant, en tout cas. Il a passé toutes ses nuits seul. Je le suis comme un toutou depuis quinze jours et, apparemment, il ne fait que travailler. Il part pour son club vers 9 heures et rentre rarement chez lui avant 2 heures du matin, toujours seul. Il doit être crevé. Personnellement, je le suis.

Je pouffe, mais Amanda ne se joint pas à moi. Elle esquisse tout de même un sourire, que je réussis à lui rendre en songeant à mon dernier chèque. Je dis bien dernier, car je n'ai aucune intention de continuer à travailler pour cette malade.

Amanda sort une liasse de billets de son sac à main Gucci et compte laborieusement le montant convenu. Mais, au lieu de me tendre les billets, elle les garde à une trentaine de centimètres de moi, comme un enfant qui agiterait une carotte devant un âne dans l'espoir de le voir piquer un sprint.

Son sourire se fait soudain mielleux. Je crains le pire.

— Avant que nous nous quittions, dit-elle, je voudrais juste vous demander une dernière chose...

Je me suis couchée tôt et j'ai dormi comme un loir.

Allongée dans mon lit, confortablement blottie sous la couette, je regarde des dessins animés sur la vieille télévision portable de Nicky, jusqu'à ce que mon estomac réclame un immense bol de corn flakes, des tartines beurrées, et peut-être une bonne tablette de chocolat. J'ai une excuse : après cette enquête épuisante, j'ai besoin de sucre pour refaire le plein d'énergie. Je sors péniblement du lit et enfile un peignoir. Puis, encore endormie, je me dirige vers la cuisine, avec l'intention de rassembler quelques vivres et de retourner dans mon petit nid douillet.

Nicky est là, dos à moi, en train de verser du café en poudre dans des tasses.

Du moins, je crois que c'est Nicky.

J'entrouvre mes paupières d'un ou deux millimètres supplémentaires et fais la mise au point.

C'est bel et bien la robe de chambre de Nicky, mais dedans, point de Nicky. À moins qu'elle n'ait changé de sexe en l'espace d'une nuit et acquis de larges épaules, des mollets poilus et une coupe en brosse.

La bouilloire siffle.

Tout en se grattant les fesses, la chose habillée en Nicky verse l'eau bouillante sur le café en poudre, puis prend les deux tasses dans une seule et large main et quitte la cuisine. Au passage, j'ai droit à un « b'jour » bourru qui flotte jusqu'à mon visage sur des relents de whisky.

Avec un dégoût incrédule, je regarde la chose regagner la chambre de Nicky.

Elvis, également dépité, contemple la silhouette avec dédain et choisit de se recoucher avec moi. Nous nous installons tous les deux sous ma couette, et je partage mon petit-déjeuner avec lui. Au moment où nous nous disputons la dernière miette de toast, les ressorts du lit de Nicky se mettent à grincer comme un métronome en délire.

Finalement, je trouve Elvis plutôt mignon.

Enfin, il est mignon jusqu'à ce qu'il décide de manger mon unique paire de chaussures présentable, refuse de dormir ailleurs que sur mon seul pull non troué et s'obstine à vouloir goûter tout ce que je tente d'avaler.

Il grandit avec une rapidité étonnante et ne se contente bientôt plus de manger, dormir, câliner et déféquer. Vient un jour où il comprend qu'il peut aussi voler et saccager.

Ce chien est un hooligan. Le pire, c'est que Jamie se trompait. Certes, les nuits folles et les innombrables rendez-vous de Nicky commencent à diminuer, le téléphone n'est plus continuellement saturé d'appels d'admirateurs, et la file d'attente s'arrête à l'ascenseur au lieu de l'entrée de l'immeuble. Mais Nix est encore sortie avec plus d'hommes ces dernières semaines que Zsa Zsa Gabor et Elizabeth Taylor en période faste.

Bon, d'accord, j'exagère un peu. Mais pas tant que cela. Nicky n'en est pas tout à fait à l'étape du peignoir d'amis maternel, bien que j'aie récemment aperçu un certain nombre d'inconnus dans la cuisine, vêtus de sa robe de chambre et manipulant des tasses de café matinales.

Ne vous demandez plus comment une femme arrive à dénicher autant de bons partis. La raison est simple : ils n'entrent pas tous dans la catégorie des bons partis. On peut avoir une quantité phénoménale d'hommes dans sa vie, il suffit d'abaisser son seuil de tolérance et de restreindre ses exigences. Je ne dis pas cela par condescendance, mais par franchise. Toute femme a son genre d'homme, qui s'applique au spécimen masculin susceptible de correspondre à ses besoins et à ses désirs. Tenez, prenons un exemple au hasard.

Les qualités d'un bon parti selon Naomi Lewis.

1) Sens de l'humour (qui soit compatible avec le mien).
2) Suffisamment d'esprit pour soutenir une conversation intéressante.
3) Indépendance financière (doit fonctionner dans les deux sens).
4) Pas trop grand (bizarrement, je ne suis pas attirée par les hommes de grande taille).
5) Des épaules larges et des bras puissants (pardon, je m'emballe).
6) Honnête, mais coquin.
7) Attentionné, mais pas collant.
8) Séduisant, mais pas dragueur.
9) Des fesses rondes et fermes.
10) Mentalement et physiquement fidèle.

Je ne suis pas difficile, si ?

Naturellement, très rares sont les hommes qui répondent à tous les critères. S'il en manque un ou deux, on fait avec.

En ce moment, Nicky semble avoir tiré un trait sur chacun des points de sa liste, pour ne se concentrer que sur une question : est-ce un homme ? Oui, alors je sors avec lui.

Si le plan de Jamie a prouvé ses limites, je lui trouve tout de même un avantage. Avec l'apparition d'Elvis dans la vie de Nicky, les élus potentiels doivent désormais répondre à un nouveau critère.

Elvis les aime-t-il ?

Étant donné qu'il fait partie de ces chiens totalement dénués de discernement, qui aiment absolument tout le monde sur cette planète, des tueurs en série aux agents de police, l'épreuve n'est pas insurmontable. Cependant, je réalise bientôt qu'il faut aussi que la réciproque soit vraie.

Le candidat en lice aime-t-il Elvis ?

Jusqu'à présent, il a réussi à péter bruyamment et à maintes reprises sur les genoux d'un jeune espoir, à vomir sur les chaussures en daim d'un autre, à déféquer dans la voiture d'un troisième, à manger la carte d'abonnement annuel au club de tennis d'un quatrième, et à uriner discrètement mais abondamment sur le pantalon Armani du dernier soupirant.

Quand il sera assez grand pour essayer de s'accoupler avec les jambes des gens, le tri va se faire encore plus vite.

6

Amanda a des billets pour la grande réouverture du *Black Betty*, la première boîte de nuit qu'Eddie a rénovée. Si tout va bien, le club s'apprête à être plébiscité par les milieux nocturnes londoniens.

Avec une logique imparable, Amanda pense qu'Eddie invitera forcément sa petite amie à la soirée d'ouverture, si petite amie il y a. D'où ma mission. Je dois à nouveau observer, écouter, me renseigner, photographier et, le cas échéant, « éliminer l'intruse ».

Pour la deuxième fois en beaucoup trop peu de temps, on me fait entrer de force dans une tenue généreusement offerte par Lucy. Il s'agit encore d'une de ces robes diaboliques qui me donnent l'impression d'avoir oublié de m'habiller. Sachant que je risque des lésions incurables dans ma chair la plus intime, j'hésite à enfiler à nouveau une petite culotte en fil de pêche. Finalement, je décide de laisser mon postérieur à l'air. Je préfère attraper un léger refroidissement dû à un courant d'air plutôt que de subir le retour du string assassin.

J'ai enrôlé Jamie pour me servir de cavalier. Nous avons rendez-vous devant la galerie d'art située en face de la boîte, mais je l'attends en vain depuis une demiheure.

Satané Jamie ! Une fois de plus, je vais être obligée de foncer dans le tas toute seule. Heureusement que je ne suis pas timide et introvertie. Cela dit, si j'étais timide et introvertie, je serais enfermée dans un cagibi au milieu d'une tour de bureaux, à déchiqueter des documents confidentiels pour gagner ma vie, au lieu de poursuivre dans tout Londres un type sublime pour le compte d'une bonne femme dépourvue de bon sens et d'amour-propre.

Avec un aplomb que je suis loin d'avoir, je traverse la rue en direction de la double porte du *Black Betty*, que surveillent les deux plus grands videurs que j'aie jamais vus de ma vie.

La file d'attente est encore plus longue que devant la porte de *Harrods* le premier jour des soldes, mais je n'ai aucune intention de poireauter dehors une seconde de plus, vêtue en tout et pour tout d'un chiffon et de quelques paillettes. Je double tout le monde en agitant l'invitation falsifiée par Amanda et, à mon soulagement, l'un des videurs me fait immédiatement entrer. Visiblement, il apprécie que je sois transie de froid et que mes seins se dressent sous ma robe arachnéenne, telles deux amicales sentinelles au garde-à-vous.

À l'intérieur, on se marche littéralement dessus. On n'accepte que les personnes munies d'une invitation, mais l'endroit est bondé. Les voix, les rires et la musique forment un brouhaha assourdissant.

Le *Black Betty* consiste en une immense salle haute de plafond, plongée dans la pénombre, grouillante, et éclairée uniquement par des stroboscopes qui clignotent en rythme avec la musique. Sur la piste de danse pleine à craquer, de la neige carbonique ondoie à travers une forêt de jambes, tel un brouillard en pleine mer. Comment suis-je censée retrouver Eddie Farrar dans cette marée humaine, alors que je ne l'ai vu qu'en photo ou de loin, à travers un pare-brise embué ? Je risque de passer la soirée entière à tourner en rond derrière lui comme la petite aiguille poursuivant celle des minutes sur une pendule, sans jamais le rattraper.

Nicky adorerait cet endroit. Si elle ne s'était pas déjà engagée pour la soirée avec un nouveau prétendant, j'aurais pu l'emmener avec moi, au lieu de mon lâcheur de demi-frère. Il y a assez d'hommes ici pour remplir son carnet de rendez-vous pendant au moins un an, et ils ont tous l'air célibataires et désireux de ne plus l'être.

Je me lance dans un tour complet des lieux. À défaut de repérer Eddie, je récolte huit propositions, un pincement de fesses et une petite escorte d'admirateurs tenaces.

J'ai l'impression d'être Benny Hill dans un de ses grands moments, avec cette troupe d'hommes qui ne me lâchent pas d'une semelle. À intervalles réguliers, les uns ou les autres poussent leur chant nuptial : « Puis-je vous offrir un verre ? »

Encore une fois, ma tenue rose et indécente remplit parfaitement son office. Une robe moulante et un décolleté plongeant et bronzé sont des atouts de choc pour une fille, en particulier dans une pièce sombre pleine d'hommes éméchés.

Je m'arrête près des platines, un peu perdue, et essaie de me repérer.

Un disc-jockey surexcité, son casque posé par-dessus ses dreadlocks, campe derrière les tables de mixage, faisant glisser des manettes, tourner des disques, et dansant plus frénétiquement que tout le monde.

Je pourrais sortir une photo d'Eddie de mon sac et l'agiter devant lui et mes fans comme si j'étais un flic en civil, mais cela me paraît assez peu discret.

Après la musique techno brute, le disc-jockey enchaîne sur *Staying alive*.

Je reçois une avalanche d'invitations à danser. J'hésite un instant. Soit je reste plantée dans un coin comme une idiote, à me cramponner au verre que m'a fourré le plus audacieux de mes admirateurs entre les mains ; soit je décide d'aller m'éclater sur la piste de danse et de me défouler sans complexe dans cet anonymat merveilleusement attirant.

Et puis, zut ! Je ne me suis pas amusée depuis des siècles.

J'entraîne ma petite bande de dragueurs dans une version enflammée de *La Fièvre du samedi soir*, avec force déhanchements, bras levés et doigts brandis vers le plafond.

Deux pas sur le côté, glissade en arrière, deux pas sur le côté, glissade en arrière...

John Travolta, tiens-toi bien, me voilà ! Qu'on me donne une chemise noire, un costume blanc et des rouflaquettes ! Je commence même à crier « Waouh ! » chaque fois que je tends mon index droit vers le ciel, avant de me sentir vaguement gênée, ce qui m'arrive très rarement.

Quelques personnes me regardent en rigolant. Parmi elles, je reconnais un visage qui me semble familier.

Quand je comprends enfin de qui il s'agit, je crois que je rougis pour la première fois de ma vie.

Eddie Farrar lui-même, en chair et en os, est assis à quelques mètres de moi et m'observe avec un petit sourire.

Je vire à la même teinte framboise que mon rouge à lèvres.

Super. Bon, autant jouer les abruties jusqu'au bout. Je continue donc à me déchaîner sous les yeux du seul homme pour qui je suis censée être invisible.

Grâce à quelques contorsions non dépourvues de grâce, je parviens à me glisser derrière ma troupe de joyeux ivrognes et je me cache jusqu'au moment où une musique plus moderne prend le relais du disco. Alors, j'oublie complètement les raisons de ma présence dans cet endroit et ondule avec extase sur un morceau de Moby.

J'adore danser. La danse me donne le sentiment d'être en chute libre, comme si je me jetais du haut d'une falaise et que je me laissais emporter par le vent. Je m'immerge dans la musique, le corps et l'esprit possédés par le tempo, et plus rien de ce qui m'entoure n'existe.

Et puis, quoi, c'est bon pour les cuisses ! Au diable l'aérobic ! Une ou deux soirées en boîte, et on se raffermit partout où il le faut en s'amusant. Pourquoi s'ennuyer à aller au gymnase ? Je perds au moins deux kilos quand je sors en boîte. Bon, d'accord, en grande partie à cause de la déshydratation, mais j'ai bien le droit de rêver sur la balance jusqu'à ma première tasse de thé du matin, non ?

Et puis, avec mes déhanchements de forcenée, je réussis à tenir à distance une partie de mes admirateurs. Boum à gauche, et le type aux cheveux roux, celui qui m'a mis d'autorité une bière dans les mains pendant que je repérais les lieux, est propulsé dans le décolleté d'une autre victime. Boum à droite, et le chauve ivre mort qui voulait absolument me faire avaler un cocktail est envoyé droit dans les toilettes des messieurs.

D'accord, d'accord, j'en rajoute.

Revenant un peu à la réalité, je jette un coup d'œil à la dérobée vers l'objet des fantasmes d'Amanda.

Un bon mètre quatre-vingts, large d'épaules, de courts cheveux bruns légèrement poivre et sel, ce qui rend son visage espiègle un peu plus distingué qu'il ne le serait autrement. Environ trente-cinq ans, d'après moi. Ses photographies ne le flattent pas. Elles restituent son charme, mais pas sa prestance, ni son côté tranquille et sûr de lui.

Il est en compagnie d'une petite quinzaine de personnes, mais ne se fond pas dans le groupe. Ses amis sont presque tous des hommes d'affaires. On dirait qu'ils sortent du bureau. Ils boivent sec, rient fort et déshabillent les filles du regard, comme tous les hommes qui sortent en bande et s'enivrent.

Légèrement en retrait, Eddie discute avec une fille et un type à l'air italien.

La fille est ravissante. Un corps mince et ferme, une cascade de longs cheveux bruns et brillants, des lèvres charnues rouge Chanel, et le genre de peau laiteuse qui n'a pas besoin de fond de teint. Sa jupe fluide couleur ivoire, son twin-set bleu clair et ses sublimes mules à talons hauts dénotent un goût exquis. Rien à voir avec Amanda, dont la sobre élégance pourrait se comparer à celle d'un bustier de chez Vivienne Westwood.

L'Italien est lui aussi très séduisant, maintenant que je le regarde de plus près. Visiblement, la fille savoure la chance d'être assise entre ces deux représentants magnifiques du sexe opposé.

S'agit-il de la redoutable rivale ? De la petite amie virtuelle dont la seule évocation plonge Amanda dans des transes de jalousie rageuse ?

Je coule un nouveau regard en direction d'Eddie Farrar. Malheureusement, cette fois, il a les yeux posés sur moi.

Il me sourit.

Pas un sourire séducteur, non, le sourire presque

amical qu'on adresse aux gens quand on a l'impression de les avoir déjà vus quelque part, mais que leur nom vous échappe totalement. Soit je feins de ne pas l'avoir remarqué et je retourne me planquer derrière ma bande, sois je lui rends son sourire.

C'est plus fort que moi. Je lui souris aussi.

Eh bien, j'ai commis une erreur.

Une grossière et regrettable erreur.

Eddie se penche, dit quelque chose à l'Italien, puis il se lève et s'avance sur la piste de danse.

Il vient vers moi ! Au secours ! Trop tard pour attraper mon sac et filer en douce vers la sortie. Je pourrais faire semblant de ne pas parler anglais mais, avec la chance que j'ai, je bafouillerais quelques propos incohérents dans mon français de cuisine, avant de découvrir qu'il a passé deux ans à Paris pour ses études et qu'il maîtrise parfaitement la langue de Voltaire. Je suis nulle pour ce boulot !

Déroutée, je recule rapidement sur la piste et disparais dans la foule anonyme qui s'agglutine près du bar.

Ouf ! Je crois que je l'ai semé.

Jouant des coudes avec une violence modérée mais efficace, je réussis à m'arroger un tabouret et attire l'attention du barman noir, mince et musclé.

— Une bière, s'il vous plaît.

— Deux, dit une voix mâle et profonde derrière moi.

Oh, non !

Je sens la douce chaleur d'une cuisse recouverte de cachemire contre la mienne, tandis qu'Eddie Farrar se glisse sur le tabouret voisin du mien.

— Bonsoir.

Nouveau sourire.

Vraiment sexy, son sourire.

Sa lèvre supérieure se retrousse un peu plus d'un côté que de l'autre. Ses yeux sont cernés, fatigués, et pourtant chaleureux et intelligents. Ils me jaugent.

Le barman pose deux bouteilles glacées sur le bar en bois, devant nous.

— Mettez-les sur mon ardoise. Merci, Andy.

J'attrape le bras de l'homme avant qu'il ne s'éloigne et lui fourre un billet froissé de vingt livres dans la main.

— Non, mettez-les sur la mienne. Merci, Andy.

Un large sourire fend le visage du barman. Ses dents blanches étincellent dans la lumière des stroboscopes.

— Comme vous voudrez, mademoiselle.

Bravo, Naomi. Quel début fracassant ! D'ailleurs, il n'aurait jamais dû y avoir de début. J'étais censée observer cet homme, pas faire des mondanités avec lui.

Je me redresse, physiquement et mentalement, et me tourne vers lui. Il ne paraît pas du tout offensé par mon attitude. En fait, son sourire s'est même élargi.

Il prend sa bouteille sur le bar et la lève vers moi.

— À votre santé. Vous êtes la première personne à m'offrir un verre ce soir.

— Vous n'avez pas fréquenté les bons milieux. En ce qui me concerne, j'ai reçu plus de propositions qu'un Renoir en vente chez *Sotheby's*. Il faut dire que vous ne portez pas une robe qui pèse moins lourd qu'un petit cerf-volant de gamin, n'est-ce pas ?

— C'est juste, reconnaît-il en s'étranglant à moitié avec sa gorgée de bière.

Au moins, il semble amusé.

— Eddie Farrar, ajoute-t-il, me tendant une main que je serre timidement. Nous nous connaissons, n'est-ce pas ?

Moi, oui. Je connais tout de lui, grâce à *L'Encyclopédie d'Eddie* en deux volumes par Amanda Hartley-Davies. Mais lui, pourquoi a-t-il l'impression de me connaître ? Peut-être parce que je le suis comme son ombre depuis deux semaines. Apparemment, je ne suis pas si discrète que je l'espérais.

Que dois-je répondre ? « Oui, c'est moi que vous voyez constamment dans votre rétroviseur » ?

— Je ne crois pas, non.

— C'est étrange, votre visage m'est familier... Et

quand je vous ai vue me regarder tout à l'heure, j'ai pensé que...

— Je suis désolée, je ne voulais pas vous dévisager comme une bête curieuse. Vous me disiez quelque chose à moi aussi, je l'avoue.

Tu t'en tires bien, Naomi. Un peu éculé, certes, mais sous pression, ce n'est pas si mal.

— Alors, peut-être nous connaissons-nous tout de même ?

Je secoue la tête.

— Non. À mon avis, vous devez me rappeler quelqu'un.

— Ah, oui ? Qui donc ?

Mon prochain amant.

Seigneur ! Est-ce que je viens vraiment de penser cela ?

Heureusement que les mots n'ont pas franchi mes lèvres ! Cela aurait été le baratin le plus ringard du siècle.

Seigneur, mais comment ai-je pu penser une chose pareille ?

Tout simplement parce qu'il faudrait être aveugle, ivre ou demeurée pour ne pas voir à quel point cet homme est séduisant.

Je comprends qu'Amanda ne s'avoue pas vaincue.

Pour l'instant, il attend toujours une réponse.

Je cesse de le contempler stupidement comme s'il était un bol de crème et moi un matou affamé, et je lui adresse un sourire que j'espère aussi énigmatique que celui de Mona Lisa.

— Juste quelqu'un avec qui j'étais à la fac, dis-je.

— Ami ou amant ?

— Ni l'un ni l'autre.

— Ah ? fait-il d'un ton interrogateur.

Jouant les midinettes, je réponds :

— Un garçon que j'admirais de loin et dont je rêvais.

— Menteuse, dit-il sans cesser de sourire. Vous êtes venue seule ?

Je débite mon vieux standard qui, pour une fois, se trouve être la vérité :

— Eh bien, j'avais rendez-vous avec un ami.

Je regarde ma montre et ajoute avec une petite grimace :

— Mais je crois bien qu'il m'a posé un lapin.

— Dans ce cas, mademoiselle...

Il marque une pause, attendant que je me présente.

— Naomi... Naomi Lewis.

— Naomi, répète-t-il. Dans ce cas, Naomi, voulez-vous me promettre de ne pas vous sentir insultée si je vous offre un autre verre ?

Je m'apprête à décliner fermement sa proposition, mue par un automatisme acquis grâce à des années passées à envoyer balader des indésirables dans les pubs, bars et boîtes de nuit en tous genres, lorsque je prends soudain conscience du pétrin dans lequel je me suis fourrée.

Maintenant que j'ai été officiellement repérée, je peux difficilement continuer à le suivre partout, n'est-ce pas ? La seule option qu'il me reste, c'est de sympathiser avec lui.

Et puis, ce sera beaucoup plus facile de lui demander tout simplement où en est sa vie amoureuse que de le pister dans toute la ville en essayant de transformer Arnold en voiture de course.

— Oh, je crois que les militantes du MLF ne m'en voudront pas, mais vos amis ?

J'indique l'Italien et la jolie brune.

— Je suis sûr que cela ne les dérangera pas si je cesse de tenir la chandelle un moment.

Tenir la chandelle ? Eh bien, je peux rayer la brune de ma liste. Amanda va être contente.

— Je prendrais volontiers une autre bière, merci.

Il commande deux bières, puis se retourne vers moi.

— Alors, que faites-vous dans la vie, Naomi Lewis ?

Pourquoi est-ce toujours la première chose que les gens vous demandent ? Sans doute pour pouvoir vous classer dans une catégorie, je suppose. Ne trouvez-vous pas injuste d'être catalogué en fonction de votre travail ? Mon CV n'est peut-être pas impressionnant, mais qui sait si, au fond de moi, je n'ai pas l'étoffe d'une neurochirurgienne ? Euh, enfin, bon...

— Rien pour l'instant. Je rentre d'un long séjour à l'étranger et je viens de commencer à chercher du travail.

Je mens à peine.

— Oui, j'avais remarqué le bronzage, répond-il.

Je l'observe avec méfiance, mais il garde les yeux fixés sur mon visage au lieu de reluquer mon décolleté, ce qui le fait aussitôt grimper de plusieurs points sur mon échelle de valeur personnelle.

— Vous avez visité des endroits intéressants ?

— Bangkok, Hong Kong, les Philippines, la Nouvelle-Guinée, un séjour éclair aux Fidji, puis l'Australie.

— Rien de bien exotique, en somme, plaisante-t-il.

— Non. Mais c'était tout de même un peu plus intéressant que Disneyland.

— Et quel genre de travail cherchez-vous ?

— Pour être honnête, je n'en sais rien. Je n'avais pas l'intention de revenir en Angleterre si vite et, jusqu'à présent, toutes mes tentatives pour trouver un emploi se sont soldées par des échecs. La plupart des gens exigent deux ans d'expérience professionnelle, alors que je n'ai jamais fait que des petits boulots. Remplaçante, barmaid, serveuse s'il le fallait vraiment...

— Ah, oui ?

Il s'interrompt et semble réfléchir.

— Je peux peut-être vous aider. Si cela vous dépanne et que vous n'avez rien contre un boulot de barmaid, je connais un club qui a besoin de personnel.

Il sort une carte de sa poche, griffonne une adresse dessus et me la tend.

— Demandez à parler à Ben, le gérant. Dites-lui que vous venez de ma part.

— Mais comment pouvez-vous me recommander alors que vous ne me connaissez pas ? Qui vous dit que je ne suis pas une folle échappée d'un asile ?

— Effectivement, à voir la façon dont vous dansiez tout à l'heure... commence-t-il avec ce petit sourire si chaleureux. Non, en général, je sais assez bien juger les gens. Et puis, si vous ne convenez pas, on vous renverra, tout simplement. Allez donc discuter avec Ben... si vous le souhaitez, bien sûr, c'est à vous de décider.

— Pourquoi pas ? En tout cas, merci beaucoup.

J'affirme mes convictions sur l'égalité des sexes en lui proposant un nouveau verre en guise de remerciement, quand j'aperçois soudain un visage familier, dont les yeux roulent de gauche à droite à ma recherche.

Vêtements froissés, cheveux en bataille, yeux rougis et cernés, mais toujours aussi adorable.

— Jamie !

Il avance vers moi d'un pas chancelant, soulagé. Tout à la joie des retrouvailles, il me tombe littéralement dans les bras.

— Naomi, ma puce, je suis absolument désolé. On m'a mis de garde aux urgences, et j'ai trimé jusqu'à 15 heures. Je me suis réveillé il y a une heure et je viens de passer une demi-heure à me débattre au milieu de cette cohue pour te trouver.

Il se glisse à côté de moi sur le tabouret, prend mon verre et le termine d'une traite, avec l'intimité naturelle et décontractée qui s'est établie entre nous au fil des années.

— Je suis complètement vanné, gémit-il.

Il pose la tête sur mon épaule en faisant semblant de s'endormir. Lorsqu'il rouvre un œil, il remarque Eddie. Ce dernier le regarde en plissant les yeux. Un grand sourire éclaire le visage de Jamie.

— Apparemment, je suis encore plus en retard que je ne le pensais.

Je le rassure :

— Ne t'inquiète pas, mon grand, tu tombes à pic, comme d'habitude.

— Ah ?

— Oui, juste à temps pour me ramener à la maison.

Je me sers de mon postérieur pour l'éjecter du tabouret et tends la main à Eddie.

— C'était vraiment un plaisir de vous rencontrer.

— Vous partez déjà ? demande-t-il, apparemment déçu.

— Je regrette, mais je dois me lever tôt demain, et cet énergumène menace de s'écrouler de fatigue. Merci pour la recommandation, en tout cas.

J'agite la carte devant lui, avant de la ranger dans mon décolleté et de traîner un Jamie récalcitrant hors de la boîte.

— Mais qu'est-ce qui te prend, Naomi ? Je n'ai même pas eu le temps de boire une bière ! se plaint-il. D'ailleurs, je m'étonne que tu aies voulu partir si vite, étant donné que c'est la première fois depuis des siècles que je te vois faire du plat à quelqu'un.

— Je ne lui faisais pas du plat, andouille. C'était Eddie Farrar.

— Quoi ? Notre Eddie ? s'écrie-t-il. L'Eddie Farrar d'Amanda la Foldingue ?

— Oui.

— Eh bien, ça ne va pas arranger son cas d'apprendre qu'il était subjugué par ton charme.

Je soupire.

— Jamie, j'espère que tu ne profites pas de ton statut dans cet hôpital pour t'administrer des substances illicites...

— Je te répète que tu l'as dragué.

— ... parce que ça ne te vaut rien, crois-moi. Un de ces jours, tu vas avaler quelque chose de bizarre et d'hormonal et tu finiras par porter des robes et me piquer mon maquillage.

Je hèle un taxi en maraude, qui choisit d'ignorer mon existence.

— Écoute, Naomi, je suis un homme. Je sais très bien quand un de mes congénères regarde une fille avec concupiscence.

— Tu délires.

— Alors, qu'est-ce qu'il faisait avec toi ?

— Il avait l'impression de me connaître et il est venu bavarder avec moi.

Il se cogne la paume de la main contre le front.

— Il avait l'impression de te connaître ? Voyons, Naomi, on dirait que tu sors de ton couvent ! C'est la réplique la plus éculée du manuel du dragueur !

— Peut-être, mais je ne pense pas que quelqu'un comme Eddie ait besoin de ce genre de baratin.

Il pousse un cri ravi.

— « Quelqu'un comme Eddie », répète-t-il en imitant mon ton. Il te plaît aussi ! Admets-le.

— Fiche-moi la paix.

— Ose me dire que tu n'as pas un tout petit faible pour lui.

— Négatif.

— Pas la moindre petite trace de désir ?

— Non.

— Pas même une minuscule étincelle ? insiste-t-il.

J'hésite un peu trop longtemps pour m'en tirer avec un mensonge.

— D'accord, je le trouve bel homme.

— Bel homme ?

— Très bel homme. Mais je ne fais que mon boulot.

— Quelle sorte de boulot ? réplique-t-il en dansant devant moi. Un boulot de mangeuse d'hommes ? De mangeuse de très beaux hommes ?

— Tu sais, parfois, je préférerais ne pas t'aimer. Comme ça, je pourrais te tuer. Et je te jure que tu mourrais dans d'atroces souffrances.

— Prépare-toi à connaître ce genre de sort, Naomi.

Jamie se jette sous les roues d'un nouveau taxi, qui s'arrête dans un crissement de freins à quelques centimètres de son nombril.

— Parce qu'une mort dans d'atroces souffrances, c'est ce qui t'attend si tu avoues à Amanda ce que tu ressens pour Eddie Farrar. Cela dit, ajoute-t-il en m'adressant une grimace, encore faudrait-il te l'avouer à toi-même. N'est-ce pas, ma puce ?

Nix est pelotonnée sur le canapé, encore maquillée et en peignoir. Elle est rentrée une demi-heure avant nous et grignote des raisins secs en regardant une rediffusion de *Drôles de dames*. Elvis, qui ronflait comme un bienheureux à ses pieds, se réveille et bondit vers Jamie. On dirait qu'il vient de retrouver un amant perdu de vue depuis longtemps.

— Alors, tu t'es bien amusée ? plaisante Nicky, sachant pertinemment que je suis allée à cette soirée à reculons.

— Oui, merci.

Je souris et retire mes chaussures.

— Tu es sérieuse ?

— Mais oui. Figure-toi que j'ai passé une très bonne soirée. J'ai bavardé presque tout le temps avec un homme charmant.

— Un homme tout à fait charmant, intervient Jamie, tandis qu'un Elvis extatique l'inonde de coups de langue amoureux.

— Et je ne parle pas de ce type-là qui, comme d'habitude, s'est pointé avec deux heures de retard.

Je désigne Jamie du menton. Mon faux demi-frère m'a asticotée pendant tout le trajet en taxi sur mon soi-disant coup de foudre.

— Eh bien, ça ne va pas beaucoup plaire à Amanda, déclare Nicky. Tu étais censée surveiller Eddie Farrar.

— Exact, dit Jamie en caressant Elvis. Ça ne va pas plaire à Amanda. Pourtant elle l'a surveillé, Eddie Farrar, tu sais. De très près, même. C'était lui, l'homme tout à fait charmant en question.

— Non ! s'exclame Nicky.

Elle détache immédiatement les yeux de la télévision pour se tourner vers moi.

— Tu as discuté avec lui ?

— Eh oui, dis-je en piochant quelques raisins secs.

— Et il était sympa ?

J'attends que Jamie ait posé Elvis à côté de Nicky et soit parti à la cuisine pour répondre :

— Adorable.

Nix me fait une place sur le canapé, prend Elvis sur ses genoux et lui gratte distraitement le sommet du crâne.

— Allez, je veux tout savoir ! ordonne-t-elle.

— Il n'y a pas grand-chose à raconter. On a juste papoté un peu...

— Et alors ?

— Et alors, il était seul, pas de sublime petite amie en vue.

— Très bien. Rien d'autre ?

Je lui souris mystérieusement.

— Raconte ! dit-elle en criant presque de frustration.

— Il m'a proposé un boulot.

— Quoi ?

— Tu m'as bien entendue.

— Quel genre de boulot ? Secrétaire particulière ? Masseuse personnelle ? Première concubine ?

Elle attrape une des photos grand format que m'a laissées Amanda, et qui vivent sur la table basse depuis quinze jours pour que ma meilleure amie puisse baver dessus quand cela lui chante.

— Barmaid, au *Lazy Daisy*.

— Le *Lazy Daisy* ?

— D'après le petit guide d'Amanda sur Eddie, c'est une boîte qu'il vient de reprendre quelque part dans le quartier des docks. J'ai l'adresse dans mon décolleté.

— Bien sûr, là où tu gardes toutes tes adresses, commente Nicky d'un ton sarcastique. Alors, que comptes-tu faire ?

— Euh… sortir la carte de visite ?

— Je veux parler du boulot !

— Je ne sais pas encore. Que me conseilles-tu ?

— Tu n'as qu'à demander l'avis d'Amanda.

Je m'adosse lourdement aux coussins et marmonne :

— Pourquoi le dire à Amanda ? Je lui ferai mon rapport certifiant qu'Eddie Farrar est un célibataire endurci. Avec un peu de chance, après ce soir, elle disparaîtra de ma vie et je retrouverai la liberté.

Nicky me fourre un verre de vin dans une main et le téléphone sans fil dans l'autre. Je la contemple avec des yeux ronds et m'exclame, car je vois clair dans ses projets diaboliques :

— Ah, non ! Donne-moi une raison valable de l'appeler maintenant. Il est presque minuit, bon sang !

— Elle doit griller d'impatience à côté de son téléphone. Tu la connais. Elle a sûrement fini de déguster ses ongles et est en train d'essayer de se mettre les orteils entre les dents.

— Non. Ce n'est pas ce que j'appelle une raison valable.

— Elle te paie.

Je secoue obstinément la tête. Nicky pousse un soupir exaspéré.

— Très bien. On vient de recevoir la facture de téléphone, et elle annonce un nombre faramineux d'appels internationaux vers des amis résidant dans l'hémisphère sud. Étant donné que la seule amie que j'avais dans l'hémisphère sud est désormais revenue en Angleterre, l'usage de mon téléphone…

— D'accord, d'accord ! Quel est le numéro actuel d'Amanda ? Parce que si ce n'est pas un appel local, je demanderai un PCV.

Je contemple ostensiblement Jamie.

— Je croyais que tu avais rendez-vous avec ta couette ?

— Pas question. Je veux rencontrer Amanda la Foldingue.

Il cale ses fesses dans le canapé, refusant de bouger.

— Je ne suis pas sûre que tu sois une bonne fréquentation pour elle.

— Oh, s'il te plaît, laisse-moi rester ! Ma vie est tellement monotone, une longue succession d'urgences médicales et de crises existentielles. Et puis, on ne sait jamais, je serai peut-être utile. Je peux donner mon opinion professionnelle. Appelle-moi docteur Love, ajoute-t-il en prenant une voix sensuelle.

— Je préfère docteur No.

— S'il te plaît, Naomi ?

Il fait trembler sa lèvre inférieure, comme quand nous avions dix ans, qu'il avait dévoré tous ses bonbons du samedi matin en cinq minutes et que, par conséquent, il avait bien le droit de m'aider à finir les miens. Comme d'habitude, je cède.

— Bon, d'accord. Je t'autorise à rester, mais à condition que tu ne donnes absolument aucune opinion, professionnelle ou personnelle, sur quoi que ce soit, et en particulier au sujet d'Eddie Farrar.

— Eddie qui ? Ah, oui, Eddie ! Celui qui était prêt à t'embrasser tout à l'heure ?

— Quoi ? crie Nicky.

— Ignore-le, dis-je. Il a encore sniffé de l'oxygène pur.

À présent, je suis absolument convaincue qu'Amanda possède un balai de sorcière. À peine ai-je reposé le téléphone qu'elle sonne à la porte.

Elle met dix minutes pour venir de Highgate jusqu'ici, ce qui n'est possible qu'à vol d'oiseau.

Elle a encore maigri.

Ses ongles déchiquetés sont rongés encore plus loin que la fois précédente, à supposer que cela soit possible. Nicky avait raison. Apparemment, elle a attendu mon appel toute la soirée.

Quand Nicky lui ouvre la porte, elle ne lui jette même pas un regard et court vers moi comme une furie.

— Alors, que s'est-il passé ? s'écrie-t-elle. Vous l'avez vu ? Était-il avec quelqu'un ?

Elle est trop impatiente d'entendre mon rapport pour s'étonner de la présence de Jamie, toujours avachi sur le canapé, une bière à la main, déterminé à rester éveillé assez longtemps pour faire la connaissance de la légendaire Amanda Hartley-Davies.

— Eh bien, vous serez ravie d'apprendre qu'il était parfaitement seul.

— Vous en êtes sûre ?

— Sûre et certaine.

Le nez dans sa canette, Jamie produit un drôle de gargouillis. Je lui décoche un regard furibond, mais Amanda ne remarque rien. Elle a les yeux perdus dans le vide, telle une accro du shopping en pleine heure de pointe chez *Harrods*. Elle flotte sur un petit nuage de félicité béate, et je ne pense pas qu'elle remarquerait quoi que ce soit si j'arrachais mes vêtements et effectuais une danse érotique sur la table basse.

Après cette dernière soirée à jouer l'ombre d'Eddie Farrar, j'espérais voir Amanda sortir de ma vie, souriant d'une oreille à l'autre, sanglotant violemment ou menaçant de me faire périr d'une lente agonie, selon l'issue de mon enquête.

Amanda est radieuse, soit, mais elle n'a absolument pas l'air disposée à partir. En fait, elle se laisse tomber sur le canapé et attrape le verre de Nicky, avalant une longue gorgée de vin en guise de toast solitaire.

— Voilà, dis-je d'un ton ferme. Maintenant, vous n'avez plus besoin de moi.

— Euh... il y a juste une petite chose, n'est-ce pas, Naomi ? intervient Nicky. Tu sais, au sujet de la proposition que tu as eue...

Merci, Nix. J'hésitais, je l'avoue, à communiquer cette information à Amanda. Après tout, j'ai rempli ma mission. Et je refuse de continuer à fréquenter cette folle obsessionnelle. Vingt-cinq ans, c'est trop jeune pour mourir.

— Oui ?

Amanda sort de son extase. À son tour, Nicky essuie un de mes regards assassins.

— On m'a proposé un boulot au *Lazy Daisy*, dis-je à contrecœur.

Je n'ai pas l'intention de fournir des détails quant à la manière dont s'est présentée cette miraculeuse proposition. Heureusement, Amanda est trop préoccupée par la nouvelle pour s'en soucier.

— C'est la dernière boîte de nuit d'Eddie ! s'exclame-t-elle.

— Je sais.

— Mais c'est impeccable !

— Ah, bon ?

— Bien sûr ! Vous devez accepter.

— Mais je n'en veux pas, de ce boulot.

— Acceptez ! crie-t-elle.

— Mais pourquoi ? Nous avons déjà conclu qu'Eddie est jeune, libre, célibataire et sexy. Je ne vois pas ce que je pourrais apprendre de plus.

— Je vous paierai...

Quelle ironie du sort ! Dans un passé pas si lointain, j'aurais été folle de joie qu'on m'offre du travail.

— Ce n'est pas une question d'argent, Amanda. C'est une question d'utilité. Ou d'inutilité, plutôt. Cela en vaut-il vraiment la peine ? J'ai suivi cet homme pendant deux semaines, et la voie est parfaitement libre pour votre grand retour.

— Ça ne me fait pas rire, Naomi, réplique-t-elle en me fusillant du regard.

— Bon, mais puisque vous savez qu'il n'a pas de petite amie, pourquoi faudrait-il que je continue ?

— Eh bien, en l'absence de complications majeures, je peux désormais organiser ma campagne de séduction, n'est-ce pas ?

— Ah ?

Une campagne ? Le mot semble menaçant. Amanda sur le pied de guerre, cela ne me dit rien qui vaille. Je me sers un verre de Chardonnay. J'ai l'affreux pressentiment que je vais en avoir besoin. Instinctivement, je m'écarte légèrement sur le canapé, loin de la cuisse gainée de cuir d'Amanda.

— Je veux le reconquérir. Je ne comprends pas pourquoi notre histoire s'est terminée et je veux le reprendre, déclare-t-elle avec force.

— Cela s'est terminé parce qu'il ne tenait plus à vous fréquenter, visiblement, dis-je perfidement.

— Seulement parce qu'il n'a pas eu l'occasion de me connaître vraiment.

Mais bien sûr ! Et s'il l'avait eue, cette occasion, il n'aurait sûrement pas commencé à sortir avec elle.

— Vous voulez le reconquérir, très bien. Faites ce que bon vous semble, mais mon boulot est fini.

— Oh, non ! Vous allez accepter ce travail, Naomi, et apprendre le plus de choses possible sur Eddie Farrar : ce qu'il aime, ce qu'il déteste, le genre de femmes qui lui plaisent. Blondes, brunes, minces, pulpeuses, sophistiquées ou naturelles. Entreprenantes et extraverties ou calmes et réservées...

Je m'obstine à lui demander :

— Mais pourquoi ?

— Parce qu'il me le faut.

Elle me défie du regard.

— Et cette fois, je m'arrangerai pour le garder.

— Alors, vous souhaitez connaître son idéal féminin, pour vous transformer en cet idéal ?

— Exactement.

Je suggère avec perversité :

— Ne vaudrait-il pas mieux vous montrer sous votre vraie personnalité ?

— Ce sera celle que je suis vraiment, mais une version améliorée, déclare-t-elle, péremptoire. Rien n'interdit de donner un petit coup de pouce au destin. Après tout, en amour comme à la guerre. Tous les coups sont permis.

— Et vous comptez m'envoyer sur le front en éclaireur ?

Elle opine du chef avec enthousiasme.

— S'il vous plaît, Naomi, acceptez ce boulot au *Lazy Daisy*. Vous pourrez le surveiller de près et tout savoir de lui. Puis, le moment venu, je n'aurai plus qu'à tomber accidentellement sur lui, n'est-ce pas ?

À cette idée, ses yeux se mettent à briller. Elle se voit nonchalamment accoudée au bar, en train de siroter gracieusement un cocktail, tandis qu'Eddie comprend enfin à quel point il la désire.

Elle veut se couler dans le moule de ses fantasmes les plus fous, puis resurgir dans sa vie, sublime et magnifique.

Quelle tristesse !

Quelle absurdité !

Pour être honnête, je dois reconnaître que j'ai moi-même fait ce rêve, à l'occasion...

Dans ce rêve, je me retrouve par miracle suffisamment mince pour entrer dans la merveilleuse petite robe que j'ai achetée alors qu'elle était au-dessus de mes moyens, en me promettant de bannir les gâteaux et autres cochonneries de mon alimentation (les économies effectuées justifiant cette folie). Pour une fois, mes cheveux restent coiffés, au lieu de vivre une vie indépendante qui consiste essentiellement à se dresser sur ma tête ou à pendouiller comme un adolescent morose avachi sur un canapé. Mon maquillage est impeccable, mes chaussures assorties à mon sac à main, et mon haleine ne sent pas la fougasse à l'ail avalée la veille...

Qui suis-je pour juger Amanda alors qu'elle a envie de réécrire les règles du jeu ? Surtout quand elles sont aussi injustes...

Et puis, je cherche juste à gagner de quoi payer mon loyer, ma nourriture et autres éléments indispensables à ma survie. Si j'arrête tout maintenant, j'échouerai probablement derrière un bar, de toute façon. Là, au moins, j'aurai un double salaire... Sauf que cela ne me paraît pas très moral. J'aurais l'impression qu'Eddie me rémunère pour que je l'espionne... Ce n'est pas correct.

J'inspire un grand coup et relâche lentement mon souffle.

— D'accord, j'accepte, mais vous ne me paierez pas durant mes heures de travail au *Lazy Daisy*.

Est-ce que je viens vraiment de dire cela ?

— C'est vrai ?

Nicky et Amanda ont parlé exactement en même temps, l'une incrédule, l'autre aux anges.

— Oui, dis-je sans entrain, sans trop savoir comment interpréter mon élan de vague moralité. Et ne me demandez pas de le répéter, parce que je pourrais bien changer d'avis.

Une heure plus tard, nous réussissons enfin à mettre Amanda dehors.

Pour Jamie, ce sera plus difficile. Il a fini par sombrer dans les bras de Morphée. Écroulé sur le canapé, il ronfle doucement tandis qu'Elvis, étendu près de lui, ronfle, lui, bruyamment. Tous deux ont la bouche grande ouverte mais, par bonheur, seule la langue d'Elvis pend et bave sur les coussins.

Nicky et moi nous enfonçons dans l'autre canapé, les pieds sur la table basse.

— On dirait un ange tombé des cieux, tu ne trouves pas ? murmure-t-elle.

— Qui ? Jamie ou Elvis ?

Elvis choisit cet instant pour produire un pet sonore.

— Elvis, sans conteste, s'exclame Nicky en riant.

— Oui... Tu sais, ça m'inquiète.

— Laisse-moi deviner. Amanda ?

— Oui.

— Si c'est comme ça qu'elle veut dépenser son argent...

— Mais j'ai l'impression de profiter de sa vulnérabilité et de son désespoir.

— Ce n'est pas pire qu'être agent immobilier ou directeur de banque, par exemple. Écoute, tu lui rends service. Considère-toi comme un genre de thérapeute.

Maintenant, je sais pourquoi Nicky est devenue avocate. Elle a le chic pour dire ce qu'il faut au bon moment – excepté le jour où elle a répondu oui à la demande en mariage de Richard.

— Je croyais que c'était Jamie qui devait faire le docteur Love, dis-je en gloussant. Enfin, au moins, je ne lui coûte pas aussi cher qu'un analyste.

— Presque, rétorque Nicky. En fait, Amanda se montre assez raisonnable. Elle apprend sa leçon, en quelque sorte. On révise bien ses examens, non ?

— Euh... oui, en théorie.

— La comparaison est plutôt biscornue, mais tu vois où je veux en venir. Elle a trouvé une chose qu'elle désire vraiment et elle a simplement décidé de mettre toutes les chances de son côté.

— Oui, sans doute. Mais je ne peux pas m'empêcher de penser que c'est un peu injuste vis-à-vis d'Eddie Farrar.

— Peut-être, mais depuis quand sont-ils justes avec nous ?

— Par « ils », je présume que tu désignes tous les mâles de l'espèce humaine ?

— Exactement. Leur morale est franchement douteuse, lorsqu'il s'agit de séduction. Ce sont les premiers à clamer que tous les coups sont permis. Il n'y a aucune raison pour que les femmes ne se comportent pas de la même façon. À l'amour comme à la guerre, comme dit Amanda.

— Tu as raison.

L'épuisement s'abat soudain sur moi, et je bâille à m'en décrocher la mâchoire.

— J'aurais simplement préféré qu'Amanda choisisse quelqu'un d'autre pour cette mission de reconnaissance en territoire ennemi.

7

Le *Lazy Daisy* est un gigantesque entrepôt réhabilité et transformé en bar restaurant. L'immense sous-sol est en train d'être aménagé en boîte de nuit.

Tout le rez-de-chaussée est occupé par le bar. Au fond de la salle, on trouve le restaurant, situé sur une sorte de mezzanine. L'étage abrite des bureaux ainsi que des toilettes.

J'y suis venue plusieurs fois ces dernières semaines, dans le cadre de mon enquête sur la vie et les habitudes d'Eddie Farrar.

C'est un bar typique : parquet, murs en briques, odeurs de bière et de cire. Une femme enjouée à la crinière châtaine essuie les tables et jette dans un seau mégots et dessous de verre déchirés. Elle lève les yeux et me sourit, écartant les mèches qui retombent sur son visage las.

— Nous sommes fermés, mon chou, Dieu merci.

— Euh, bonjour... Oui, je sais. Je cherche Ben Meredith. J'ai rendez-vous pour un entretien.

Elle me montre un homme blond assis à une table à côté du bar. Les manches de sa chemise à carreaux jaunes et bleus sont retroussées jusqu'aux coudes, son jean est déchiré aux genoux – question d'usure plus que de mode – et il porte des bottes en cuir. Il mâchonne un stylo en examinant des livres de comptes posés devant lui.

— Rassurez-vous, il ne mord pas ! dit la serveuse en me voyant hésiter. Cela dit, je ne me plaindrais pas s'il me proposait de me grignoter un peu...

Elle rit, et j'avance vers Ben Meredith, le gérant du *Lazy Daisy*. Il essaie de griffonner quelque chose avec son stylo récalcitrant, tout en martelant le plancher du pied.

Il me regarde, et un sourire amical éclaire son

visage. Il a des yeux chocolat, de la même couleur que ceux d'Elvis, mais considérablement plus vifs et intelligents.

— Bonjour, dis-je en lui tendant la main. Je vous ai appelé… au sujet de l'emploi de barmaid.

— Ah, oui.

Il s'appuie sur le dossier de sa chaise, soulève les pieds du sol et étire ses longues jambes.

— Naomi ? Je vous attendais. Asseyez-vous.

Du bout de sa botte droite, il fait glisser vers moi la chaise voisine.

— C'est drôle, j'ai l'impression de vous avoir déjà vue.

Il faudrait que je soigne un peu mieux mes déguisements. Ou que je m'en procure, pour être exacte.

— Je viens parfois boire un verre ici.

— Et cela ne vous dissuade pas d'y travailler ? plaisante-t-il.

Il se lève pour aller chercher deux cafés à la machine à expresso derrière le bar, puis il me renseigne sur les lieux.

— Comme vous pouvez le constater, nous sommes en pleins travaux d'agrandissement. En théorie, la fin dudit agrandissement est proche, mais vous savez ce que c'est, avec les entrepreneurs. Quand ils parlent de huit jours, il faut compter trois semaines. Ils devraient avoir fini depuis longtemps. Nous sommes obligés de repousser l'inauguration au mois prochain, ce qui ne ravit pas le patron.

Ah, oui, le patron. La véritable raison de ma présence ici, et non l'ambition démesurée de servir des pintes de bière.

— Avec la boîte de nuit en bas, nous ferons plus que doubler notre capacité d'accueil. Ça ne désemplira pas. Du moins je l'espère, sinon je suis au chômage. Si ça vous paraît séduisant d'aider des abrutis ivres morts à s'enivrer encore plus, alors vous allez beaucoup vous amuser.

Son large sourire révèle des dents très blanches et une langue très bleue à force d'avoir mâchouillé l'extrémité de son stylo.

— Euh... votre langue... le stylo...

Je tapote du doigt le bout de ma langue.

Il goûte l'extrémité de sa langue, puis la tire autant que faire se peut et éclate d'un rire contagieux.

— Dot, ma puce, sois gentille, sers-moi un autre café, lance-t-il à la serveuse. J'ai un goût épouvantable dans la bouche.

Il montre sa langue bleue à Dot, qui glousse et se dirige vers la machine à expresso.

— Un autre café ? me propose-t-il.

Je secoue la tête, tandis qu'il entreprend de tamponner l'extrémité de sa langue avec une serviette en papier.

Je crois que Ben me plaît bien.

Il me fait penser à Jamie. Pas physiquement, non. Jamie a le charme éthéré d'un ange sorti d'un règlement de comptes, alors que Ben a une sorte de beauté sauvage. Mais tous deux sont chaleureux et ouverts.

— Alors, Naomi, quand pouvez-vous commencer ?

Je fronce les sourcils.

— Comme ça ? Vous ne voulez pas me poser de questions ? Vous savez, m'interroger correctement ?

Il me dévisage, légèrement confus.

— Mais vous êtes déjà engagée, nous ne sommes là que pour régler les formalités.

— Ah, bon ?

— Oui. Venez, allons faire le tour du propriétaire, dit Ben en repoussant sa chaise.

Le vaste sous-sol voûté ressemble à une église sans les bancs ni la chaire. Il est occupé par une petite équipe d'ouvriers qui clouent, vernissent les boiseries et installent l'isolation.

Quelle équipe, mes aïeux ! Je suis sûre que vous vous représentez les maçons avec une bedaine émergeant d'un jean avachi. Oubliez ça tout de suite ! Ces gaillards-là sont musclés, athlétiques, minces...

Imaginez ça.

Imaginez ça et essuyez la bave de votre menton, femmes dévoyées.

Lorsque l'un d'eux lève la tête et émet un sifflement admiratif, je ne me sens pas insultée, mais flattée. Nicky serait au paradis. Ben continue à me parler.

— Voilà maintenant cinq ans que je fais ce boulot, et je travaille pour Eddie depuis un an.

Bizarrement, il a l'air de croire que je connais bien Eddie.

— C'est un type super, pas vrai ? En ce qui me concerne, je passais déjà tellement de temps dans les bars que je me suis dit, autant qu'on me paie pour ça. Et j'espérais vaguement, pour le salut de mon foie, que ce serait un peu pareil que de travailler dans une boulangerie. Vous savez, on se flanque une indigestion au début, et après on n'y touche plus. Malheureusement, cette tactique n'a pas marché... Mais si ces gars ne se remuent pas un peu, je risque plus de mourir d'impatience que d'une cirrhose du foie !

Il brandit le poing en direction des ouvriers, qui le huent plaisamment.

— En attendant, la vie suit son cours, là-haut. Alors, si vous êtes prête, consentante et en forme, je vous propose de vous lancer bravement dans la mêlée. L'une des filles, Abi, est grippée. Pourriez-vous venir samedi soir ? Je vous préviens, c'est un horaire dingue, de 18 heures à 3 heures du matin...

— Comptez sur moi.

— Super.

Il rayonne, sincèrement ravi.

— Eddie m'avait dit que vous seriez parfaite. J'ai l'impression qu'il avait vu juste. Mais il a du flair pour les filles bien.

Sans réfléchir, je marmonne :

— Oui, et peut-être aussi pour les filles pas si bien que ça.

Amanda est tellement excitée de me voir démarrer au *Lazy Daisy* que, dans un accès inattendu de folie ordinaire, elle exécute une petite danse avec moi dans le salon.

Que faisait-elle exactement dans le salon de Nicky quand je suis rentrée du club ? Eh bien, depuis ma rencontre avec Eddie Farrar le week-end précédent, elle est devenue un élément du décor quasi permanent, au même titre que les canapés ou la table basse, ou encore la tablette de chocolat que Nicky « cache » au fond du tiroir des couverts dans la cuisine. Mais Amanda est loin d'être aussi suave et bienvenue que le chocolat susmentionné.

Le plan, quoique vague, consiste à obtenir le plus de renseignements possible avant l'ouverture de la boîte de nuit, qui devrait avoir lieu, si les ouvriers le veulent bien (ce qui n'est apparemment pas le cas) d'ici à six semaines.

Étant employée, je veillerai bien sûr à ce que le nom d'Amanda figure sur la liste des invités à la soirée d'inauguration, où une Amanda amendée, si je puis dire, et sur mesure, impressionnera dûment Eddie.

Nous savons déjà qu'Eddie l'a trouvée suffisamment séduisante pour sortir quelques fois avec elle. Il ne lui reste donc plus qu'à perdre quelques kilos et à passer sur le billard pour une transplantation de personnalité.

Facile.

Et me revoilà à ma place naturelle, derrière un bar, à servir des bières. Les bars semblent m'être destinés. Quoi que je fasse, je me retrouve derrière ou devant eux, un verre à la main, l'air stupide et hébété.

Je me suis couchée, épuisée, à 4 heures du matin, après avoir poireauté devant la villa d'Eddie pour m'assurer qu'il rentrait seul d'une soirée avec ses associés. Autant dire que je n'ai vraiment aucune envie de piétiner derrière le comptoir d'une salle surpeuplée jusqu'à 3 heures du matin.

Malheureusement, je me suis rendu compte qu'il était très difficile de dire non à une personne comme Amanda. Visiblement, elle a l'habitude d'obtenir ce qu'elle veut. Elle maîtrise admirablement les techniques de manipulation mentale, alternant les sanglots et la hargne, la gaieté et l'agressivité, en fonction des émotions de ceux qui l'entourent.

Je lis très bien dans son jeu, mais cela ne m'empêche pas de me laisser faire. Allez comprendre ! Je dois me ramollir avec l'âge.

Arrivée au *Daisy*, je constate que je suis dans l'équipe de Dot, la femme aux cheveux châtains que j'ai rencontrée l'autre jour, et d'un serveur homosexuel blond platine. Le vrai nom de mon nouveau collègue est Simon mais, pour une raison mystérieuse, tout le monde l'appelle Sylvia.

Bien que la boîte de nuit ne soit pas encore ouverte, Dot m'assure que la soirée va être animée.

— En ce moment, c'est l'heure creuse. À 21 heures, ce sera bondé, tu peux me croire. J'espère que tu as la santé !

Je réponds en plaisantant :

— Oui, la santé délicate.

N'en déplaise à Dot, le personnel est plus nombreux que la clientèle, pour l'instant. Hormis moi-même, Dot et Sylvia, il y a trois serveurs moroses et un chef à la mine patibulaire, qui règne apparemment en tyran dans les cuisines et terrifie ses deux assistants et l'étudiant qui sert d'homme à tout faire.

Le petit ami de Sylvia, David, est juché sur un tabouret au bout du bar et boit des daiquiris à la fraise en parlant à n'en plus finir à tous ceux qui ont le malheur de s'approcher un peu trop près de lui. À part lui, je vois quatre types installés à une table, des habitués tellement habitués qu'ils passent plus de temps au bar que n'importe quel membre du personnel. Ils s'enivrent et deviennent plus bruyants et plus bêtes à mesure que la soirée progresse et que l'alcool descend le long de leur gorge rasée et aspergée d'eau de Cologne.

Nous laissons Sylvia – que, curieusement, ils semblent craindre – remplir leurs verres, tandis que Dot me renseigne sur le fonctionnement de la maison.

Après qu'elle m'a montré la réserve de bouteilles, le fonctionnement de la caisse enregistreuse ultrasophistiquée et m'a rappelé la technique à suivre pour changer un tonneau de bière sans me briser les reins ou me casser un ongle, je décide de profiter de ce moment de calme pour glaner des informations sur Eddie.

Par quelque heureuse télépathie, alors que j'en suis encore à chercher un moyen d'aborder le sujet avec subtilité, Dot me devance.

— Tu as déjà rencontré le patron ? demande-t-elle en nous servant une bière.

— Ben ? dis-je, feignant l'ignorance.

Elle éclate de rire.

— Ben ? Le pauvre chéri, il s'occupe du bar, mais ce n'est pas le boss. Non, je veux parler d'Eddie Farrar, le propriétaire du *Lazy Daisy*.

Prudemment, je réponds à sa question par une autre question.

— Comment est-il ?

— Il a des nerfs d'acier. Il peut te faire trembler dans tes chaussures avec un seul regard.

— C'est vrai ?

Elle pouffe.

— Oui, quand il joue les patrons, mais il est aussi fabuleusement beau.

— Beauté intérieure ou extérieure ?

— Les deux. Il a de l'humour, il est très large d'esprit... Oh, et il est aussi très large de poitrail !

Elle émet un claquement de lèvres approbateur.

— La moitié de nos clients sont des femmes qui viennent ici pour le reluquer !

— Et toi ?

Elle glousse.

— Moi ? Non ! Je pourrais être sa grand-mère, dit-elle en faisant bouffer ses boucles avec coquetterie. Cela dit, la différence d'âge ne m'a jamais gênée. C'est plutôt lui que ça gêne, je le crains.

— Tu le connais depuis longtemps, alors ?

— Depuis qu'il est haut comme ça, répond Dot en montrant la hauteur de sa taille. Il n'en ratait pas une, quand il était gamin. D'ailleurs, je ne suis pas sûre qu'il ait vraiment changé, sur ce plan-là. Mais c'est un bon gars, rien à voir avec ces types, ajoute-t-elle à voix haute, désignant les habitués qui ont rallié le bar pour pouvoir nous aborder plus facilement.

— Hé, Dot ! crie le meneur du groupe, un blond arrogant d'une trentaine d'années. Franchement, le personnel laisse à désirer, dans cet endroit... À croire qu'on paie les serveuses pour papoter pendant que les pauvres clients meurent de soif.

Dot me tend un petit tablier blanc.

— C'est pour essuyer le sang de tes mains une fois que tu les auras tous tués, chuchote-t-elle, assez fort pour qu'ils l'entendent. Crois-moi, avant la fin de la soirée, tu allongeras leurs verres avec le détergent des toilettes...

Elle me sourit et va servir Blondinet, qui est accoudé au bar, les yeux fixés sur son décolleté généreux.

— Ne t'excite pas comme ça, ce n'est pas raisonnable, à ton âge.

— Quatre pintes de bière et quatre petits whiskys pour les faire descendre, amour de ma vie.

Je donne un coup de main à Dot : plus on est nombreux, moins on court de risques.

— Je vois que tu as une certaine expérience, remarque-t-elle avec un hochement de tête en direction de la bière que je viens de servir.

Je pose le dernier verre sur le bar.

— C'est triste, non ? J'ai vingt-cinq ans, et la seule chose que je sache bien faire, c'est servir une bière. Enfin, j'exagère, je suis aussi assez douée pour la boire...

— Ne te dévalorise pas, proteste Dot. La dernière fille qu'on a eue était complètement nulle. Pour draguer, ça, elle était éblouissante, mais tout ce qu'elle avait pour elle, c'était deux sacs de silicone et un pois chiche à la place du cerveau. Je me demandais ce qu'elle fichait derrière un bar, parce que papa avait visiblement les moyens d'assurer. Alors, je lui ai posé la question. Et devine ce qu'elle m'a répondu ?

Dot s'adosse au bar et tire sur sa cigarette, plissant les yeux avec mépris.

— Elle a dit qu'elle voulait connaître la vraie vie. Quelle idiote ! Eh bien, la vraie vie, apparemment, ça l'a déçue ! Elle n'a pas tenu quinze jours.

— Ça ne m'étonne pas. Comment arrives-tu à supporter des types pareils ?

— Tu n'as encore rien vu ! Ce sont les ouvriers du sous-sol, les pires. On a huit sortes de café différentes ici, et ils n'arrêtent pas de réclamer des tasses de thé, se plaint Dot. Et ils peuvent bien grogner, gémir, flirter ou supplier, on n'a pas le droit de leur donner d'alcool.

Dot est une femme incroyable.

Je manque m'évanouir quand elle m'annonce qu'elle a quarante ans passés. J'aurais juré qu'elle avait trente-trois ans, trente-quatre maximum.

Elle prétend qu'elle conserve sa jeunesse grâce à un régime strict d'hommes plus jeunes qu'elle.

Avec son mètre soixante-deux, ses cheveux châtains bouclés dégradés jusqu'aux épaules et ses yeux verts cachés derrière des lunettes dont elle n'a pas vraiment besoin, elle attire les hommes comme des mouches. Peut-être son succès n'est-il pas sans rapport avec le monumental décolleté qu'elle affiche sans complexe, mais je pense qu'il est plutôt dû à sa personnalité, aussi chaleureuse et accueillante qu'un feu de cheminée.

Elle a une ligne impeccable et une file de soupirants plus longue que la queue devant le *Lazy Daisy* un samedi soir, ce qui n'est pas peu dire, croyez-moi.

Comme l'avait prédit Dot, à 21 heures, le bar est comble. On m'a draguée plus de fois en une seule soirée que pendant ces deux derniers mois. Je suis la nouvelle. Les autres serveuses connaissent déjà tous les beaux discours des habitués, alors ils tentent leur chance avec moi. Malheureusement pour eux, je suis peut-être nouvelle, mais pas naïve.

Mon nouveau boulot n'est pas de tout repos. Au bout d'une heure, mon sourire s'est figé en une grimace crispée, et je suis toute disposée à envoyer promener le prochain crétin qui essaiera de m'aborder.

— Salut, beauté ! Que fait une aussi jolie fille dans un endroit pareil ?

Je me retourne, une bouteille de bière dans une main, prête à l'utiliser comme arme à la première remarque déplacée, et me retrouve en face d'un Jamie au sourire désarmant et d'une Nix légèrement éméchée.

— On est venus t'apporter un peu de soutien moral, crie Jamie par-dessus la musique et le brouhaha des conversations.

— Un soutien immoral, tu veux dire !

Je soupire en repoussant de mes yeux mes cheveux humides de sueur, pour la cinquantième fois de la soirée.

— Vous ne pouvez pas savoir le nombre de propositions que j'ai reçues ce soir.

— Veinarde, commente Nicky. Moi, on ne m'a pas fait d'avances depuis au moins...

— Une journée ? Je suis sûre que si tu le demandais gentiment à Jamie, il remplirait volontiers ton quota. Pas vrai, Jamie ?

— Avec plaisir.

Il se tourne vers Nix et frétille des sourcils avec concupiscence.

— Salut, poupée. Chez toi ou chez moi ?

Nicky éclate de rire, et Jamie secoue la tête, l'air indigné.

— Franchement, j'offre mon corps à cette femme et elle me rit au nez. Tu viens de porter un sale coup à mon ego, Nicola.

— Il a raison, dis-je. L'homme est une petite chose fragile, tu sais, à moins qu'il ne soit bien isolé par l'alcool. Alors, il acquiert soudain la résistance de l'amiante.

— Dans ce cas, je ferais mieux de commander un verre, déclare Jamie en feignant d'être bouleversé. Je souffre encore de cette rebuffade inexplicable.

Ignorant les clients qui essaient d'attirer mon attention à grand renfort de hululements, j'ouvre deux bouteilles de bière.

— Je voulais amener Elvis, dit Nicky en prenant sa bière, mais j'ai un rendez-vous galant, ce soir, alors j'ai dû le laisser à Amanda. Ils boudent copieusement, tous les deux, d'être obligés de rester à la maison et de rater la fête.

— Tu parles d'une fête ! Elvis aurait fait très bon ménage avec les abrutis que j'ai eu à supporter ce soir. Encore qu'il soit plus civilisé qu'eux. Au moins, il te lâche les baskets quand tu le rembarres.

— Des têtus, à ce que je vois, répond Nicky avec un grand sourire. J'adore cet endroit !

Je suis la seule à remarquer que Jamie fronce les sourcils en l'entendant.

— Aucun signe du camarade Eddie ?

— Pas le plus petit effluve de son après-rasage.

— Amanda va être déçue. Elle pensait que tu pourrais épier ses moindres faits et gestes de derrière les pompes à bière, puis lui dresser un portrait de sa femme idéale dès ce soir.

— Tu plaisantes, j'espère ? Je n'ai pas une seconde à moi ! Même s'il était là, je ne risquerais pas de bavarder à bâtons rompus avec lui !

Jamie et Nix s'en vont une demi-heure plus tard, Nicky radieuse à la perspective de son rendez-vous avec le laveur de carreaux qui se prend pour Tarzan,

Jamie renfrogné à cette même pensée, faisant de lourdes allusions pour qu'elle oublie son crétin chevelu et vienne dîner avec lui dans un restaurant chinois.

Je n'ai plus qu'à travailler pendant le reste de la soirée en rêvant de mon lit comme Juliette rêve de Roméo, alors qu'il est parti se soûler au pub avec ses copains.

Le restaurant ferme juste après minuit. Je regarde avec envie la plupart des autres membres du personnel rentrer chez eux, à l'exception de l'homme à tout faire, qui commence à empiler des verres dans le lave-vaisselle.

En le voyant se voûter sous le poids d'un plateau surchargé de verres sales, je murmure à Dot :

— Le pauvre !

— Le pauvre ? Mon œil ! Eddie le paie une fortune pour travailler après minuit.

— Eddie est assez altruiste, non ?

Dot me dévisage sans comprendre. Je précise :

— Il est généreux, il pense aux autres…

— Ce n'est pas un pigeon. Étant donné qu'il a bossé très dur pour réussir, il ne voit pas pourquoi les autres ne devraient pas en faire autant. Mais il se montre toujours juste.

Un détail de plus à ajouter mentalement à ma liste.

Toujours juste, et aime les gens qui travaillent dur. Eh bien, voilà qui élimine d'emblée Amanda, à moins qu'on ne considère comme un boulot harassant le fait de hanter les boutiques en dépensant l'argent du ménage.

Barmaid, en revanche, voilà un vrai travail ! C'est éreintant de rester debout toute la soirée à la disposition des autres – autres qui se présentent le plus souvent sous la forme d'odieux ivrognes. J'ai l'impression que mes jambes pèsent une tonne. Encore quelques soirs à arpenter la longueur du bar, et je vais me retrouver avec les mêmes varices que ma grand-mère.

Enfin, l'heure de la fermeture arrive. Le dernier client est décollé de sa bière et poliment reconduit à la porte, le dernier verre lavé.

— Ouf, fini pour ce soir !

Dot enlève son tablier, le roule en boule et le jette dans la corbeille à linge.

— On prend un taxi ensemble pour Islington, Sylvia et moi. Tu veux qu'on te dépose, mon chou ?

Je secoue la tête.

— Non, merci, j'habite dans la direction opposée. Ne t'inquiète pas, je rentre de mon côté.

Sylvia passe sa tête décolorée et hérissée par la porte.

— Le tacot est là, Dotty, magne-toi. C'est le méchant, ce soir, il va nous compter plus si on le fait poireauter.

— Le taxi est peut-être là, chéri, mais pas Ben. On est obligés d'attendre qu'il vienne fermer la boutique.

— Oh, non ! grimace Sylvia, dont le visage de lutin se décompose. Je suis complètement mort, je dors debout. Hier soir, je me suis couché tard pour voir un film avec Cary Grant au ciné-club. Je sais que je n'aurais pas dû, mais je ne peux pas résister à un bon Cary Grant.

J'essuie mes mains humides avec un torchon et propose :

— Allez-y, si vous voulez. J'attendrai Ben.

— Tu es sûre ? demande Dot, hésitante. Je ne crois pas qu'on devrait te laisser ici toute seule. C'est ton premier soir, tout de même.

— Absolument sûre. Ça ne me dérange pas du tout. Je vous promets de ne pas me carapater avec la caisse.

— J'aurais plutôt peur que ce ne soit quelqu'un qui se carapate avec toi, plaisante Dot. Mais les abrutis sont tous partis, et Ben sera là d'une minute à l'autre.

Dot est aussi pressée de rentrer que Sylvia. Je la comprends, elle a fait les mêmes horaires la veille. Je suis tellement fatiguée que je pourrais m'écrouler sur place, mais autant profiter de l'occasion pour parler un peu à Ben et grappiller quelques renseignements sur l'ami Eddie.

Si Amanda m'attend de pied ferme à l'appartement, affamée de détails, j'ai intérêt à pouvoir lui donner quelque chose en pâture.

— Ne vous en faites pas, tout ira bien.

— Eh bien, si tu es absolument certaine que ça va aller... Merci, mon chou. Et merci aussi pour ce soir, tu as été super. On se revoit dans la semaine, alors.

À la porte, elle hésite encore.

— Tu es sûre que ça ne t'ennuie pas?

— Certaine. Rentrez tranquilles.

Dot et Sylvia disparaissent dans la nuit. Je rejette mes cheveux en arrière, retire mon tablier qui fut un jour blanc, vide un cendrier oublié, mange trois cerises à cocktail qui restent dans un bol, tout en priant pour que Ben ne tarde pas. Je sens mes paupières se fermer, alourdies par le manque de sommeil, tandis que je rince le petit bol en verre dans l'évier métallique, derrière le bar.

— Alors, comment s'est passée cette première soirée?

Je me retourne vivement et me retrouve face à Eddie Farrar qui, d'après le volumineux trousseau de clés qu'il tient à la main, est venu fermer les lieux à la place de Ben.

— Euh... bonjour.

Je me sens soudain incroyablement gauche et empruntée, comme si je n'avais aucun droit d'être ici, comme s'il savait que je suis là sous un faux prétexte.

— Oh, ça a été. Il y a eu énormément de monde.

— Je me réjouis de l'apprendre.

Bien que je l'aie vu quasiment chaque jour depuis – à son insu, bien sûr –, c'est la première fois que je parle à Eddie depuis cette fameuse soirée au *Black Betty*, il y a huit jours.

Il est habillé de façon plus décontractée, ce soir, en jean et polo, et il s'est fait couper les cheveux de quelques centimètres. Cela lui va bien. Des cernes gris entourent ses yeux bleus, il semble aussi fatigué que moi.

— Vous avez l'air épuisée, remarque-t-il.

— Nous n'avons pas arrêté, c'était de la folie.

Je peux difficilement lui dire que je suis éreintée parce que j'ai passé la moitié de la nuit précédente à espionner sa maison, n'est-ce pas ?

— Eh bien, dans ce cas, vous devriez filer.

Il m'observe un instant.

— Enfin, à moins qu'un verre ne vous tente avant de partir ?

Je n'ai qu'une envie, rentrer et m'allonger sous ma couette pendant les deux semaines qui viennent, mais Amanda ne me le pardonnerait jamais. Au lieu de tirer les vers du nez à Ben, j'ai l'objet même de mes recherches sous la main.

J'étouffe un bâillement.

— Avec plaisir. Mais si je m'assois, je risque de ne plus pouvoir me relever.

— Ce n'est pas grave, vous serez en avance pour demain.

— Esclavagiste !

— J'exploite toujours au maximum mes employés.

— C'est ce qu'on m'a raconté, dis-je en plaisantant. Vous les fouettez jusqu'à ce qu'ils crèvent, hein ?

Il fait mine de soupirer en signe de reddition, l'air faussement exaspéré.

— C'est bon, allez vous asseoir. Je n'ai pas envie que vous vous écrouliez dès votre premier soir.

Nous changeons de place : moi devant le bar, lui derrière.

— Que puis-je vous servir, mademoiselle ?

— Vous savez utiliser un shaker ?

— Tom Cruise lui-même serait fier de moi.

— Mmm... de moi aussi, dis-je avec un grognement lascif.

— Je regrette, nous vendons de l'alcool, pas des fantasmes.

— Dans ce cas, donnez-moi une vodka Coca.

Je le regarde mélanger la glace, la vodka et le Coca,

et soudain, je suis contente de ne pas être en train de rentrer à la maison, direction mon lit.

J'avale une gorgée enthousiaste d'un breuvage parfaitement dosé et étire mes orteils avec délectation. C'est fou ce qu'une infime mutation géographique peut faire du bien à une fille. On ne voit pas le monde de la même façon selon le côté du bar où l'on se trouve.

J'ai passé la soirée à m'escrimer pour fournir à d'autres de quoi oublier leurs soucis. À mon tour de me détendre et de savourer un bon verre. Je l'ai bien mérité.

Puis j'ai une vision d'Amanda assise sur le canapé de Nicky, les doigts croisés, les jambes croisées, voire entortillées.

Non, mon travail n'est pas fini. C'est le moment ou jamais de récolter des informations.

— Vous avez l'air tout à fait à votre place, derrière le bar, dis-je à Eddie tandis qu'il se sert une bière.

— Mon premier boulot consistait à transporter des caisses de bière. Et puis, si l'on veut réussir, dans n'importe quel domaine, il faut savoir comment les choses fonctionnent, donc être capable de tout faire.

— Même nettoyer les toilettes ?

— J'adore porter des gants roses en caoutchouc, mais je ne suis jamais allé jusqu'à ouvrir une bouteille de détergent avec.

Je renchéris en plongeant le nez dans mon verre :

— Les gens prennent parfois leur pied avec les trucs les plus bizarres.

— Comme travailler derrière un bar ?

— En tout cas, je ne fais certainement pas ça pour l'argent, dis-je en le regardant par-dessus le rebord du verre. Le salaire est nul. Il paraît que le patron est radin…

— Pas possible ?

Retour du petit sourire coquin.

— C'est ce que j'ai entendu dire, moi aussi. Il engrange des millions pendant que d'autres triment pour lui.

Il contourne le bar et vient s'asseoir sur un tabouret à côté de moi. Je lui demande :

— Et comment vous êtes-vous retrouvé dans ce genre de milieu ?

— J'ai suivi les traces de mon père. Il tenait un bar.

— Il doit être content, alors.

— Mon Dieu, non ! Il voulait que je sois directeur de banque, médecin ou avocat. Il a fait ce boulot pour que je n'aie pas à le faire, justement. Vous imaginez sa déception quand je lui ai annoncé que j'avais envie de venir travailler avec lui...

Il ouvre un paquet de cacahuètes et m'en offre.

— J'ai quand même essayé de devenir quelqu'un de respectable. Je suis allé à la fac, j'ai tenu presque un an... mais ça ne sert à rien de se leurrer. On ne passe pas sa vie à faire plaisir aux autres, à tenter de se conformer à leurs espoirs, à leurs attentes.

— Amen.

Je lève mon verre, en accord total avec lui.

— Mais je suis sûre qu'il est fier de vous, maintenant.

— Possible, répond-il en souriant. Mais il ne l'admettra jamais. Et vous, Naomi Lewis ? Avez-vous des rêves, des aspirations, des ambitions insatisfaites ?

J'avoue avec une grimace affligée :

— Mon unique ambition est d'avoir de l'ambition. À vingt-cinq ans, je ne sais toujours pas ce que j'aimerais devenir. Je n'ai pas la moindre vocation.

— Voyager en Asie est déjà un accomplissement.

— Vous trouvez ? dis-je, surprise.

— Oui. Pas vous ?

— Je n'y avais jamais pensé de cette façon... Je suppose que j'ai toujours vu cela comme une échappatoire pour fuir le monde réel.

— Tout dépend de ce qu'on appelle le monde réel. Croyez-le si vous voulez, je ne pense pas que le commerce soit le seul mode de vie possible.

— Est-ce bien le roi des boîtes de nuit londoniennes qui s'exprime ?

— Je doute que deux clubs me vaillent ce glorieux titre.

Le sourire sexy réapparaît.

— Vous savez, je regrette parfois de ne pas avoir fait la même chose que vous quand j'en avais l'occasion.

— Eh bien, il n'est pas trop tard.

Il secoue la tête.

— Trop d'engagements.

Je ne parviens pas à réprimer le bâillement qui monte dans ma gorge. Il vide son verre.

— Venez, je vous raccompagne chez vous.

— Ce n'est pas la peine, dis-je précipitamment.

Amanda est probablement encore là, à guetter mon retour.

— Je vais prendre un taxi.

— Pas question.

— Mais nous avons bu.

— C'est ma première bière de la soirée. Naomi, sincèrement, je ne peux pas vous laisser toute seule au milieu de la nuit.

Il jette un coup d'œil à sa montre.

— Enfin, à l'aube... Je veux être sûr que vous rentrez saine et sauve. C'est la moindre des corrections.

— Je suis une grande fille, maintenant. Je sais m'occuper de moi.

— Oui, dit-il en me considérant un moment. Je n'en doute pas. Mais cela ne m'empêchera pas de vous raccompagner, d'accord ?

Malgré mon inquiétude à l'idée qu'on me voie dans cette voiture, c'est un véritable soulagement de me retrouver dans la Porsche d'Eddie plutôt que de me traîner derrière au volant d'Arnold, en faisant sauter le compteur pour ne pas la perdre de vue.

Alors que nous approchons de l'appartement de Nicky, je m'enfonce plus profondément dans le siège en cuir, en priant le ciel pour qu'Amanda n'ait pas choisi cet instant précis pour regarder par la fenêtre de

Nicky la lune qui brille, ronde et pleine, dans un ciel bleu marine.

Je dirais bien à Eddie de me déposer un peu plus loin, dans une autre rue, mais j'ai l'impression qu'il est capable d'attendre pour repartir que je sois en sécurité derrière une porte fermée. Je continue donc à trembler, tandis qu'il s'arrête devant l'immeuble de Nix.

— Merci beaucoup. Et merci pour le boulot aussi, dis-je en posant la main sur la poignée de la portière, prête à filer à toute allure.

— Il n'y a pas de quoi, répond-il en secouant la tête. Je suis sûr que vous allez être formidable.

— À un de ces jours, alors.

— Quel est votre prochain soir de travail ? demande-t-il au moment où je sors de la voiture.

— Mardi.

— Dans ce cas, peut-être à mardi soir.

Je descends de la voiture et lève les yeux vers la fenêtre de Nicky.

Amanda n'y est pas. Sinon, elle m'aurait déjà lancé un objet de poids. Peut-être même sa propre personne, tel un mammouth vociférant tombant à pic sur ma pauvre tête.

Comme je l'avais deviné, Eddie attend que la porte se referme derrière moi avant de s'éloigner avec une lenteur consternante. Super. Quand j'essaie de le suivre, il roule à la vitesse de la lumière. Franchement, les hommes ! Pourquoi font-ils toujours exactement le contraire de ce qu'on voudrait qu'ils fassent ? Est-ce qu'on leur enseigne dès l'enfance à être pervers ? Est-ce une chose qu'ils apprennent au berceau pour retenir l'attention de leur mère, ou est-ce dans leurs gènes, avec les jeux de ballon, la mue et les afflux de testostérone ?

Amanda bondit sur moi à la seconde où je franchis le seuil.

— Alors, que s'est-il passé ? Il était là ?

Elle vient de faire de la gymnastique en regardant

une vieille cassette de Nicky, sous les ordres stridents d'une hideuse animatrice munie d'un bandeau sur le front et d'une masse de cheveux blonds transpirants. Il est presque 4 heures du matin. Cette femme est obsessionnelle.

Je ne vais pas lui dire qu'Eddie m'a raccompagnée, je n'ai pas envie de réveiller les voisins, et elle tenterait sûrement de m'étrangler avec le body rose vif qu'elle a revêtu pour ses nocturnes délires sportifs.

— Il est venu fermer le bar.

— Il était avec quelqu'un ?

Je secoue la tête et me penche pour retirer mes chaussures.

— Non.

— À quelle heure est-il arrivé au club ?

— Comme je vous l'ai dit, pour la fermeture, peu après 3 heures.

— Alors, où a-t-il passé la soirée ?

Il ne manque plus qu'un imperméable noir de la Gestapo, un accent allemand et une lumière crue pour me faire parler. Avec un brin de mauvaise humeur, je marmonne :

— Je l'ignore.

— Avez-vous pu apprendre quoi que ce soit d'intéressant ?

Elle insiste sur le dernier mot avec une pointe de sarcasme.

— Eh bien, une des filles semble très bien le connaître...

Alors qu'Amanda commence à montrer les crocs, je précise vivement :

— Pas au sens biblique du terme. Elle dit que c'est un amour.

— Ça, je le savais déjà.

Le bruit d'une clé dans la serrure annonce le retour de Nicky. Par bonheur, elle n'a pas ramené Tarzan avec elle. Je ne pense pas que j'aurais été de taille à supporter le retour des ressorts en folie en plus d'Amanda.

— Salut, les filles! crie-t-elle.

Nix entre en vacillant sur ses talons hauts. Elle n'a sans doute pas bu que du jus d'orange, me souffle mon instinct de détective.

— Tu me précèdes de peu, Naomi chérie. On aurait pu partager un taxi, si je n'avais pas été en train de me faire peloter à l'arrière d'une vieille camionnette!

Elle glousse et ajoute :

— Ce qui, du reste, fut une expérience que je ne recommanderais qu'à ma pire ennemie. N'embrassez jamais un homme plus chevelu que vous dans une camionnette pleine de peaux de chamois. Pouah! dit-elle en frissonnant. Je sens encore l'odeur de la laque et du produit à vitres...

Elle se tourne vers moi et demande :

— À propos, qui est-ce qui t'a déposée à la maison, Naomi?

Et zut!

— Euh... un taxi.

— Un taxi? Mais j'ai vu une Por...

— Oui, une femme chauffeur de taxi, portugaise par-dessus le marché. Je suis mal tombée, elle connaissait les rues de Londres aussi bien que je connais la physique quantique. Je m'étonne même d'avoir atterri ici. Alors, tu t'es bien amusée?

Heureusement, Nicky est assez éméchée.

— Amusée? Tu rigoles! Doux Jésus...

Elle siffle entre ses dents serrées.

— Je n'ai jamais rencontré un tel frimeur de toute ma vie... C'est quoi, déjà, la chanson qui parle d'un restaurant où les tables sont en verre pour qu'on puisse regarder son reflet toute la soirée?

Amanda et moi haussons les épaules de concert.

— Bon, enfin, vous avez saisi l'idée.

Elle hoquette, jette son sac à main sur le canapé et l'y rejoint aussitôt.

— Pour un peu, il aurait eu un sac à main, lui aussi, pour son peigne et son spray coiffant. S'il avait passé sa main dans ses cheveux une fois de plus, je crois que je lui aurais brûlé ses fourches à la bougie jusqu'à ce que toute sa tignasse grille.

Elvis, qui dormait dans mon panier à linge sale, se réveille au son du rire de Nicky et déboule gaiement dans le salon pour célébrer le retour de maman et, espère-t-il, le départ de la folle qui grogne encore plus que lui et vient de sauter sur le malheureux plancher pendant la moitié de la nuit comme une grosse danseuse étoile insomniaque.

Nicky le prend dans ses bras, et tout son petit corps se trémousse de bonheur.

— Alors, mon poussin, comment vas-tu ? Tu as été gentil avec tata Amanda ? roucoule-t-elle devant une Amanda visiblement dégoûtée. Est-ce que maman t'a manqué ? Oh, j'ai l'impression que oui, hein, mon bébé... Au fait, Naomi, comment s'est terminée la soirée ? As-tu aperçu l'ami Eddie ?

— C'est exactement ce que j'essayais de savoir, intervient Amanda avec impatience.

— Tu l'as vu ?

— Il est venu faire la fermeture. Il n'y a pas grand-chose à raconter.

— Et ensuite ? demande Nicky en embrassant la tête ébouriffée d'Elvis, tandis qu'il mâchouille frénétiquement une de ses longues boucles d'oreilles en argent.

— Et ensuite, il est parti, dis-je en bâillant ouvertement.

— C'est tout ? s'écrie Amanda, déçue.

— Qu'est-ce que vous espériez ? Qu'il papote avec moi et me confie ses désirs les plus secrets ?

Sous l'œil frustré d'Amanda, je lance ma veste sur le dossier du canapé.

— Mais pourquoi ne l'avez-vous pas suivi après son départ ?

— Vous ne me croirez peut-être pas, mais j'ai du mal à suivre sa Porsche à pied, d'autant plus que sans sommeil, je ne fonctionne pas au summum de mes facultés. Sur ce, je vais justement me coucher. Alors, si vous avez une maison où aller…

— Mais il a pu se rendre n'importe où… gémit-elle sans bouger d'un pouce.

— Étant donné qu'il est également humain, bien que vous le considériez comme un dieu de l'amour, j'imagine qu'il lui arrive aussi de dormir et que, par conséquent, il est rentré se coucher.

— Oui, mais dans quel lit ?

— Oh, sans doute avec toute l'équipe féminine de basket de Wimbledon, je suppose, dis-je.

Puis, sur le chemin qui mène à ma chambre, j'ajoute par-dessus mon épaule :

— Et j'ai l'impression qu'il sait s'amuser, alors il vaudrait mieux que sa femme idéale ait le sens de l'humour !

— Naomi !

Pour ma deuxième soirée de boulot au *Lazy Daisy*, je suis accueillie avec chaleur par Dot, Ben et une jolie rousse qu'on me présente comme étant Abigail, la serveuse anciennement grippée. Ils sont tous assis à une table devant un café. Les deux femmes bavardent en fumant, tandis que Ben est plongé dans un exemplaire du *Sun* oublié par l'un des ouvriers.

Le bar est désert, de même que le restaurant et les cuisines, qui font relâche le mardi soir.

Dot et Abi m'invitent à m'asseoir et à boire un café.

— Je me demandais si on allait te revoir après la folle soirée de samedi, déclare Dot en riant. Elle a été vaillante du début à la fin, précise-t-elle à Abigail, avant de se tourner à nouveau vers moi. Ne t'inquiète pas, mon chou, ça devrait être plus calme, ce soir.

— Jerry l'Affreux se pointera sûrement à un moment ou à un autre, soupire Abigail.

— Qui est-ce ?

— Mon copain, répond Abi. Mais peut-être provisoire.

— Ah, bon ?

— Il n'est pas très gentil avec moi, alors si un prince charmant débarque… À moins que Ben finisse par réaliser que je suis la femme de sa vie, se moque Abigail en soufflant un nuage de fumée dans la direction de l'intéressé.

Ben lève le nez de ses mots croisés, plisse les yeux à cause de la fumée et remarque enfin que je suis arrivée.

— Hé, Naomi ! Ça fait plaisir de te voir. Je suis désolé de t'avoir ratée samedi. Il a fallu que je rentre pour un problème de plomberie.

— Qu'est-ce que tu veux, tu ne devrais pas employer chez toi la bande de cow-boys que tu as eu la folie d'embaucher pour transformer le sous-sol, dit Dot.

— Un problème de plomberie ? Ça t'apprendra à coucher avec n'importe qui, plaisante Abigail.

— Quoi ? s'écrie Ben. Comme si j'en avais l'occasion !

— En tout cas, je n'arrête pas de t'offrir mon corps… fait Abigail avec une grimace boudeuse.

— Tu vois bien qu'on est mal assortis, réplique Ben en tapotant sa petite bedaine. Ma grosse tête sur ta frêle silhouette…

Abigail éclate de rire.

— Je ne pensais pas exactement à ça. Je songeais plutôt à ta grosse tête entre mes frêles…

— Abigail ! crient Dot et Ben en chœur.

— Tu vas donner à Naomi une mauvaise image de nous, proteste Ben en riant.

— À moins que ce ne soit la bonne, rétorque-t-elle malicieusement, en m'adressant un grand sourire.

Je décide que cette fille me plaît. Son accent irlandais merveilleusement chantant tempère son langage cru.

— De toute façon, ce n'est pas vraiment toi qui m'intéresses, dit-elle à Ben. Je suis désolée, chéri, mon corps t'appartient, mais mon cœur est à un autre.

— Pas à Jerry l'Affreux, j'espère, gémit Dot en remplissant nos tasses.

— Jamais de la vie ! L'homme de mes rêves ressemble autant à Jerry que le soleil à une vieille ampoule poussiéreuse. Non, il s'agit d'une personne autrement plus charmante…

— Tu n'es pas encore en train de fantasmer sur notre beau patron, tout de même ?

— Quel mal y a-t-il à rêver un peu ?

— Aucun. Le seul problème, c'est que tes fantasmes sont classés X.

Abigail s'adosse à sa chaise et sourit.

— Je regrette, Dotty, mais les temps ont changé. De nos jours, une fille a le droit d'avoir des pulsions sexuelles, sans être obligée de se confesser chaque fois que sa libido se manifeste.

— À t'entendre, on dirait que c'est ta génération qui a inventé le sexe, proteste Dot. Tu oublies que les années 70 ont été l'âge d'or de l'amour libre.

— Oui, et tu en es une fervente adepte depuis, se moque gentiment Abi. Tu sais, j'aimerais bien qu'Eddie soit partisan de l'amour libre, lui aussi.

— Je te rappelle que tu parles d'un de mes meilleurs amis, intervient Ben, indigné.

— Tiens, tiens, te revoilà sur notre planète. Je te croyais absorbé par tes petits jeux cérébraux.

Elle pointe le doigt vers les mots croisés à peine remplis.

— Si tu veux faire l'intello, Benjamin, tu pourrais au moins sécher sur les mots croisés du *Times*, au lieu de ceux-là.

Elle se penche et jette un coup d'œil.

— En plus, il a choisi la grille facile !

— N'est-ce pas comme ça que tu aimes les hommes ? Faciles ? plaisante Ben.

— Vous pensez qu'il sera là, ce soir ? demande Abigail.

Ben fronce le nez.

— Ça m'étonnerait. On est mardi. Il sera au *Black Betty*.

— Oh, dommage ! Je voulais le montrer à Naomi.
— Je l'ai déjà rencontré, dis-je prudemment.
— C'est vrai ? s'exclame-t-elle avec ravissement, comme si elle venait de découvrir que nous avons une passion commune. Comment l'as-tu trouvé ?
— Il a l'air sympa.
— Sympa ? répète Abi, offusquée. Autant traiter le *David* de Michel-Ange de sculpture, alors que c'est une œuvre d'art ! Il est sublime, oui !
Elle passe son doigt dans un petit pot de crème à moitié vide, puis le suce lentement, la tête inclinée, les yeux perdus dans le vide.
— Imaginez un peu Eddie, nu sous une feuille de vigne...
— Le *David* de Michel-Ange n'a pas de feuille de vigne, dis-je en riant.
— Ah, bon ? Encore mieux ! Ces Italiens ont décidément l'art et la manière, pas vrai ? Les hommes nus, les glaces, le cappuccino... Que demander de plus ?
— Un compte en banque en Suisse, un appartement à Mayfair et un esclave à nos pieds, répond Dot avec emphase. En fait, le gouvernement devrait fournir automatiquement un gigolo à toute femme de quarante ans. La vie commencerait vraiment, alors. Enfin, la vie sexuelle.
— Ta vie sexuelle a commencé bien avant quarante ans, Dotty chérie, dit Abi.
— Déjà des pertes de mémoire, hein ? plaisante Ben, qui esquive adroitement une petite tape de la main manucurée de Dot.
— Et toi, Naomi ? demande celle-ci. On connaît déjà par cœur les lamentables histoires d'amour des uns et des autres, raconte-nous plutôt les tiennes !
— Eh bien, ça risque d'être court...
— Tu es célibataire ? demande Abigail, perplexe.
— Totalement.
— Remets-toi, Abi.

Ben tapote le poignet d'Abigail avec sa cuillère à café chaude, la faisant sursauter.

— Nous sommes nombreux dans son cas, tu sais.

— Oui, comme Eddie, ajoute Dot avec un clin d'œil.

Nouvelle confirmation du célibat actuel d'Eddie. J'en prends note mentalement.

— Je viens d'avoir une idée, murmure Abigail, songeuse, en m'évaluant du regard. Tu es seule, lui aussi... On pourrait vous arranger le coup.

— Et moi, alors ? se plaint Ben. Pourquoi est-ce qu'on ne m'arrange jamais rien, à moi ?

— Eddie ? dis-je, étonnée. Je croyais que tu le voulais pour toi toute seule.

— Bah, certains fantasmes se traduisent mal en réalités, soupire Abigail. Et puis, j'ai Jerry.

— Tout le monde a Jerry, rectifie Dot, d'un ton méprisant que son rire adoucit à peine.

— Ce n'est qu'une rumeur... Je n'ai pas encore la preuve concrète de son infidélité.

— Écoute, Abi, je n'aimerais pas paraître ingrate, mais je préfère que tu abandonnes cette idée.

— Pourquoi ? s'écrient-ils tous les trois, surpris.

— Il a l'air sympa, mais...

Il a l'air très sympa, même, mais je tiens trop à la vie.

— Sympa, soupire Abigail en secouant la tête. Tu te surestimes, ma pauvre Naomi. Je te donne quinze jours pour tomber amoureuse de lui. Après, tu nous supplieras à genoux de jouer les cupidons amateurs. On finit tous par tomber amoureux de lui tôt ou tard. À des degrés divers, bien sûr, mais c'est inévitable.

— Abi veut dire « toutes », pas « tous », précise Ben en souriant.

— Quoique... À mon avis, Sylvia a bien dû craquer un peu sans l'avouer.

— Notre Naomi est peut-être vaccinée, suggère Dot en m'adressant un regard de connivence.

Abigail émet un petit reniflement sceptique.

— Aucune femme n'est vaccinée contre l'amour,

affirme-t-elle. C'est comme la grippe. On est là, affaiblie, le nez dans une boîte de Kleenex, à se jurer de ne plus jamais s'exposer aux microbes, et finalement, on chope un nouveau virus.

Peut-être cette théorie explique-t-elle que Nicky ait une telle frénésie d'hommes. Elle essaie tout simplement de s'immuniser. Voyez-vous, ma meilleure amie n'est pas nymphomane. C'est la Marie Curie des temps modernes. Elle cherche le vaccin contre la seule chose qui semble faire souffrir toutes les femmes : l'homme.

Au fil de la soirée, le *Lazy Daisy* se remplit. Ce que les autres appellent une soirée calme correspond pour moi à une belle fiesta. Certes, ce n'est pas la foule déchaînée qui nous a gratifiés de sa joyeuse présence samedi soir, mais cela reste très animé.

J'attends un moment de répit et prétexte un besoin urgent pour monter au premier étage. Là-haut, au lieu de me rendre aux toilettes, je pénètre dans les bureaux et farfouille dans les tiroirs, jusqu'à ce que je tombe sur l'agenda d'Eddie, où sont consignés tous ses rendez-vous pour les six mois à venir.

Amanda va adorer ça. Elle saura exactement où il se trouve à toute heure du jour et de la nuit.

Mon cœur joue des castagnettes contre les parois de ma cage thoracique tandis que je me dirige vers la photocopieuse. Si quelqu'un me surprend maintenant, je mourrai de honte. Ils ont tous été tellement gentils avec moi ! J'ai l'impression d'être en train de voler les énoncés d'un examen, alors que les profs ont fait des heures supplémentaires pour m'aider à assimiler le programme.

Au-dessus de la photocopieuse, un panneau d'affichage est couvert de photographies. C'est sûrement ici qu'Amanda a chipé les photos d'Eddie qu'elle nous a données. Je remarque d'autres clichés, apparemment de la même pellicule, sur lesquels Eddie, Ben et d'autres gais lurons rient en buvant un verre au bar.

De plus près, un détail attire mon attention. Incrédule, je m'approche encore. Mon Dieu, ne serait-ce pas...

Ces yeux bleu marine, ces lèvres pulpeuses à la Béatrice Dalle... C'est Amanda, mais elle a facilement quinze kilos de moins.

Soudain, je cesse enfin de me demander ce qu'Eddie a bien pu lui trouver.

Elle est absolument superbe. Sa silhouette est plus mince, plus ferme, mais sa beauté tient surtout à ce sourire rayonnant, qui illumine littéralement son visage.

Elle a l'air sympa et amusante. Elle ressemble au genre de personnes vers lesquelles je suis attirée.

Que lui est-il arrivé ? L'Amanda de la photo n'a absolument rien à voir avec la femme autoritaire et égoïste que je connais.

J'examine d'autres photos d'Eddie et de Ben, où ils semblent passablement éméchés tous les deux. Deux copains qui se tiennent par les épaules, Ben qui empêche pratiquement Eddie de glisser par terre. Pour une fois, Eddie regarde l'objectif, avec ce sourire sexy, un peu en coin.

Et, tout à coup, j'ai des scrupules.

S'assurer qu'un fiancé mérite effectivement qu'on fasse le grand plongeon, vérifier le facteur fidélité avant de s'engager à passer le reste de sa vie avec lui, ce n'est pas trop immoral. On se renseigne bien sur les antécédents d'un futur associé avant de lui confier ses économies.

Mais là, c'est différent. J'ai l'impression de tromper quelqu'un, comme si je participais à une escroquerie.

Amanda ne devrait pas chercher à se transformer en femme idéale, mais essayer de plaire à Eddie en se montrant sous son vrai jour.

Je range le carnet de rendez-vous là où je l'ai trouvé, sans faire de photocopies.

Quand je rentre, Nicky est assise sur le canapé du salon. La table basse est jonchée d'emballages de tablettes de chocolat et de friandises diverses.

— Pourquoi suis-je toujours attirée par ce qui est mauvais pour moi ? gémit Nicky en mâchant avec désespoir une poignée de chips au bacon. C'est parfaitement injuste. Pourquoi ne puis-je pas être une de ces femmes qui perdent l'appétit quand elles ont un chagrin d'amour ? Au moins, dans mon malheur, je deviendrais d'une minceur sublime et sexy.

— Pas de chance, ma belle. Pour toi et moi, manger est un substitut sexuel.

Je m'installe à côté d'elle et prends un gâteau dans un paquet bien entamé.

— Encore quelques mois de célibat forcé, et je ne rentrerai plus que dans du 44.

— Bienvenue au club, soupire Nicky en tirant sur la taille de son vieux jogging.

— On pourrait toujours faire du sport, histoire de brûler les calories superflues et se défouler par la même occasion, dis-je en trempant mon gâteau dans une flaque de glace fondue.

Nicky vide directement dans sa bouche le restant du sachet de chips et me dévisage comme si je venais de suggérer qu'on tapisse l'appartement de papier peint floqué orange.

— Du sport ? grince-t-elle. On croirait entendre Amanda. Plutôt crever !

D'un geste rageur, elle ouvre une bouteille de bière entre les jambes écartées d'une statuette en bronze représentant un athlète mâle.

— Il doit bien exister un homme, quelque part, qui se moquera que je porte du 36 ou du 46.

Sur cette déclaration optimiste, elle va chercher des provisions à la cuisine et revient en chancelant sous le poids de quatre bouteilles de bière, d'une boîte de glace à la cerise et de deux petites cuillères.

— Je suis une personne méprisable, dis-je avec morosité, en buvant la moitié de sa bouteille.

— Une personne méprisable ? Qu'est-ce que tu racontes ?

— Je me fais honte. Je n'ai plus envie d'être la moucharde d'Amanda. Ça ne me plaît pas, de fouiner comme ça. J'ai l'impression qu'on est en train de tendre une embuscade à ce type.

— C'est exactement le cas, déclare Nix en s'escrimant sur le couvercle de la boîte de glace. Une embuscade amoureuse. Il va être kidnappé par la passion.

Je continue à râler :

— Et je n'aime pas mentir aux gens avec qui je travaille.

— Tu peux difficilement leur avouer la vérité, non ?

— Mais ils sont tellement sympas, je me sens terriblement mal ! Bon sang, mais pourquoi ai-je accepté ce boulot ?

— Pour servir la cause des femmes.

— C'est ça ! Vous ne voulez pas avoir les mains sales ? Embauchez-moi pour avoir honte à votre place !

— Tu ne songes tout de même pas à renoncer, Naomi ? Amanda a besoin de toi...

À la seconde où elle prononce ces paroles, Nicky réalise que ce n'est pas le meilleur argument pour plaider la cause de ma cliente.

— D'accord, oublie Amanda, répond-elle à mes sourcils froncés. Pense à l'argent, au bruit des billets qu'on froisse...

— Oui, et au fait que je trime quasiment vingt-quatre heures sur vingt-quatre pour le gagner !

— Pense à toutes les choses que tu pourrais t'acheter...

— Oui, si j'avais le temps de faire les boutiques. Et même si je m'achetais des tonnes de fringues, je n'aurais jamais l'occasion de les porter. Tu me vois ramper dans les sous-bois en petite robe Moschino, ou servir des bières dans une tunique en soie de chez Donna

Karan ? Remarque, je peux toujours me commander une cagoule spéciale chez Vivienne Westwood et un bas de treillis chez Calvin Klein.

— Tu es à côté de la plaque, glousse Nicky. Tu devrais plutôt t'inspirer des tenues d'Emma Peel dans *Chapeau melon et bottes de cuir*. Elle était super glamour, et ça ne l'empêchait pas de bondir sur les toits des gratte-ciel ou de repousser trois agresseurs orientaux sans se casser un ongle. Laisse tomber les treillis, chausse tes bottes à talons aiguilles et enfile ta combinaison moulante !

En fait, ce style-là me tente assez. J'ai toujours trouvé Emma Peel sexy, lorsqu'elle était jouée par Honor Blackman. Mais, pour me faufiler dans les ruelles, je pense que je suis plus discrète dans mon vieux jean que dans une seconde peau en cuir noir. Et mes vieilles baskets, si elles véhiculent plus l'image d'une vagabonde que d'une femme fatale, sont beaucoup plus pratiques que des bottes de vamp pour escalader les gouttières et sauter par-dessus les murs. Imaginez un peu la scène : je suis tapie derrière un buisson, prête à détaler en vitesse, lorsque je me rends compte avec horreur que mes talons de dix centimètres sont fichés définitivement dans du béton à prise rapide.

— Tu sais, Nix, blague à part, je crois vraiment que je devrais abandonner cette mascarade et trouver un vrai boulot.

— Peut-être bien, admet-elle en hochant la tête avec sagesse. Il faut reconnaître que tu as des horaires impossibles, tu es dehors par tous les temps...

J'opine du chef.

— Et si ta mère savait ce que tu fais ! ajoute Nick en levant les yeux au ciel. Dans le fond, tu as raison. Elle sera tellement heureuse que tu te bâtisses une vraie carrière ! Certes, tes recherches d'emploi n'ont rien donné, mais je suis sûre qu'elle te proposera quelque chose dans sa boîte. Tu pourrais être son lèche-bottes attitré.

Je te vois bien lui cirer les pompes toute la journée...

D'accord, Nix. Message reçu. Sournois mais efficace.

Le lendemain matin, à 8 h 30, je suis de retour devant la maison d'Eddie Farrar, à Hampstead. Une feuille d'arbre me chatouille l'oreille gauche, une brindille pointue s'enfonce dans ma fesse droite.

8

La femme idéale selon Eddie Farrar.

— Intelligente.
— Jolie.
— Élégante.
— Cultivée.
— Indépendante.
— Doit avoir le sens des affaires.
— Doit apprécier le bon vin, la bonne cuisine, aimer les voyages et les voitures rapides.

Allongée sur le tapis, un stylo entre les dents, un bloc-notes à la main, Elvis mordillant mes orteils nus, je relis notre liste et me rends compte que nous avons en fait énuméré les qualités et centres d'intérêt d'Eddie.

— Alors, vous allez vous transformer en clone d'Eddie, dans l'espoir qu'il succombera à votre charme dévastateur ?

Je me moque d'Amanda, qui, sur le canapé, s'enduit le cou de lotion hydratante, tout en bavant devant le hamburger qu'engloutit Nicky.

— Pour qui le prenez-vous ? Narcisse ? Je ne tiens pas à devenir son double féminin ! D'ailleurs, ne dit-on pas que les contraires s'attirent ?

— Oui, mais est-ce qu'il ne vaut pas mieux avoir quelques points communs? intervient Nix, la bouche pleine de mayonnaise et de viande.

Je soupire en écartant mes cheveux de mon visage.

— Doux Jésus, je ne sais plus quoi penser! Pourquoi ne pas rester simplement vous-même? Si ça ne marche pas, c'est que vous n'étiez pas destinés l'un à l'autre, voilà tout.

— J'ai déjà essayé d'être moi-même, rappelez-vous, réplique sèchement Amanda, que la faim rend hargneuse.

— Eh bien, n'en tirez-vous pas une leçon?

Elle m'observe en plissant les yeux.

— Si. Que je dois tenter à nouveau ma chance et, cette fois, mettre tous les atouts de mon côté.

On dirait qu'elle parle de l'examen du code de la route.

— Ne me regardez pas de cette façon, Naomi! Je ne vais pas changer mon moi profond... continue-t-elle en contemplant son reflet dans la surface cirée de la table basse.

Mon moi profond... Quel beau titre pour un manuel d'aide psychologique!

— ... je vais juste m'adapter un peu, conclut-elle.

— Comme pour un contrôle technique, renchérit Nicky. On se débrouille pour que la voiture passe, mais en gardant le même châssis.

— Ne me refais pas le coup du contrôle technique, Nix, dis-je d'un ton sec. C'est ça qui nous a entraînées là-dedans.

Même si nous transformons Amanda en une femme dont nous pensons qu'Eddie pourrait tomber amoureux, cela ne donne aucune garantie de réussite. Les relations entre êtres humains ne se réduisent pas à une recette de cuisine. Parfois, vous avez beau avoir tous les ingrédients nécessaires, vous ratez votre gâteau. Pourquoi s'entend-on bien avec quelqu'un? Mystère.

Prenez Amanda et moi, par exemple.

Non, ne prenez pas Amanda et moi, on ne s'entend pas spécialement bien.

Amanda et Nicky, alors ?

Non, Nicky est si gentille que tout le monde l'aime, même les égocentriques forcenés comme Amanda.

Bref, j'essayais de dire qu'il n'existe pas de formule magique pour créer une attirance entre deux êtres. Vous pouvez rencontrer une personne censée être absolument parfaite pour vous et décider que vous préféreriez vous faire lobotomiser par un chirurgien ivre plutôt que de sortir avec elle.

L'amour comporte indéniablement un élément clé insaisissable.

Un brin de folie, peut-être.

Ou un virus.

Abigail a raison. L'amour se révèle parfois nettement plus affaiblissant que la pire des maladies. Il peut changer une femme saine et heureuse en une folle geignarde, amorphe, maniaco-dépressive, paranoïaque et schizophrène.

Je suis bien placée pour le savoir, ayant moi-même été cette folle-là à l'occasion. Quoique, quand j'y repense, je ne croie pas avoir jamais été réellement amoureuse. Aimer quelqu'un signifie avoir envie de passer le reste de sa vie avec lui, n'est-ce pas ? Du moins, c'est ce que les contes de fées et l'opinion commune prétendent. Or, à la seule idée de passer le reste de ma vie avec l'un de mes ex, j'ai des palpitations d'angoisse qui menacent de m'envoyer tout droit au cimetière.

Vous allez me traiter de vieille cynique (ou de jeune cynique, tant qu'à faire), mais je trouve que l'amour ne vaut pas toutes les complications qu'il entraîne. Mon père a une théorie : tant que les bons moments l'emportent sur les mauvais, restez. Sinon, fuyez.

Apparemment, l'amour finit toujours par infliger beaucoup plus de douleur que de plaisir. Nicky a aimé Richard et a souffert. Amanda dit aimer Eddie et semble constamment souffrir. Alors, quel est l'intérêt? Pourquoi est-ce qu'on fonce dedans tête baissée? C'est du masochisme pur et simple.

Si l'amour est une maladie, Amanda doit être en phase terminale.

En tant que thérapeute, je pourrais lui administrer un médicament, sous la forme d'un autre homme. Une panacée de biceps saillants et de zéros sur un compte en banque. Avec un tel traitement, elle recouvrerait sûrement la santé.

L'homme idéal selon Amanda.

— Prospère.
— Riche.
— Puissant.
— Généreux.

Peut-être faut-il vraiment transformer Amanda, finalement. En une personne un peu moins futile.

Refusant de me laisser monopoliser par Amanda, j'accepte une autre cliente et passe l'après-midi à suivre le petit ami d'une des secrétaires du cabinet d'avocats où Nicky travaille. Autrefois attentionné et charmant, il est soudain devenu fuyant, cachottier et secret. Heureusement pour l'espèce masculine, qui dégringole dangereusement dans mon estime, je découvre sans peine le pot aux roses. Ce gentil garçon est en train de se démener comme un beau diable, car il organise une surprise pour les trente ans de sa belle. L'indicible soulagement de ma cliente compense largement la surprise éventée, et il lui reste une semaine entière pour s'entraîner à prendre une mine dûment stupéfaite. D'ailleurs, elle est plutôt contente d'apprendre qu'en rentrant du boulot ce soir-là, il lui faudra retoucher son maquillage avant d'ouvrir la porte et de se retrouver en face d'une foule d'amis et de parents pomponnés, rayonnants et joyeux.

Assez satisfaite de ma petite réussite, je regagne l'appartement de Nicky. En sortant de l'ascenseur, j'entends des bruits bizarres, de la musique et ce qui ressemble au martèlement régulier d'un marteau-piqueur.

Nicky et Amanda ont écarté les canapés et la table basse et transpirent en cadence devant une cassette vidéo. Le plancher grince tandis qu'elles sautent en ciseaux, glissent sur le côté, s'étirent et balancent leur pelvis pour faire plaisir à Cindy Crawford.

Nicky porte un tee-shirt et un pantalon de jogging trop large et plus âgé qu'elle. Amanda, elle, a revêtu une sorte de justaucorps très chic et très échancré, qui manque de la débiter en deux moitiés chaque fois qu'elle se penche pour toucher ses orteils.

Elvis a eu la sagesse de se retirer à une distance respectable. Il les contemple de sous la table basse, sa tête chocolat inclinée sur le côté, totalement sidéré et quelque peu inquiet.

Dans le cadre de sa tentative désespérée visant à perdre encore six kilos en six semaines, Amanda s'est inscrite dans un club tout ce qu'il y a de sélect. Elle a même persuadé Nicky, pour qui faire du sport est aussi pénible que les douleurs des règles et l'épilation du duvet au-dessus de la lèvre supérieure, de l'accompagner à l'occasion.

Nicky n'a pas encore maigri, mais elle s'est débarrassée assez rapidement d'un certain agent de change au profit d'un professeur de tennis belge appelé Christian. Celui-ci aurait, paraît-il, le visage de Leonardo DiCaprio et le corps de Jean-Claude Van Damme. Personnellement, la description de cet être humain hybride ne m'évoque qu'une jolie petite tête perchée au-dessus d'un gros corps tout en muscles.

Je vais chercher dans le congélateur un bon gros Kit-Kat glacé, m'adosse à la porte de la cuisine et partage mon goûter avec Elvis en les regardant suer leurs cinq dernières minutes.

Je vois un avantage au fait de travailler au *Lazy Daisy* tout en effectuant ce boulot de pseudo-détective pour Amanda : au moins, je ne risque pas de prendre du poids ! Quand la salle est pleine, on n'arrête pas une seconde. Et quand il y a un peu moins de monde, la musique est tellement entraînante qu'on se retrouve en train d'onduler des hanches derrière le bar.

D'ailleurs, là-bas, on n'a même pas le temps de manger. Je survis grâce à un régime de tranches de citron sucées et de cerises à cocktail, avec parfois une assiette de restes lorsque le chef est de bonne humeur. C'est-à-dire très rarement.

Elvis a un meilleur coup de fourchette que moi. Je retourne chiper un deuxième Kit-Kat puis, incapable de supporter la vue de ces deux croupes généreuses se trémoussant sur une musique complètement ringarde, je m'assois devant la table de la cuisine en feuilletant le dernier *Cosmo* pendant qu'Elvis bave sur mes pieds nus.

Quelques minutes plus tard, Nicky me rejoint, épuisée. Elle lorgne mon Kit-Kat avec envie et sort une bouteille d'eau minérale du réfrigérateur.

— Salut, ma belle, dit-elle après avoir englouti la moitié de la bouteille et repris son souffle. Je ne sais pas pourquoi on appelle ça de la remise en forme. En ce qui me concerne, j'ai l'impression que je viens de passer sous un bus.

— Qu'as-tu donc fait de notre adipeuse Pol Pot locale, la dictatrice désespérée ?

— Chut ! glousse Nicky. Elle va t'entendre.

— Tant mieux, elle me virera peut-être, comme ça.

— Elle se change.

— J'oubliais que c'était le grand thème de base : la changer, de préférence en une personne meilleure.

— En l'occurrence, ce sont seulement ses vêtements qu'elle change, répond Nicky.

Finalement, incapable de se tenir à ses bonnes résolutions, elle pique ma dernière bouchée de Kit-Kat, que j'agitais sous son nez.

Dans le salon, Amanda a émergé de la douche de Nicky et enfile ses bottes Gucci, assise sur le canapé. Elle lève les yeux vers moi, et j'attends le feu roulant de questions habituel.

Elle sourit.

Stupéfaite, je lui rends son sourire.

— Vous partez déjà ? dis-je, essentiellement pour l'y encourager.

— Il faut que je me dépêche, mon cours commence dans une heure.

— Votre cours ?

— Je me suis inscrite à des cours de cuisine, dit-elle en baissant à nouveau les yeux. Autant faire quelque chose d'utile de ma vie.

Si vous voulez mon avis, il existe un certain nombre de choses autrement plus utiles que des leçons de cuisine, mais si cela peut éloigner Amanda de moi...

— Excellente idée !

Nicky hausse un sourcil étonné devant mon enthousiasme.

— Et puis, Eddie aime bien la bonne cuisine, ajoute Amanda en enfilant sa veste.

Ah, voilà donc la vraie raison. Il s'agit encore de la vaste entreprise de métamorphose. Que compte faire Amanda, à la soirée d'inauguration de la boîte du *Lazy Daisy* ? Jeter le chef dehors et mijoter un repas pour deux, avec champagne, bougies et elle-même, étendue en travers d'une grande assiette, une fraise dans le nombril en guise de dessert ?

Pour devenir la femme idéale selon Eddie, Amanda ne se contente pas de vouloir devenir un cordon-bleu. Elle s'est aussi inscrite à un cours d'œnologie et, apprenant de ma bouche l'état de la maison d'Eddie, elle a décidé que son prochain objectif serait la décoration intérieure.

Je voue une reconnaissance éperdue aux cours du soir pour adultes. Plus Amanda passe de temps à

« s'améliorer », moins il lui en reste pour me harceler et me réclamer un compte rendu circonstancié de la journée d'Eddie, y compris le nombre de fois où il a éternué et est allé aux toilettes.

Amanda est intrigante, manipulatrice et, me semble-t-il, légèrement déséquilibrée. Mais j'ai beau adorer la détester, je ne peux pas m'empêcher de la trouver attachante, d'une certaine façon. Bien qu'elle soit incroyablement autoritaire avec Nicky, je devine dans son attitude une affection sincère à son égard. Et si, parfois, je me fais réellement du souci en voyant Nicky se laisser entraîner par Amanda dans un de ses projets insensés d'amélioration de soi, je reconnais que ma vieille copine reprend un peu confiance en elle. Nicky a toujours été très compétente, mais pas particulièrement sûre d'elle (hormis dans son élément, au tribunal, où elle devient soudain un mélange des avocats Bobby Donnell et Ally McBeal en moins complexée). Amanda possède assez d'aplomb pour huit, et cela commence à déteindre sur Nix.

Pour l'instant, Amanda et moi nous considérons surtout avec circonspection, comme deux lutteurs qui se jaugent depuis leur coin de ring respectif, avec Nicky au milieu en guise d'arbitre. Nous savons qu'il nous faut coopérer pour offrir un beau spectacle à la foule, mais qu'en définitive, l'une de nous deux devra se soumettre. Or ni elle ni moi ne tenons à nous retrouver par terre sous le poids de l'autre.

Quand une fille dit qu'elle a besoin de nouveaux vêtements, on constate généralement tout un nuancier dans la notion de « besoin ».

Eh bien, moi, je ne possède littéralement aucun vêtement.

Ma garde-robe se compose des articles suivants :

— une paire de chaussures de bateau trouées,

— une paire de bottines relativement correctes,

— un jean ayant appartenu à Nicky,

— un tee-shirt et un gros pull,

— plusieurs objets décolorés par le soleil, autrefois appelés vêtements, qui ressemblent aujourd'hui à des chiffons à poussière,

— trois polos noirs gracieusement offerts par le *Lazy Daisy*, avec de petites pâquerettes souriantes brodées juste au-dessus de mon sein gauche, parfaits pour le boulot mais pas exactement appropriés pour le quotidien ni pour sortir,

— deux jeans noirs également offerts par la maison mais, Dieu merci, dépourvus de pâquerettes, souriantes ou non,

— une robe rose (pas de nouveau descriptif nécessaire).

Pour la première fois en deux ans, je possède un peu d'argent pour m'acheter des habits. Avant d'aller travailler au *Lazy Daisy*, ce matin-là, je pars refaire connaissance avec Oxford Street.

Je ne peux toujours pas me payer des vêtements haute couture, mais des tonnes de boutiques plutôt bon marché ont poussé comme des champignons entre les magasins sérieux. Les fringues au rabais, tout ce que j'aime. J'ai une théorie : si on ne peut pas s'offrir la qualité – et, croyez-moi, ce n'est pas l'envie qui me manque – alors il faut immédiatement viser l'extrémité opposée de l'échelle, l'équivalent en version mode de ce qu'est la nourriture industrielle à un dîner chez Bocuse.

Je m'accorde d'abord un rapide moment de complaisance en fourrageant parmi les soldes de chez *Kookaï*, puis j'erre, émerveillée, au sous-sol de *Selfridge's*, passant d'un rayon à l'autre, des sacs à main au maquillage.

Je suis toujours impressionnée par les vendeuses impeccablement maquillées. J'adorerais prendre rendez-vous pour une démonstration de maquillage, mais je me sens beaucoup trop intimidée, en particulier quand je vois les vendeuses au comptoir m'ignorer avec une constance propre à ébranler l'assurance d'une reine de beauté.

Alors, je m'esquive vers d'autres rivages, là où les sacs en plastique n'ont pas de logo et les complexes d'infériorité pas lieu d'être. Je me promène gaiement parmi les rayons de soldes et les bacs de bonnes affaires, jusqu'à ce que je jette un coup d'œil à ma montre et réalise que je devrais être au boulot depuis dix minutes.

Je cours jusqu'au *Lazy Daisy* en me projetant devant les taxis en maraude, essayant en vain d'en arrêter un. Enfin, avec quarante minutes de retard, j'ouvre en grand les lourdes portes d'entrée du bar, avec l'énergie d'une athlète de haut niveau dopée aux amphétamines. Et là, je stoppe net. Devinez qui est là ?

Ma mère et Simon, installés à l'une des tables du restaurant.

Que fabriquent-ils ici, bon sang ?

Assis l'un à côté de l'autre dans l'une des alcôves, un peu à l'écart, ils devisent comme deux conspirateurs. Ils ont dû apprendre que je travaille ici et ont décidé de me piéger. Je devine déjà leur fausse surprise quand ils m'apercevront « par hasard » derrière le bar.

Heureusement, ils sont absorbés dans leurs manigances et n'ont pas remarqué mon entrée quelque peu spectaculaire. Je plonge les mains dans mes sacs en plastique, chausse rapidement mes fausses Ray Ban, mets ma nouvelle casquette canadienne avec les chouettes rabats en fourrure sur les oreilles pour me tenir chaud pendant mes longues nuits de planque, et m'applique prestement un trait de rouge à lèvres fuchsia en promotion que j'ai acheté sur un coup de tête.

J'ai vu ma mère une fois en deux ans. Avant cela, j'avais passé trois ans à lui jurer que les facs ne laissaient jamais leurs étudiants prendre de vacances. Elle se plaint toujours de me voir si rarement qu'elle ne me reconnaîtrait pas en me croisant dans la rue, alors puis-je caresser le fol espoir qu'un déguisement impromptu la leurrera ?

Telle une anguille, je me glisse derrière le bar et m'excuse, hors d'haleine, pour mon retard.

— Je ne suis pas sûre d'aimer ton nouveau look, Naomi, commente Dot avec sarcasme. La casquette et le rouge à lèvres, on pourrait dire que c'est une nouvelle mode... mais les lunettes noires ? À l'intérieur ?

— C'est à cause des peintures, elles sont tellement lumineuses que ça me donne la migraine.

— Tu rigoles ? Par rapport à ton rouge à lèvres, les peintures ont l'air de sortir d'un vieux film en noir et blanc ! Enfin, au moins, on te distinguera si on a une autre coupure de courant. L'un de ces crétins de maçons a perforé une gaine de câbles électriques, tout à l'heure.

— Mon Dieu ! Il n'a rien ?

— Disons qu'il a eu de la chance qu'un autre de ces demeurés ait à moitié inondé le sous-sol juste avant, sinon il n'aurait pas eu ses bottes en caoutchouc aux pieds. Du coup, il s'en est tiré avec des brûlures légères et une coiffure plutôt punk. Tu pourrais peut-être lui prêter ta casquette pour cacher les dégâts. Mais ça ne m'étonnerait pas qu'il préfère garder sa tignasse hérissée.

Pour toute réponse, je tire la langue à Dot.

— Je sais que j'avais demandé des suggestions pour un nouvel uniforme de travail...

Oh, non !

Mortifiée, je me retourne, lèvres rose vif, lunettes de soleil sur le nez, ridicule casquette sur le chef et langue tirée... Eh oui, c'est Eddie.

— Naomi ?

Il soulève mes lunettes et regarde dessous.

— C'est bien vous !

D'un ton bourru que la gêne rend agressif, je marmonne :

— Bien sûr que c'est moi.

— Vous êtes très... différente, remarque-t-il avec tact.

— Elle affirme sa personnalité, plaisante Dot.

— Elle affirme surtout sa totale absence de goût, intervient Sylvia de l'autre bout du bar.

— Mmm, murmure Eddie en contemplant mes rabats sur les oreilles. J'ai toujours admiré les gens qui refusent d'être victimes de la mode.

Il se moque de moi. Sa bouche ne rit pas, mais ses yeux pétillent.

Si. Sa bouche rit. Elle résiste au fou rire, mais les coins de ses lèvres frémissent. On dirait un mini tremblement de terre dans les muscles de sa mâchoire.

— Où as-tu eu cette casquette, où l'as-tu eue, où l'as-tu eue ? entonnent en chœur Dot et Sylvia en se tenant par les épaules et en ondulant côte à côte comme deux choristes d'un orchestre de jazz.

Décidément, mes efforts pour passer inaperçue produisent systématiquement l'effet inverse.

— Je me cache, dis-je dans un chuchotement exagéré.

— De quoi ? s'étonne Eddie.

— Ce n'est pas un quoi, c'est un qui.

— De qui, alors ?

— Lui.

Discrètement, je lui montre Simon, qui se trouve à présent à l'autre bout du bar, seul. Ma mère a disparu, probablement embarquée dans une de ses légendaires excursions aux toilettes, à moins qu'elle ne soit déjà partie vers d'autres horizons.

— Qui est-ce ?

— Une erreur.

— Oh, je vois. Je connais ça, moi aussi. Voulez-vous que je vous en débarrasse ? propose Eddie.

— Vous feriez ça ?

— Absolument, si vous me promettez d'enlever cette stupide casquette.

Eddie se dirige vers Simon, qui est en train d'agiter

un billet de dix livres en direction de Sylvia, dans l'espoir qu'il cesse de draguer un jeune et beau cycliste et le serve. Quelques minutes plus tard, incrédule et éperdue de gratitude, je regarde Simon quitter le restaurant.

— Merci infiniment, dis-je en souriant à Eddie et en retirant mon couvre-chef de mes cheveux aplatis. Je commençais à rôtir, là-dessous !

— Pas de quoi.

— Mais comment avez-vous réussi à le faire sortir si vite et si calmement ?

— Très simple, répond Eddie avec un sourire désarmant. Je lui ai dit que vous étiez désespérément amoureuse de lui, mais beaucoup trop timide pour l'admettre, et qu'en vous courtisant à l'ancienne, il aurait plus de chances de vous attirer hors de votre coquille et dans ses bras accueillants.

Le sourire d'Eddie se transforme en éclat de rire tandis que je le dévisage, horrifiée.

— Il a dû filer chez *Tiffany's* avant la fermeture, conclut Eddie. Il paraît qu'ils viennent de recevoir une nouvelle ligne de bagues de fiançailles ravissantes.

Mon travail se termine à 19 heures. Ensuite, je me traîne chez Nicky, le cerveau clignotant comme une ampoule à deux doigts de rendre l'âme. Je sors de l'ascenseur en titubant, mes chaussures à la main, et tombe sur Amanda qui fait des allées et venues entre le couloir et l'ancien appartement de Lucy. Des cartons encombrent tout le palier.

J'ai eu une dure journée, et voilà que j'ai des visions.

— Bonsoir, Naomi !

Bon. J'entends des voix, à présent.

— Amanda ?

— Oui ?

— Que se passe-t-il ici ?

— J'emménage.

Doux Jésus, non, faites que non ! Pas ça, tout mais pas ça ! Je m'effondre contre la porte de Nicky.

— J'ai repris le bail de Lucy, maintenant qu'elle et Gordon ont réglé les formalités du divorce, crie-t-elle gaiement par-dessus son épaule. N'est-ce pas impeccable? Je viendrai pour le petit-déjeuner demain matin, et nous discuterons de notre plan de campagne.

Vous avez dit impeccable? Amanda la Foldingue habite de l'autre côté du couloir. Cela me rappelle fortement *J.F. partagerait appartement*. Si vous ne l'avez pas vu, croyez-moi, c'est un film terrifiant.

Comment vais-je annoncer la nouvelle à Nicky?

Nix est dans la chambre, en train de se coiffer pour aller dîner avec un antiquaire qui a réussi à franchir le cap de la première nuit. C'est leur deuxième rendez-vous.

Pourquoi les sèche-cheveux ressemblent-ils à des armes meurtrières? Peut-être parce qu'ils font partie de l'arsenal des filles pour traquer et conquérir les membres du sexe opposé. Je me demande si je ne devrais pas attendre qu'elle l'ait débranché avant de lui assener la nouvelle.

Nix lève les yeux et me sourit dans le miroir. Un joli sourire, c'est rare, ces temps-ci. Et cela risque de ne pas se reproduire avant un moment.

Je balbutie, hésitante :

— Euh... Nix... Tu te souviens, quand je te disais de ne pas rendre tes cadeaux de mariage? Eh bien, j'ai changé d'avis. En commençant par l'appartement.

Nicky réintègre nos pénates à 4 heures du matin.

La sonnette retentit à 8 heures.

Amanda se dresse sur le paillasson, en peignoir et mules duveteuses. Brutalement tirée du sommeil, des valises au milieu de la figure, encore sous le coup des cocktails de la veille, Nicky grommelle avec colère :

— C'est pire que des devoirs de vacances!

Elle se radoucit un peu à la vue du sac de croissants chauds que tient Amanda et, avec la fringale de l'ivrogne qui vient de se réveiller, elle en dévore trois d'affilée pendant qu'Amanda fait comme chez elle et prépare du café.

C'est absurde. À croire que je n'ai plus le droit de respirer sans qu'Amanda soit là. Elle est capable d'abattre la cloison mitoyenne entre son appartement et celui de Nicky pour pouvoir entrer et sortir plus facilement. Je serai là, tranquillement assise dans mon bain, et je la verrai surgir de sous la mousse avec son tuba et exiger mon rapport sur les derniers agissements d'Eddie.

Elle nous a adoptées, nous sommes ses nouvelles meilleures amies. Elle réclame notre avis sur tout, des vêtements à la cuisine, puis fait exactement ce qui lui chante, sans tenir compte de nos suggestions.

Cela dit, il y a quelque chose de contagieux en elle, sans doute cette énergie inaltérable... Enfin, la peste bubonique aussi, c'est contagieux.

La sonnette retentit encore. Au moins, cette fois, cela ne risque pas d'être Amanda. Alors, qui peut bien débarquer si tôt ?

Les deux autres sont en train de s'empiffrer et semblent décidées à ne pas bouger d'un poil. Je lève les yeux au ciel en marmottant quelque chose au sujet de l'abolition de l'esclavage, pose bruyamment ma tasse sur la table et me dirige vers la porte.

C'est le livreur d'*Interflora*, qui est venu ici tellement de fois depuis que Nicky s'est soudain retrouvée célibataire qu'on s'appelle par nos prénoms et qu'on s'envoie des cartes de vœux à Noël.

— Ce sont des fleurs ! dis-je à Nix en jetant le bouquet sur la table basse.

— De qui ? crie-t-elle depuis la cuisine, où elle vient d'entamer son quatrième croissant.

— Bah, sans doute encore une pauvre âme égarée qui s'imagine que quelques fleurs fanées vont lui gagner une place dans ton cœur. Ou, à défaut, sous ta couette.

Nicky émerge de la cuisine, me tire la langue et me fourre le reste de son croissant dans le bec pour me le clouer.

— Oh, elles sont superbes ! s'exclame-t-elle. Je ne sais pas qui c'est, mais il y met les formes. Il y en a au moins trois douzaines !

Elle arrache la petite carte blanche agrafée au bouquet et lit le message.

— Euh, Naomi... C'est pour toi.

— Pour moi ?

— Oui. Toi-même. De la part de Simon.

Je répète sans comprendre :

— Simon ?

Merci mille fois, Eddie Farrar, pour votre aimable intervention.

Nicky me tend la carte. Machinalement, je la lui prends des mains. Mais, au lieu de la lire, je dévisage bêtement ma vieille amie et l'énorme bouquet qu'elle tient toujours.

— Il veut t'emmener dîner un de ces soirs.

— Pourquoi ?

— Pourquoi les hommes veulent-ils généralement emmener une femme dîner un de ces soirs ?

— Pour le sexe, vraisemblablement, crie Amanda depuis la cuisine, en coupant son deuxième croissant en deux et en tartinant de beurre les deux moitiés.

J'avais presque oublié sa présence. Pendant quelques secondes, j'étais plongée dans un autre cauchemar.

— Eh bien, il peut toujours attendre, dis-je sèchement. Il faudrait autre chose qu'un bouquet de fleurs pour me tenter de revoir Simon.

— Une Ferrari ? suggère Amanda.

— Plutôt une lobotomie frontale. Tiens, garde-les, dis-je à Nicky. Mets-les dans la serre qu'est devenue ta chambre. Enfin, s'il reste de la place. On va bientôt organiser des expositions horticoles, là-dedans.

Le tourbillon social de Nicky est peut-être une source de moqueries, mais c'est aussi la cause de notre première dispute depuis l'école primaire – à l'époque, l'Action Man de Jamie avait abandonné sa fiancée de toujours, la Cindy de Nicky, pour sortir avec ma nouvelle Barbie.

Nous ne nous disputons pas vraiment, Nicky et moi, mais parfois, quand l'une de nous a l'intime conviction que l'autre fait quelque chose qui n'est pas bon pour elle, nous nous sentons le devoir d'intervenir. Après tout, qu'est-ce que l'amitié sans la franchise ?

Si Nicky veut s'envoyer en l'air avec tous les gars du quartier, cela ne regarde qu'elle. Mais un matin, en voyant encore une fois un de ces types sans aucun intérêt déambuler dans la cuisine vêtu du peignoir de Nix, je décide que je suis une vraie copine et qu'il est temps de lui formuler mes inquiétudes concernant le nombre de bonshommes que j'ai vus récemment déambuler dans la cuisine vêtus de son peignoir, justement.

J'attends que le numéro quatre cent vingt-trois ait saccagé la salle de bains de Nicky, vidé la dernière goutte de lait sur les derniers corn flakes et insulté Elvis deux fois avant de partir enfin, puis je déclare à haute voix que de jeune fille rangée, elle est en train de devenir une jeune fille dérangée à une vitesse alarmante.

Elle nie en bloc.

— Il ne s'agit que de sexe, ma grande, dit-elle en riant, le nez dans son café noir.

— C'est dangereux.

— Seulement quand on fait ça suspendu au balcon sans harnais.

— Ce n'est pas drôle, Nix.

Son sourire s'efface.

— Je ne suis pas stupide, Naomi. Tu as déjà entendu parler des préservatifs ?

Sans réfléchir, je rétorque :

— Tu as déjà entendu parler d'abstinence ?

Son visage se décompose.

— Zut, Nix, excuse-moi, je n'aurais pas dû dire ça. C'est juste que je n'ai pas l'impression que ça t'épanouisse tellement. Allons, sois honnête. Est-ce que ça te rend heureuse ?

— Heureuse et comblée, réplique-t-elle d'un ton moqueur. Je sors le chien !

Elle quitte la pièce en trombe, Elvis sur ses talons. Deux minutes plus tard, j'entends claquer la porte d'entrée.

La vie est belle, non ?

Ma meilleure amie s'est changée en vamp.

Ma mère s'est transformée en star du petit écran.

Amanda la Foldingue respire à quelques centimètres d'ici.

Simon est en train de réserver le prêtre et le traiteur.

Je suis un mensonge ambulant.

Et, pour couronner le tout, Elvis a mangé mon unique sac à main.

Je retourne me coucher !

Une heure après, on frappe à la porte de ma chambre. Le battant s'entrouvre, et une main agitant une petite culotte en dentelle blanche apparaît, suivie de près par la tête de Nicky.

— Je n'avais pas de drapeau blanc, explique-t-elle avec un sourire timide. On fait la paix ?

Elle retire le slip et entre dans la chambre.

— Je suis désolée, Naomi.

— Non, dis-je en rejetant ma couette. C'est moi qui suis désolée. Je n'ai pas de conseils à te donner.

— Non, tu avais raison.

Elle se laisse tomber au bout de mon lit et pousse un long soupir.

— Je crois que j'essaie juste de me prouver que je peux encore plaire.

— C'est ce que disait Jamie.

— Ah, bon ?

— Non seulement il est beau mec, mais en plus, il a oublié d'être bête.

Nix se glisse sous la couette à l'autre bout du lit et pose deux glaçons sur mes tibias.

— Mon Dieu, tu as les pieds glacés!

— Tu vois, c'est ça qui me manque, déclare-t-elle, sans tenir compte de mes protestations. Avoir quelqu'un pour me réchauffer les pieds au lit. Ce n'est pas du tout politiquement correct, ce que je vais dire, mais je ne crois pas que nous soyons faites pour être célibataires. En tout cas, sûrement pas moi. Je sais bien que tout est différent, de nos jours. Les filles ne sont pas systématiquement obligées de rencontrer un homme, de se marier, d'avoir des enfants...

— Si seulement quelqu'un pouvait dire ça à ma mère, dis-je en gémissant.

— ... mais, pour être honnête, j'ai toujours pensé que ça m'arriverait. Et regarde où j'en suis!

— Tu as toujours tes copains, ma belle.

— Heureusement, répond-elle en me souriant avec chaleur. J'ai énormément de chance et je ne t'échangerais contre rien au monde. Mais ce n'est pas ça, Naomi. J'aime avoir quelqu'un à câliner le soir au lit, à qui parler sur l'oreiller. Une présence tout contre moi, tu vois...

— Et Elvis, alors?

— Il pète.

Elle rit doucement.

— Bref, je suis peut-être vieux jeu, mais c'est ce que je voudrais.

— Toi, vieux jeu? Après les semaines qui viennent de s'écouler? Tu plaisantes?

Nicky esquisse un petit sourire coquin.

— J'en ai peut-être fait un peu trop, hein?

— Si peu!

— Disons que j'ai rattrapé le temps perdu. On avait décidé que j'avais le droit d'embrasser quelques crapauds, tu te rappelles?

— Oui, mais pas toute la mare.

— J'espérais inconsciemment qu'un de ces mecs serait quelqu'un de bien...

— Tu en rencontreras d'autres, ma grande, peut-être pas aujourd'hui...

— Ni demain... plaisante Nicky en bâillant à s'en décrocher la mâchoire.

— Non, je suis sérieuse. Richard n'a pas compris la chance qu'il avait, il a laissé filer le bonheur de sa vie avec toi. Tu es quelqu'un de formidable, Nix. Tu es drôle, chaleureuse – enfin, à part les pieds –, intelligente et belle. Tu le trouveras, ton prince charmant, j'en suis sûre.

Lorsqu'un petit ronronnement m'indique que Nicky vogue tranquillement vers le pays du marchand de sable, je me tais.

Je l'observe un moment, avec ses lèvres entrouvertes, ses cils qui papillonnent tandis qu'elle se met à rêver.

Nicky a-t-elle raison ? Est-ce que je devrais essayer de me trouver un compagnon pour la vie ?

L'amour est-il vraiment la grande question existentielle ?

Pour moi, cela représente surtout des fêlures de cœur potentielles. Aimer quelqu'un revient à lui donner le plus fragile, le plus intime de votre être. Alors, franchement, cela ne me paraît absolument pas sage et sécurisant.

Et puis, est-ce que je tiens à rejoindre les rangs des gens qui vivent en couple ? À devoir rendre des comptes dès que je lève le petit doigt ? J'ai assez connu cela quand je vivais avec ma mère.

Parfois, je l'avoue, j'éprouve un pincement d'envie quand je vois Nicky se préparer pour une de ses sorties. S'habiller, aller au restaurant, boire du champagne en écoutant des compliments, c'est très agréable, et je n'ai rien contre.

Mais l'état de grâce cède fatalement la place au quotidien. La fièvre de l'attente, les dîners en tête à tête, les promenades au clair de lune, les rires et la bonne humeur disparaissent.

À moins qu'on ne tombe sur un être extraordinaire...

Non. L'amour, c'est de la folie. Ma vie est déjà bien assez bizarre.

Et puis, la seule personne depuis dix ans que je trouve à peu près intéressante est Eddie Farrar (mais ne comptez pas sur moi pour l'avouer à Jamie), or ce serait insensé de me laisser entraîner dans cette histoire.

Amanda m'ouvrirait le ventre avec un de ses couteaux de cuisine tout neufs.

Jeudi soir, à une demi-heure de la fermeture.

Dot se fait draguer par les deux seuls clients encore au bar, qui rivalisent pour avoir la meilleure vue sur son décolleté. Sylvia est en train de se préparer un énorme sandwich à la cuisine, plus pour s'occuper que par faim. Il empile tous les restes du frigo entre les deux moitiés d'une baguette. Quant à moi, je relave distraitement un cendrier pour la cinquième fois, en rêvant de mon rendez-vous avec ma couette, du ciné-club et des ailes de poulet grillées que je ne partagerai pas avec Elvis, même s'il me noie littéralement sous sa bave.

Un coup d'œil à ma montre. Plus que vingt minutes à tirer. Ben doit arriver d'une minute à l'autre pour la fermeture.

Mais, en lieu et place de Ben, nous avons les honneurs d'une nouvelle visite d'Eddie. Il passe la porte, en jean beige et polo Ralph Lauren vert pâle, nous adresse un clin d'œil et va s'occuper des caisses.

Je me tourne vers Dot et chuchote :

— Où est Ben ?

— Je crois qu'il a enfin trouvé une fiancée.

— C'est vrai ? Il n'a pas beaucoup de chance avec les femmes, on dirait. Pourtant, il est tellement sympa...

— Beaucoup trop sympa, voilà ce qui cloche. Nous, les femmes, on est vraiment bizarres, tu sais. Ce qui nous plaît, c'est les crapules sans cœur. À moi, en tout cas, précise Dot en poussant un gros soupir. N'empêche, ces derniers temps, on ne peut pas dire que j'aie beaucoup fait la java. Mon dernier dîner avec un type, c'était un hot dog avec ce bon vieux Sylvia. Je vais d'ailleurs le prévenir que le patron est là. Ce soir, ajoute-t-elle théâtralement, on prend une pizza sur le chemin du retour. La grande vie, ma chère !

Elle sort son sac de sous une pile de serviettes et demande :

— On peut y aller, Eddie ?

— Bien sûr.

Dès que Dot part arracher Sylvia à son sandwich, Eddie se tourne vers moi.

— Vous restez boire un verre ?

— Vous, je ne vous parle plus, dis-je d'un ton froid.

— Miséricorde ! s'exclame-t-il en riboulant des yeux. Qu'ai-je fait ?

— Simon, ça vous rappelle quelque chose ?

— Simon ? Ah oui, l'amoureux transi. Eh bien ?

— Il m'a envoyé des fleurs !

— Mon Dieu, il vous a envoyé des fleurs, c'est impensable ! Quel culot !

Il lève les bras au ciel en feignant l'incrédulité.

— Je ne vous comprends pas, Naomi Lewis. Les femmes se plaignent généralement que les hommes ne leur envoient pas de fleurs.

— Cela dépend de qui elles viennent.

— Donc, les fleurs de Simon n'ont pas été appréciées ?

— Pas franchement, non.

Il me considère un instant, puis sourit.

— Alors, vous restez le boire, ce verre ?

— Non, j'ai un rendez-vous.

Il plisse les yeux.

— Tant pis. De toute façon, je n'avais pas trop le temps de m'attarder, ce soir.

— Oh ?

Ma réserve glaciale se dégèle un brin.

— J'ai peut-être un rendez-vous, moi aussi, déclare-t-il.

— Eh bien, j'espère que le vôtre est un peu plus excitant qu'un poulet frit et un vieux film.

Retour du sourire en coin.

— Des plats chinois à emporter et *Blade runner* en vidéo.

— Oh, c'est suffisamment sinistre pour justifier un peu de compagnie. Je veux bien une bière.

Je passe une bonne partie de la journée du lendemain au lit.

Le soir, j'émerge juste à temps pour me doucher, manger un morceau et courir au boulot. Les yeux vitreux, je me dirige en chancelant vers la cuisine. Il y a un message de Nicky sur le frigo.

Amanda et elle sont allées faire la tournée des grands ducs. À l'heure qu'il est, elles doivent être en train de chercher Eddie en écumant les bars et les clubs de Soho et d'Oxford Square, avant d'échouer au *Lazy Daisy*, dans l'espoir qu'il y viendra peut-être.

Quelle injustice ! Je n'ai plus jamais le droit de m'amuser.

Hier soir, après le boulot, j'ai espionné l'allée d'Eddie durant la moitié de la nuit, cachée derrière un buisson, pour m'assurer qu'il n'avait pas de visiteuse nocturne. Ensuite, pendant toute la matinée, j'ai pourchassé (et me suis fait semer par) sa Porsche en délire sur l'autoroute. Et maintenant, il faut que je me change à la vitesse de l'éclair pour aller servir jusqu'à l'aube des ivrognes empestant la sueur.

Eh bien, non.

Je décide de m'accorder une récréation.

J'appelle le *Lazy Daisy* et tousse désespérément au téléphone, on croirait que j'ai la tuberculose. Ben me conseille gentiment de me reposer. Puis, avec bonheur et un vague sentiment de culpabilité, je me blottis sur un des canapés avec une grande tablette de chocolat, un paquet de chips au bacon, ma couette, une bouteille de vin rouge et un film à l'eau de rose. Si tout va bien, une grosse pizza aux poivrons, bœuf et champignons fend la bise en ce moment même à l'arrière d'un scooter, direction mon lit de malade.

J'en arrive juste, dans *Ghost*, au moment où un Patrick Swayze blanc et chatoyant embrasse une Demi Moore éplorée pour un dernier adieu. Des larmes coulent le long de mon visage, telles les chutes du Niagara en période de crue, quand on sonne à la porte.

La pizza !

Je resserre la ceinture de ma vieille robe de chambre et, frottant mes yeux embués, je me dirige vers la porte en fouillant déjà dans mon porte-monnaie à la recherche du billet de vingt livres qui, je l'aurais juré, était encore là hier soir.

— Naomi ?

Je m'immobilise et lève la tête, reconnaissant une voix familière.

Eddie !

Je ravale un cri horrifié, et la bouchée de chips que je finissais de mâcher se coince dans ma gorge et m'étrangle.

— Euh… je voulais juste m'assurer que tout allait bien. D'après Ben, vous étiez à l'article de la mort.

J'aurais peut-être fait une bonne actrice, finalement. Mes quintes de toux et mes crachotements au téléphone, tout à l'heure, ont apparemment convaincu Ben que j'avais la peste ou quelque autre maladie mortelle. Mais cette fois, grâce à la partie pointue d'une chips fichée dans la chair tendre de mon œsophage, je n'ai pas besoin de jouer la comédie.

L'étranglement se réduit à un toussotement dû au manque d'oxygène, tandis que la chips commence à se ramollir sur les bords sous l'effet d'une overdose de salive.

— Il avait raison.

L'air visiblement inquiet, Eddie me prend doucement par le coude et me reconduit vers le canapé.

— Vous semblez bien mal en point. Et cette mine épouvantable...

Ah ? Mon Dieu ! Je ne veux pas qu'il me trouve une sale tête, je veux qu'il me trouve sublime, au minimum !

Pourquoi n'a-t-on pas encore inventé les autocollants de maquillage, comme des tatouages éphémères ? Posez-en un sur votre visage, frottez doucement avec une éponge humide, et hop, vous voilà maquillée à la perfection en un clin d'œil !

— Puis-je vous apporter quelque chose ? Un verre d'eau ?

Il regarde autour de lui.

— Ou peut-être avez-vous du sirop pour la toux quelque part ?

Oh, non, non, non ! Je n'ai aucune envie de le voir fureter dans l'appartement. Il ne manquerait plus qu'il entre dans ma chambre et tombe sur son propre caleçon accroché à ma tête de lit ! À cette idée, une nouvelle quinte de toux me saisit.

Heureusement, il cesse de songer à une armoire à pharmacie inexistante et cherche autour de lui un remède plus immédiat.

Ses yeux se posent sur la bouteille de vin.

Dieu merci, je parviens enfin à surmonter mon accès d'étranglement et déclare avec conviction :

— J'en fais un usage purement médicinal. Apparemment, c'est la seule chose qui arrive à me soulager la gorge.

J'attrape mon verre et avale une grande lampée de vin rouge, avant de sourire bêtement. Eddie balaie du regard les restes de nourriture accumulés sur la table basse. L'emballage froissé de mon Mars, le paquet de chips à moitié vide, la boîte de chocolats à peine entamée que j'ai trouvée au fond du tiroir de la cuisine en cherchant le tire-bouchon, offerte à Nix par un admirateur, puis reléguée loin des yeux en l'honneur de son dernier régime en date.

— Euh… il faut bien combattre les microbes…

Il doit me prendre pour une fille dégoûtante, boulimique et alcoolique.

Ou plutôt pour une folle.

Je le lis sur son visage.

Cette femme est folle. Totalement aliénée. Comment vais-je réussir à sortir d'ici sans me faire découper en morceaux ?

Curieusement, au lieu de se diriger discrètement vers la sortie la plus proche, il me sourit.

Sans une seule allusion à ma prétendue maladie ni à mes remèdes de bonne femme, il s'assoit sur le canapé perpendiculaire au mien, pendant que j'essaie désespérément de voir le reflet de ma « mine épouvantable » dans le manche en inox de la cuillère qui dépasse de ma glace à la cerise.

— C'est un joli appartement.

— Oh, je ne suis pas chez moi, ici.

Son visage se ferme.

— Ah, bon. Il vous a laissée vous débrouiller seule toute la soirée… Pas très gentil.

— *Elle* avait un dîner avec un ami. Et Elvis s'occupe de moi.

Elvis, qui ronflait sous la table, ouvre un œil en entendant son nom, remue lentement la queue et se rendort aussitôt. Je le gronde en enfonçant un orteil dans son arrière-train.

— Quel chien de garde !

Elvis finit par se réveiller suffisamment pour inspecter le nouveau venu. Il renifle d'abord amicalement les pieds d'Eddie, et sa courte queue se met à décrire des cercles enthousiastes. Puis, sans demander la permission, il grimpe sur ses genoux et fourre sa douce truffe brune dans ses poches. Enfin, avec un soupir d'aise, il enfouit sa tête chocolat dans l'entrejambe d'Eddie et se rendort tranquillement.

Je suis ridiculement jalouse, d'autant plus qu'Eddie caresse distraitement la tête du chiot.

— J'ai l'impression qu'il vous aime bien, dis-je d'un air idiot. Remarquez, il aime tout le monde.

— Merci !

Je m'apprête à proposer un verre de vin à Eddie quand la sonnette retentit à nouveau. Zut, le livreur de pizza ! Comment vais-je expliquer cela ? Mauvaise adresse ? Recommandation expresse de mon médecin ?

J'ouvre la porte, mais ce n'est pas une denrée chaude, couverte de poivrons et de champignons qui se trouve derrière. C'est Nicky, ivre, chancelante et en larmes.

— Je ne sais pas où sont ces satanées clés, sanglote-t-elle. Je n'y vois rien, bon sang !

Elle se frotte les yeux du dos de la main, étalant du mascara partout, et entre dans le salon en titubant sur ses talons hauts.

— Je ne suis pas fichue de faire quoi que ce soit correctement... Oh, zut !

Elle vient de trébucher sur le tapis.

Eddie pose délicatement Elvis par terre et se lève.

— Je crois qu'il vaudrait mieux que je m'éclipse.

Je lui souris en guise de remerciement.

— À demain, au *Daisy*, dis-je.

— Oh, vous serez là ?

Je discerne une pointe de sarcasme dans sa voix, mais teintée de bonne humeur. Comme il me sourit d'un air entendu, je marmonne :

— Je me sens mieux.

Lorsqu'il a doucement refermé la porte derrière lui, Nicky demande en reniflant :

— Qui était-ce ?

— Eddie.

Soudain, je réalise qu'Amanda doit suivre Nicky de près, puisqu'elles sortaient ensemble ce soir. Au secours ! J'espère qu'Eddie quittera l'immeuble sans la rencontrer. Imaginez un peu qu'ils se croisent dans l'ascenseur... Amanda enfoncerait la touche arrêt d'urgence, puis elle le garderait captif pendant des jours et le mangerait tout cru au petit-déjeuner, au déjeuner et au dîner. Et au goûter.

Bref, je serais bonne pour une grande explication avec mon beau patron. Enfin, s'il en ressortait vivant.

— Eddie ? Notre Eddie ?

J'opine du chef.

— Je me suis fait porter pâle. Il est passé prendre de mes nouvelles, histoire de vérifier que ses employés ne lui racontent pas de bobards...

Beaucoup trop soûle et absorbée par son propre malheur pour poursuivre l'interrogatoire, Nicky s'écroule sur un canapé, une chaussure dans chaque main, le visage ruisselant de larmes.

Je m'assois à la place que vient de libérer Eddie. Elle est encore chaude.

— Que s'est-il passé, Nix ?

Nouveau torrent de larmes. Je hasarde une réponse :

— C'est Richard ?

Elle hoche la tête.

— On est allées chez *Shakers*... tu sais, cette boîte dans Soho, à côté du restaurant thaïlandais où on mangeait tout le temps quand on est revenues s'installer à Londres après la fac. Tu te rappelles ?

— Oui, oui.

— Eh bien, j'entre avec Amanda, et devine sur qui je tombe ? Richard, en train de danser avec une brune superbe.

Elle s'interrompt et respire un grand coup en frissonnant.

— Ça m'a fait un choc de le revoir. Surtout avec quelqu'un d'autre.

— Tu aurais voulu être à la place de la brune ?

Elle hausse les épaules.

— Même pas. Je n'y comprends rien, Naomi. Je continue à souffrir et à me sentir humiliée, mais je crois que je ne suis plus amoureuse de lui.

— Alors, pourquoi te mets-tu dans cet état ?

— Je ne sais pas, gémit-elle en redoublant de sanglots. Si… Enfin si, je sais. C'est parce que je me sens tellement idiote !

— Mais pourquoi ?

— Parce que c'était l'homme avec qui, il y a quelques mois seulement, je m'apprêtais à passer le restant de mes jours. Et ce soir, je le retrouve en train de ramoner les amygdales d'une autre femme, et ça ne me fait pratiquement ni chaud ni froid ! Je me connais donc si mal ?

— À vrai dire, je me demande encore ce qui a pu t'attirer en lui. Je n'aurais pas pensé qu'un minet pareil te plairait.

Nix me regarde à travers ses grands yeux noyés de larmes, repousse une mèche derrière son oreille et se sèche résolument les yeux.

— En fait, si tu avais été là, je n'aurais sans doute jamais craqué pour lui. Tu l'aurais démasqué en cinq minutes.

— Peut-être, mais tu ne m'aurais pas écoutée.

— Remarque, ajoute-t-elle avec tristesse, si tu avais été là, je n'aurais même pas eu une chance, de toute façon. C'est de toi qu'il serait tombé follement et passionnément amoureux.

Je décide que cela ne mérite pas de réponse et lui lance un coussin à la figure, ce qui lui arrache un petit rire.

— Il t'a vue ? dis-je en lui proposant l'un des derniers carrés de chocolat.

— Oh, oui ! Mais tu aurais été fière de moi, Naomi.

Elle sourit et lisse ses cheveux.

— J'ai gardé mon calme, je n'ai pas fait de scène, je ne lui ai même pas parlé. J'ai juste vaguement montré que je l'avais reconnu. Tu sais, une petite inclination de la tête. Comme la reine mère.

Elle dévore le carré de chocolat et s'approprie le reste de la tablette.

— Comme la reine mère ?

— Parfaitement, très chère. Hautaine et réservée…

Elle se met à glousser.

— Et alors?

— Et alors, j'ai attrapé le premier beau mec qui m'est tombé sous la main et je lui ai roulé un magnifique patin, là, sous le nez de cet abruti de Richard, avant de prendre mes cliques et mon Amanda et de m'en aller. Oh, non, qui est-ce, encore? crie-t-elle en entendant la sonnette retentir. Si c'est Amanda, rappelle-lui qu'elle habite à côté, au cas où elle l'aurait oublié.

— Ne t'inquiète pas, c'est sûrement la pizza, avec une heure de retard.

— Oh, de la bonne cochonnerie!

Son visage s'illumine.

— Naomi, je t'adore! Marilyn Monroe s'était plantée sur toute la ligne. Ce ne sont pas les diamants les meilleurs amis d'une fille, c'est toi!

— Je croyais que c'était la bonne cochonnerie?

— Oui, et aussi le fond de teint correcteur d'imperfections.

— Et le chocolat.

— Ça n'entre pas dans la catégorie nourriture industrielle, avec les pizzas et le reste?

— Non, il a sa catégorie à lui tout seul. Comme l'alcool.

— Les meilleurs amis d'une fille sont donc les diamants, les chips et compagnie, les correcteurs de boutons et le chocolat, résume Nicky.

— Ce qui prouve bien, tu vois, qu'une fille n'a jamais trop d'amis.

La rencontre avec Richard semble marquer une étape décisive dans la vie de Nicky.

Elle tire définitivement un trait sur cette histoire, après avoir pris conscience que son ex-fiancé n'avait décidément rien d'un prince charmant.

L'homme idéal selon Nicky.

— Attentionné.
— Gentil.
— Honnête.
— Beaucoup d'humour.
— De belles fesses.

Cela en révèle plus sur Nicky que sur le genre d'hommes qui lui plaisent, non ?

Je constate que Nix a enfin dépassé le stade « on se rencontre, on se revoit et on s'accouple ». Ce fut une grande époque de sa vie, merci Richard ; maintenant, la page est tournée.

Enfin, j'espère que c'est terminé. Quand on est célibataire, il n'y a rien de pire que d'entendre quelqu'un s'envoyer en l'air dans la chambre voisine, même s'il s'agit de votre meilleure copine. Non. Je retire ce que je viens de dire. *Surtout* s'il s'agit de votre meilleure copine.

9

Encore une nuit de planque.

Cette fois, je suis tapie dans un buisson à feuillage persistant, dans les jardins d'un ancien presbytère en pierre transformé en un ravissant restaurant français tout à fait sélect, à Epping Forest.

Après m'être définitivement mis Arnold à dos en l'obligeant à parcourir son plus long trajet en deux ans, je constate qu'en fait de rendez-vous amoureux, je suis tombée en plein dîner familial. D'après mon *Manuel du quotidien d'Eddie*, la petite dame blonde et enjouée d'une cinquantaine d'années attablée avec Eddie pourrait bien être sa mère. En arrivant, elle a pris ses mains dans les siennes et l'a embrassé affectueusement sur les deux joues.

J'ai de la chance : Eddie étant assis près d'une fenêtre, je le vois très bien depuis ma cachette.

Le téléphone portable de Nicky – qui est plutôt devenu le mien, ces derniers temps – se met à jouer une version assourdie de *Casse-Noisette*. Affolée, je recule aussi loin que possible.

Pourquoi cette précipitation, me direz-vous ? Après tout, qu'y a-t-il de plus banal que des feuilles qui tintinnabulent ?

Non sans difficulté, étant donné que je suis assaillie de tous côtés par les branches de mon buisson, je sors le portable de la poche intérieure de mon blouson et lis le numéro de mon correspondant, qui s'inscrit sur le petit écran.

Ô surprise, c'est Amanda.

— Naomi ?

Sa voix cassante me paraît étrangement proche. J'ai la désagréable impression qu'elle est là, juste derrière moi, et non au bout d'une ligne téléphonique.

— Évidemment, ce ne sont pas les renseignements... Remarquez, je pourrais vous donner le numéro d'un très bon restaurant français.

— Pour l'amour du Ciel, Naomi, arrêtez vos commentaires et dites-moi ce qui se passe !

— Il est en train de dîner avec sa mère, Amanda.

— Vous êtes certaine que c'est sa mère ?

— Oui, sauf s'il est attiré par les femmes nettement plus mûres. Ce qui n'est pas exclu, bien sûr...

Je plaisante. L'humidité et les crampes me rendent cruelle.

— Ne vous en faites pas, cela ne peut être que sa mère. D'ailleurs, elle lui ressemble.

— Restez tout de même, on ne sait jamais, ordonne Amanda.

Qu'est-ce qu'on ne sait jamais ? À moins que la mère d'Eddie n'ait reçu des conseils de la mienne et ne sorte soudain de son sac à main une célibataire bien sous tous rapports, je ne vois vraiment pas pourquoi je passerais une seconde de plus plantée là.

Je les regarde avec envie manger, boire et rire dans cet endroit accueillant et élégant. Hormis le fait que je n'ai rien avalé depuis le petit-déjeuner et que mon estomac gronde comme si un troupeau d'éléphants me traversait les entrailles, j'aimerais bien être à l'intérieur, en train de rigoler avec eux.

Je m'entendrais sûrement beaucoup mieux avec la mère d'Eddie qu'avec la mienne. Je parie qu'elle n'essaie pas de régenter sa vie, elle. Elle paraît joviale et gaie et éclate de rire régulièrement, un rire délicieux dont l'écho me parvient malgré le double vitrage, tandis qu'ils dégustent leur dîner à l'air si appétissant...

Et moi, je suis planquée dehors, dans une saleté de buisson.

J'aurais dû me garer sur le parking du restaurant au lieu de rester au bout de la rue, j'aurais au moins pu les observer dans le relatif confort de l'Austin Allegro. Mais Arnold aurait détoné parmi les Mercedes, BMW et autres carrosses de la clientèle.

Ce qu'il me faudrait, en fait, c'est une camionnette. Une jolie camionnette avec un matelas à l'arrière, des coussins, une couette, une bouilloire, et peut-être un micro-ondes pour les grosses fringales, ainsi qu'une télévision pour les longues soirées d'hiver.

Et puis zut, je rentre à la maison.

Abigail et moi sommes de la fournée de midi ensemble, le dimanche. Il manque une personne, car Sylvia est parti à Ibiza à la dernière minute avec David, pour se faire bronzer, aimer, et pour tout oublier avant de remettre les pieds sur le sol britannique dans huit jours.

Comme d'habitude, Abi se plaint de Jerry l'Affreux, que je n'ai encore jamais rencontré.

— Ah, ce Jerry, soupire-t-elle, exaspérée, en passant une main pâle et gracile dans ses épaisses tresses auburn. Je suis sûre qu'il a quelqu'un d'autre. Le problème, avec ces fichus horaires, c'est que je ne sais jamais ce qu'il fabrique, ni où il est.

— Qu'est-ce qui te fait croire qu'il va voir ailleurs ?

— Bah, le truc classique, soupire-t-elle en décapsulant une bouteille de jus d'orange. Il a un nouvel après-rasage, de nouveaux sous-vêtements, il se rase de près tout le temps, il se douche plus de deux fois par semaine… et surtout, argument décisif, depuis quatre ans que je le lui demande, il vient soudain, en l'espace d'une nuit, d'arrêter de se ronger les ongles de pied au lit.

— Beurk ! Et tu as peur de perdre un type pareil ?

— Il possède des qualités qui le rachètent.

— Par exemple ?

— Eh bien, il sait faire d'autres choses au lit que ronger ses ongles de pied.

— Je reconnais qu'il faut une certaine souplesse dans la région du bas-ventre pour arriver à se mettre les orteils entre les dents !

Je m'interdis de proposer à Abi de découvrir si son Jerry l'Affreux la trompe. J'aurais un peu de mal à lui expliquer mon deuxième métier. C'est une fille adorable, mais un vrai moulin à paroles. En vingt-quatre heures, tout le monde serait au courant de mes sordides activités secrètes, on me poserait des questions, et la véritable raison de ma présence au *Lazy Daisy* risquerait bien d'éclater au grand jour.

— Eh bien, si tu veux, je peux mener ma petite enquête.

Et voilà, c'est sorti tout seul. Parfois, j'ai vraiment l'impression que ma bouche n'est pas reliée à mon cerveau. Et puis, tant pis ! Je n'ai pas besoin de préciser jusqu'où vont mes qualifications, n'est-ce pas ? Je me contente de lui offrir mon aide à titre amical, c'est tout.

— Tu peux quoi ?

— Essayer de savoir si Jerry fait des frasques ou non.

Abi cesse de couper rageusement un citron en tranches et me regarde en fronçant les sourcils.

— Mais comment ?

— En lui demandant de sortir avec moi.

— Tu ne parles pas sérieusement ?

Je hausse les épaules.

— À toi de voir. Encore faut-il vouloir connaître la vérité.

— Et s'il dit oui ? s'inquiète-t-elle en se mordant la lèvre inférieure.

— Il n'est pas impossible non plus qu'il refuse.

— Mais s'il accepte, au moins je saurai à quoi m'en tenir, plutôt que de me répandre en conjectures...

— Exactement.

— Et tu ferais ça pour moi ?

— Je ne te l'aurais pas proposé, sinon.

Pendant un moment, Abi me dévisage, la tête inclinée, ses yeux légèrement plissés, incrédule.

— Et comment comptes-tu t'y prendre ?

— Eh bien, tu me dis où je peux le trouver, et ensuite je joue ma petite comédie.

— C'est aussi simple que ça ?

— Simple, je l'ignore, mais il faut bien démarrer d'une façon ou d'une autre.

Je mens avec un aplomb dont je me félicite intérieurement.

Abi s'adosse au bar, les yeux baissés sur ses mains, puis elle se tourne vers moi. Un sourire se dessine lentement sur ses lèvres.

— Pourquoi pas ? Qu'est-ce que j'ai à perdre, de toute façon ?

Alors que je passe devant elle avec un plateau de verres, elle me donne un coup de coude complice dans les côtes.

— À propos d'hommes, j'ai l'impression que tu as un admirateur.

— Quoi ?

— On t'observe.

Du menton, elle me montre Eddie, qui est assis à une des tables du restaurant avec Ben et le bel Italien que j'avais vu au *Black Betty*, et qui se trouve être son comptable.

Tout en commençant à remplir le lave-vaisselle, je marmonne :

— Tu racontes n'importe quoi.

— Allez, Naomi, ne me dis pas que tu n'as pas remarqué la façon dont il te regarde ?

— Il fait ça avec toutes les filles, c'est un tombeur.

— Eh bien, il ne l'a jamais fait avec moi. Malheureusement.

Abigail écarte une mèche rousse de ses yeux et contemple Eddie d'un œil lascif. Il s'est à nouveau tourné vers Ben.

— Oh, ce dos... soupire-t-elle. Tu te vois enfoncer tes ongles là-dedans ? Ça va, ça va, on se calme, ajoute-t-elle à l'adresse d'un client impatient, qui agite frénétiquement un billet de vingt livres.

Dès qu'elle l'a servi, elle revient à mes côtés et reprend là où elle s'était interrompue.

— Naomi, tu as vraiment trop de chance.

— J'ai trop de chance ? dis-je distraitement, en remplissant le réfrigérateur de bouteilles de bière.

— Il te regarde encore.

— Mais qu'est-ce que tu vas chercher, Abi ?

— Si tu ne me crois pas, vérifie toi-même !

— Il ne me regarde pas. Et même s'il me regarde, c'est certainement pour s'assurer que je ne lambine pas trop.

Je jette un coup d'œil vers Eddie. Abi a raison. Il surprend mon regard et me sourit. Oh, ce petit sourire en coin tellement sexy !

— Tu vois, je te l'avais dit, lance-t-elle d'un ton triomphant. Arrête de faire ta coquette, tu as forcément remarqué son manège, non ?

Bon, d'accord, j'avais peut-être constaté qu'il se montrait particulièrement aimable, et ce n'est pas seulement le verre que nous prenons ensemble après le travail qui est en train de devenir une mauvaise habitude.

On s'entend bien.

Trop bien.

Je l'ai vu à l'œuvre. Il excelle dans l'art de la séduction. Mais il y a résolument autre chose entre nous que le badinage aimable qu'il réserve aux autres filles. Malheureusement, je ne suis pas la seule à l'avoir compris.

Après le travail, je retrouve Jamie dans un café près des quais, où l'on sert un délicieux gâteau au chocolat nappé de caramel chaud.

Nous nous installons à une table près de la fenêtre, avec vue sur la Tamise. Bien que nous soyons en été, il fait beaucoup trop froid pour s'asseoir en terrasse. Un vent d'ouest effleure la surface de l'eau, envoyant des vaguelettes grisâtres clapoter contre les bateaux amarrés en face de nous.

Sous prétexte que nous avons tous les deux eu une dure journée de travail, nous commandons chacun une double portion du gâteau susmentionné.

— Alors, comment ça se passe, au boulot? demande Jamie en dévorant sa première part de gâteau à une vitesse vertigineuse.

— Bien.

— Et ça ne te dérange pas d'être si proche d'Eddie pour travailler?

— Non, ça va.

Encore deux bouchées, et Jamie aura fini une immense part de gâteau. À ma connaissance, personne ne mange aussi vite que lui, à part peut-être Elvis. Il marque une pause, le temps de s'attaquer à la deuxième tranche, puis il reprend :

— Je t'ai vue le regarder, ma puce.

— Ce n'est peut-être pas sans rapport avec le fait que le regarder est précisément ce pour quoi me paie Amanda.

Je lui fais une grimace et lèche un peu de caramel qui s'obstine à rester collé sur ma fourchette.

— Je sais, mais la seule autre fois où j'ai vu cette expression sur ton visage, c'est quand tu as goûté ta première glace vanille aux noix de macadamia caramélisées.

— Tu t'en souviens ? Pas moi. Mais vous connaissez les symptômes de la dépendance, cher docteur, dis-je en riant, avant d'avaler une nouvelle bouchée. On a l'impression qu'avant l'apparition de la passion, on ne vivait pas.

— Exactement, affirme Jamie d'un ton ampoulé.

— Comment ça, exactement ?

— Tu viens de le dire, la passion.

Il termine son dernier petit morceau de gâteau au chocolat et commence à lorgner le mien avec espoir, un peu à la manière d'Elvis pendant le dîner.

Et voilà, c'est reparti. Le redoutable diagnostic du docteur Love.

— Je ne suis pas amoureuse d'Eddie, Jamie.

— Seigneur, elle en est encore à l'étape de la dénégation, soupire-t-il.

— C'est faux !

— Dénégation de la dénégation, grogne Jamie. C'est pire que je ne le pensais.

Je répète à travers mes dents serrées :

— Je ne suis pas amoureuse d'Eddie.

— Dans ce cas, pourquoi est-ce que tu continues ce boulot minable et dingo de pseudo-détective ? Je te connais, Naomi. Tu ne supportes pas qu'on te dise ce que tu dois faire, et pourtant tu laisses Amanda régenter ta vie comme si tu lui appartenais.

— J'ai besoin d'argent.

— Tu pourrais trouver un autre boulot.

— Jamais aussi bien payé.

— N'importe quoi ! Amanda ne te paie même pas le temps que tu passes à travailler au bar.

— C'est que... ça ne m'a pas paru honnête, vis-à-vis d'Eddie.

— Écoute, Naomi, je veux bien admettre que tu

travailles au *Lazy Daisy* pour garder un œil sur Eddie, mieux le connaître, savoir quel genre d'homme il est...

— Ah, bon, tu admets ça ?

— Oui. Mais là où je ne suis plus d'accord, c'est quand tu prétends faire ça pour Amanda... Réfléchis, Naomi, s'il te plaît. Il serait peut-être temps que tu commences à être honnête vis-à-vis de toi-même, non ?

Il m'assène ma propre phrase avec le sérieux du psychothérapeute qui répète tout ce que vous dites, histoire d'amener à la surface les secrets que vous cache votre inconscient. Quelle plaie, d'avoir un demi-frère quasiment parfait, à la fois intelligent, beau et pertinent !

Soit, j'avoue. J'aime bien Eddie.

Ne me demandez pas ce que c'est. Oui, bien sûr, il y a tout le mécanisme habituel : le charme physique, l'attirance intellectuelle, l'alchimie du désir, le fait qu'on partage le même sens de l'humour un peu tordu. Mais il flotte entre nous quelque chose de plus, d'indéfinissable.

Je suis obnubilée par Eddie. Je pense à lui aux moments les plus insolites, dans les endroits les plus incongrus... et souvent dans les positions les plus inattendues.

Oh, ça va, ne faites pas cette mine indignée ! Je n'ai pas eu d'aventure sexuelle depuis presque deux ans, j'ai bien le droit de fantasmer un peu, non ?

Jerry l'Affreux.

Vingt-neuf ans. Irlandais. Cheveux noirs, yeux bleus, sourire malicieux, un charme suave et insolent de voyou. Et, d'après Abi, un dragueur plus redoutable que Casanova lâché en liberté dans un couvent avec pour mission de corrompre les nonnes.

C'est l'heure du déjeuner. Nous sommes dans un bar. Comme d'habitude, vous allez dire. Il faut croire que je passe la moitié de ma vie dans les bars, en ce moment. Bars, buissons et plumard. Quelle impressionnante vie mondaine!

Nicky est aux toilettes. Debout à une extrémité du bar, j'attends qu'on me serve, pendant que la barmaid papote à l'autre bout, entreprise par Jerry l'Affreux.

Je discerne ses mélodieuses intonations irlandaises au-dessus des murmures d'une clientèle dominicale relativement paisible. Les flatteries les plus scandaleuses dégoulinent de sa bouche comme du coulis de fraise chaud sur de la glace à la vanille. Je la vois fondre d'ici. La barmaid, bien sûr.

Au bout d'un moment, elle est bien obligée de s'arracher à ses compliments pour satisfaire les besoins d'une queue de clients qui va s'allongeant. Par chance, elle commence avec moi.

La serveuse ne ferait pas long feu au *Lazy Daisy*, me dis-je avec dédain. On travaille dur, là-bas, le service est de qualité. La barre serait trop haute pour elle, même si elle se dressait sur un tabouret de bar.

Mazette! Je suis fière de mon boulot, sentiment que je n'avais jamais éprouvé auparavant.

Je prends les verres et me dirige vers une table qui vient de se libérer dans un coin de la pièce, d'où je pourrai tranquillement observer sans être vue.

Nicky revient des toilettes, les lèvres fraîchement repeintes, la poitrine parfaitement mise en valeur par le col en V de son tee-shirt, ses cheveux relevés négligemment, un peu fous.

Elle est magnifique.

Je retrouve enfin la Nicky que j'ai laissée il y a deux ans, la Nicky capable de faire tourner les têtes d'un seul regard sous ses cils interminables. Elle a toujours trois kilos de plus qu'avant, mais ils se sont placés là où il faut.

Et surtout, elle se sent bien. Tout dans son attitude le proclame. Elle est absolument superbe. Sûre d'elle et sublime.

Lorsqu'elle passe tranquillement devant Jerry l'Affreux, il cesse de s'intéresser à la serveuse assez longtemps pour écarquiller les yeux jusqu'à ce que Nicky arrive jusqu'à moi.

— Qu'est-ce que j'ai ? chuchote-t-elle avec inquiétude. J'ai coincé ma jupe dans ma culotte ?

— Non, mais je crois qu'on vient de te déshabiller mentalement. Jerry l'Affreux a calciné tous tes vêtements avec ses orbites.

— J'aime mieux ça, plaisante Nicky, je commençais à penser que j'étais la seule femme de la salle qu'il ne trouve pas jolie. J'aurais pu me sentir très insultée.

Pendant une demi-heure, nous restons assises à observer Jerry.

Si ses yeux furètent dans tout le bar comme ceux d'un obsédé sexuel dans une fête où l'on dénombrerait dix fois plus de femmes que d'hommes, pour l'instant, le corps n'a pas tenté de suivre.

Au bout d'une heure, de deux jus d'orange chacune et de monumentale drague oculaire de la part de Jerry, je décide qu'il est temps de passer à l'action.

Je souris brièvement à Nicky.

— Dois-je te souhaiter bonne chance ? demande-t-elle.

— J'espère seulement que je serai assez convaincante pour berner Jerry.

Puis j'ajoute, en soupirant à la pensée d'Abigail :

— Mais pas trop non plus. Pourvu qu'il dise non, Nix !

— Ça dépend de ce que tu vas lui proposer, je suppose.

— Qu'est-ce que tu dirais d'une nuit de sexe débridé ?

— Ça me paraît parfait ! approuve-t-elle en riant.

Une fois au bar, je commande encore un verre et jette un coup d'œil en coin vers l'homme virtuellement infidèle. Il me regarde. Ou plutôt, il regarde mes jambes, mais ses yeux remontent vers mon visage.

Je souris.

Il sourit.

Trente secondes plus tard, je rejoue la scène.

Regard, sourire, sourire rendu.

La troisième fois, je prends le taureau par les cornes et lui adresse mon regard le plus engageant.

Au lieu de craquer, il se lève et part en direction des toilettes des messieurs, me laissant debout au bar, en train de reluquer stupidement un tabouret vide, avec le sentiment très net d'être parfaitement ridicule.

Il a décliné mes avances. Je m'en réjouis pour Abi, mais je suis vexée. Qu'est-ce qui cloche chez moi ?

Non, je ne veux pas dire « qu'est-ce qui m'arrive, pourquoi suis-je vexée d'être repoussée par un dragueur impénitent », je me demande réellement ce qui cloche dans mon physique.

Penaude, je retourne à notre table et chuchote à Nicky :

— Je suis laide ou quoi ?

Elle éclate de rire, ce qui n'est pas une excellente idée au moment précis où l'on avale une gorgée d'eau.

— Ne dis pas n'importe quoi ! Tu n'es pas son genre, c'est tout. Tu n'es pas attirée par tous les hommes que tu croises, si ?

— Bien sûr que non ! Mais ce type baratine tout ce qui porte jupon.

— C'est seulement ce qu'on t'a raconté, les autres ont peut-être beaucoup exagéré.

— Peut-être, mais je l'ai vu à l'œuvre aujourd'hui, non ? Il n'a pas vraiment passé son temps terré dans un coin.

Nicky mâchouille le coin de sa lèvre, songeuse.

— Et si j'essayais ? suggère-t-elle après quelques secondes de réflexion labiale.

— Toi ?

— Ne prends pas cet air choqué, Naomi, je pourrais me vexer.

— Oh, tu sais bien ce que je veux dire... Je ne pensais pas que ce serait le genre de truc que tu aurais envie de faire.

— Je te rappelle que j'ai acquis une solide expérience du flirt, ces derniers mois.

— C'est vrai qu'il t'a vraiment reluquée quand tu es revenue des toilettes...

— Ah, bon ? murmure-t-elle avec une fausse modestie éhontée.

— Les yeux ne lui sortaient pas des orbites, ils implosaient littéralement.

Nicky sourit d'un air satisfait.

— Tu peux toujours essayer, dis-je, de plus en plus enthousiaste. Personnellement, je serai ravie de siroter tranquillement mon verre en regardant quelqu'un d'autre se faire humilier à ma place.

— Trop aimable, Naomi. Je croyais que tu étais mon amie.

Nicky se lève, lisse sa jupe, remonte sur ses épaules les bretelles de son bustier et regarde brièvement son reflet dans la fenêtre.

— Comment je suis ?

— Canon.

— Pas de conseils à me donner ?

Je réplique en riant :

— Tu te moques de moi ? Je ne me permettrais pas de donner des conseils à quelqu'un qui possède une aussi solide expérience du flirt !

Elle rit à son tour, m'adresse un clin d'œil et avance vers le bar en se déhanchant d'une manière presque indécente. Là, elle reste à un ou deux mètres de Jerry, pour ne pas non plus en faire trop.

Elle n'a pas besoin d'en faire trop. Jerry l'a remarquée dès l'instant où elle s'est levée et s'est mise à marcher. De toute évidence, Nicky est son type.

Nix sourit à la barmaid, qui vient à contrecœur lui servir deux autres verres. Lorsqu'elle sort son porte-monnaie Gucci pour payer, elle le laisse tomber par terre. Les pièces s'éparpillent dans tous les coins. Une aubaine pour Jerry, qui entreprend de ramasser l'argent avec l'ardeur d'un enfant qui cherche des œufs de Pâques dans le jardin.

Il tend à Nicky sa monnaie, commande une bière, et ils parlent pendant dix minutes, tandis que je les observe discrètement et intensément.

Elle est futée, ma copine. Elle a joué la version modernisée du mouchoir. Enfin, Jerry regagne sa place et Nicky notre table, le visage fendu d'un grand sourire.

— Alors ?

J'ai l'impression d'être Amanda réclamant ses renseignements. Nix me donne mon verre.

— En fait, c'est un type bien, figure-toi.

— Qu'est-ce qu'il t'a dit ?

— Non.

— Quoi ?

— Je lui ai demandé s'il voulait sortir avec moi, et il a dit non. Tu sais, ajoute-t-elle, j'étais presque déçue, il est quand même mignon...

Elle jette un bref coup d'œil vers l'endroit où est assis Jerry et sourit.

— Il m'a remerciée pour ma proposition et m'a appris qu'il était pratiquement un homme marié, puis il a passé les cinq minutes suivantes à me vanter les mérites de sa petite amie, une fille merveilleuse qu'il adore.

— Tu plaisantes, je suppose ?

— Absolument pas. Il est fou d'elle.

— À voir comment il se comporte, on ne le dirait pas !

— Crois-moi, Naomi, il a peut-être du bagou, mais le reste ne suit pas.

Je gémis :

— Décidément, je ne comprendrai jamais rien aux hommes.

— À mon avis, il ne conclut pas. Parfois, les types aiment bien flirter... Ça ne les engage à rien. Je pense que pour Jerry, c'est purement récréatif.

— Tu veux dire qu'il flirte comme d'autres astiquent leur voiture le dimanche ?

— Quelque chose dans ce genre-là, oui. C'est inoffensif.

— Mais comment expliquer la nouvelle image, les nouveaux vêtements, le nouvel après-rasage ?

— Il n'est pas venu à l'esprit d'Abigail que tout ça lui était destiné ? Apparemment, elle n'est pas vraiment heureuse, n'est-ce pas ? Il a pu ressentir son insatisfaction et décider de faire un effort pour lui plaire, pour l'impressionner.

— Peut-être, oui. Il t'en a parlé ?

— Pas aussi longuement. Mais j'ai bien eu l'impression qu'il était très attaché à elle, il a dû prononcer son prénom au moins quarante fois en dix minutes de conversation !

— Si ça se trouve, sa maîtresse s'appelle aussi Abigail...

— Oh, Naomi, arrête ! s'exclame Nicky en secouant la tête. Ce type est réglo.

— Bon, sans doute. Je voulais juste en être absolument sûre avant de faire mon rapport à Abi.

— Dis donc, plaisante-t-elle avec une moue de ses lèvres rouges, il a repoussé les avances d'une fille comme moi, quelle preuve supplémentaire te faut-il ?

Eddie débarque au *Lazy Daisy* au moment où j'allais partir, des cernes bistre sous ses yeux fatigués. Il va directement au bar et se sert un grand cognac.

— J'ai passé une journée pourrie. J'ai l'intention de la terminer derrière le bar jusqu'à ce que je m'écroule, et j'espère récolter une gueule de bois carabinée.

Il se retourne et m'adresse un petit sourire.

— Mais vous savez ce qu'on dit sur la solitude et l'alcoolisme...

— Qu'il ne faut jamais commencer à boire seul. Mais je l'ai déjà fait et je ne suis pas alcoolique pour autant.

— Vous allez vous joindre spontanément à moi, ou dois-je vous supplier ?

— Mmm... j'aime bien me faire prier un peu. C'est grisant de voir un homme à genoux.

— Ne comptez pas sur moi pour me mettre à vos pieds, femme perverse, réplique-t-il en me servant un cognac, me le tendant et me retirant ma veste.

— Je n'ai pas le choix, je suppose ? Je reste ?

— Exact, répond-il en s'asseyant sur un tabouret. Vous ne voudriez pas me laisser m'enivrer tout seul ?

— Et rater une occasion pareille de m'amuser ? dis-je avec sarcasme, en m'installant à côté de lui. Pour rien au monde ! À la vôtre.

Nous trinquons, et il avale son double cognac d'une traite. Lorsque je l'ai imité, quelques secondes plus tard, il retourne derrière le bar, d'où il rapporte la bouteille à moitié pleine.

— Ça évite de se lever tout le temps, précise-t-il.

— Quand on aura fini le cognac, de toute façon, on en sera bien incapables. Il manque juste une chose d'une importance vitale.

— Ah, bon ?

— La nourriture.

— La nourriture ?

— Vous savez, ces trucs qu'on se met dans la bouche et qu'on mâche. Pour survivre et pour son plaisir personnel...

Il disparaît dans la cuisine et revient cinq minutes plus tard avec une assiette de sandwichs, qu'il pose devant moi avec une courbette.

— Alors, heureuse ?

— Eh bien, ce n'est pas vraiment de la grande cuisine, mais au moins, vous êtes vaguement plus raffiné que je ne le pensais.

— Et avec ça ?

Il sort une tablette de chocolat de la poche arrière de son jean et me la tend.

— Mmm ! Chapeau bas !

Une demi-heure plus tard, le chocolat est terminé, l'assiette de sandwichs presque intacte, la bouteille pratiquement vidée. Nous avons âprement débattu de l'égalité des sexes et, curieusement, à mesure que le taux d'alcool dans notre sang augmentait, la discussion a dérivé sur les mérites comparés du chocolat et des cacahuètes grillées.

— Vous croyez qu'il nous en faut une autre? demande Eddie en transférant dans mon verre les tout derniers millimètres de cognac.

— Incontestablement. Mais c'est moi qui m'y colle, cette fois.

Je tente de me lever de mon tabouret, mais mes jambes ne sont plus très bien connectées à mon cerveau. D'ailleurs, même si elles l'étaient, mon cerveau ne fonctionne plus à un rendement suffisant pour se coordonner à elles. Pour me stabiliser, je m'agrippe au rail en cuivre qui court sur toute la longueur du bar et renverse la bouteille avec mon coude. Elle retombe sur la surface en bois, et le goulot s'arrête devant moi.

— Action ou vérité?

— Pardon?

— Eh bien, si nous jouons à faire tourner la bouteille, explique-t-il avec un grand sourire, c'est le jeu de la vérité.

— Je ne savais pas qu'on jouait à faire tourner la bouteille...

— C'est pourtant vous qui avez commencé.

— Involontairement... Oh, bon, si vous voulez. Vérité.

Il m'examine un instant, une étincelle malicieuse dans les yeux.

— Quelle est votre position sexuelle préférée?

— Je refuse catégoriquement de répondre à ça!

— Dans ce cas, vous aurez un gage.

— Quel est le gage?

Il réfléchit, puis se lève de son tabouret, contourne le bar et revient avec une bouteille de tequila. Il en verse une bonne rasade directement dans mon verre de cognac.

— Buvez. Bois.

— Quoi ?

— C'est ton gage.

— Tu rigoles ?

— Soit tu bois, soit tu réponds à ma question.

Je grommelle :

— Je trouve ce jeu parfaitement injuste.

— Tu feras ce que tu veux quand ce sera ton tour.

Bon sang, mais c'est bien sûr ! Eddie a raison. Une occasion pareille ne se représentera pas de sitôt.

Je me demande si j'arriverai à inventer des défis suffisamment insensés pour qu'il préfère choisir de dire la vérité chaque fois. Il m'offre le moyen de découvrir tout ce que j'ai besoin de savoir sur lui en une soirée. De plus, une fois dessoûlé, il ne se rappellera probablement pas mon interrogatoire.

— D'accord, je marche.

Je prends le verre, regarde Eddie droit dans les yeux et vide le mélange cul sec, en réussissant à réprimer le râle qui menace de m'échapper quand le liquide me brûle la gorge. Puis, d'une voix râpeuse, je déclare :

— Voilà. À toi. Action ou vérité ?

— Hé, minute ! On n'a pas encore fait tourner la bouteille.

— Alors, vas-y.

D'une torsion du poignet, il fait tournoyer la bouteille de cognac sur le bar en bois, jusqu'à ce qu'elle perde de la vitesse, ralentisse de plus en plus et s'immobilise enfin devant un Eddie hilare.

Je m'exclame triomphalement :

— Ah ! À vous. À toi ! Action ou vérité ?

— Vérité.

— Quelles sont les cinq qualités que tu admires le plus chez une femme ?

Bien joué, Naomi.

— Se peut-il qu'une femme en possède autant ?

— Heureusement pour toi, je sais que tu n'es pas sérieux, sinon je te fracasserais cette fichue bouteille sur la tête.

— Ah, ça me plaît, ça ! J'aime les femmes qui ont de l'estomac.

— Oh, bien grasses, alors, à la Rubens... Mais non, j'ai compris, je plaisante ! dis-je en le voyant secouer la tête. Bon, et d'une.

— L'intelligence.

— Bien. Ensuite ?

— La beauté.

— Cliché.

— Peut-être, mais je mentirais si je disais que ça ne compte pas. D'ailleurs, je parle aussi de la beauté intérieure.

— Soit, tu t'es un peu rattrapé. Ensuite ?

— Le sens de l'humour.

— Très important, en effet.

Il hoche la tête.

— Il en faut pour te supporter.

— Non mais... réplique-t-il, vexé.

Je l'interromps pour lui rappeler :

— Le sens de l'humour. Très très important.

— Un joli derrière. Oh, arrête ! ajoute-t-il devant mon expression réprobatrice. C'est le premier critère de la liste pour la plupart des femmes, j'ai bien le droit de le mettre sur la mienne !

C'est bizarre, Eddie a tendance à reculer dangereusement devant mes yeux, voire à se dédoubler, me dis-je dans un brouillard éthylique.

En principe, je tiens remarquablement bien l'alcool. Je sais qu'il n'y a pas là de quoi être particulièrement fière, mais je peux boire énormément sans sombrer dans le coma, vomir, rire bêtement et, d'une façon générale, me comporter comme si j'avais subi une ablation du cerveau.

Eddie Farrar est le premier homme que je rencontre

à soutenir la comparaison avec moi. Nous sommes alcooliquement compatibles.

C'est épouvantable.

En fait, non, c'est plutôt très marrant.

Nous en sommes arrivés au stade du « on va s'amuser à faire des choses stupides » exactement au même moment.

En général, lorsqu'on a atteint le degré d'ébriété où on a envie de danser sur la table, l'autre n'en est jamais au même point. Soit il a un métro de retard et vous contemple d'un air pincé, soit il a pris de l'avance sur vous et gît par terre depuis longtemps.

Mais nous n'allons pas danser sur la table, alors que nous avons une boîte de nuit à notre disposition.

Avec prudence, Eddie descend dans l'obscurité l'escalier qui mène au sous-sol, moi sur ses talons. Une fois en bas, il allume toutes les lumières. Les travaux sont pratiquement terminés. Un seau abandonné dans un coin et un escabeau constituent les seules traces du passage des maçons aujourd'hui.

Eddie se dirige vers les platines du disc-jockey.

— Bien, voyons comment tout ça fonctionne...

— Tu sais t'en servir ?

— Tu connais ma philosophie, Naomi.

— Oui, savoir tout faire marcher.

Eddie branche assez de prises de courant pour illuminer une ville de cinq mille habitants, tripote quelques boutons et insère une de ces cassettes préenregistrées qu'a mixées Damon, le D.J. fou aux cent mille nattes du *Black Betty*. Soudain, la musique déferle des immenses haut-parleurs à côté desquels je me tiens. Je fais un bond.

Bizarrement, nous semblons avoir droit à une sélection de chants de Noël. Une version techno de *Vive le vent* se met à hurler dans mes oreilles, et Eddie s'élance joyeusement sur la piste de danse.

Même l'être le plus parfait a sa faille.

Je viens de découvrir celle d'Eddie.

Il danse comme un pied.

Je m'attendais à un danseur fabuleux, il est si doué pour tout le reste... Mais même le juré le plus indulgent et le plus soudoyé aurait du mal à reconnaître à ses gesticulations d'autre qualité qu'un sens du rythme rudimentaire.

En tout cas, il s'en fiche complètement. Immergé dans la musique et la danse, il ne pense plus à rien et se défoule jusqu'à ce que la voix de velours de George Michael suinte des enceintes et entonne *Last Christmas*.

Nous nous rapprochons l'un de l'autre et dansons ensemble avec une intimité spontanée et confortable.

Je me trompais. Il sait danser, mais pas sur les musiques techno que passe tout D.J. normalement constitué. Je parie qu'il danse merveilleusement le tango... À moins que ce ne soit ce parfait accord de nos corps qui rende nos évolutions si fantastiquement harmonieuses.

Naomi, ça suffit. Tu n'as pas à aimer ça.

Une tentative de lambada des plus enthousiastes s'ensuit, et nous finissons par nous écrouler par terre dans une crise de fou rire hystérique. Par chance, la musique change juste à temps pour nous épargner des dégâts irréparables.

Il est 4 heures du matin, et nous entamons une conga très courte, très inélégante mais très convaincue à travers la vaste piste déserte. Eddie est derrière moi, les mains sur ma taille et la tête sur mon épaule. Du moins, jusqu'à ce que nous prenions un virage un peu serré et que je perde mon coéquipier.

Je continue à danser un moment, avant de réaliser qu'il n'y a plus de mains sur ma taille et que la tête a disparu de mon épaule. Je me retourne et aperçois Eddie, généralement si maître de lui et de ses émotions, avachi par terre comme un ivrogne, secoué de trémoussements hilares.

J'aime bien cet Eddie, ce fou éméché, triste et drôle.

J'aime bien l'autre Eddie aussi. Ils se complètent.

Je réprime l'envie de le serrer dans mes bras et lui tends la main pour essayer de le redresser.

Malheureusement, il pèse une bonne quinzaine de kilos de plus que moi. Ceci, ajouté au fait que mon propre équilibre est quelque peu altéré par la quantité d'alcool ingurgitée en l'espace d'une heure, ne me place pas dans des conditions de réussite optimales. Je réussis à le hisser de quelques centimètres, mais nous retombons tous les deux en arrière sur la piste.

J'ai de la chance. Il heurte le sol de plein fouet, tandis que je me retrouve allongée au-dessus de lui dans une posture légèrement compromettante. Instinctivement, il m'a entourée de ses bras pour me protéger.

Après un silence, je chuchote :

— Ça va ?

Il hoche la tête, les yeux encore humides de rire.

— Et toi ?

— Je crois que oui. Au moins, tu as amorti le choc.

— Ça ne m'étonne pas. Avec tout ce que j'ai bu, tu dois avoir l'impression d'être sur un matelas d'eau.

Un énième fou rire nous secoue, qui s'arrête brusquement. Nous avons les yeux dans les yeux, nos bouches se frôlent presque, si proches que je sens son haleine chaude se mêler à la mienne, si proches que je sens presque ses lèvres contre les miennes.

Soudain, je dessoûle.

— Euh... je crois que je vais rentrer.

Il hoche la tête, mais ses bras restent encerclés autour de ma taille. Je suggère :

— Il va donc falloir que je me relève.

Mais ni lui ni moi ne tentons de remuer. Je perçois le martèlement de son cœur contre ma poitrine. Il bat en rythme avec la musique. Beaucoup trop rapide pour un battement cardiaque normal.

Et nous nous embrassons.

Je ne sais pas vraiment qui a commencé, mais c'est moi qui mets un terme à ce baiser. À contrecœur.

Détacher ma bouche de la sienne est aussi difficile que décoller deux aimants... qui se rejoignent aussitôt. Nous nous perdons dans une nouvelle étreinte, en chute libre. Nos yeux s'ouvrent et nous nous regardons pendant toute la durée de ce baiser sensuel et inouï.

Je parviens enfin à m'écarter de lui et, les lèvres et le visage en feu, je me lève et m'enfuis du *Lazy Daisy* aussi vite que mes jambes flageolantes me le permettent, telle Cendrillon aux douze coups de minuit.

Enfin, telle Cendrillon... Je crains de ne pas pouvoir poursuivre ma comparaison jusqu'au classique *happy end*. Ne me demandez pas pourquoi, mais j'ai l'affreux pressentiment que mon conte de fées va se terminer en film d'horreur.

Voilà, j'ai recommencé.

Durant mon voyage à travers l'existence, j'ai croisé plusieurs fois des panneaux indiquant clairement : « Attention, chemin du désastre ». On pourrait me croire dyslexique ou analphabète, à voir la façon dont j'ignore les grosses lettres noires et trottine gaiement vers de périlleux précipices.

Cela n'aurait jamais dû se produire.

Je pourrais démissionner, mais allez expliquer ça à Nicky et à Amanda.

Et puis, je n'ai pas envie de partir.

Si je ne passais pas tout mon temps libre à cavaler comme James Bond, ce boulot au *Lazy Daisy* me plairait vraiment. J'en serais même très satisfaite. De toute façon, je ne vais pas poursuivre toute ma vie ma carrière de détective pour femmes désespérées.

Je suis bien payée, les horaires sont souples, j'apprécie mes collègues. Quant au patron... Hé là, on se calme.

Bon, je n'ai qu'à faire comme si je n'éprouvais rien et revenir à l'étape de la dénégation.

Rien de plus simple, me direz-vous. Un peu de bromure dans mon Coca, une thérapie de suppression d'hormones, et je devrais oublier ce que je ressens pour Eddie Farrar.

Dès qu'il est là, l'air que je respire n'est plus le même : j'ai l'impression d'être entrée dans une boulangerie. Alors, il vaut mieux que je m'écarte de son chemin, à la manière d'un crabe filant vers le plus proche rocher.

Je ne sais pas ce qui se passe.

La seule passion désespérée que j'ai connue récemment a eu pour objet la glace aux noix de macadamia caramélisées, et elle a été nettement plus facile à apaiser que celle-ci. Je vis une expérience nouvelle et terrifiante, je suis submergée par un déluge d'émotions.

Je veux cet homme.

J'ai envie de lui, plus que je n'ai jamais eu envie de quoi que ce soit dans ma vie.

Plus que de chocolat.

Plus que d'un cheval quand j'avais onze ans.

Plus que de Simon Le Bon quand j'avais treize ans.

Plus que d'une voiture le jour où j'ai obtenu mon permis de conduire.

Apparemment, la dénégation, ça ne marche pas.

Essayons la fuite.

Dès qu'il passera une porte, je sortirai par une autre. Dès qu'il faudra remplacer un tonneau, je me porterai volontaire pour descendre à la cave. Si une sortie est organisée avec le personnel du club, je me proposerai pour tenir le *Daisy* et surveiller le personnel intérimaire.

Quand il apparaîtra pour fermer la boutique, je me faufilerai subrepticement dehors, telle une détenue s'évadant d'une prison ouverte. Plus question de rester boire un verre.

J'envisage même de me mettre à fumer, afin d'avoir une bonne excuse pour me glisser dans la ruelle toutes les demi-heures et me cacher derrière une poubelle.

En allant aux toilettes, Dot me trouve une fois de plus perchée sur la rangée de lavabos, en train de ronger la dernière petite peau autour de l'ongle de mon pouce gauche.

Elle s'enferme dans une des cabines et lance :

— Soit tu as une cystite, soit tu te caches d'une certaine personne.

— Ça se voit tant que ça ?

Dot émerge des toilettes, se lave les mains et pose ses fesses à côté des miennes sur la céramique blanche et froide.

— Tu es la seule fille que je connaisse à fuir Eddie Farrar au lieu de te jeter à sa tête.

Elle sort de sa poche un paquet de cigarettes froissé et en allume une.

— Pourrais-je enfin savoir pourquoi tu passes ton temps à l'éviter, Naomi ? Vous êtes dingues l'un de l'autre, ça crève les yeux.

Tout en m'attaquant aux ongles de ma main droite, je marmonne :

— C'est exactement à cause de ça que je l'évite.

Et aussi à cause d'une certaine blonde hystérique appelée Amanda la Foldingue.

— Oh ?

Dot hausse les sourcils et me considère d'un air entendu.

— Écoute, je sais que sa réputation le précède, mais je peux t'assurer qu'il ne la mérite pas. Beaucoup de rumeurs sont nées parce que certaines filles ont pris leurs désirs pour des réalités. Fais-moi confiance, je connais Eddie depuis qu'il est tout petit. C'est un amour.

— Tu joues les entremetteuses, maintenant ?

— Tu es une chouette fille, Naomi. Tu serais bien pour lui.

— Ah, oui ?

Elle hoche la tête.

— Oui. À moins qu'il ne te vire parce que tu ne fiches plus rien.

Elle saute sur le sol et se dirige vers la porte.

— Allez, c'est reparti pour un tour de folie. Il faut bien qu'une de nous deux serve des bières, ce soir, soupire-t-elle en m'adressant un clin d'œil. Ne reste pas là trop longtemps, Naomi, c'est malsain. Et... pense à ce que je t'ai dit, d'accord ?

Y penser ? Si j'y pense une seconde de plus, ma tête va exploser. Je n'ai fait que penser à Eddie, ces dernières semaines.

Dot a-t-elle raison ? Serais-je bien pour lui ?

Est-ce qu'il serait bien pour moi ?

En tout cas, ma santé risque d'en prendre un coup. Si ce n'est pas le stress qui me tue, ce sera Amanda.

10

La culpabilité et les soucis affectent très différemment les individus.

Certains ont l'estomac noué ; d'autres sont insomniaques, se rongent les ongles jusqu'au sang, deviennent grognons et irritables ; d'autres encore essaient de tout oublier en se noyant dans l'alcool.

En ce qui me concerne, je perds l'appétit, le sommeil, et je bois dix fois trop. D'une façon générale, j'ai l'impression que je devrais me couper les deux pieds pour réussir à me faire pardonner les crimes qui provoquent en moi ce sentiment de culpabilité.

J'appelle Ben, prétexte des problèmes personnels (Amanda, Eddie, mes nerfs), prends quelques jours sur mes congés annuels et trimbale ma morosité dans l'appartement de Nicky en mangeant du chocolat, m'efforçant sans succès d'éviter Amanda et ressassant inlassablement ce fameux baiser.

Amanda est surexcitée et ne cesse d'entrer et de sortir en arborant toute une panoplie de tenues vestimentaires, coiffures, peintures de guerre, chaussures, et même un assortiment de sous-vêtements scandaleusement sexy, dans l'espoir que je vais la conseiller au mieux pour le jour J. Comme si j'avais envie de l'aider à choisir la petite culotte qu'elle espère voir Eddie lui arracher de ses belles dents blanches (dont une canine merveilleusement tordue) !

Nicky a remarqué que je ne suis plus moi-même et a diagnostiqué un surmenage dû à mes multiples activités. Elle s'affaire autour de moi tandis que je gis sur le canapé, prostrée, m'offrant des biscuits au chocolat et des dizaines de tasses de thé très sucré. Sans doute croit-elle que cette overdose de douceurs finira par adoucir mon humeur.

À mon avis, elle se sent coupable de tout le temps qu'elle passe en goguette avec Amanda. Mais c'est mon amie, pas ma femme, et elle a bien le droit d'avoir une vie sociale – laquelle semble d'ailleurs follement excitante. Bon, d'accord, je suis un peu agacée de ne pas pouvoir partager ladite vie sociale, étant donné que je n'ai pas une seconde de libre pour m'amuser.

Sa dernière trouvaille pour « dérider Naomi » consiste à m'embarquer dans une folle soirée entre filles.

Je n'ai pas vraiment envie de faire la fête en ce moment, mais décide qu'une sortie du bon côté du bar se révélera peut-être salutaire pour mon moral, et je me laisse convaincre assez facilement.

— S'il te plaît, dis oui, Naomi. On va oublier tous nos soucis, se soûler et danser. Comme quand on était à la fac.

Je trouve assez d'énergie pour plaisanter :

— Tu crois qu'on aura encore assez la pêche, à notre âge avancé ?

— En tout cas, si tu restes sur ce canapé une heure de plus, la marque de ton postérieur sera gravée définitivement sur le tissu… Tu ne préfères pas carrer tes fesses sur un tabouret de bar, avec une vodka dans une main et un apollon dans l'autre ?

— Pour l'apollon, je vais réfléchir, mais la vodka... Là, tu me prends par les sentiments.

— Alors, c'est oui ?

— Mais je peux aussi boire une vodka ici...

— Si tu as envie de passer la soirée toute seule, à t'encroûter devant des rediffusions comme une sinistre imbécile pendant que je m'éclate en boîte...

— D'accord, dis-je en m'extirpant du canapé. Tu m'as convaincue.

— Super ! s'écrie Nicky, ravie. Le problème, c'est que j'avais promis à Amanda qu'on ferait quelque chose ensemble ce soir...

Mue par la culpabilité, j'affiche une tête de martyre et, avec une extrême mauvaise grâce, je soupire :

— On n'a qu'à demander à Amanda de venir avec nous.

Je me sens encore plus coupable quand ma Nicky au cœur d'artichaut me serre dans ses bras en me remerciant d'être aussi généreuse.

— Je sais que tu n'adores pas Amanda, mais elle est vraiment très gentille, dans le fond.

— Dans le fin fond, alors, dis-je avec une grimace.

Puis je repense à l'autre Amanda, celle qui sourit sur la photographie que j'ai vue dans les bureaux du *Lazy Daisy*. Nicky a sans doute raison. Je devrais peut-être apprendre à mieux connaître Amanda avant de la juger.

Ne vous méprenez pas, ma générosité n'est en rien liée à l'espoir qu'elle rencontre un autre homme ce soir et, avec un peu de chance, lui accorde l'honneur de remplacer Eddie dans son cœur.

Mais ce serait un service à lui rendre, non ? Après tout, il ne s'intéresse pas à elle. Je trouve totalement malsain d'être obsédé à ce point par quelqu'un qui ne veut pas de vous.

Pourtant, je commence à éprouver une certaine

compassion pour elle, vu que nous sommes atteintes de la même maladie. Car il semblerait que j'ai moi aussi attrapé un sale virus appelé Eddie Farrar.

Je me surprends à passer beaucoup de temps à me pomponner. J'avais oublié le plaisir qu'on peut prendre à se préparer pour sortir avec Nix, à échanger des vêtements, du maquillage, des insultes pour rire, et à écouter de la musique à fond pour se mettre dans l'ambiance.

Amanda arrive avec une demi-heure d'avance. Ses rondeurs sont moulées dans une robe Moschino trop petite d'au moins une taille, ses seins jaillissent du fourreau en Lycra rose comme deux énormes boules de glace. Elle a ramassé ses boucles blondes bien haut sur sa tête. Il ne lui manque plus qu'une cerise par-dessus et un homme courageux armé d'une cuillère à soupe.

Elle est fabuleuse. Tout à fait sexy.

Pas la peine de se demander pourquoi elle a fait un effort aussi monumental.

Elle prie pour que nous tombions sur une certaine personne.

Personnellement, mes prières vont dans le sens contraire.

Oui, je continue à le fuir comme s'il était inspecteur du fisc et que j'avais des arriérés d'impôts. Mais, à présent, j'ai une nouvelle raison de l'éviter : et s'il nous voyait ensemble, Amanda et moi ? Est-ce qu'il se poserait des questions ? Est-il plausible que je sois assez proche d'Amanda pour sortir en boîte avec elle et que je n'aie jamais fait le rapprochement entre Eddie et elle ? Je ne pense pas qu'Amanda ait songé aux conséquences éventuelles de ce genre de surprise.

Je ne sais pas laquelle de nous deux est la plus nerveuse : elle, au cas où nous ne le rencontrerions pas, ou moi à la perspective inverse.

Amanda scrute les coins et recoins de tous les bars dans lesquels nous nous arrêtons. La mine tourmentée, elle espère contre toute attente apercevoir Eddie et se dégonfle littéralement quand ses espoirs sont déçus, tel un gros ballon de baudruche rose.

Étant donné que l'on trouve rarement des buissons dans les bars (à la rigueur, quelques plantes vertes dans les endroits les plus chics), je passe mon temps à me cacher derrière Nicky. Faute de frange, j'ébouriffe mes cheveux sur mon visage et reste dans l'ombre.

Tout à coup, je suis vraiment embêtée d'avoir menti à Eddie. J'ai soudain très envie de lui avouer la vérité avant qu'il ne la découvre lui-même et ne me prenne en grippe. Mais quelqu'un pourrait-il me dire comment lui expliquer tout ça sans qu'il me prenne en grippe de toute façon? Je l'ai espionné, je lui ai menti, j'ai fouillé dans ses tiroirs, son linge sale et ses affaires personnelles. Bref, je me suis incrustée dans sa vie comme une tique sur le dos d'un chien.

Que penserait-il de tout ça?

Ce qu'il en penserait, je le devine sans peine.

Il penserait que je suis une vraie garce.

Une garce immonde, glauque et répugnante.

Je crois que j'aurais mieux fait de ne pas bouger de mon canapé.

Pour trois raisons très claires, je ne tiens pas du tout à croiser Eddie :

1) je suis en compagnie de qui vous savez, et ce serait assez difficile à expliquer,

2) je l'ai passionnément embrassé la semaine dernière, et ce serait assez difficile à expliquer à pas mal de gens,

3) je suis extrêmement embarrassée au sujet des deux points ci-dessus, et je n'ai aucune envie d'expliquer quoi que ce soit à qui que ce soit, sans façon, merci.

Pourquoi le sort s'acharne-t-il sur moi?

Certes, choisir le *Black Betty* pour terminer la nuit augmente quelque peu les chances de le rencontrer, mais j'ai été battue à deux voix contre une et traînée ici malgré mes grognements de protestation.

C'est la routine. Nous passons la porte, marquons une pause pour qu'on nous remarque, encore trois secondes de pause pour inspecter rapidement la salle, puis nous nous dirigeons vers le bar. Nous agitons fébrilement un billet de vingt livres pendant à peu près quinze minutes avant qu'on nous serve. Nous vidons nos verres assez vite, décidons qu'on aurait dû en commander deux pendant qu'on était sur place, retournons au bar et agitons non moins fébrilement un nouveau billet de vingt livres.

Je l'aperçois lors de notre deuxième excursion au bar.

Il est accoudé à une extrémité du comptoir. Il porte une chemise Paul Smith bleu pâle et rit avec Mitch, le barman en chef. Je me fondrais bien dans la foule qui nous entoure, si foule il y avait. Mais les autres clients ne nous approchent pas à moins de deux mètres, car personne n'est assez courageux pour se tenir près d'Amanda. Quant à cette dernière, la sensibilité de son radar a dû être émoussée par la quantité de vin blanc qu'elle a consommé, parce qu'elle ne s'est pas encore rendu compte de la présence d'Eddie.

Il la voit en premier. Elle est adossée au bar, ses coudes posés derrière elle sur la rampe en cuivre qui longe le comptoir. Cette position projette vers l'avant ses avantages, tels les deux phares d'une voiture. Puis Eddie me remarque, planquée dans l'ombre.

J'ai un sursaut d'espoir. Après tout, ce n'est pas parce que le hasard m'a placée à côté d'Amanda que je suis censée la connaître, n'est-ce pas ? Manque de chance, au moment où je me dis que je peux encore m'en tirer, Amanda se tourne pour me parler.

Je décide qu'il est temps de m'éclipser aux toilettes.

Il est trop rapide pour moi.

À la seconde où j'atteins la porte battante, une main saisit mon bras et m'oblige à me retourner. Pendant un instant, Eddie a l'air agacé, puis il me gratifie d'un de ses délicieux sourires.

— Naomi, où étais-tu ces derniers temps ?

— J'ai pris quelques jours de congé... Je me suis arrangée avec Ben, dis-je en bredouillant, avec l'impression d'être une collégienne essayant de se justifier d'avoir fait l'école buissonnière.

— Pourquoi t'es-tu enfuie, l'autre soir ?

— L'autre soir ? Ah, bon ? Je ne me souviens plus très bien, j'étais vraiment ivre morte, dis-je bêtement.

Il me considère d'un œil perplexe mais, heureusement, n'insiste pas. Très malheureusement, en revanche, il passe à un sujet sur lequel je ne tiens pas particulièrement à m'étendre.

— C'est une de tes amies ?

Il hoche la tête en direction d'Amanda, dont le radar vient, hélas, de se manifester. Elle nous dévisage avec une expression étrange.

Jouer les innocentes ne marchera sûrement pas deux fois. Il va falloir que je fasse ce que j'ai tendance à faire pratiquement tous les jours de ma vie en ce moment : mentir. Et vite.

— Ce n'est pas exactement une amie. Elle habite dans l'appartement d'en face. Nicky et Amanda sont devenues très copines, et on sort parfois ensemble.

Pas trop mal, ma foi.

— Nous aussi, avant, répond-il.

Il regarde à nouveau Amanda, nerveux, mais elle s'est tournée pour dire quelque chose à Nicky et ne s'en aperçoit pas.

— Pardon ?

— Sortir parfois ensemble, explique-t-il. Nous sommes sortis quelques fois ensemble.

— Vraiment ? dis-je d'un ton aussi étonné que possible.

— Oui, nous étions toute une petite bande. Nous

sommes allés dîner tous les deux, un soir. Elle avait besoin d'un cavalier pour une œuvre de charité quelconque. Pour être honnête, après cela, elle s'est montrée un peu… euh… disons qu'elle voulait plus qu'une simple amitié.

— Et pas toi ?

Il secoue la tête.

Eh bien, nous sommes à des années-lumière de la version d'Amanda, où ils étaient quasiment fiancés.

— Attention, poursuit-il, c'est une chic fille. Mais elle est juste un peu… un peu…

— Dérangée ?

— Ah, tu trouves aussi ?

J'opine vigoureusement du chef, avec le sentiment d'être étrangement déloyale.

— À défaut d'un autre terme, oui.

Je me sens un peu coupable. Je suppose que je devrais être en train de vanter à Eddie les qualités d'Amanda, d'évoquer subtilement ses talents de cordon-bleu, son nez pour dégoter une bonne bouteille de vin, son intuition en matière de décoration intérieure…

— Elle est plutôt sympa, je crois, dis-je platement.

Bravo, Naomi. Une chose est sûre, tu ne feras pas carrière dans la pub. Je tente un nouvel essai :

— Elle peut être marrante, aussi.

Il me regarde, incrédule. Il semble se demander si je pense réellement un mot de ce que je dis. Voilà pourquoi je ne suis jamais devenue actrice. Seule dans ma chambre, je suis assez douée pour donner la réplique aux plus grands, mais quand il s'agit de convaincre un public, tout part à vau-l'eau.

Pourtant, à ma surprise, il acquiesce :

— C'est vrai, elle peut être marrante.

Ah, bon ?

— Mais elle peut aussi être un peu… euh… obsessionnelle est sans doute exagéré, mais…

Que nenni ! Ô mon Dieu, dans quoi me suis-je embarquée ?

— C'est entièrement ma faute, soupire Eddie. J'aurais dû être franc avec elle, mais je n'avais pas réalisé qu'elle se montait la tête depuis le début. Quand j'ai enfin compris que j'avais la cote, je n'ai rien voulu dire, parce que cela m'aurait donné l'air vraiment trop arrogant si je m'étais trompé. Et ensuite, je ne savais plus comment faire pour ne pas la blesser. Finalement, j'ai préféré l'éviter. C'était lâche, mais efficace, apparemment.

Je cligne des yeux, stupéfaite.

Peut-être est-ce une question de malchance, mais jusqu'à présent, je n'avais jamais rencontré un homme qui assume la responsabilité de ses actes.

Je suis impressionnée... et perplexe.

D'après Amanda, leur relation, bien que courte, ne se résumait pas du tout à quelques rendez-vous polis.

Si elle a enjolivé la situation, sans doute Eddie la minimise-t-il, lui.

— Tu es sûr que tu n'as pas... euh... tenu une plus grande place dans sa vie ?

— Crois-tu que j'aurais oublié une chose pareille ? s'écrie-t-il avec un petit rire. Elle n'est pas mon genre, Naomi.

Merci, on avait tous fini par le comprendre.

— Elle a peut-être changé depuis la dernière fois que tu l'as vue, dis-je sans grande conviction.

— Ça, oui !

— Ah, bon ?

Il hoche énergiquement la tête.

— Elle a pris sept ou huit kilos !

— Ce que les hommes peuvent être superficiels ! Je parle de sa personnalité, Eddie.

— Franchement, Naomi, comment veux-tu que je ne remarque pas son physique ? Reconnais-le, l'apparence est la première chose qui compte quand on rencontre quelqu'un. Si quelqu'un prétend le contraire, c'est qu'il ment pour faire bonne impression. Par exemple, je parie qu'en entrant dans ce bar, tu as éliminé la moitié des types avant même de leur avoir adressé la parole, simplement parce que leur physique ne te plaît pas.

Heureusement que les lumières sont tamisées, car je me sens rougir.

— Pas la moitié, tous, dis-je avec une mine honteuse.

— Et puis, je n'ai pas encore discuté avec elle. Je ne peux donc pas juger sa personnalité.

Voilà une chose à laquelle nous allons vite remédier : Amanda se dirige droit vers nous.

— Avec un peu de chance, elle se sera équilibrée. Tu sais, quelques kilos en plus et quelques complexes en moins.

Eddie n'est pas odieux. En fait, il dépeint Amanda de façon beaucoup plus polie que je ne l'aurais fait. Là, tout de suite, je l'aurais décrite comme un missile à tête chercheuse, prêt à brûler la foule sur sa trajectoire avec une mission : détruire.

Me détruire, probablement. Nous n'avons même pas pensé à mettre notre histoire au point ! Et si elle lui dit que nous sommes copines d'enfance ? Mon Dieu !

Mais le détachement d'Amanda me sidère. Alors qu'elle fondait sur nous tel le tigre sur sa proie, elle effectue un renversement spectaculaire et ignore royalement Eddie. Elle se contente de lui sourire brièvement pour montrer qu'elle l'a reconnu, puis me demande si je suis prête à partir, car un taxi attend devant le bar.

À vrai dire, je ne suis pas mécontente de m'en aller.

J'en ai assez de subir les questions d'Eddie sur Amanda, car je n'ai pas encore préparé de réponses plausibles. Et puis, j'ai le sentiment que s'il a momentanément laissé tomber le sujet de notre mémorable soirée, il ne tardera pas à revenir à la charge. Je ne m'en tirerai pas en prétendant que j'étais trop soûle pour me souvenir de quoi que ce soit.

Jamais je n'ai vu Amanda aussi animée, dans le taxi qui nous ramène à la maison. Elle va jusqu'à chanter, ce qui terrifie le chauffeur : si elle est capable de brailler *Turandot* à l'arrière d'un taxi, la prochaine chose qui sortira de sa bouche pourrait bien être la régurgitation de tout ce qui l'a mise dans cet état, et non une autre aria.

Il ne sait pas que l'euphorie d'Amanda n'est pas due à l'alcool. Elle a joué son premier set, et à la perfection. Elle a gardé son sang-froid et un air parfaitement dégagé. Ses yeux étincellent. Amanda la Foldingue est béate, elle a eu sa piqûre d'Eddie et nage en pleine extase.

Le pire, c'est qu'elle passe son temps à interrompre son hommage à Maria Callas pour me sourire stupidement, comme si j'étais tout à coup sa super meilleure copine du monde et de l'univers.

Je suis minable.

Quand elle me serre dans ses bras sur le pas de la porte, en se mordant la lèvre inférieure pour l'empêcher de trembler, et qu'elle me remercie abondamment pour la soirée, et pour tout, absolument tout, je me sens encore plus mal.

Je ne suis pas minable.

C'est trop tendre.

Je ne mérite même pas le nom d'être humain.

Ma brève période de vacances terminée, je retourne travailler au *Lazy Daisy*. Je suis accueillie par les autres comme l'enfant prodigue, ce qui, au lieu de me faire plaisir, me donne l'impression d'être une triple ordure.

La soirée au *Black Betty* a au moins eu un effet positif : maintenant qu'Eddie est au courant de notre « amitié », Amanda n'a plus besoin de rester plantée à la maison, à attendre que je lui rapporte des nouvelles de lui. Aussi devient-elle un meuble quasi permanent du *Lazy Daisy*, telle une figure de proue boulonnée à l'avant d'un navire.

Tout cela commence franchement à être pesant.

Elle s'efforce de mettre Ben dans sa poche et a

décidé que la meilleure façon de procéder consistait à flirter outrageusement avec lui. Cela m'étonnerait que Ben plaide sa cause auprès d'Eddie, mais elle est persuadée du contraire. Elle croit que si Ben répète inlassablement à Eddie qu'elle est merveilleuse, celui-ci finira peut-être par se dire qu'il est en train de rater quelque chose.

Dieu merci, Eddie n'est pas venu souvent ces derniers temps, ce qui déçoit profondément Amanda et me soulage immensément.

J'ai toujours mon complexe du baiser volé, plus énorme que jamais, et le fait que mes lèvres en réclament impudemment un autre ne me facilite pas les choses.

La boîte de nuit ouvre officieusement un samedi, deux semaines avant la grande date officielle, à titre d'essai. Eddie tient à vérifier que les imposantes platines et autres tables de mixage fonctionnent, que le circuit électrique n'est pas aussi fou que la facture de l'entrepreneur, et que la plomberie est reliée à l'alimentation en eau et non à un tonneau de bière.

Au bar, la foule afflue. C'est l'habituel chaos du samedi soir, en pire. Tout le monde doit mettre la main à la pâte... y compris le patron.

Comment éviter Eddie, alors que nous sommes confinés dans un espace d'un mètre cinquante sur neuf, où les corps sont condamnés à se frôler si chacun ne rentre pas son ventre ? Il n'a pas encore essayé de me parler. Enfin, il n'a peut-être pas pu. Chaque fois qu'il s'approche de moi, je trouve une excuse pour détaler dans la direction opposée.

Mon moral dégringole au fond de mes chaussettes quand, à 20 h 30 précises, la sorcière du périphérique nord franchit la porte sur son balai. Ou plus exactement, en titubant sur ses talons de huit centimètres et en balançant un panier. On dirait le grand méchant loup déguisé en un petit chaperon rouge qui aurait piqué les affaires de sa mère.

Elle apporte un gâteau.

Elle s'est rendue à son cours de cuisine en robe Gucci et chaussures Prada, et elle est venue nous montrer ses devoirs...

La seule personne que cette étrange attitude ne surprend pas est Ben, qui avale en ce moment même son quatrième brownie au chocolat.

Eddie sera-t-il dûment impressionné par les talents culinaires d'Amanda ? J'aurais peut-être dû la prévenir qu'il n'est pas très gourmand, mais l'occasion ne s'est jamais vraiment présentée dans la conversation. Sarcastique, moi ? Allons, allons... « Oui, c'est vrai, Amanda, il aime la bonne cuisine, le bon vin, les voyages, la musique, les belles voitures et les grandes discussions, mais vous savez quoi ? Il ne mange pas de gâteau. Oui, j'admets que j'ai trouvé ça incroyable, moi aussi... »

En revenant au bar après une brève pause-café que je me suis lâchement accordée dans la réserve de bouteilles, devinez sur qui je tombe, assis sur un tabouret ? Simon, qui fouille la salle des yeux comme un projecteur allemand essayant de repérer des Britanniques en cavale. En l'occurrence, moi. Il ne manquait plus que lui !

Un enfer. Cette soirée est un enfer.

Il ne me reste plus qu'à voir apparaître ma mère dans un tourbillon de fumée, sa cape à la Dracula flottant dans son dos, fonçant sur moi toutes canines dehors.

Simon m'aperçoit alors que je me cache derrière la machine à expresso. Il agite frénétiquement la main pour attirer mon attention.

Il est obsédé. Ma Glenn Close personnelle a l'apparence d'un homme d'affaires bedonnant, à moitié chauve et languissant d'amour.

Je n'y comprends rien. Je ne suis pas le trésor du

siècle. Notre histoire d'amour n'était pas l'histoire du siècle non plus. Ce fut un moment d'égarement absolu, deux personnes n'auraient pu être plus mal assorties, et cela a duré cinq mois de trop. Pourquoi donc cherche-t-il à renouer?

Amanda me fait signe, elle aussi, pour Dieu sait quelle raison, de l'autre bout du bar. Trop, c'est trop. Je songe sérieusement à déserter le champ de bataille en descendant l'escalier très raide qui mène à la cave, où deux gentils brancardiers m'embarqueraient loin de la zone de tirs.

Je leur crie à tous les deux :

— Désolée, impossible de parler, c'est le délire!

Je me tourne vers Dot, désespérée.

— Dot, ma grande, aide-moi, je suis cernée par deux cinglés, dis-je en les désignant discrètement. S'il te plaît, s'ils demandent à être servis, tu veux bien t'en occuper? Je t'en supplie...

— Super! répond Dot avec une grimace. La nana aux brownies et le Roméo au rabais! Merci, trop aimable. Si encore c'était un beau mec, je pourrais peut-être te rendre service, mais là, franchement...

— Oh, Dot, par pitié. Je ne suis pas de taille à les supporter, ce soir.

— Bon, d'accord, dit-elle avec un soupir exagéré. Mais à charge de revanche.

— Je ferai tout ce que tu voudras...

— Parle à Eddie.

— ...sauf parler à Eddie.

Bien, récapitulons. À ma droite, Amanda, qui rêvasse à Eddie; à ma gauche, Simon, qui rêvasse à moi. Je devrais peut-être les mettre en présence et les faire rêvasser l'un à l'autre. Ce serait le couple du siècle, pour le coup. Ils sont tous les deux gros, blonds et entêtés, cela collerait parfaitement! Sans compter qu'une union pareille arrangerait grandement mes petites affaires. Le seul problème, c'est que je serais obligée d'intervenir pour les présenter, or voilà une demi-heure que je m'efforce d'ignorer leur existence.

Pour couronner le tout, si la mission d'Amanda pour conquérir le cœur d'Eddie ne se déroule pas exactement comme prévu, son plan consistant à soumettre Ben à ses charmes étoffés a réussi au-delà de toute espérance.

Elle est en train de papoter avec lui, le buste en avant, les coudes serrés l'un contre l'autre, si bien que son décolleté passe de simplement énorme à carrément monumental.

Gentleman devant l'Éternel, Ben lutte vaillamment pour continuer à la regarder dans les yeux, tandis qu'elle descend ballon de vin rouge sur ballon de vin rouge, en proclamant dès qu'Eddie s'approche qu'elle adore le Shiraz ou le Sauvignon.

Il ne faut pas longtemps à ce dernier pour disparaître en haut « s'occuper de quelques papiers ».

Ben est totalement subjugué. Il a déjà avoué à une Dot stupéfaite qu'il n'avait jamais vraiment cessé de penser à Amanda depuis qu'il l'avait croisée, l'année précédente, et il n'arrête pas de se pencher vers moi en ouvrant la bouche comme pour me faire une confidence.

Enfin, il me coince dans la cave à bière, où je suis allée changer un tonneau de Carlsberg.

— Tu es une copine d'Amanda, pas vrai ?

— Euh... je la connais, oui, dis-je prudemment.

— Tu sais si... Je veux dire, est-ce qu'elle est...

J'abrège son supplice.

— Célibataire ?

— Oui, approuve-t-il avec un sourire timide. Alors, elle l'est ? insiste-t-il, alors que je cherche un carton de Coca pour le remonter au bar.

— Plus ou moins.

— Comment cela, plus ou moins ?

Mon Dieu, que suis-je censée répondre ?

— Eh bien, je crois qu'elle est amoureuse de quelqu'un.

— Oh...

Son visage se décompose.

— Zut !

J'ignore si l'exclamation est due au tonneau qu'il vient de faire tomber sur le bout de sa chaussure ou à ce que je lui ai dit. Devant son air déçu, j'ajoute rapidement :

— Mais je ne crois pas que ce soit réciproque.

— C'est vrai ? Tu comprends, j'avais envie de l'inviter à dîner... Qu'est-ce que tu en penses ? À ton avis, je devrais tenter ma chance ?

— Toi seul peux le décider, Ben.

Très diplomate, Naomi. Je pars à l'autre bout de la cave, toujours en quête de bouteilles de Coca, mais il ne me lâche pas d'une semelle

— Tu ne voudrais pas le lui demander pour moi, Naomi ? Enfin, pas exactement le lui demander, on n'est plus à la maternelle, hein ? Mais la sonder, pour que je ne passe pas pour un demeuré si elle n'est pas intéressée.

J'hésite à lui dire tout de suite qu'elle n'est pas intéressée, qu'il faudrait qu'il se fasse faire une transplantation de personnalité et de revenus pour pouvoir espérer sortir avec elle, mais...

Ben et Amanda... Après tout, est-ce une si mauvaise idée ?

Curieusement, Ben a totalement succombé au charme d'Amanda. Et c'est un garçon charmant, un rocher solide, un vieux pull en laine douillet qu'on enfile en hiver. Cela semble peut-être fou, mais je crois qu'il représente exactement ce qu'il faut à Amanda. Le calme dans sa tempête personnelle. Une aile protectrice pour la sauver de la démence qui la guette. Non, là, Naomi, tu es cruelle.

À moins que la cruauté ne consiste à imposer Amanda à Ben, simplement pour soulager ma conscience coupable ? Mais puisque Eddie ne veut pas d'Amanda, en dépit de tous les centres d'intérêt qu'elle prétend partager avec lui et de ses coûteuses mèches dorées, j'ai bien le droit de jouer un peu les entremetteuses, si cela peut faire le bonheur d'Amanda et de Ben.

En tant qu'amie, toutefois, je me sens obligée de le mettre en garde.

— Tu sais qu'elle a une petite araignée au plafond?

— Oui.

— Ainsi qu'un petit béguin pour Eddie?

Il baisse les yeux.

— Je l'avais plus ou moins deviné, oui.

— Et elle t'intéresse quand même?

Avec un radieux sourire, il répond :

— Absolument. Elle est formidable. Je n'ai jamais rencontré quelqu'un comme elle.

— Estime-toi heureux.

Je lui souris à mon tour, tandis qu'il me tire la langue, les yeux pétillants de malice.

— Bon, d'accord. Compte sur moi, je vais voir ce que je peux faire.

Je choisis le lendemain, un dimanche, pour vanter les qualités de Ben auprès d'Amanda.

En milieu de matinée, les effluves des œufs au bacon de Nicky attirent Amanda de l'autre côté du couloir, les bras chargés de brioches. J'attends que nous soyons sur le balcon, à savourer une trop rare journée ensoleillée, puis je glisse négligemment dans la conversation que d'après moi, elle a fait une conquête.

Je n'ai pas été assez explicite.

Dans son esprit dérangé, le nom qui jaillit aussitôt est celui d'Eddie. Lorsque je lui annonce qu'il s'agit de Ben, elle est déçue. Mauvais départ.

Je cherche un moyen de la familiariser avec cette idée, quand nous avons droit à une de ses célèbres volte-face. Soudain, elle paraît incroyablement heureuse. Un sourire immense s'épanouit sur son visage.

Car Amanda a un plan.

Je sais exactement ce qu'elle a derrière la tête. Non seulement parce qu'elle entreprend de m'exposer le plan en question dans ses moindres détails, mais parce que j'aurais dû me douter dès la première seconde qu'elle allait se servir de Ben pour arriver à ses fins.

Tout d'abord, elle envisage d'organiser une sortie à deux couples, où la soirée se terminerait par un bon vieil échange de partenaires. Mais elle réalise brusquement que pour parvenir à ce résultat, il faudrait qu'Eddie sorte avec une autre femme, et l'idée tombe à l'eau.

Je tente bien de lui dire qu'il est injuste de manipuler quelqu'un d'aussi adorable que Ben, mais elle me rétorque simplement qu'en amour comme à la guerre, tous les coups sont permis. Sa justification préférée du moment pour tout ce qu'elle entreprend.

J'aurais mieux fait de me taire.

J'aurais surtout mieux fait de ne jamais accepter de me mêler de cette sordide histoire. Si j'avais su où cela allait nous mener...

On veut toujours ce qu'on ne peut avoir, je suppose.

Et je ne parle pas d'Amanda. Je n'arrête pas de me répéter que je n'éprouve rien de profond, que ce béguin me passera. Si je suis autant attirée par Eddie, c'est sans doute parce que je ne peux pas l'avoir. Nous autres, les femmes, sommes censées être ainsi faites, n'est-ce pas ? La robe qu'il nous faut absolument est d'autant plus désirable qu'elle est inabordable. Si ce gâteau appétissant nous paraît irrésistible, c'est parce qu'on suit un régime draconien.

Si quelqu'un prenait Eddie, le déshabillait et le plantait devant moi, enrubanné de rose, avec une étiquette disant en caractères gras : « C'est pour toi », je n'aurais sûrement même plus envie d'aller chercher les ciseaux pour le déballer.

Eh, ça ne va pas, non ? Au diable les ciseaux, j'arracherais le ruban avec les dents !

Je n'aurais jamais cru que j'irais passer ce week-end dans la maison de campagne de ma mère, et encore moins que cette perspective me semblerait plaisante, mais il est vraiment temps que je fasse une pause. Je suis épuisée et j'ai besoin de m'éloigner un peu de Londres, d'Amanda, du *Lazy Daisy*, et surtout d'un patron beaucoup trop séduisant.

Autre argument, ma mère, ce qui ne lui ressemble vraiment pas, a étendu l'invitation à Nicky, déclarant qu'elle avait sûrement besoin de se changer les idées après la période qu'elle venait de traverser. À mon avis, l'offre est moins altruiste qu'il n'y paraît, et ma mère s'est dit qu'elle aurait plus de chances de me voir si Nicky figurait aussi sur la liste des invités. J'éprouve quand même une certaine appréhension et espère que Simon a déjà quelque chose de prévu pour le week-end, de préférence en Papouasie-Nouvelle-Guinée.

Nous nous entassons dans la Golf encombrée de Jamie. Manipulée peu subtilement par un demi-frère secrètement amoureux de ma blonde amie, j'échoue à l'arrière et essaie de me faire une petite place entre les revues médicales, les classeurs et une tenue de rugby fraîchement maculée de boue. Elvis est installé dans le coffre, derrière moi, et bave de joie sur mes cheveux à l'idée de ce grand voyage en Cornouailles.

La voiture de Jamie est une boutique de bric-à-brac ambulante. Le seul avantage, c'est qu'on est toujours sûr de trouver du chocolat quelque part dans ce fatras. Enfin, à condition qu'Elvis vous en laisse le temps. Il est complètement accro au chocolat, comme sa maîtresse.

Je parviens à m'approprier une tablette à moitié entamée, puis me blottis sous le blouson légèrement malodorant de Jamie pour récupérer du sommeil en retard.

Quand nous arrivons, il fait nuit.

Trent House est une vieille ferme nichée à flanc de colline, qui donne sur une baie de la Manche. Par temps clair, on peut voir l'île de Guernesey. En ce moment, on distingue tout juste le contour des vagues qui se brisent sur le sable.

Des lumières sont allumées à toutes les fenêtres. Moi qui m'attendais à une tranquille réunion de famille, j'ai l'impression qu'on tombe en plein milieu d'une fête.

Alors que nous nous glissons entre deux voitures garées dans l'étroite allée, ma mère apparaît à la porte, en tenue de campagne, tailleur Chanel rouge et escarpins noirs.

— Mes chéris ! Vous voilà enfin ! Je commençais à penser que vous ne viendriez jamais !

Ma mère, qui déteste pourtant les gens en retard, semble se moquer de l'heure et a l'air sincèrement ravie. Elle vient jusqu'à la voiture et m'en sort pratiquement elle-même pour m'embrasser. Tout à fait inattendu.

Ma mère est affectueuse. Cela ne peut vouloir dire qu'une chose. Je renifle l'air. Oui, je distingue nettement un arôme de gin. Elle est ivre. Je crois que je la préfère dans cet état, en grande partie parce qu'elle est toujours heureuse de me voir quand elle a descendu beaucoup de gin avec de la glace, une tranche de citron et le moins de Schweppes possible.

Elle embrasse même Nicky.

Néanmoins, son visage se décompose à la vue d'Elvis.

— Mon Dieu, qu'est-ce que c'est que ça ? s'exclame-t-elle, tandis qu'Elvis bondit joyeusement hors du coffre et entreprend d'arroser de façon prolongée le massif le plus proche.

Imperturbable, je réponds en époussetant mon sac marin, qu'Elvis a utilisé comme sac de couchage :

— C'est un chiot.

— Merci, Naomi, j'ai des yeux. D'où sort cet animal ?

— Eh bien, parfois, quand un mâle rencontre une femelle...

— Tu sais, j'avais oublié combien cette maison est magnifique, intervient Jamie en passant un bras autour des épaules de ma mère.

Il la fait rentrer en m'adressant un regard sévère par-dessus son épaule.

Nicky ne s'est pas encore remise des baisers dont l'a gratifiée ma mère.

— Dis donc, remarque-t-elle en gloussant nerveusement, c'est un record du monde, non ? Normalement, tu réussis à formuler au moins deux phrases polies avant de démarrer les hostilités.

— Comment veux-tu que je réagisse, quand la première chose que je vois en arrivant, c'est ça ?

Je montre la grande Saab gris métallisé garée à côté de la Mercedes de ma mère.

— C'est celle de Simon ?

Je hoche la tête avec morosité.

— Tu savais qu'il était invité, non ?

— Oui, mais j'espérais qu'il aurait un empêchement. Je suis venue ici pour échapper aux facteurs de stress qui ponctuent ma vie, pas pour qu'on me force à être aimable avec eux.

— Apparemment, il y a pas mal de monde, tu pourras peut-être l'éviter. Par contre, je ne suis pas sûre que tu pourras éviter ta mère...

— Naomi !

Ma mère nous appelle.

— Naomi ? Tu entres ? J'ai une surprise pour toi !

— Une surprise d'un mètre quatre-vingts, à la calvitie précoce, et qui meurt d'envie de te passer la bague au doigt ! glousse Nicky.

Elle attrape son sac et siffle Elvis, qui est parti tête la première dans un nouveau buisson.

À peine ai-je mis un pied dans le vestibule que ma mère me prend par le bras et me traîne vers l'arrière de la maison. Ses talons cliquettent sur le carrelage en terre cuite.

Maussade, je proteste :

— Écoute, laisse-moi au moins poser mon sac dans ma chambre avant de commencer les mondanités.

— Pas le temps, il doit repartir dans une demi-heure.

En voilà une bonne nouvelle ! Simon ne reste pas. Je suppose que je suis capable de le supporter trente minutes. Je cesse de me débattre comme une gamine récalcitrante le jour de la rentrée scolaire.

— Et on ne peut pas suspendre le vol du temps... ajoute ma mère dans un élan de lyrisme.

Nix avait raison sur un point et un seul. La surprise est chauve, mais la surprise n'est pas Simon. Debout dans le patio, plongé dans la contemplation de l'océan d'un noir d'encre, à l'écart des fêtards, calme et indifférent : mon père.

Mon père est aussi rare et évanescent qu'une comète qui explose dans l'atmosphère en produisant un éclat fulgurant toutes les années bissextiles.

Je ne l'ai pas vu depuis près de trois ans. Quand j'étais à l'étranger, je m'attendais toujours à tomber sur lui, accoudé au bar d'un palace oriental. En fait, dès que je voyais des chaussures de bateau surmontées de deux jambes arquées et d'une tête chauve, mon cœur ratait un battement.

Ce n'était jamais lui.

Il fume un cigare, qu'il tient entre le pouce et l'index de telle façon que la partie principale en est dissimulée dans la paume de sa main.

Autrefois, il fumait dans le jardin comme ça, en essayant de se cacher de ma mère et en soufflant la fumée par un coin de la bouche pour qu'on n'en avale pas une grande bouffée quand il nous parlait.

Presque tous les doigts de sa main gauche sont plâtrés, et il affiche une grosse bosse enflammée, résultat, prétend-il, d'une piqûre de méduse. Lorsqu'il m'aperçoit, son visage buriné se fend du plus large, du plus ridé des sourires.

C'est de lui, je crois, que me vient cette envie irrésistible de voyager. Chaque fois que je le vois, il a l'air si détendu et si heureux ! Mais je crois avoir maintenant compris que cela tient plus à une philosophie de la vie qu'à une position géographique sur la planète.

Mon père est un homme incroyablement décontracté. Tout glisse sur son crâne chauve, comme s'il était graissé en prévision d'intempéries émotionnelles. Sans doute les lotions pour bronzer qu'il s'applique depuis les années 70 y sont-elles pour quelque chose. Il doit en avoir en permanence une couche de plusieurs millimètres sur la peau, garantie pour repousser tous les rayons nocifs et autres éléments stressants que la vie peut vous envoyer. Et puis, son goût pour le cognac l'aide peut-être aussi à affronter les coups du sort. Purement médicinal, bien sûr. Même si pour lui, cela guérit tout, des maux de tête aux piqûres de moustique, en passant par la gueule de bois la plus carabinée.

— Papa !

J'ai crié assez fort pour que tout le monde sursaute autour de moi.

Son étreinte aux proportions monstrueuses m'étouffe presque. Je marmonne, le nez dans la laine épaisse d'un vieux pull qui sent le tabac et la mer :

— Quand es-tu revenu ?

— Ce matin. Mais revenu n'est pas exactement le terme. Nous sommes ici en escale, pour des réparations, des fournitures, ce genre de choses.

— Nous ?

— Moi-même et un bateau plein de vieux bonshommes qui refusent de grandir ou de mourir dans leur lit.

Il sourit et me relâche enfin.

— Nous repartons ce soir, mais je ne pouvais pas m'en aller sans revoir ma petite fille. J'avais peur de te rater.

— Tu t'en vas déjà ? Mais je viens d'arriver !

La déception m'oppresse.

— Malheureusement, notre emploi du temps est très serré.

— Tu ne peux pas le desserrer et rester un peu ? Ça fait trois ans qu'on ne s'est pas vus !

— Je sais que je suis très égoïste, mais tu ne veux tout de même pas qu'un vieux grigou comme ton père se mêle tout à coup de tes affaires ? Tu as ta propre vie, maintenant, Naomi. Si je restais en Angleterre, je serais là, scotché à mon fauteuil à bascule dans un asile de vieux, à me laisser lentement pourrir. Toi, tu me rendrais visite une fois par mois, le dimanche, par devoir filial ; tu me sortirais pour les anniversaires, à Noël et pour des occasions spéciales...

— Ce n'est pas vrai !

Il fronce les sourcils.

— Ah, bon ?

— Non, dis-je en cessant de bouder. Je viendrais aussi te voir pour la fête des Pères.

Papa sourit d'une oreille à l'autre et consulte sa montre.

— Bon, tu as... oh, au moins dix minutes pour me parler de ta vie. Il se passe quelque chose de spécial ? Il y a quelqu'un de spécial ?

Je ne réponds rien.

— Oh oh ! Voilà qui est différent des dénégations habituelles.

— Il y a quelqu'un, oui, sans doute.

Mon Dieu, ça y est, je l'ai admis.

— Ça n'a pas l'air de t'épanouir particulièrement, je me trompe ?

— C'est compliqué. Très compliqué.

— Ce n'est pas lui, tout de même ?

Papa désigne discrètement Simon du menton.

— Oh, non !

— Bien, tant mieux. Ta mère semblait croire que tu éprouvais certains sentiments pour cet individu.

— La haine, par exemple ?

Papa sourit encore. Lorsqu'il sourit, son visage se plisse tout entier en des milliers de petites rides.

— Je me réjouis que tu te sois détachée de celui-là.

— Oui, je voudrais juste qu'il se détache aussi de moi, c'est une vraie sangsue.

Simon est assis en équilibre quelque peu précaire sur le muret en pierre qui longe la terrasse. Il oscille légèrement après sa cinquième canette de bière, sans parler du vin qu'on a dû servir en abondance à table.

Derrière lui, le terrain gazonné descend jusqu'à un petit taillis qui marque l'unique frontière entre le bout du jardin et la falaise abrupte. Un faux mouvement, et vous voilà parti pour la loi de la gravité, le poids de vos jambes vous attirant vers un arbre ou, pire, en chute libre sur les rochers, en contrebas.

Et Simon a bien trop bu…

Papa tire sur son cigare, dont le bout rougeoyant luit dans l'obscurité.

— Ta mère n'aimerait sans doute pas que notre enfant unique me prenne pour modèle, mais si tu peux suivre mon exemple en un seul point, j'en serais heureux. On ne vit qu'une fois, Naomi. Alors, essaie de ne pas gâcher ta vie. Elle est trop courte. Parfois, il faut savoir oublier la culpabilité et vivre pour soi.

— Comme toi, par exemple ? Vivre sa vie à fond ?

— Bien sûr ! Ah, on dirait que mon carrosse est avancé…

Je n'ai entendu aucune voiture, mais le regard de mon père est tourné vers la mer, où un gros yacht vient d'amarrer.

— Oh, comme c'est romantique, murmure Nicky à mon oreille, tandis que papa commence à saluer les invités. Tu crois que ton père serait attiré par une femme plus jeune ?

— Certainement, mais tu ne le verrais que deux fois par an, dans le meilleur des cas.

— L'homme idéal ! conclut-elle en souriant.

Après quelques étreintes, quelques larmes et un très long adieu, nous regardons papa descendre le raidillon au bout du jardin et grimper dans un canot.

Fin de l'aventure, il est reparti. Pas exactement dans le coucher de soleil, il fait nuit, mais incontestablement vers son *happy end*.

Pendant un moment, nous restons là, à contempler le yacht qui s'éloigne lentement. Ses lumières à l'avant ressemblent à des phares.

Ensuite, Nicky et moi allons récupérer nos sacs, que nous avons jetés dans l'entrée sans cérémonie, puis nous suivons une mère toujours aussi effroyablement conviviale jusqu'à ma chambre de jeune fille, au premier étage, qui donne sur la mer.

Avant, la pièce était en Laura Ashley pur et dur, avec des rideaux en chintz et un couvre-lit en patchwork que j'ai toujours détesté. À présent, elle est blanche. Immaculée. Murs, plafond, couvre-lit, tout. Seul le jaune pâle du pollen sur le pistil des lys disséminés un peu partout apporte une touche de couleur.

Cela fait très vierge offerte en sacrifice, très prétentieux, mais j'aime assez ce nouveau style.

Je m'arrache à ma contemplation pour voir ma mère pousser Nicky hors de la chambre. Pressentant le danger, j'attrape prestement le poignet de ma vieille copine et déclare :

— Je dors avec Nix.

— Ne t'inquiète pas, ma chérie, j'ai installé Nicola dans l'une des chambres du grenier.

Nicky m'adresse un regard paniqué, comme si on s'apprêtait à l'enfermer dans une mansarde pleine de toiles d'araignée. Au lieu de cela, on l'emmène dans une charmante chambrette couleur abricot, dotée de pignons et d'une vue splendide sur la côte.

La maison est pleine de gens qui vont avoir besoin d'une chambre, et ma mère m'en donne une pour moi toute seule ?

Je comprends les raisons de cette générosité lorsqu'une silhouette massive émerge de la pièce contiguë à ma chambre.

— Bonsoir, Naomi. Apparemment, nous sommes voisins...

Simon.

Super. Voilà pourquoi Nicky est reléguée au grenier. Cela laisse le champ libre à Simon pour s'introduire chez moi au milieu de la nuit et tenter de me séduire par sa personnalité magnétique.

Quelle femme pourrait lui résister ?

Moi, moi !

— J'ai mis Simon à côté... Il est tellement agréable !

Ma mère éclate d'un rire affecté, qui ne ressemble pas du tout à la cascade cristalline et mélodieuse qu'elle espérait produire.

Je leur lance un regard meurtrier et m'empresse de me réfugier dans ma chambre, avant que Simon ne m'impose son « agréable » compagnie en me proposant de m'aider à déballer mes sous-vêtements.

Je ne vais pas non plus rester enfermée toute la soirée. Dieu merci, je suis finalement sauvée par l'arrivée de Nicky et d'Elvis, qui entrent sans frapper.

— Il est parti, chuchote Nix en déposant un chien frétillant sur le plancher.

Elvis entreprend de mâcher un lys et éternue bruyamment, tandis que sa truffe se couvre de pollen.

— Oui, mais pour combien de temps ?

— Pas longtemps, à mon avis. Il t'a attendue patiemment devant la porte. J'ai cru qu'il ne se déciderait jamais à bouger ! J'ai bien failli envoyer Elvis faire pipi sur son pantalon.

— Génial. Bon sang, mais qu'est-ce qui m'a pris de venir ici ?

— À vrai dire, ça m'a étonnée que tu acceptes l'invitation. Je sais que tu avais besoin de te couper du monde, mais je pensais que ça englobait aussi ta mère !

Je résiste à l'envie de tout lui raconter. Je n'aime pas lui cacher des choses, mais si je lui avouais la vérité, cela la mettrait dans une situation embarrassante. Elle se retrouverait coincée entre Amanda et moi. Et puis, Amanda lui jouerait sûrement son petit numéro de Gestapo et la torturerait avec des séances d'aérobic jusqu'à ce qu'elle avoue tout.

— Au moins, tu as vu ton père.

— Oui, pendant à peu près vingt secondes !

Lorsque nous descendons au rez-de-chaussée, Simon resurgit, muni d'une bouteille de champagne et de deux coupes.

— Je me disais que tu aurais peut-être envie de boire quelque chose après le voyage.

Il me tend les verres et y verse le breuvage glacé. Dès qu'il a fini, j'avale une grande lampée d'une des coupes et donne l'autre à Nix.

— À la tienne ! Merci, Simon, c'est très gentil. Tu as raison, nous sommes un peu déshydratées après ce long voyage en voiture.

Je deviendrais presque méchante, ma parole.

Je suis soulagée d'avoir raté le dîner, car on m'aurait sans nul doute placée à côté de Simon, ou, pire, en face de lui pour qu'il puisse me faire du pied à volonté, mais la faim se manifeste. Jamie et moi, suivis d'une Nicky réticente et intimidée, nous dirigeons vers la cuisine et dévalisons l'immense réfrigérateur. Saumon fumé, brioches et œufs brouillés prévus pour le petit-déjeuner disparaissent dans nos estomacs.

— Tu crois que ta mère a invité tous ses ex ? demande Jamie.

Il jette des coups d'œil anxieux autour de lui, craignant de tomber sur son père et sa nouvelle femme Priscilla, surnommée Priscilla le Gorille en raison de son doux caractère.

— Ne t'inquiète pas, cette maison ne comporte que dix chambres. Ça ne suffirait pas à loger tous ses ex.

— Combien sont-ils, exactement ? interroge Nicky, curieuse, tout en offrant la moitié d'une brioche beurrée à Elvis, qui salive à ses pieds.

— Quatre maris, environ cinq ou six fiancés et beaucoup de tontons qui venaient lui rendre visite le week-end.

— Et qui portaient le peignoir d'amis, ajoute Jamie en riant.

Il a fini de beurrer une nouvelle brioche pour Nicky, qu'elle donne aussitôt à Elvis.

— Ah, oui, le fameux peignoir d'amis, dit-elle en éclatant de rire. J'en ai entendu parler.

— À l'heure qu'il est, il doit être accroché dans sa salle de bains, au cas où elle ne rentrerait pas seule ce soir, dis-je avec un rire amer. Vous savez, c'est vraiment bizarre d'avoir une mère dont la vie sexuelle est plus trépidante que la vôtre.

— Tu n'as pas de vie sexuelle du tout, précise Nicky.

— Exactement.

Je m'empare de la dernière brioche, avant que Jamie ne la donne à Nicky, Nicky à Elvis et Elvis à son estomac.

— Eh bien, tu as toujours Simon.

— Tu l'as dit, j'ai *toujours* Simon. Partout où je me tourne, j'ai Simon…

Je fais de mon mieux pour le dissuader. Chaque fois que je le surprends à me dévisager, j'inspire un bon coup, je prie pour que personne d'autre ne me regarde et je me mets les doigts dans le nez ou dans l'oreille. Je me gratte même en des endroits où l'on ne doit jamais se gratter en public, jusqu'à ce que je remarque un jeune invité des plus charmants qui me contemple avec dégoût. Je caresse l'idée de vomir sur ses mocassins, mais je décide que je suis beaucoup trop fatiguée pour ces simagrées et trop ivre de tout l'alcool que Simon, Jamie et Nicky (qui se sont éclipsés chacun dans leur chambre) m'ont servi. Je monte moi-même me coucher, je coince une chaise sous la poignée de ma porte pour éviter toute intrusion nocturne, puis je pousse la commode contre la porte de communication afin de protéger ma chasteté.

La tête tournant de ce déménagement en état d'ébriété, j'ouvre en grand la fenêtre à guillotine et hume à pleins poumons l'air frais de la mer, dans l'espoir qu'il me dégrisera un peu.

Les nuages se sont dissipés, et le ciel brille de mille

étoiles. La mer est noire, le ressac hypnotique. On dirait presque que l'océan m'appelle.

— Naomi... Naomi...

Hé, une seconde ! La mer a la même voix que Simon.

Je me retourne vers la porte, d'où vient le chuchotement.

Mon Dieu, il m'a suivie !

La poignée, heureusement bloquée par ma chaise, grince lorsqu'il essaie de l'abaisser.

Avec un couinement effrayé, je grimpe sur le rebord de la fenêtre et tire les rideaux derrière moi. Puis je m'assois là, les jambes pendantes, recroquevillée dans un coin pour que Simon ne me voie pas, au cas où il parviendrait quand même à entrer.

Une voix sur ma gauche me fait sursauter, et je manque tomber.

— Salut, la compagnie.

Jamie est assis sur le rebord de la fenêtre de la chambre voisine.

— Qu'est-ce que tu fabriques ?

— Je fume. Et toi ?

— Je me cache.

— De qui ?

— Devine.

— Euh... ce ne serait pas Simon, par hasard ?

— Dans le mille. Ma chère mère a eu la généreuse idée de le placer à côté de ma chambre. Il vient d'essayer d'entrer !

— Alors, tu n'as pas envie de remettre le couvert ?

Jamie se penche dangereusement et me passe la bouteille de vin qu'il était en train de siroter.

— Tu plaisantes ?

J'avale une gorgée bienfaisante et lui rends la bouteille.

— Je suis venue, j'ai vu et je n'ai absolument pas l'intention de commettre deux fois la même erreur.

— Je croyais que tu avais besoin d'oublier tu sais qui.

— Qui ?

— Oh, arrête, Naomi ! L'ami Eddie, l'homme qui te fait baver comme une amoureuse de quatorze ans et demi.

— J'avoue, j'avoue. J'aime bien Eddie. Un peu trop, à vrai dire. Mais Simon... Plus jamais ! Je préfère encore rester chaste jusqu'à la fin de mes jours.

Jamie aspire une longue bouffée et recrache un filet de fumée qui monte dans le rideau noir du ciel.

— Tu te rappelles, quand on était gamins, on trouvait qu'à vingt ans, on était déjà vieux ? demande-t-il avec un rire léger.

— C'est vrai, et regarde-nous maintenant. À l'âge vénérable de vingt-cinq ans, on frise le gâtisme.

— On pensait tous les deux qu'on serait mariés et qu'on aurait des enfants, à vingt-cinq ans.

— Dieu merci, ça ne s'est pas réalisé !

Je vois luire l'extrémité de sa cigarette tandis qu'il tire une nouvelle bouffée.

— Les rapports de couple sont beaucoup trop compliqués.

— On est bien mieux tout seul, renchérit-il.

— Absolument.

Après un bref silence, je reprends :

— Alors, quand vas-tu inviter Nicky à dîner ?

— La prochaine fois que j'aurai assez bu pour ne pas sombrer dans la dépression si elle refuse. Et toi ? Quand vas-tu te sortir du pétrin dans lequel tu t'es mise ?

Je hausse les épaules, et ce simple mouvement me fait osciller dangereusement sur mon rebord de fenêtre.

— C'est trop bête, hein ? J'ai enfin trouvé quelqu'un qui m'inspire une passion dévorante...

— ... et tu ne peux pas l'avoir, achève Jamie.

— Exactement.

— Eh bien, je n'ai qu'une chose à dire : mieux vaut regretter une chose qu'on a faite que regretter une chose qu'on n'a pas faite.

— C'est ce que mon père essayait de m'expliquer tout à l'heure, je crois.

— Il faut parfois écouter ses parents. Il est terrible, le moment où l'on réalise qu'ils avaient raison.

— Je présume que ma mère compte pour du beurre ?

— Hou la la, bien sûr ! Pas de règle sans exception.

— Et ma mère est une exception à elle toute seule.

— Veux-tu que j'aille voir si ton admirateur s'est enfin avoué vaincu ?

— Volontiers. Je meurs de sommeil, j'aimerais bien pouvoir me coucher.

Quelques minutes plus tard, Jamie est de retour.

— Il est en bas.

— Tu en es sûr ?

— Je suis descendu vérifier. Il est effondré dans un coin et ta mère le console.

— Mais s'il tente à nouveau sa chance ?

— Facile, on n'a qu'à échanger nos chambres. S'il revient à la charge au milieu de la nuit, il aura une grosse surprise.

Au moment où je me disais que la situation ne pouvait pas être plus compliquée, elle le devient. Cupidon se pointe à l'improviste et décoche une flèche complètement biscornue dans la direction la plus bizarre qui soit.

Le lendemain matin, il fait un temps radieux. Le soleil brille à travers les rideaux en mousseline, et la chambre jaune de Jamie étincelle comme une publicité pour une marque de peinture. Les paroles de papa me trottent dans la tête. Pleine d'optimisme, je me lève, descends au rez-de-chaussée en jean et tee-shirt, pas coiffée et à peine maquillée, et trouve ma mère en train de prendre son petit-déjeuner dans la cuisine avec Simon.

Jusqu'ici, rien d'anormal, sauf que Simon est en train d'étaler du beurre sur des croissants chauds coupés en deux, enveloppé dans le « peignoir d'amis » d'où dépassent ses genoux poilus. Il semble particulièrement satisfait de lui-même.

Maintenant que j'y pense, ils bombent le torse tous les deux. Le même sourire suffisant éclaire leur même mine épanouie.

C'est à hurler. D'ailleurs, je me demande si je ne l'ai pas fait. Juste un petit cri, immédiatement étouffé par ma main, laquelle, pendant au moins trois minutes, est restée collée à ma bouche par le choc et l'impression que mes membres se sont soudain transformés en blocs de pierre.

Ma mère couche avec Simon, l'ex respectable. Je me répète plusieurs fois la phrase, lentement, mais elle refuse de s'imprimer dans mon cerveau.

Le choc de ma vie.

Cela fait-il partie de la philosophie de ma mère – il ne faut rien gâcher, cela peut toujours servir ? Elle a déployé tellement d'efforts et d'énergie pour plaider la cause de Simon qu'il lui faut à tout prix un résultat, quel qu'il soit ?

Le pire, c'est qu'ils n'ont pas du tout l'air gênés que je les surprenne ensemble. Ils se comportent comme s'il n'y avait rien de plus naturel que d'être assis l'un en face de l'autre à table, le pied droit de ma mère reposant légèrement, mais très visiblement, contre la cheville gauche et poilue de Simon. J'avais oublié qu'il était si poilu. Ma mère doit avoir l'impression de faire du pied à une brosse à cheveux.

Chez moi, une incrédulité absolue remplace bientôt le choc : j'ai des visions, voilà tout. Il suffirait que je ferme les yeux pour qu'en les rouvrant, Simon ait disparu.

Mais il ne se volatilise pas. Il reste là, sa masse corpulente plus horriblement réelle et visible que jamais.

Un cauchemar vivant.

Cela n'a rien à voir avec la différence d'âge. Ma mère est une quinquagénaire jeune de cœur, Simon un vieux trentenaire. Mentalement, en quelque sorte, cela fait une moyenne. Mais l'idée que... enfin, c'est terrifiant de se dire qu'un homme devant lequel on s'est jadis déshabillée (même si chaque fois que j'y repense, je grince des dents) vient de se déshabiller en compagnie de votre propre mère. Nous a-t-il comparées pendant que... pendant l'acte ? Le corps de ma mère est-il plus beau, plus ferme que le mien malgré nos vingt-six ans d'écart ? Le gin qu'elle boit l'a-t-il conservée dans l'état où elle était quand elle a atteint l'âge légal d'avaler tout cet alcool ?

De quoi peupler les rêves des psychiatres.

Seigneur, ils ont l'air si atrocement contents d'eux ! Simon a interverti les rôles d'ancien amant et de beau-père potentiel avec une rapidité effrayante, le temps d'une nuit de sexe.

Le sexe.

Ma mère n'a pas de relations sexuelles.

C'est ma mère.

Quand il commence à l'appeler « trésor » et à lui faire manger des petits morceaux de son croissant beurré, en se léchant les doigts lentement et de façon on ne peut plus suggestive après chaque bouchée enfournée dans la bouche ouverte de ma mère, je décide qu'il est temps de fuir. En fait, il était temps de fuir dès l'instant où je les ai aperçus ensemble.

Je rentre à Londres sans ouvrir la bouche, à l'arrière de la voiture de Jamie. Elvis me mâchouille les cheveux pendant tout le trajet sans que je l'envoie promener une seule fois.

À la maison, j'annonce la nouvelle à Nicky. Elle hausse les sourcils, sceptique, ne dit rien et va chercher deux verres dans le placard et une bouteille de vin blanc au frais.

Ce n'est qu'après avoir terminé son premier verre qu'elle consulte sa montre pour vérifier qu'il ne s'agit pas d'un poisson d'avril. Elle parvient à exhaler un peu d'air, puis retombe dans un silence abasourdi.

Elle avait cru que ma brusque envie de quitter Trent House n'était qu'une réaction cutanée habituelle, due au fait d'avoir à passer trop de temps sous le même toit que ma génitrice. Ne désirant pas spécialement s'attarder, elle était ravie de rentrer.

Elle est aussi pétrifiée que moi au moment où j'ai mis le pied dans la cuisine, pour trouver ma mère et mon ex-amant dans cette intimité sans ambiguïté de ceux qui viennent de faire l'amour.

— Ça ne durera pas, dit enfin Nicky.

— Non. Ma mère est une petite cheftaine et Simon un petit chef. Pour l'instant, ils s'accordent comme deux despotes de pays limitrophes ayant conclu une alliance provisoire. Mais, très vite, l'un d'eux devra abdiquer en faveur de l'autre.

— Et ce sera la fin d'une entente cordiale vraiment étonnante.

— Tu sais que tout ça, c'est ta faute ? dis-je avec une moue boudeuse.

— Quoi ? s'exclame Nicky.

— C'est toi qui m'as présentée à Simon.

— Tu me l'avais pardonné, Naomi !

— Oui, quand il était à quinze mille kilomètres. Maintenant, je n'en suis plus si sûre.

— Personne ne t'oblige à coucher avec tous les hommes que je te présente !

— Tu ferais mieux de dire ça à ma mère !

— Regarde le bon côté des choses : au moins, tu ne l'auras plus sur le dos.

— Ah, pas de sarcasme, Nix, je t'en prie !

Elle me tapote la main.

— Ce n'est peut-être pas si terrible que ça, Naomi. Après tout, quelle est la pire chose qui pourrait arriver ?

— Ô mon Dieu ! Et s'ils se mariaient ?

— Tu rigoles ? s'exclame Nicky.

— Pourquoi pas ?

— Premièrement, parce que ce serait le cinquième

mariage de ta mère ! s'écrie-t-elle, comme si ma mère était une incorrigible gourmande et qu'elle se resservait de gâteau beaucoup trop souvent.

— Justement. Elle aime bien se marier, de toute évidence. Alors, qu'est-ce qui va l'empêcher de réitérer l'expérience ? Cinq mariages et mon enterrement...

— Tu pourrais être demoiselle d'honneur.

Demoiselle d'horreur, oui. Est-ce un sourire que je discerne sur les lèvres de ma meilleure amie ?

— C'est vrai, tu as raté ta première occasion de l'être cette année à cause de moi, non ?

Cette fois, le sourire s'est épanoui. Nicky plonge le nez dans son verre en éclatant de rire, hystérique.

— Et dis à ta mère que si elle a besoin d'une robe, j'en connais une qui n'a jamais servi...

On ne m'attend pas au *Lazy Daisy* avant le vendredi. Je refuse de voir Amanda, qui bourdonne dans l'appartement comme une grosse mouche bleue, en espérant sûrement que je me laisserai convaincre d'aller suivre Eddie pour elle. Au mépris de mon boulot pour la blonde psychopathe, je m'enferme dans ma chambre et m'efforce de regarder la vérité en face.

Pas au sujet de ma mère. Cette histoire-là, je l'écarte de mon esprit, je ne peux pas la gérer en ce moment. Ma principale préoccupation, c'est ma libido, pas la sienne. Car, voyez-vous, je suis tombée amoureuse d'Eddie Farrar. Très amoureuse.

Je ne cesse de repenser à ce baiser. Enfin, à ces deux baisers, pour être précise. Je ne rêve que du troisième.

Jamie a raison. Il faut que je dise la vérité à Eddie.

Dieu sait comment je vais m'y prendre avec Amanda, mais il y a une chose dont je suis sûre, c'est qu'il est grand temps que je commence à vivre pour moi, ainsi que l'a souligné mon père. Je raconterai tout à Eddie, en priant pour qu'il me pardonne la supercherie. Et s'il m'en veut trop... Eh bien, on verra ça en temps et en heure.

Le vendredi arrive enfin. Je pars travailler les genoux tremblants... Tout en moi vacille, à vrai dire, en particulier mes résolutions.

J'ai décidé d'attendre un moment calme et de demander à lui parler en privé. Enfin, le mieux serait peut-être de me montrer un peu moins distante ce soir, afin d'avoir une chance qu'il me propose de boire un verre avec lui après la fermeture.

Je ne flancherai pas.

Je suis pétrifiée d'angoisse, mais mon soulagement à l'idée de lui révéler mon double jeu est aussi vif que ma peur. Je constate également avec stupeur qu'il me manque énormément, après ces quelques jours de retraite dans ma chambre. Je me fais penser à Elvis, quand il me regarde sortir l'ouvre-boîtes du tiroir.

Mais mes projets tombent à l'eau. Eddie n'est pas là.

À 22 heures, toujours personne. L'horloge affiche 23 heures, rien. À minuit passé, Dot me tapote l'épaule.

— Je crois que notre seigneur et maître a enfin daigné apparaître.

D'un signe de tête, elle me montre la porte.

Mon estomac bondit jusqu'à mes poumons.

Il est là !

Ça y est, à moi de jouer.

Je respire un grand coup et me retourne. Que se passe-t-il ? Dot contemple Eddie d'un air incrédule. Il est bien là, mais pas seul.

Juste dans mon dos, une main glissée sereinement au creux de son bras, une fille.

Blonde, mince, ravissante.

Je la déteste déjà.

Ils ne nous adressent même pas un signe, le geste habituel, le clin d'œil, la plaisanterie ou l'insulte amicale... Non, ils vont au restaurant et, choisissant une table visible du bar, s'assoient et se mettent à bavarder comme s'ils étaient seuls au monde.

Tandis qu'Angus, l'un des serveurs, leur remplit deux

flûtes de champagne, l'intruse se penche et murmure quelque chose à l'oreille d'Eddie en posant une main sur son genou. Il éclate de rire et la regarde avec son sourire en coin complètement craquant.

J'ai l'impression d'avoir reçu un coup de poing dans le ventre.

J'arrache mon tablier, le jette quelque part dans la direction de la poubelle et attrape mon sac sous le bar.

— Naomi, qu'est-ce que tu fais ? s'inquiète Dot.

— Désolée, Dot, il faut que je parte.

— Mais, Naomi...

— Désolée !

Je suis déjà à la porte.

En rentrant chez Nicky, je trouve Amanda et Nix allongées chacune sur un canapé, des rondelles de concombre sur les yeux, des masques vert pâle assortis sur le reste du visage, les doigts plongés dans des bols d'huile d'olive.

Les lumières sont éteintes, la pièce n'est éclairée que par la lueur de petites bougies posées sur toutes les surfaces disponibles, qui brillent comme autant de vers luisants.

Un étrange hurlement, qui ressemble au cri d'un chat ivre qu'on ferait tournoyer à grande vitesse par la queue, sort des haut-parleurs.

Je grommelle :

— Qu'est-ce que c'est que ce vacarme ?

— Le chant des baleines. C'est censé être très relaxant, murmure Nick en essayant de ne pas fissurer son masque.

— Personnellement, ça me donnerait plutôt la migraine, dis-je en m'effondrant par terre à côté d'elle.

— Oh, on n'est pas de bon poil, ce soir ? se moque-t-elle.

Mais elle retire une main de son bain d'huile, l'essuie avec un mouchoir en papier et, cherchant la télécommande à tâtons, éteint la chaîne hi-fi.

À la télévision, contrastant complètement avec l'ambiance de calme et d'harmonie mystique qu'Amanda et elle ont créée, Christopher Lee est en train de planter silencieusement (le son est coupé) ses canines dans le cou d'une fausse vierge avec un ravissement évident.

Si vous me mettez une tablette de chocolat sous le nez, j'aurai exactement la même expression. J'ai besoin de compenser avec un grand C, il me faut beaucoup de calories et de cholestérol.

Malheureusement, il n'y a absolument rien dans l'appartement qui rentre dans cette catégorie. Les deux autres ont démarré un régime étrange, où l'on n'a le droit de manger que des choses vertes, comme de la salade ou des haricots. Dans la cuisine, les denrées les plus alléchantes consistent en un plat de pâtes froides aux épinards et un bol d'olives vertes à l'air tristounet. Je cherche en vain des biscuits verts, un gâteau vert ou du chocolat vert. Et lorsque j'émets l'idée d'introduire quelques chips au bacon dans ce royaume dédié au culte de la laitue, elles accueillent ma suggestion avec une telle horreur qu'on croirait que j'essaie de les empoisonner toutes les deux.

Amanda, invariablement hermétique aux émotions de quiconque en dehors des siennes, exige une mise à jour immédiate concernant Eddie.

— On ne l'a pas vu de la soirée, dis-je en grognant.

— Pas du tout?

— Pas du tout. Jusqu'à ce qu'il se pointe juste après minuit avec une blondasse accrochée à son bras.

Amanda se redresse instantanément, sans prendre garde à l'huile qu'elle renverse sur le canapé de Nicky. Les tranches de concombre glissent de ses yeux en guise d'énormes larmes impromptues, avant de disparaître dans son généreux décolleté, telles deux pièces dans une machine à sous.

— Vous plaisantez?

Elle fronce atrocement les sourcils, et son masque

facial se ride comme du béton fracassé par un marteau-piqueur.

— L'ordure !

— Une belle ordure, oui, renchéris-je avec sarcasme.

— Comment a-t-il pu...

— Très facilement, ce sale dragueur.

— Je ne peux pas le croire.

Nicky nous contemple alternativement, Amanda et moi. On dirait qu'elle assiste à un match de tennis.

— Je crois qu'un petit remontant ne nous ferait pas de mal, marmonne-t-elle en se dirigeant vers la cuisine.

Elle revient quelques minutes plus tard, munie d'une bouteille de champagne et de trois verres, le visage nettoyé, à l'exception de quelques croûtes vertes encore collées à ses cheveux.

— Je le gardais pour une occasion spéciale, dit-elle en indiquant le champagne. Mais j'ai l'impression qu'on en a plus besoin maintenant que quand on délire de joie.

La bouteille est verte, après tout. C'est peut-être permis.

— Il y a sûrement une explication parfaitement raisonnable, annonce Nicky avec un sourire plein d'espoir, en faisant adroitement sauter le bouchon.

— Oui,.par exemple, il a une fiancée, dis-je.

— Ce pourrait être sa sœur ?

— Il n'a pas de sœur.

Sans se soucier des deux tranches de concombre toujours nichées entre ses seins, Amanda s'empare du verre que vient de remplir Nix et le vide d'une traite.

— Une simple amie ?

— Très proche et très intime, alors.

— Il faut absolument que vous alliez mener votre enquête ! ordonne Amanda.

— Oui; vous avez raison.

J'avale une brève gorgée de champagne puis, posant brutalement mon verre sur la table, je me lève.

Nicky me dévisage bizarrement.

Je tente de me faufiler subrepticement dans ma chambre comme un crabe sous un rocher, mais elle est plus vive que moi. Elle me suit et referme la porte derrière moi.

— Que se passe-t-il, Naomi ?

— Je prends juste une veste avant de sortir, le temps s'est rafraîchi.

— Je ne parle pas de ça, et tu le sais très bien ! réplique-t-elle à voix basse.

— Je ne comprends pas ce que...

— Ne me fais pas croire que ta colère est due à ta compassion pour Amanda. Il y a quelque chose que tu veux me dire, Naomi ?

— Non.

Je ne mens pas vraiment. Je ne *veux* pas dire à Nicky que je suis raide dingue d'Eddie.

— Alors, pourquoi ça te met dans un tel état qu'Eddie ait peut-être quelqu'un dans sa vie ? insiste Nicky. Tu étais encore plus bouleversée qu'Amanda.

Oh, Nix, si tu savais... Je suis bouleversée parce que je suis jalouse. Tellement jalouse qu'à côté de moi, les arbres de Hyde Park au printemps sont d'une pâleur maladive. Et je vais t'avouer autre chose : Amanda n'est pas la seule qui ne pourra pas dormir ce soir tant que je n'aurai pas découvert si une certaine personne dort seule.

Je retourne au *Lazy Daisy* juste avant 1 heure.

Dot n'a même pas besoin de me demander pourquoi.

— Ils sont repartis dix minutes après toi.

— Ah, bon ? Où sont-ils allés ?

— Aucune idée, je regrette. Naomi, Ben veut te voir...

— Il attendra, il faut que je file.

— Il a dit que c'était important !

— Ça aussi, Dot. C'est toi qui me répètes sans cesse que je devrais parler à Eddie !

— Ah, toi alors ! Tu choisis vraiment tes moments, hein ?

Devant mon visage décomposé, Dot me serre dans ses bras rapidement.

— Allez, vas-y. Je me charge de Ben.

2 heures du matin. Aucune lumière ne brille aux fenêtres de la villa. Soit Eddie est déjà rentré et couché, soit il est dans un club quelconque, confortablement installé dans un coin sombre, avec une bonne bouteille de vin et une belle blonde.

Embusquée dans un buisson, j'observe sa maison. Je ressemble à un agent de commando dans mon uniforme de serveuse, jean noir et tee-shirt noir, sur lequel j'ai enfilé la veste en daim noir de Nicky.

Malheureusement, les buissons sont assez peu fournis. Dans l'obscurité, ça va, mais si quelqu'un débouche avec des phares allumés (ce qui, étant donné qu'on est en plein milieu de la nuit, est une éventualité tout à fait plausible), je serai aussi visible qu'un éléphant caché dans un sapin de Noël.

C'est ridicule.

J'ai froid, il est tard, et je poireaute dans un buisson.

Je ne sais pas si je dois en rire ou en pleurer.

Je crois que je ferais mieux de rentrer à la maison.

Mais quelque chose m'empêche de bouger. Ce n'est pas la brindille emmêlée dans un passant de mon jean, ni la large mèche de mes cheveux coincée dans un enchevêtrement de feuilles.

Inutile de me mentir, ce n'est pas non plus par conscience professionnelle vis-à-vis d'Amanda.

Je suis là pour moi.

Pour des raisons purement égoïstes.

Parce que je me suis enfin avoué à quel point je tiens à Eddie et que, manque de bol, je viens de buter sur un obstacle blond des plus sexy.

Je décide de quitter ce buisson pour me faire un peu plus discrète, contemple un instant la maison d'Eddie, puis longe la rue pour essayer de pénétrer dans son jardin par l'arrière.

Évidemment, Eddie choisit ce moment précis pour rentrer chez lui. Tout se ligue contre moi, je vous dis.

Le ronronnement caractéristique du moteur de sa Porsche m'annonce son arrivée, mais il conduit beaucoup trop vite pour que je puisse effectuer une retraite rapide. Sa voiture est déjà au coin de la rue, ses feux braqués devant elle comme des projecteurs ultra-puissants balayant la foule à un concert de rock.

Me voilà obligée de plonger au sol et de m'accroupir derrière une voiture, ce qui laisse mon postérieur bien en vue. Oh, et zut, il n'est pas trop gros, il est noir, avec un peu de chance, il se fondra dans la nuit…

Je colle ma tête contre le pare-chocs avant de la Range Rover derrière laquelle je viens de bondir. J'ai enfin compris pourquoi les gens conduisent des Range Rover en plein centre de Londres, là où ils n'ont que rarement l'occasion de crapahuter sur des chemins pleins de bosses. Pour que des tarés de mon espèce puissent se planquer derrière au milieu de la nuit !

Dès que la Porsche ralentit et que j'entends la grille électrique s'ouvrir, je repars de l'autre côté de la rue en courant. Mes pas résonnent sur le bitume, clac clac clac, un vrai cours de claquettes.

Horreur, j'entends la même voiture faire marche arrière rapidement le long de la rue.

Je reste un moment figée, cherchant désespérément des yeux une issue de secours.

Je ne trouve rien de mieux que de me précipiter dans la première haie venue. J'effectue un plongeon extrêmement peu gracieux et m'allonge au ras du sol jusqu'à ce que la voie soit libre. Puis, scrutant la rue à m'en décoller la rétine, je retourne vers l'endroit où j'ai garé ma voiture.

Je tremble mais, curieusement, je ris à en perdre haleine.

Et si les voisins d'Eddie avaient des caméras de surveillance ?

Ma mère et Simon vont allumer la télévision, bienheureux dans leur quiétude d'après l'amour, côte à côte sur le canapé, et je serai là, à rigoler, pendant que le présentateur du journal télévisé montrera le film vidéo en demandant : « Reconnaissez-vous cette folle ? »

Pour couronner le tout, je n'ai même pas pu voir si Eddie rentrait seul ! La blonde était peut-être là, sur le siège du passager, ses longues jambes croisées, sa main manucurée caressant la cuisse de son chauffeur.

Je farfouille dans la poche de mon blouson à la recherche de la clé d'Arnold, puis je tente de la glisser dans la serrure. L'agitation me rendant maladroite, je rate mon coup à chaque fois.

Je fais comme si je n'entendais pas la voiture qui vient vers moi.

Je fais comme si elle ne s'arrêtait pas juste à côté de moi, le moteur ronronnant tel un gros félin.

Je me cramponne à la théorie puérile suivante : si je ne le vois pas, il ne me voit pas, et je reste obstinément tournée vers ma voiture.

J'entends le bruit d'une vitre électrique que l'on baisse, au moment où je parviens enfin à ouvrir ma portière.

— Naomi.

Ô mon Dieu ! Je suis affligée d'une subite surdité.

— Naomi !

Bon, il va malgré tout falloir faire quelque chose. Lentement, je pivote sur moi-même, un sourire idiot plaqué sur le visage.

— Euh... bonsoir.

Il fronce les sourcils, peiné. Oh, comme je regrette de ne plus être dans mon buisson !

— Il me semblait bien que c'était toi. Mais qu'est-ce que tu fiches ici ?

Bonne question. Qu'est-ce que je fiche ici ? Là, je crois que je ne m'en tirerai pas avec un « Souriez, c'est pour la caméra invisible ». La seule façon de répondre, c'est d'avouer la vérité. Oui, mais quelle vérité ? La vérité, toute la vérité et rien que la vérité ?

— Euh... j'étais passée te voir.

Déjà, ce n'est pas un mensonge.

— Alors, pourquoi cette disparition soudaine au moment précis où j'arrive ?

— J'ai changé d'avis.

Je hausse les épaules. Dieu merci, il fait trop sombre pour qu'il remarque mes joues écarlates.

— Je... euh... j'ai soudain réalisé qu'il était très tard.

— Monte dans la voiture, Naomi.

Sans rien dire, je le regarde.

— Monte dans la voiture, répète-t-il, détachant chaque syllabe comme s'il s'adressait à un enfant attardé.

Je monte dans la voiture.

Il parcourt en silence la trentaine de mètres qui nous séparent de sa maison, puis il appuie sur un bouton du tableau de bord. Les grilles en fer s'ouvrent sans un bruit, avant de se refermer dès que nous les avons franchies.

Toujours muet, il sort de la voiture, avant de me faire entrer dans la maison par une petite porte qui donne dans une buanderie attenante à la cuisine.

— Tu veux un café ? Ou peut-être préfères-tu quelque chose d'un peu plus fort ? propose-t-il d'un ton posé.

Il vient de me surprendre en train de rôder autour de sa maison, j'ai de la boue sur la manche de ma veste et des feuilles dans les cheveux, et on dirait que je suis passée lui rendre une visite de courtoisie.

Comme je ne réponds pas, il prend une bouteille de vin dans le réfrigérateur, deux verres dans un placard et me conduit dans le salon en s'excusant :

— Désolé pour la décoration. Cela fait près d'un an que je vis ici, mais je n'ai pas encore eu le temps de m'en occuper.

Je réussis à bredouiller :
— Ce n'est pas si mal.
— Tu n'as pas vu l'étage.
Il grimace un sourire.
— Des nymphéas tapissent la salle de bains, et devine ce qu'il y a dans la chambre ?
— Un miroir au plafond, dis-je sans réfléchir.
— Comment le sais-tu ?
— Simple supposition, dis-je en me morigénant intérieurement pour mon étourderie. Ça va avec le papier peint floqué et les nymphéas.
Je comprends maintenant le contraste spectaculaire qui règne dans la décoration de cette maison.
Il me fait signe de m'asseoir et s'installe à côté de moi pour déboucher la bouteille.
— La maison appartenait au gars à qui j'ai acheté le *Lazy Daisy*. Il vendait tout pour prendre sa retraite à Marbella. Apparemment, c'était un sacré bonhomme dans les années 70. Si tu avais vu cette maison avec toutes ses affaires dedans ! On avait l'impression de se retrouver trente ans en arrière. Je crois qu'il s'accrochait aux souvenirs de ses grands jours. À l'endroit où nous sommes, il y avait un canapé en peau de léopard avec des coussins en zèbre. Très chic.
Il nous sert deux grands verres de vin blanc et, tout en me tendant le mien, pose enfin la question que je redoutais :
— Alors, pourquoi voulais-tu me voir ?
Il fallait bien que j'y passe un jour ou l'autre, de toute façon.
— Simple curiosité de ma part, ajoute-t-il, pince-sans-rire, étant donné que tu t'es appliquée à m'éviter, ces derniers temps.
— Ah, tu as remarqué, dis-je dans un murmure.
Follement gênée, je cache mon visage dans mon verre, que je vide à moitié d'une bonne lampée.
— Difficile de ne pas le remarquer, à vrai dire. J'ai même songé à changer de déodorant.

— Tu sens bon.

Je mens. Il sent *très* bon. Pas seulement son après-rasage et *Aqua Di Gio*, mais un mélange de parfums insaisissables qui concourent à créer son odeur particulière, plus puissante que n'importe quel aphrodisiaque. Il me lance un regard en biais, à travers des cils étonnamment longs.

— Je croyais que tu cherchais à me faire comprendre de façon très claire, à défaut d'être subtile, que tu n'étais pas intéressée. N'oublie pas que j'ai déjà eu recours à ce procédé moi-même.

— Intéressée par quoi ?

J'essaie de paraître désinvolte, mais ma voix n'est qu'un coassement. Il lève les yeux au plafond.

— Naomi ! Peut-on cesser ces petits jeux, s'il te plaît ?

— D'accord. Qui était cette blonde ?

Il éclate de rire.

— Un appât.

— Ah, oui ! J'en ai même remarqué plusieurs, des appas.

— Je voulais voir si cela te dérangerait.

— C'est cruel.

— Peut-être, mais efficace.

Je rectifie :

— Cruel pour elle.

— Contrairement à la légende populaire, toutes les femmes que je rencontre ne me trouvent pas irrésistibles.

— En tout cas, elle faisait très bien semblant.

— Dois-je discerner là une pointe de jalousie ?

— Ne te flatte pas.

Soudain, son front se barre d'un pli soucieux.

— Justement, Naomi... est-ce que je me flatte ou éprouves-tu la même chose que moi ?

— Je n'en sais rien, dis-je en contemplant mes chaussures.

— Oh.

Il semble déçu.

Je m'oblige à le regarder et reprends :

— Je n'en sais rien, parce que je ne sais pas ce que tu éprouves.

— Comment peux-tu dire une chose pareille ? s'exclame-t-il en riant. Ça crève les yeux ! Tout le monde le sait, alors que je n'en ai parlé à personne. Tu veux que je te l'écrive avec mon sang, ma parole !

Ou mon sang à moi, quand Amanda m'aura retrouvée après m'avoir traquée jusqu'en Nouvelle-Zélande.

Il faut que je lui avoue tout. Maintenant.

— Eddie, j'ai quelque chose à te dire...

Il secoue la tête, tend la main et retire délicatement une brindille de mes cheveux.

— Ne dis rien, chuchote-t-il doucement.

Puis il se penche et pose ses lèvres sur les miennes.

Il se recule un instant et observe mon visage pour évaluer ma réaction. Voyant que je ne vomis pas sur la moquette et que je ne lui flanque pas une raclée, il se penche à nouveau et m'embrasse, plus longuement.

J'étais vraiment soûle la dernière fois qu'il a fait cela, et c'était divin. Cette fois, je suis encore ivre, mais de désir et de bonheur.

Il ne reste qu'un petit détail qui gâche tout. Eddie ne connaît pas la vérité, donc il ne me connaît pas vraiment.

Mais, d'après Amanda elle-même, en amour comme à la guerre, tout est permis... Pourquoi me torturer l'esprit, simplement parce que je ne lui ai pas tout dit de moi ? Il y a des tas de choses que j'ignore à son sujet. Ce qu'il mange au petit-déjeuner, par exemple, ou de quel côté du lit il dort... à ce propos, j'ai l'impression que je serai bientôt renseignée.

D'accord, je ne devrais pas me laisser faire si facilement. Mais, de toute façon, ça arrivera. Je le sais. Il le sait. Et vous savez quoi ? Je m'en fiche. Je me fiche de la morale, je me fiche d'Amanda, je me fiche des conséquences, je me fiche de tout. La seule chose qui compte, c'est que je n'ai jamais eu autant envie de quelqu'un de toute ma vie.

Je sais aussi qu'à un moment donné, dans un avenir pas très lointain, je ne me ficherai plus de tout ça, plus du tout. La culpabilité va déferler sur moi comme un torrent s'échappant d'un barrage de fortune. Mais, pour l'instant, je ne peux penser à rien d'autre qu'à la sensation de sa bouche contre la mienne. Et si c'est tellement mal, pourquoi ai-je l'impression que c'est la chose la plus juste que j'aie jamais faite au monde ?

Mes mains dans les siennes, il se lève et m'entraîne en haut, dans la chambre.

Je me rappelle la dernière fois où j'ai vu ce caleçon et ressens un petit pincement de remords, vite balayé par une autre forme de culpabilité, provoquée celle-ci par le désir qui se bouscule dans mon corps et mon esprit avec une hâte proprement indécente.

Curieusement, ce caleçon ne me paraît plus aussi hilarant une fois qu'Eddie est à l'intérieur. Il est même tout ce qu'il y a de sexy. Ce qui ne m'empêche pas de n'avoir qu'une envie, le lui retirer.

Heureusement, Eddie semble éprouver le même besoin de me débarrasser de mes sous-vêtements, si possible dans les deux secondes qui viennent. Dieu merci, j'ai enfin jeté mes fidèles slips grisâtres.

Nous tombons sur les draps frais et restons simplement allongés, nous serrant l'un contre l'autre un moment, respirant l'odeur de l'autre, les yeux dans les yeux, silencieux. Puis nos mains et nos lèvres commencent doucement leur exploration...

Le lendemain matin, en me réveillant, je me vois, ébouriffée et rayonnante, me sourire au plafond.

Je ne me moquerai plus jamais des miroirs aux plafonds.

À côté de moi, dans le lit, la place est chaude mais vide. J'enfouis mon visage dans le drap froissé, humant l'odeur enivrante d'Eddie et de notre nuit échevelée.

Qu'ai-je fait ?

Enfin, non, je sais exactement ce que j'ai fait...

Mais qu'ai-je fait, mon Dieu ?

Sur la table de nuit, on a posé un plateau avec des fraises, du jus d'orange, du café froid et une rose cueillie dans le jardin.

Contre le verre, un message.

Naomi, j'avais un rendez-vous tôt ce matin, mais tu dormais si paisiblement que je n'ai pas pu me résoudre à te réveiller. Je te vois ce soir, réserve-moi la première danse. Baisers.

Eddie

P. S : Voici une clé, garde-la. Tu en auras besoin.

Je serre dans ma main le petit objet métallique tombé du papier plié, et mon cœur dégringole plus bas que mes orteils.

Car, voyez-vous, j'ai déjà une clé.

Celle qu'Amanda m'a donnée.

La sonnette me tire d'un profond sommeil.

J'entends la douche de Nicky de l'autre côté de la cloison, ce qui signifie que je vais devoir aller ouvrir. J'arrache mon corps las à ma couette et traîne les pieds jusqu'au salon.

C'est Jamie.

— Salut, ma puce.

— Qu'est-ce que tu viens faire ici ? dis-je en bâillant et en repoussant les mèches de cheveux qui me tombent sur les yeux.

— Garder Elvis.

Il agite devant moi deux sacs en papier tout gras et sourit d'une oreille à l'autre.

— Poisson pour moi, saucisse pour lui, frites pour tous les deux. Tu as du ketchup ?

— À la cuisine. Quelle heure est-il ?

— 19 heures. Je pensais que tu te serais mise sur ton trente et un, au lieu de traîner en peignoir avec une tête pareille.

— 19 heures ? Oh, non !

Voilà ce qui arrive quand on ne dort pas de la nuit pour rattraper deux ans de célibat. On rentre chez soi les jambes arquées, en n'étant plus bon qu'à une chose : dormir pour récupérer de tous ces excès.

Je gémis à l'adresse de Nicky, qui sort de sa chambre en enfilant ses chaussures :

— Tu ne m'as pas réveillée, Nix !

— Je ne savais pas que tu dormais encore.

La langue de Jamie pend presque plus que celle d'Elvis à la vue de Nicky, moulée dans une sublime petite robe noire.

Je les laisse tous les deux papoter et prends une douche pour essayer de dissiper la confusion qui a envahi mon cerveau. Une partie de moi-même n'a qu'une envie, sourire béatement et stupidement, tandis que l'autre partie est près de fondre en larmes.

Quel gâchis !

Amanda arrive au moment où j'émerge de la douche. Je reviens dans le salon, toujours en peignoir, juste à temps pour la voir débouler comme un étalon à Ascot, pommadée, le poil luisant, les lèvres retroussées sous l'effet de l'excitation.

Je dois admettre que son décolleté est impressionnant.

Je n'ai rien contre mes seins. Ils pourraient être un peu plus volumineux, mais ils sont pratiquement symétriques, de forme plutôt harmonieuse. Non, vraiment, je ne m'en plains pas. Mais la seule fois où j'ai réussi à avoir un décolleté plongeant, c'est quand j'ai ramené vers le centre les coussinets de mon Wonderbra jusqu'à ce qu'ils se touchent presque.

Amanda est magnifique et voluptueuse. Le *Queen Mary*, repeint de frais et crachant avec enthousiasme des flots de vapeur. Je résiste à l'envie de lui envoyer des confettis et des serpentins tandis qu'elle vogue majestueusement au milieu de la pièce, foulant délicatement l'épaisse moquette ivoire de ses merveilleuses sandales Miu Miu à lanières argentées.

Elle s'est fait refaire les racines, et des reflets argentés parsèment sa longue et blonde chevelure, assortis au reste de sa tenue.

Nix, qui a recommencé un régime et grignotait sans entrain une carotte pour tromper une fringale, lâche son coupe-faim sur la table et contemple Amanda, bouche bée.

Je devine presque ses pensées. Si Amanda peut être aussi splendide alors qu'elle a au moins six ou sept kilos en trop, Nix va jeter aux orties la torture que lui inflige la privation de ses aliments préférés et se replonger dans les calories avec délices.

L'apparence d'Amanda a changé, certes, mais son attitude aussi. Pour la première fois depuis des lustres, elle se sent belle à damner un saint, et ça se voit.

Au moins, nous l'aurons réconciliée avec elle-même, ce qui me réconcilie également un peu avec moi-même. Pas beaucoup, mais un tout petit peu.

Jamie sort de la cuisine avec son cornet de frites, sans paraître se rendre compte qu'Elvis a les dents fermement plantées dans le bas de son pantalon.

Il lève les yeux de ses frites et s'immobilise. Le morceau de poisson couvert de ketchup, qui était en train de voyager du papier à sa bouche, reste suspendu en l'air ; et la bouche qui s'apprêtait à l'engouffrer s'ouvre encore plus grand à la vue de cette débauche argentée.

— Je suis bien ? demande Amanda.

Je pose un doigt sous le menton de Jamie, lui referme la bouche et dis seulement, car ma gorge est un peu nouée :

— Superbe.

— C'est tout ? fait Amanda, déçue.

Mais qu'attend-elle de moi ? Cette femme est magnifique. J'éprouve une étrange sensation de bonheur et de soulagement, mêlée au désir d'essayer de l'envoyer au *Lazy Daisy* enveloppée dans la blouse de ménage fleurie de ma grand-mère.

— Superbe avec un grand S, ajoute Nicky en souriant gentiment. Tu es renversante ! Contrairement à Naomi.

Elle désigne mon turban et mon peignoir.

— C'est la dernière nouveauté de chez Moschino, ma grande ?

Devant cette étoile radieuse, j'avais complètement oublié ma propre décrépitude.

— Euh... oui. Il faut que je me dépêche.

— Le taxi sera là dans quelques minutes, déclare Amanda, visiblement impatiente d'arriver au *Lazy Daisy* pour commencer à jouer le rôle de sa vie.

Ça y est, j'ai la migraine.

— Je ne suis pas prête du tout, dis-je.

Il me faut au moins trois semaines et plusieurs séances chez un psychiatre très doué.

— Je vous rejoindrai là-bas.

Nicky et Amanda sont trop pressées de se lancer dans une nouvelle nuit de fête pour insister.

Par la fenêtre de la cuisine, je les regarde partir et entrer en riant dans le taxi. Il faut que je mange quelque chose, sinon je ne supporterai pas l'alcool que je vais inévitablement ingurgiter ce soir. Je retourne dans ma chambre pour avaler mon sandwich et tenter de rentrer dans la petite robe moulante que m'a prêtée Nicky.

Avec la générosité qui le caractérise, Eddie a embauché des tas d'intérimaires pour s'occuper du bar, afin que le personnel puisse s'amuser aussi. J'ai donc le droit d'abandonner pour la soirée mon jean et mon tee-shirt habituels en faveur de quelque chose d'un peu plus flatteur. En l'occurrence, une robe Donna Karan citron vert, qui met en valeur les derniers vestiges de mon bronzage, et des sandales Miu Miu à talons de cinq centimètres.

Sans grand entrain, je défile devant Jamie, qui a pris ses quartiers sur le canapé, une bière dans une main et la télécommande dans l'autre.

— Comment tu me trouves ?

Il me contemple, les yeux écarquillés.

— Waouh, tu es splendide !

— Tu as l'air tellement étonné que c'en est désobligeant, dis-je en grognant et en m'asseyant à côté de lui.

Puis je soupire, découragée :

— Tu sais, il vaudrait peut-être mieux que je reste ici.

Jamie me relève aussitôt.

— Non ! déclare-t-il fermement.

J'avance vers les portes-fenêtres et pose mon front contre la vitre fraîche.

— Qu'est-ce qu'il y a, Naomi ?

Le soleil décline, baignant la ville d'une lueur orangée.

— Je vais tout lui dire.

— À Eddie ? Tu vas lui avouer tes sentiments ? Il était temps !

— Pas mes sentiments, dis-je en coulant un regard en coin vers Jamie. Je crois qu'on n'en est plus là.

— Quoi ? s'exclame-t-il, estomaqué. Vous avez... Vous n'avez pas...

— Si.

Malgré mon trac, je ne peux pas m'empêcher de sourire.

— Veinarde ! La dernière fois que j'ai fait l'amour, c'était sous un autre gouvernement.

— Ah, bon ? Moi, la dernière fois que j'ai fait l'amour, c'était sous une couette.

— Ah ah, très drôle. Et maintenant, quels sont tes projets ? Tu comptes parler à Eddie d'Amanda et voir s'il te tue ? Ou bien parler à Amanda de toi et Eddie et voir si elle te tue la première ?

— Merci, Jamie, je savais que tu me remonterais le moral. Dis, pourquoi ne viens-tu pas avec moi ? Je suis sûre qu'Elvis ne saccagera pas tout l'appartement en notre absence.

— Non, seulement les endroits qu'il peut atteindre, acquiesce Jamie en caressant la tête soyeuse du chiot.

— J'aurais bien besoin de soutien moral.

— J'aurais bien besoin de boire à l'œil !

— Alors, qu'est-ce que tu fiches ici ? Je t'ai donné une invitation, non ?

— Comprends-moi, ma puce ! D'une part, je me sentirais un peu responsable si Elvis dévorait tous les meubles. D'autre part, dès que tu seras partie, je vais pouvoir essayer tous les sous-vêtements de Nicky. Et surtout, je tente pathétiquement de gagner des bons points, dans l'espoir qu'elle me paiera mon baby-sitting en nature.

— Mais tu ne préfères pas venir, pour l'empêcher de rentrer ici accompagnée ?

— C'est que je suis plus pervers que ça. Si elle ramène quelqu'un ici, Elvis et moi serons là pour ne pas en perdre une miette. On tiendra les deux plus belles chandelles que tu aies jamais vues, pas vrai, mon toutou ?

— Et si elle ne rentre pas dormir ici, Jamie ?

— Aïe ! Je n'avais pas songé à ça !

— Je plaisante, rassure-toi. Nix a dépassé cette phase. Et puis, je la surveillerai pour toi.

— Super. Mais toi, qui va te surveiller ?

La première chose que j'aperçois en arrivant enfin au *Lazy Daisy*, c'est Amanda, qui tournoie au centre de la foule telle une gigantesque boule à facettes de discothèque.

Elle s'amuse comme une folle. Les hommes sont à ses pieds. Ils contemplent avec envie ses atouts majeurs, totalement subjugués par la vision argentée qui se trémousse gracieusement sur la piste de danse.

Les ouvriers sont là aussi, débarrassés de leur uniforme habituel de chemises rayées, jeans déchirés et bottes fendillées. Apparemment, ils ne sont pas sortis en boîte depuis la danse des canards. Quelqu'un devrait leur dire que c'est légèrement démodé. Ils me font signe avec véhémence de traverser la foule enthousiaste pour aller battre des coudes de concert avec eux.

Je suis sauvée par l'apparition d'une Abi rayonnante. Sa crinière rousse jure vigoureusement avec la robe rose vif qui moule sa silhouette mince.

— Naomi ! Te voilà enfin ! J'avais peur que tu ne viennes pas et je voulais te remercier. Tu as fait des miracles, vraiment.

Elle me prend par la main et plante un baiser reconnaissant sur mes deux joues.

— Jerry ?

Elle hoche la tête, radieuse.

— Tu ne vas pas le croire, il a...

— Quoi ?

Les yeux brillant d'excitation, elle lâche :

— On s'installe ensemble !

— Oh, Abi, moi qui pensais que tu t'apprêtais à m'annoncer ton mariage !

— Tu plaisantes ? Pour Jerry, c'est la cohabitation, l'engagement suprême.

— Mais il vit déjà pratiquement chez toi.

— Bien sûr. Mais maintenant, sa brosse à dents, ses habits et sa télévision grand écran vont débarquer aussi. Oh, Naomi, je vais avoir une grande télé ! s'écrie-t-elle en riant. Youpi ! Non, sérieusement, merci pour ce que tu as fait. Tu as un sacré culot... mais ça a marché, hein ? Merci pour ton aide, Naomi. À plus tard, je te dois un triple verre !

Elle me serre contre elle et part répéter la bonne nouvelle à Ben, qui fend la foule dans notre direction en agitant frénétiquement la main.

Je m'éloigne aussitôt dans la direction opposée.

Je me sens mesquine, mais Nicky m'a appris hier qu'Amanda et lui étaient sortis boire un verre ensemble pendant que nous étions en Cornouailles et je n'ai vraiment pas le courage de répondre à ses « qu'est-ce qu'elle t'a dit ? » et ses « tu crois que j'ai la cote ? ». C'est sûrement pour cela qu'il voulait me voir hier soir, pour se lancer dans une analyse approfondie des chances qu'il a avec Amanda.

Réponse : aucune.

Pauvre Ben !

Plus vite j'aurai mis les choses au clair, mieux cela vaudra. Pour tout le monde.

J'ai décidé de procéder par étapes.

Je pars à la recherche de Nicky, qui n'est pas avec Amanda sur la piste de danse. Il faut que je la surveille un peu, puisque je l'ai promis à Jamie, puis j'irai trouver Eddie. Ensuite, à condition d'en être encore capable physiquement et moralement, je parlerai à Amanda et insisterai pour qu'elle joue franc-jeu avec Ben, ou qu'au moins, elle le laisse tomber le moins brutalement possible.

Mais mon emploi du temps et celui d'Eddie ne coïncident absolument pas.

Je remonte vers le bar. Au moment où j'atteins la dernière marche, deux bras puissants m'enlacent et des lèvres chaudes effleurent doucement ma nuque. Je frissonne, c'est délicieux. Même après une seule nuit passée avec lui, je reconnaîtrais son odeur n'importe où.

Je me retourne, incapable d'empêcher un grand sourire de s'étaler sur mon visage. Eddie m'attire dans un coin sombre en haut de l'escalier et m'embrasse jusqu'à ce que j'en perde le souffle.

— Bonjour, dit-il enfin en s'écartant de moi.

Dans la pénombre, je le vois qui me sourit.

— Tu m'as manqué, aujourd'hui. Curieux, non ?

Je prends une profonde inspiration, non seulement parce que je n'ai plus d'oxygène dans les poumons, mais parce que j'ai besoin de me détendre, et tente une nouvelle confession :

— Eddie, j'ai quelque chose à te dire...

Il me coupe la parole avec un baiser.

Et zut, à la fin ! Je n'ai pas envie de tout lui avouer. Je préfère qu'il ne connaisse jamais, au grand jamais, mon secret.

Enfin, Eddie abandonne mes lèvres.

— Je suis désolé, Naomi, je ne peux pas discuter pour l'instant, déclare-t-il en me caressant la joue. Je suis l'hôte accueillant et affable d'un groupe de gens qui m'ont prêté beaucoup d'argent. Viens avec moi, si tu veux. Tu les charmeras, ils seront vite à genoux.

Je le taquine :

— Aussi aisément que je t'ai mis à genoux ?

— Oserais-tu prétendre que je suis un homme facile ?

— Eh bien, si je te donnais rendez-vous dans ton bureau pour vérifier ça dans... disons... vingt minutes, tu y serais ?

— C'est noté.

Je fais une halte aux toilettes pour retoucher le rouge à lèvres qu'Eddie a effacé. Vingt minutes, cela me laisse juste le temps de dénicher Nix et de boire quelque breuvage encourageant, avant d'aller rejoindre Eddie dans son bureau. Si seulement c'était pour le charmer... J'ai toujours fantasmé sur l'amour dans un bureau...

Je m'oblige à revenir au sujet du jour. La vérité. Ou plutôt, l'absence de vérité, ces derniers mois.

Demander à Eddie de me retrouver dans son bureau est la meilleure manière de le voir seul à seule.

— Naomi !

Une voix familière retentit dans les toilettes.

— Je t'ai cherchée toute la soirée. J'aurais dû me douter que je te trouverais planquée ici. Ça devient une habitude, hein ?

Dot surgit hors d'une des cabines, un verre de champagne à la main, dans une robe rouge au décolleté indécent.

— Ce n'est pas la peine de me dire ce qui s'est passé hier soir. Eddie a souri aux anges toute la soirée.

— Ce pourrait être à cause de la blonde.

— La petite amie de Mitch ? Allons, allons.

— C'est vrai ?

— D'après Ben, oui. Empruntée spécialement pour l'occasion. Il s'est donné du mal pour te faire tout avouer, hein ?

— Tout avouer ?

Je redresse vivement la tête.

— Tu as bien caché tes sentiments, ajoute-t-elle, avant de remarquer soudain les larmes qui brillent au coin de mes yeux. Naomi ! Qu'y a-t-il, ma grande ?

— Oh, Dot... C'est affreux ! Je n'ai pas caché que mes sentiments !

Je lève vers elle des yeux éplorés.

— Tu as envie d'en parler ?

Je hausse les épaules sans conviction.

— J'ai une oreille attentive... et tu devrais savoir maintenant qu'il en faut beaucoup pour me choquer.

Elle rit avec légèreté, mais son visage est soucieux.

Je suis soulagée de dire enfin toute la vérité à Dot, même si je crains de perdre celle qui m'est devenue une amie très chère en l'espace de quelques mois. Mais, à ma grande surprise, quand j'ai enfin conclu ma sordide petite histoire, elle me prend dans ses bras et me serre contre elle avec affection.

— Bravo, ma puce, marmonne-t-elle dans mes cheveux.

— Tu ne me détestes pas ?

— Pourquoi ? Les hommes ont toujours dicté leur loi, il était temps que quelqu'un les remette un peu à leur place, non ? Et si tu as besoin d'aide pour les piéger, tu sais où me trouver.

Je ris sans entrain.

— Alors, que dois-je faire, Dot ?

Elle secoue la tête.

— Je me tue à te le dire. Parle-lui, Naomi.

— Mais il va me détester !

— Non. Je connais Eddie. Il a horreur des mensonges, mais il ne pourra jamais te détester, Naomi... Il tient énormément à toi. Il surmontera le choc. Par contre, il vaut mieux qu'il l'apprenne de ta bouche.

— Tu sais où il est, en ce moment ?

— La dernière fois que je l'ai vu, il essayait d'être aimable avec une bande de crétins qui ont plus d'argent que de manières, mais il ne doit pas être bien loin. C'est une grande soirée pour lui, Naomi.

— Oui, et je ne veux pas la lui gâcher. Il vaudrait peut-être mieux que j'attende demain matin ?

— Au petit-déjeuner, ironise Dot gentiment.

— Après une folle nuit de sexe, c'est ça ? Tu crois que ça arrangerait les choses ou que ça aggraverait mon cas ?

— Pour toi ou pour Eddie ?

— Oh, pour moi, ce serait incontestablement mieux. Si je lui dis tout ce soir, je n'aurai peut-être plus jamais l'occasion de coucher avec lui.

Dot consulte sa montre.

— Tes vingt minutes sont presque écoulées. Que décides-tu ?

— Ce sera la vérité, dis-je avec un soupir résigné.

Dot m'accompagne à travers le bar bondé, jusqu'à la porte qui conduit à la réserve de boissons, aux toilettes du personnel, à l'entrée de secours du restaurant et à l'escalier menant aux bureaux du premier étage.

Elle me tient par la main pour me rassurer, sans rien dire, et je monte l'escalier. Je n'ai pas le trac, non, seulement un troupeau d'éléphants qui dansent le tango au fond de mon estomac.

Je suis tellement nerveuse que je ne remarque qu'au dernier moment le couple enlacé au bout du couloir. Il fait sombre, mais un postérieur en argent massif, ça ne court pas les rues.

Je ne vois qu'une personne qu'Amanda peut être en train d'embrasser avec autant de fougue.

Eddie.

Mais c'est impossible... À moins que...

C'est peut-être une belle ordure, finalement. Au lieu de planer tout en haut de mon échelle de valeur masculine, ce type honnête, beau et sincère croupit sans doute au fond du trou avec les autres...

Mais lorsqu'ils s'écartent enfin l'un de l'autre, hors d'haleine, leurs mains touchant encore le visage de l'autre, je réalise que je me suis trompée.

Amanda embrassait un grand gaillard blond.

Amanda dévorait Ben tout cru comme s'il était une truffe, et elle un cochon au museau extrasensible.

C'est le comble. Depuis le début, je désapprouve l'idée d'utiliser Ben. Mais là, il ne s'agit pas d'un simple flirt destiné à rendre Eddie jaloux, c'est une vraie machination dont l'issue va laisser Ben complètement anéanti.

Décidément, il est vraiment temps que cette farce se termine.

J'attends que Ben s'éclipse, un sourire béat aux lèvres, et je suis Amanda. Finalement, je la coince dans une des réserves du rez-de-chaussée.

— À quoi jouez-vous, nom d'un chien ?

Chose incroyable, Amanda rougit.

— Oh, salut, Naomi.

— Pas de « Salut, Naomi » avec moi, ça ne marche pas. J'ai très bien vu ce que vous venez de faire !

— Eh bien, ça s'est insinué petit à petit en moi, et brusquement, ça m'a frappée de plein fouet, entre les deux yeux.

— Qu'est-ce que vous racontez ?

— Ben et moi. On est allés dîner ensemble pendant que vous étiez en Cornouailles. J'espérais un peu qu'on tomberait sur Eddie... pour le rendre jaloux, vous comprenez ? Et puis, j'ai vu Ben embrasser cette rousse, tout à l'heure, et soudain, c'est moi qui ai été ridiculement jalouse, conclut-elle en riant. C'est inconcevable, non ?

— Mais ils sont juste copains, dis-je stupidement.

— Oui, maintenant, je le sais! Nous avons passé une soirée vraiment formidable ensemble, l'autre jour. Il était tellement mignon et drôle et... tellement réel. Je vis dans un fantasme depuis si longtemps, Naomi! Il a fallu Ben pour que je m'en rende compte. Je veux dire, Ben me parlait volontiers d'Eddie, ce que je trouvais parfait au début, mais j'ai réalisé tout à coup qu'il parlait d'un homme que je ne connaissais même pas.

— Mais je croyais... enfin... je vous croyais vraiment très éprise d'Eddie.

— Moi aussi, je le croyais. Mais c'était mon Rudolph Valentino.

— Comment cela?

— Je suis tombée amoureuse d'une image, explique-t-elle à mon pauvre esprit demeuré. Il ne s'agissait même pas d'amour, d'ailleurs, c'était une passade idiote, une obsession stupide qui est allée beaucoup trop loin...

— Et hier soir? Vous étiez ivre de rage quand je vous ai dit qu'il était avec quelqu'un!

— Derniers vestiges de la névrose obsessionnelle? suggère-t-elle en haussant les épaules.

— Et ce soir, cette tenue extraordinaire...

— Pour moi. Pour mon estime de moi. Et pour Ben, inconsciemment.

— Pourquoi ne m'avoir rien dit?

— En fait, je n'en étais pas vraiment sûre moi-même jusqu'à ce soir, quand j'ai vu Ben et cette rouquine... Et puis, j'essaie de vous parler depuis plusieurs jours, Naomi, mais vous me fuyez comme la peste. Oh, je ne vous en veux absolument pas, rassurez-vous. J'ai été odieuse, non? Je me demande comment vous avez pu me supporter. Mais maintenant, je vais vous laisser tranquille.

— Comment ça?

— J'ai enfin commencé à être honnête, avec moi-même et avec les autres.

— Quoi ? Vous voulez dire que... vous avez tout raconté à Eddie à propos de... Vous lui avez parlé de moi ? Vous savez, de ce qu'on a fait ?

Elle hoche la tête gaiement.

— Je lui ai avoué toute la vérité.

— Mais pourquoi ? dis-je avec désespoir.

— C'est Ben qui m'a conseillé de tout lui raconter.

— Ben est au courant ?

De mieux en mieux.

— Eh bien, quand nous sommes revenus chez moi après le dîner et qu'il a trouvé les photos d'Eddie... C'est un garçon tellement adorable ! s'exclame-t-elle. Nous avions papoté toute la soirée, j'avais l'impression de le connaître depuis toujours. Il est si gentil, il m'a envoyé une douzaine de roses rouges le lendemain...

— Les photos, Amanda ! dis-je avec impatience.

— Ah, oui, il a vu les photos et j'ai tout déballé. Ben est à l'écoute des autres. Il ne m'a pas jugée du tout, mais quand il a compris combien je me sentais coupable, surtout de vous avoir fait fouiller la maison d'Eddie...

Elle grimace.

— Eh bien, il a dit : « Pourquoi ne pas tout expliquer à Eddie et t'excuser ? » Demander l'absolution, en quelque sorte. La confession soulage incroyablement l'âme, vous savez. Alors, vous voyez, tout est réglé, maintenant...

Hébétée, je demande :

— Quand l'avez-vous dit à Eddie ?

— À l'instant. Je voulais attendre la fin de la soirée, mais je suis tombée sur lui dans le couloir. Il avait l'air de si bonne humeur que j'en ai profité...

— Et comment a-t-il pris la chose ?

C'est tout juste si je parviens à articuler.

— Oh, il était un peu choqué, je pense, mais il a très bien réagi. Cela n'a d'ailleurs rien de surprenant, n'est-ce pas ? Eddie est quelqu'un de bien.

Puis, tout en me serrant dans ses bras avec enthousiasme, elle conclut :

— Merci pour tout, Naomi.

Au moins, quelqu'un est content.

— Vous allez pouvoir arrêter de travailler ici, désormais, m'annonce-t-elle, radieuse. C'est formidable, non ? Je vous trouvais vraiment une petite mine, ces derniers temps... Bon, j'ai promis un slow à mon amoureux. À tout à l'heure, Naomi, d'accord ?

Amanda disparaît dans le couloir et part rejoindre Ben sur la piste de danse, comme si ces derniers mois n'avaient pas réellement existé.

Je m'effondre sur une caisse de jus d'orange. Ce n'est pas exactement confortable, mais j'ai besoin de m'asseoir, car mes jambes se dérobent sous moi.

Dans cette maison, les nouvelles se propagent plus vite que le feu dans la brousse. Bientôt, tout le monde saura ce qui s'est passé. Et tout le monde me détestera !

Quant à Eddie...

Mon Dieu...

Mais que fallait-il espérer ? Un heureux dénouement avec beaucoup d'enfants, après un début aussi glauque ?

— Naomi !

Je sursaute.

Dieu merci, c'est Nicky.

Elle se balance dans l'encadrement de la porte, une bière à la main, un grand sourire sur le visage.

— Quelle super fête ! On m'a fait plus d'avances qu'à une touriste hollandaise... Qu'est-ce que tu as, ma belle ? On dirait que tu viens de découvrir que l'homme de tes rêves est homosexuel.

— J'ai surpris Amanda en train d'embrasser Ben.

— Quoi ? Si elle veut rendre Eddie jaloux, pourquoi se cache-t-elle ici, où personne ne peut les voir ?

— Ce n'était pas pour rendre Eddie jaloux, mais parce qu'elle est tombée amoureuse de Ben. Du moins, c'est ce qu'elle affirme.

Nicky commet l'erreur de s'écarter de la porte, et elle bascule en avant dans la pièce.

— Sérieusement ?

Je hoche la tête lentement, en soupirant si bruyamment que des mèches de mes cheveux se soulèvent.

— Je n'y comprends plus rien. Elle se réjouissait tellement de venir à cette fête... Mais c'était sans doute à l'idée de voir Ben, finalement.

— Tu t'en doutais ?

— Elle parlait beaucoup de lui... En y réfléchissant, peut-être citait-elle plus souvent son nom que celui d'Eddie, ces derniers temps.

C'est inimaginable.

Je me suis tuée à m'éloigner d'Eddie.

Je me suis rongée de remords pour avoir cédé si facilement quand nous avons... enfin, vous voyez ce que je veux dire.

Et maintenant, que va-t-il penser de moi ?

— Que se passe-t-il, Naomi ? Ce n'est peut-être pas le résultat escompté, mais tout est bien qui finit bien, non ? Amanda est vraiment heureuse.

Je ne réponds pas à son grand sourire.

— Ton cauchemar est terminé.

Je ne dis toujours rien, et Nix vient s'asseoir sur la caisse à côté de moi.

— C'est Eddie, n'est-ce pas ?

Surprise, je lève la tête.

— Comment le sais-tu ?

— Disons que j'avais quelques soupçons. Allons, je te connais depuis un bout de temps, tout de même. Eh bien, voilà une bonne chose. La voie est libre, à présent.

— Peut-être, mais ça m'étonnerait qu'il veuille de moi.

— Pourquoi pas ?

— Il est au courant, Nix. Amanda lui a tout raconté.

— Oh.

— Comme tu dis.

J'appuie ma tête sur son épaule, totalement abattue.

— Je m'apprêtais moi-même à tout lui révéler. J'ai bien essayé hier soir, mais...

— Hier soir ?

Nix se tourne si brusquement vers moi que ma tête glisse de sa clavicule. Malgré la situation désespérée, je ne peux pas empêcher ce stupide sourire épanoui de revenir en place.

— Non... dit-elle, incrédule.

Mon sourire s'élargit.

— C'était comment ? *Il* était comment ?

— Sublime... magnifique. Oh, Nix, qu'est-ce que je vais devenir ?

— Tu dois lui parler, Naomi.

— Pour lui dire quoi ? Comment veux-tu que je me justifie, maintenant qu'Amanda a mis son grand pied dans le plat ? À l'heure qu'il est, Eddie est sûrement en train de maudire le jour où j'ai poussé la porte du *Black Betty*.

— Au moins, dis-lui que ce n'était pas un coup monté. Il faut qu'il sache que tes sentiments pour lui sont réels et ne font pas partie de la mascarade.

— C'est ce que je me tue à lui répéter, intervient Dot en apparaissant sur le seuil. Il est là-haut, Naomi.

La pièce est plongée dans la pénombre, éclairée seulement par la lumière orangée des réverbères, dans la rue, et le bleu luminescent du néon sur le trottoir d'en face.

Il tourne le dos à la porte et regarde dehors, les épaules raides et tendues.

J'entre silencieusement et m'appuie contre le battant, qui se referme derrière moi. Le léger déclic alerte Eddie, qui se retourne. Je chuchote nerveusement :

— Salut.

— Naomi, fait-il.

Il relâche lentement son souffle et hausse les sourcils, avant d'ajouter avec sarcasme :

— Enfin, si c'est ton vrai nom...

— Bien sûr ! dis-je, rouge de honte.

— Rien n'est « bien sûr », apparemment.

Il est trop tard. Eddie croit que tous mes actes et paroles passés n'étaient qu'une mise en scène servant mes sordides desseins. Je n'ose imaginer avec quel tact Amanda a soulagé sa conscience.

Un silence gêné s'installe. Je décolle un morceau de peinture écaillée sur le chambranle de la porte, pendant qu'il me dévisage, déconcerté.

Enfin, il reprend la parole.

— Alors, tu étais payée pour être avec moi ? Même hier soir ?

— Oh, Eddie... comment peux-tu penser que... Non, voyons, cela ne faisait pas partie du contrat !

— C'était donc une sorte de gratification ? Un petit pourboire en nature ?

— Tu es injuste !

— Et toi, as-tu été juste ?

— Mais...

— Mais quoi ?

Mais je t'aime.

Pourquoi me croirait-il ? Il me rirait au nez. À voir son expression en ce moment, le seul sentiment qu'il éprouve pour moi est le mépris le plus total.

— Mais...

Je bafouille encore une fois, incapable de soutenir son regard accusateur.

— Ça ne sert à rien. Il vaut mieux que je m'en aille.

— Oui, ça vaut mieux.

J'ouvre la porte, hésite et me retourne. Il est à nouveau plongé dans la contemplation de la nuit.

— Eddie... je suis désolée.

Désolée. Quel piètre vocabulaire !

Il garde le silence un moment, avant de répondre dans un murmure :

— Oui... Moi aussi, Naomi. Moi aussi.

Comment est-il possible que du jour au lendemain, tout s'effondre ?

Je n'étais pas malheureuse avant de rencontrer Eddie. Ma vie se compose des mêmes éléments qu'avant. Alors, pourquoi cela ne me suffit-il plus, tout à coup ?

Enfin, des mêmes éléments... à l'exception de mon boulot, de mon estime de moi et d'une grosse partie de mon cœur, qui auparavant se fichait éperdument des histoires d'amour et de tout le tralala. J'étais partie à l'étranger pour essayer de « me trouver », selon l'expression consacrée. Aujourd'hui, je me sens plus perdue que jamais.

Durant les deux derniers mois de mon voyage, ceux que je n'ai jamais accomplis, j'aurais peut-être trouvé ce que je cherchais.

Moi.

Je me retrouvais en Eddie. Attention, il ne s'agit pas de narcissisme. Simplement, je crois que chacun d'entre nous désire rencontrer quelqu'un qui le comprenne parfaitement, quelqu'un qui ne le juge pas... même quand il le pourrait.

Quel gâchis, mon Dieu, quel gâchis !

Amanda et Ben ont passé le reste du week-end à s'aimer copieusement dans l'appartement d'en face. Cris, éclats de rire, bouchons de champagne qui sautent, autant de témoignages d'allégresse qui agressent mes tympans, tandis qu'ils batifolent tels deux tourtereaux replets et sexuellement obsédés.

Le lundi matin, après une nouvelle nuit d'insomnie, durant laquelle ma tête a carburé comme un lave-linge en cycle d'essorage, où je somnolais et me réveillais toutes les deux minutes avec une atroce migraine, et où l'épuisement a eu raison de moi à 7 heures du matin, jusqu'à ce que les cris des deux bêtes en chaleur de l'autre côté du palier me tirent d'un sommeil sans rêves, je prends enfin une décision.

Je m'habille et sors discrètement de l'appartement.

— Qu'est-ce que tu fais ?

Je cesse momentanément de jeter dans mon sac le contenu des tiroirs de ma commode et me retourne brusquement, un peu coupable, en entendant la voix indignée de Nicky.

Elle est debout sur le seuil, les bras croisés. Fixés sur mon sac à dos et le tas de vêtements que j'y enfourne, ses yeux verts hésitent entre l'accusation et le désarroi.

— J'ai enfin trouvé comment dépenser l'argent acquis à la sueur de mon front, dis-je.

J'essaie de sourire, mais Nicky continue à me dévisager, outrée.

— Je retourne à Sydney. Je pars demain matin.

— Quoi ? s'écrie-t-elle, horrifiée.

Je m'assois sur le lit.

— Il faut que je parte, Nix. Je suis désolée, mais je ne peux pas rester ici. Plus maintenant. Je sais, c'est encore une fuite...

— Mais c'est impossible ! J'ai besoin de toi. Je viens juste de te récupérer, tu ne vas pas repartir déjà !

Elle me rejoint et s'assoit à côté de moi, totalement abattue.

— Tu es bouleversée en ce moment, Naomi, mais ça se tassera, avec le temps. Crois-moi, j'ai connu ça. Laisse passer quelques mois et tu en rigoleras.

Mais sa voix se brise.

— Tu parles ! ajoute-t-elle avec un rire amer. Je n'en pense pas un mot moi-même, comment veux-tu que je sois convaincante ?

Elle me prend la main et la serre fort.

— Je ne t'ai jamais vue dans cet état, Naomi. Tu l'as vraiment dans la peau, hein ?

Lentement, je hoche la tête.

— Oui. Et c'est pour ça que je ne peux pas rester, maintenant qu'il me méprise. Tu sais, je ne supporterais pas de n'avoir de ses nouvelles que par les ragots d'Amanda. « Tiens, au fait, Eddie était avec une nouvelle fiancée, hier soir. Je crois que c'est sa cinquième blonde, ce mois-ci. Remarquez, il y avait aussi cette petite brune, et la fille avec qui il dansait au *Black Betty* l'autre jour... »

Nicky se mord la lèvre, mais opine du bonnet, compréhensive.

— Quant à toi, ça va très bien aller, Nicky. Elvis s'occupera de toi. Et puis, tu n'as pas besoin de moi ici pour tenir la chandelle.

— Qu'est-ce que tu racontes ? demande-t-elle sans comprendre.

— Jamie.

— Quoi, Jamie ?

— Oui, Jamie. Ouvre les yeux, Nix, il est fou de toi.

— Jamie ? Fou de moi ?

— Oui !

J'ai presque hurlé. Bouche bée, elle me dévisage pendant quelques instants, avant que les coins de ses lèvres se retroussent pour former le plus grand, le plus rayonnant sourire de Nicky que j'aie jamais vu.

— C'est incroyable ! Jamie ? Tu en es vraiment sûre ? reprend-elle, soudain incrédule. C'est comme si le prince charmant disait tout à coup : « Débarrasse le plancher, Cendrillon, c'est une des deux sœurs méchantes que je veux. »

— Je t'interdis de te dévaloriser, Nicola Chase. Tu es quelqu'un de merveilleux, et Jamie est bien de cet avis. En fait, il est même tellement accro que ça fait peine à voir, je t'assure.

— C'est vrai qu'il m'a proposé d'enterrer ma vie de jeune fille avec lui, mais je croyais qu'il plaisantait.

— Plus d'une vérité est dite sur le ton de la plaisanterie. Surtout avec Jamie. Abrège ses souffrances, Nicky.

— Comment ?

— Eh bien, tu as le choix entre lui tirer une balle dans la tête ou lui sauter dessus. Que préfères-tu ?

Jamie m'emmène à Heathrow le lendemain matin. Nicky est assise à l'arrière de la Golf, une main cramponnée à mon sac à dos, l'autre à Elvis. Elle alterne entre les battements de cils énamourés qu'elle adresse au dos de Jamie, et les larmes à la pensée de mon départ.

Quand nous arrivons à l'aéroport, je dois presque lui arracher mon sac de force.

— Tu es sûre que c'est une bonne idée, Naomi ?

Jamie me contemple avec tristesse, tandis que je pose mon sac sur le tapis roulant.

— Franchement, regarde dans quel état est Nicky. Tu ne peux pas rester, ne serait-ce que pour elle ?

— Tu devrais être content que je la fasse pleurer, ça te donnera l'occasion de sécher ses larmes. Et puis, je ne pars pas pour toujours, je veux juste terminer les deux ans de voyage que je m'étais accordés et qui ont été écourtés.

Je me tourne vers Nicky.

— Il faut que je finisse ce que j'ai commencé, ma grande. Tu comprends ça, non ? Boucler la boucle. On restera en contact étroit, je te le promets, et je serai revenue avant même que tu te rendes compte que je t'ai manqué.

Consternée, Nix s'essuie les yeux avec les poils d'Elvis. Un gardien de la sécurité remarque le chien qui grogne pendant que Nicky s'en sert comme mouchoir et intervient :

— Euh... excusez-moi, mademoiselle, mais les chiens ne sont pas autorisés ici.

— C'est un chien d'aveugle, réplique-t-elle avec hargne. J'espère bien qu'il me guidera jusqu'à la maison quand j'aurai les chutes du Niagara dans les yeux, tout à l'heure, parce que ma meilleure copine part à l'autre bout du monde sans penser une seconde à ses amis qui l'aiment !

L'homme, qui a trois filles et deux ex-femmes souffrant toutes en même temps du syndrome prémenstruel, bat en retraite sans demander son reste. Nicky se tourne vers moi et me saisit le poignet. Sa main est glacée et sa lèvre inférieure recommence à trembler.

— Tu es vraiment obligée, Naomi ?

— Tu as dit que tu me comprenais, Nix.

— Ah, bon ? Quand ça ? Est-ce que c'était après que tu m'as parlé de Jamie ? chuchote-t-elle. Parce que si c'est le cas, tu as vraiment profité de mon inattention passagère, et ça ne compte pas.

Des renforts attendent à l'entrée de la salle d'embarquement. Dot, Sylvia, Abigail et même Ben sont assis par terre, à côté du guichet de contrôle des passeports, en train de boire du café, l'air scandalisé.

— On s'est dit qu'on allait improviser une manifestation de protestation pour t'empêcher de partir, déclare Sylvia lorsque j'arrive devant eux.

— Tu n'as pas sérieusement l'intention de nous quitter, ma puce ?

Abigail, dans un manteau en fausse fourrure rose (toujours cette prédilection étrange pour cette couleur), se lève et me serre vigoureusement contre elle, renversant le café de Sylvia dans son élan.

Quand elle me lâche enfin, Ben prend le relais.

— C'est gentil d'être venu me dire au revoir, Ben, dis-je, osant à peine le regarder. J'avais peur de te dégoûter.

Il desserre son étreinte et secoue énergiquement la tête.

— On est toujours copains, Naomi. Tu ne nous as jamais menti, à nous, pas vrai ? Et puis, sans toi, je n'aurais pas Amanda. Elle voulait venir, à propos, mais elle avait rendez-vous chez le coiffeur.

Je hausse un sourcil.

— Elle ne pouvait pas le décommander, il y a une liste d'attente longue comme le bras...

Mon sourcil monte encore d'un cran.

— C'est bien de savoir être futile, parfois, ajoute-t-il sans conviction.

— Du moment que tu es heureux...
— Elle fait de merveilleux brownies.
— La clé d'un formidable bonheur conjugal, dis-je, avant de le serrer encore une fois contre moi. Non, je blague. J'espère vraiment que ça va marcher, vous deux. Juste un petit conseil, ne laisse pas Amanda approcher des cassettes d'aérobic.

Dot est la suivante. Ses grands yeux pâles sont déjà tout rouges. Nous restons enlacées pendant quelques minutes, moi ravalant les larmes qui menacent de déborder, elle reniflant dans mon blouson.

Enfin, elle s'écarte et s'essuie le visage du dos de la main.

— Je suis désolée, mais il faut que je le répète. Tu ne peux pas t'enfuir comme ça, mon chou... Tu dois lui parler.

Je hausse les épaules.

— J'ai déjà essayé, Dot.
— Tu appelles ça parler ?
— Si je comprends bien, il t'a résumé notre conversation ?
— Plus ou moins. Il a juste besoin d'un peu de temps pour se calmer, Naomi. Pour se remettre du choc.
— Eh bien, il a deux mois devant lui.
— Alors, ta décision est prise, tu t'en vas ?
— Non, je suis à l'aéroport avec mon sac à dos et un billet d'avion parce que je me disais que ça changerait un peu du bar, dis-je sans beaucoup d'entrain.

Sur ce, ils se jettent tous sur moi comme dans une mêlée de rugby, dont je dois m'extraire en vraie pro. Nicky, qui me retient par les chevilles, est la dernière à lâcher prise. À croire qu'ils veulent que je rate l'avion... Une hôtesse appelle les passagers n'ayant pas encore embarqué quand je franchis enfin la porte.

Lorsque je me retourne, je suis un peu soulagée de voir Jamie et Nicky se tenir par la main. Je ne serais pas surprise qu'ils me fassent revenir d'Australie pour un nouveau mariage. Ils ont perdu tant de temps à se trouver, ces deux-là... Maintenant que le premier pas a timidement été effectué, leur relation va décoller plus vite que mon avion.

Ces dernières vingt-quatre heures, j'ai dépensé tellement d'énergie à convaincre Nicky et Jamie du bien-fondé de mon départ que c'est seulement maintenant, assise dans l'avion, que je me demande si j'ai vraiment eu une bonne idée.

Soudain, je me sens très seule, alors que je viens juste de saluer mes amis. Qu'est-ce que ce sera quand je me trouverai à l'autre bout du monde ?

Je n'avais pas éprouvé cette sensation, la dernière fois que j'ai embarqué avec mon sac sur le dos. C'était le début de ma grande aventure. Curieusement, cette fois, j'ai plutôt l'impression que quelque chose s'achève.

Je ne peux empêcher une énorme larme brûlante de déborder de mon œil gauche et de couler lentement sur ma joue. Je me détourne, confuse, à la recherche de mon fourre-tout dans lequel, je le sais, Nicky a mis des mouchoirs tout à l'heure.

Je déplie un Kleenex quand un retardataire s'assoit sur le siège libre à côté de moi.

— Puis-je vous proposer d'adhérer à mon club, mademoiselle ?

Mes reniflements se changent en un cri étranglé, tandis que je lève les yeux des profondeurs de mon mouchoir.

— Nous avons beaucoup d'heures à tuer, le voyage va être long.

J'ai des hallucinations.

À moins que ce ne soit la vraie vie, ce mètre quatre-vingt-trois, ces larges épaules, ces yeux bleus, cette bouche sexy... La réalité ! Le bonheur !

Je couine :

— Eddie ! Mais qu'est-ce que tu fais ici ?
— Moi aussi, je suis content de te voir, Naomi.
— Mais on avance...
Il se penche au-dessus de moi pour regarder par le hublot. Nous roulons lentement, et il hoche la tête avec approbation.
— C'est généralement ce que font les avions quand ils s'apprêtent à décoller.
Je le contemple, incrédule.
— Tu veux dire...
— Je viens avec toi.
— Quoi ?
— Je viens avec toi.
— Mais...
— Je t'ai bien dit que j'avais toujours voulu voyager, non ?
Il attache sa ceinture et se tourne vers moi pour fixer soigneusement la mienne.
— Mais... et ton travail ? dis-je, hébétée, m'adressant à sa tête penchée sur mes genoux. Je croyais que tu avais trop d'engagements...
Au diable son travail ! Ce n'est pas ce revirement-là qui m'intéresse. Qu'est devenu l'homme blessé et mécontent que j'ai laissé au *Lazy Daisy* l'autre soir ? Mais il réplique, imperturbable, comme si rien ne s'était passé :
— Quelqu'un m'a dit qu'il n'était jamais trop tard pour aller au bout de ses rêves.
Il sourit en se redressant.
— Mais je vais être partie au moins deux mois...
— Deux mois ! s'écrie-t-il. Dot m'a parlé de deux semaines ! Oh, non, au secours, arrêtez cet avion !
L'expression horrifiée qui se dessinait sur son visage cède la place à un grand sourire.
— Je plaisante. Est-ce que vingt caleçons suffiront, à ton avis ? J'en avais vingt et un, mais je n'arrive pas à retrouver le dernier.
— Mais...

— Que de mais ! On pourrait croire que tu n'as pas envie que je vienne avec toi.

— Tu es vraiment sérieux ?

— Nous n'allons pas tarder à décoller, j'ai intérêt à être sérieux, non ? Mais je te préviens : si je suis en manque de travail et d'Angleterre, on rentre tout de suite.

— On ?

— Oui. Nous deux. Toi et moi. Pas de discussion.

— Mais je pensais...

Je secoue la tête. C'est invraisemblable. Eddie est assis à côté de moi et sourit. Depuis quarante-huit heures, je l'imagine furieux, maudissant le jour où il a rencontré une femme aussi fourbe, menteuse, calculatrice...

— Je pensais qu'il n'y avait pas de toi et moi, dis-je dans un murmure rauque.

— J'étais assez énervé, admet-il. Non. Très énervé. Tu m'as menti, Naomi. Je me suis senti tellement idiot...

— Et maintenant ?

— Tu as beaucoup d'amis, dont certains, par chance, sont aussi de très bons amis à moi. En d'autres termes, Dot et Abi sont montées à la charge pendant que Ben se glissait subrepticement derrière moi pour me retirer mes œillères.

— Tes œillères ?

— Oui. Tout ce que je voyais, c'était mon orgueil blessé, mes principes moraux bafoués...

Il me regarde avec espièglerie, les yeux plissés, avant d'ajouter :

— ... et ton absence totale de moralité.

Je rougis, jusqu'à ce que je réalise qu'il sourit toujours.

— Et tu sais combien les femmes immorales me font craquer.

Il marque une pause, et son expression devient plus sérieuse.

— Mais quand j'ai pris un peu de recul, j'ai compris que tu me manquerais atrocement si tu n'étais plus là, et que c'était la seule chose qui comptait. Et puisque mon équipe de choc n'a pas été capable de te retenir, me voilà.

— C'est toi qui les as envoyés ?

— Ils ont réussi à me persuader que je ne t'étais peut-être pas totalement indifférent, que tout ce qui s'est passé entre nous n'entrait pas forcément dans le cadre de ta mission...

— Mais...

Il pose un doigt sur mes lèvres.

— Assez de mais. Je veux être avec toi, Naomi.

— C'est aussi simple que cela ?

— Eh bien, à condition que tu dises oui d'abord.

— À quoi ? Au fait que tu m'accompagnes en Australie ? Parce que, quelle que soit ma réponse, cet avion décollera dans quinze secondes.

— Exact. Maintenant, tu n'as plus qu'à répondre à ma première question.

— Ta première question ?

Oh, ce sourire sexy et un peu tordu... Eddie se penche vers moi et lentement, posément, effleure mes lèvres d'un baiser aérien.

— Comme je te l'ai dit, c'est un long voyage.

Les sourires doivent être aussi contagieux que l'amour. J'en sens un qui se répand sur mon visage, un sourire délirant de joie qui pourrait bien rester imprimé sur ma bouche pendant un bon bout de temps.

— Alors, j'ai le choix entre les deux films proposés par la compagnie et l'adhésion à ton club privé ?

Je soupire et secoue la tête, feignant de réfléchir.

— La décision est difficile.

— Eh bien, ça dépend de tes convictions. Si tu es pour le sexe avant le mariage...

Il écarte mes cheveux de mon visage et passe un doigt le long de ma mâchoire.

— Avant, pendant et après, dis-je en prenant sa main et en l'embrassant.

Les yeux d'Eddie brillent et rient tandis qu'il me donne un nouveau et long baiser. Seule la légère secousse de l'avion, au moment où les roues quittent la piste, nous sépare brièvement.

— Je ne sais pas trop ce qu'en dirait le prêtre...